Aux merveilleux habitants de l'Alaska, si indépendants, et, comme toujours, à mon compagnon pour les voyages et pour la vie, Don.

PREMIÈRE PARTIE

Au piège de l'écume

Telle la rosée dans la montagne,
Telle l'écume sur la rivière,
Telles les bulles d'une fontaine,
Tu t'es dissous, à jamais !

SIR WALTER SCOTT

Prologue

20 août 1982

Lisa Vaughn se débattit pour délivrer son poignet, que sa mère étreignait avec force.

— Non, j'ai peur ! Je vais le dire à mamie… Non, maman, non ! Nooon !

Elles se tenaient debout sur le pont du bateau où, quelques instants auparavant, tout le monde était venu écouter les explications relatives aux canots de sauvetage. A présent, elles étaient seules. Lisa adorait ce grand navire de croisière où elle naviguait sur une mer bleue avec mamie, maman et sa petite sœur Jani ; mais à cet instant, mamie, était en train de faire la sieste dans leur cabine, et maman pleurait à chaudes larmes. La petite Jani aussi, peut-être parce que maman la serrait trop fort contre elle, d'un seul bras. De l'autre, elle entraînait Lisa vers le bastingage, au-dessus de l'eau bouillonnante.

Au début, en se promenant sur le pont avec maman et Jani, elle avait trouvé ça joli, tous ces tourbillons d'écume. C'était comme quand on faisait courir sa main très vite dans l'eau du bain, pour faire des bulles. Seulement, maman n'arrêtait pas de répéter qu'elle voulait « en finir une fois pour toutes, comme l'a fait ton père… disparaître avec mes filles… trouver la paix… »

Quand sa mère hissa une jambe par-dessus le bastingage, Lisa fondit en pleurs à son tour. Sa mère ne l'avait pas lâchée et tirait toujours. Jani gigotait en sanglotant. Le visage trempé de larmes, maman embrassa la fillette sur la joue, puis ramena son regard vers Lisa.

— Tu dois venir avec nous, Lisa. Arrête !

Elle la souleva d'un coup violent. Lisa sentit le métal lui érafler le ventre.

— Non ! hurla-t-elle.

Elle se rejeta en arrière d'un haut-le-corps qui déséquilibra sa mère.

Elle retomba lourdement sur le pont, choquée, terrifiée, tandis que sa mère, Jani dans les bras, plongeait dans les vagues la tête la première. Lisa bondit sur ses pieds et eut juste le temps de les voir disparaître, aspirées dans les remous déchaînés de l'écume.

1

Résidence du lac Duck
Près de Bear Bones, Alaska
20 août 2008

Le lac Duck, qui s'étendait en contrebas de l'allée bordée de pins, offrait un spectacle d'une sereine beauté, mais ce n'était pas lui que regardait Lisa Vaughn : elle ne pouvait détacher son regard du torrent Wild, qui coulait de l'autre côté de la crête. Cette chaude journée d'été avait fait fondre la neige sur le mont Talkeetna, et les eaux roulaient, gonflées et impétueuses. La nuit, quand il faisait plus frais, sous le ciel nocturne, si clair dans cette région du Grand Nord, on entendait encore le grondement lointain de la rivière, tel un roulement de tonnerre. Lisa découvrait avec stupéfaction les saumons au dos rougeâtre qui luttaient pour remonter le courant vers les aires de frai ; on avait presque l'impression que le torrent se tachait de sang par endroits.

Cependant, c'étaient surtout les tourbillons qui la fascinaient. Vingt-six ans plus tôt, jour pour jour, elle avait vu sa mère et sa petite sœur se noyer dans le sillage écumeux d'un navire de croisière. Depuis cette époque, elle était hypnotisée par les eaux bouillonnantes, et n'en avait jamais vu d'aussi tumultueuses que celles du Wild.

Se forçant à détourner les yeux, elle redescendit la crête pour emprunter le raccourci menant au lac où elle et Mitch avaient rendez-vous, pour partir pique-niquer en kayak.

— Je sais que tu n'as jamais fait de kayak, lui avait-il dit, mais si tu te cales sur mon rythme, pour ne pas emmêler les pagaies, il n'y a aucun risque.

Cale-toi sur mon rythme… Les mots résonnaient dans l'esprit de Lisa. Etait-elle la seule à ressentir encore de l'amertume, après leur rupture ? Car Mitch ne lui était toujours pas indifférent, même si leur liaison et leurs perspectives d'avenir commun n'avaient pas résisté à leurs ambitions respectives. Elle était d'ailleurs venue ici pour des raisons professionnelles, dans le but d'obtenir une promotion, et pas pour tenter de raviver les flammes de leur passion. Cela rendait les choses délicates, mais c'était aussi l'occasion d'une discussion à cœur ouvert, qui lui permettrait peut-être de faire enfin une croix sur un amour qu'elle avait cru réciproque. Elle exhala, puis inspira profondément, non pour humer la fraîche odeur des pins, mais pour se calmer.

Mitch Braxton semblait très différent de l'homme qui, un an plus tôt, l'avait quittée à Fort Lauderdale, après leur rupture, pour venir s'installer en Alaska. Il lui avait brisé le cœur, mais elle avait aussi éprouvé une colère qui l'avait aidée à se remettre sur pied, au moins en apparence. Elle avait redoublé d'énergie et tenté de ne plus songer au passé, jusqu'au jour où son patron avait organisé ce séminaire, précisément dans la propriété de Mitch.

A présent, elle se rappelait ses efforts désespérés pour tenter de faire son deuil du bel avenir que leur séparation avait fait voler en éclats : celui d'une avocate de talent, épouse et mère menant de front vie familiale et carrière professionnelle. Par moments, même si c'était absurde, elle avait l'impression qu'à trente-quatre ans, elle avait de moins en moins de temps pour avoir des enfants, et que son horloge biologique s'accélérait dangereusement. Or, juste au moment où elle commençait à accepter l'idée qu'elle ne reverrait plus jamais Mitch, il avait fallu que Graham Bonner, l'un des dirigeants de Carlisle, Bonner & Associés, organise ce séminaire pour sélectionner, parmi trois candidats, celui qui deviendrait le futur associé senior du prestigieux cabinet d'avocats.

Graham et sa femme, Ellie, avaient choisi pour cela le stage spécialisé qu'organisait Mitch, dans la propriété dont il avait hérité en Alaska. Comme les participants n'étaient arrivés que la veille, ils n'avaient eu droit pour l'instant qu'à une course d'obstacles où, les yeux bandés, il fallait suivre les indications fournies à voix haute, mais d'autres épreuves les attendaient : tout au long du week-end, ils allaient alterner rafting en eau vive et accrobranche, sous l'œil sourcilleux des Bonner, qui décideraient, au final, lequel des trois allait occuper le poste convoité auparavant occupé par Mitch.

Plusieurs des amis de Lisa avaient trouvé absurde cette façon de sélectionner un avocat, même si cela avait l'allure de vacances gratuites et stimulantes, mais Graham s'était montré convaincant. Il s'était initié aux arcanes du cabinet avec le père et le frère d'Ellie, Merritt, qui s'était ensuite lancé dans une brillante carrière politique.

Même si elle devait connaître l'enfer ou risquer de se noyer, Lisa était fermement décidée à l'emporter, mais elle savait que ses concurrents, Jonas et Vanessa, étaient tout aussi ambitieux et résolus qu'elle-même. C'étaient d'ailleurs sans doute les premiers critères de sélection des Bonner, et elle se demandait si ces derniers, en dépit de leur déception d'avoir été lâchés par Mitch, ne comptaient pas sur lui pour les aider à prendre leur décision. Ils l'avaient toujours tenu en très haute estime, et Lisa avait même soupçonné, un moment, qu'ils espéraient non seulement lui voir reprendre le cabinet, mais aussi devenir le partenaire — dans tous les sens du terme — de leur fille unique, Claire, âgée de vingt-quatre ans. Celle-ci terminait actuellement son droit à l'université Duke, et devait bientôt intégrer la société comme avocate stagiaire.

Lisa fit une pause dans une clairière surplombant le torrent, pour chasser les moustiques qui la harcelaient, puis posa par terre la glacière qu'elle portait. La gérante de la propriété de Mitch, également cuisinière, Christine Tanaka, y avait emballé des provisions avec soin, sans oublier la nappe et les serviettes assorties. Christine était à l'image des lieux : tout à la fois simple et un peu rustique, mais non dépourvue d'une certaine élégance. Lisa croyait deviner quelque chose entre Mitch et cette belle femme aux pommettes hautes, à la chevelure aile de corbeau, et s'en voulait de se sentir contrariée.

Christine était au courant, pour le pique-nique, bien sûr. Quant aux autres, il fallait espérer qu'ils ne regretteraient pas leur absence, à elle et Mitch, durant la pause de l'après-midi. De 15 à 17 heures, chacun était libre de ses occupations avant de retrouver le groupe pour prendre l'apéritif.

Lisa vaporisa autour d'elle un peu de l'antimoustique qu'elle avait apporté. On les trouvait partout, même si la brise qui soufflait ce jour-là les maintenait un peu à distance. Comme elle venait du sud de la Floride, elle était habituée aux moustiques, mais ceux d'Alaska se montraient particulièrement voraces. Heureusement, dans sa présentation, la veille, Mitch avait indiqué que la saison des insectes touchait à sa fin.

Elle se força à quitter des yeux les tourbillons des rapides, remit le petit flacon dans sa chaussette et descendit son jean par-dessus. Elle avait mis des chaussures de sport et portait un gilet de sauvetage sur sa veste et son T-shirt. Elle avait chaud, presque trop chaud quand elle songeait à Mitch, d'ailleurs.

Elle se retourna vers le torrent pour vérifier les attaches du gilet de sauvetage orange. Mitch les avait prévenus :

— Personne, pas même le champion olympique Michael Phelps, si jamais il vient ici, ne descendra sur le lac ou la rivière sans aide à la flottaison !

Lisa et ses collègues avaient plaisanté sur la dénomination d'« aide à la flottaison », en suggérant qu'elle avait dû être inventée par un avocat luttant pour une cause perdue, mais il n'en restait pas moins vrai que ces gilets de Néoprène étaient très sophistiqués, bien différents des vieilles brassières gonflables données aux passagers pendant les exercices de sauvetage en mer. Souvent, elle songeait que c'était justement cet exercice qui avait dû donner à sa mère l'idée de sauter par-dessus bord.

Elle avait beau monter en kayak pour la première fois de sa vie, elle était tout de même bien préparée, étant très bonne nageuse. Même si, depuis la tragédie, les tourbillons exerçaient sur elle une fascination horrifiée dont elle ne parlait à personne.

Elle reprit la glacière en regardant, par-dessus son épaule, la longue bâtisse de deux étages, flanquée de quatre chalets rustiques nichés tout autour comme des poussins sous une mère poule. Mitch n'était nulle part en vue. Il était sans doute occupé, maître en son royaume. En Floride aussi, cela dit, il avait paru maîtriser son destin, avant que les digues ne s'effondrent, balayant au passage tous leurs projets d'avenir.

Elle contempla le torrent en poussant un profond soupir. Mitch avait promis d'apporter les boissons : y aurait-il du vin ? L'année précédente, le soir de leur rupture, elle avait brisé le pied de son verre, quand il avait dit qu'il était lassé d'une vie de compétition et quittait Fort Lauderdale. Un éclat de verre lui avait blessé la main, et elle en portait encore la cicatrice. Elle en avait d'ailleurs plusieurs autres, souvenirs de sa vie aventureuse. Durant cette terrible soirée, elle lui avait jeté sa bague de fiançailles à la figure, et aurait aussi jeté aux mouettes le bracelet en or qu'il lui avait offert, si le fermoir ne s'était pas coincé.

Evidemment, à présent, elle se rendait compte qu'elle non plus ne s'était pas toujours bien comportée. Elle se rappelait encore la rage de Mitch quand elle lui avait annoncé qu'elle les avait tous les deux inscrits pour aller témoigner devant une commission sénatoriale de l'Etat. Ils travaillaient alors nuit et jour sur une grosse affaire de blanchiment d'argent. Ils avaient subi des pressions, avaient même reçu des menaces et été suivis dans la rue : Graham avait fini par leur retirer l'affaire pour assurer leur sécurité. Déçue, Lisa avait alors tenté, avec sa démarche, de les replacer « sous les projecteurs ». Elle lui avait annoncé la nouvelle un jour où ils prenaient un verre chez lui, dans le patio de son appartement, qui donnait sur un parcours de golf où elle n'avait jamais mis les pieds.

— C'est hors de question ! avait crié Mitch en la faisant sursauter. Je n'ai absolument pas le temps d'aller témoigner devant une quelconque commission sénatoriale. Laisse donc le frère d'Ellie s'occuper de politique, puisqu'il y a toutes les chances qu'il soit notre prochain sénateur, si même il ne devient pas président des Etats-Unis !

— Ecoute, Mitch, je sais que nous sommes débordés, mais ce sera vraiment bon pour notre image. Ton nom commence à être connu, avait-elle insisté.

— Peut-être, mais je suis tellement stressé que les responsabilités finissent par me peser. Je suis dans un tel état que je n'arrive plus à m'impliquer suffisamment. Il m'arrive d'avoir envie de tout envoyer promener, d'avoir l'impression de lutter pour rien, que rien n'en vaut la peine.

— Même nous ? Notre relations, nos projets, qu'ils soient professionnels ou personnels ? avait-elle riposté d'un ton cinglant. Voyons, Mitch, nous avons un bel avenir devant nous. Nous nous rendrons utiles. Tout ce que nous faisons maintenant n'est pas du temps perdu, tout de même !

C'était à cet instant que Mitch avait laissé tomber sa bombe : le domaine qu'il venait d'hériter de son oncle en Alaska, et sa volonté d'aller s'y installer. Il avait attendu le moment propice pour lui en parler et, maintenant, il lui posait la question : acceptait-elle de changer ses plans pour le suivre ?

Stupéfaite et furieuse, elle avait refusé en le taxant d'égoïsme. A posteriori, cependant, elle se rendait compte qu'elle aussi s'était montrée égoïste. Elle lui en avait voulu de demander à une jeune femme ambitieuse d'abandonner les attraits et le tourbillon de Fort Lauderdale pour aller s'enterrer dans les étendues sauvages de l'Alaska.

A présent, envahie par les regrets, frissonnant encore au souvenir de cette soirée, elle contemplait les flots tumultueux en fronçant les sourcils. Puis, brusquement, comme si toute sa colère rentrée contre le passé, contre sa mère et contre Mitch la faisait basculer, elle sentit un choc, fit quelques pas vacillants, laissa tomber la glacière qui lui cogna le genou, perdit l'équilibre, hurla, tomba et se mit à dévaler la pente.

Un jeune épicéa arrêta sa chute, mais avant qu'elle ait eu le temps de s'y agripper, il plia sous son poids, se détendit et la précipita plus bas encore. Plus aucun obstacle ne la retint. Roulant de plus en plus vite, elle fut finalement précipitée dans le torrent. Le contact de l'eau glacée la fit suffoquer. Elle toussa, avala une gorgée, suffoqua, eut l'impression que son nez brûlait tandis que tout son corps s'engourdissait.

Grâce au gilet de sauvetage, elle se retrouva en train de flotter, la tête vers le ciel, mais les tourbillons d'écume giclaient sur elle. Elle revoyait sa mère et Jani disparaître par-dessus le bastingage et s'engloutir, comme elle allait s'engloutir elle aussi. Qu'était-il arrivé ? Etait-ce sa mère qui venait de la tirer vers le fond ? Elle se sentait tout à la fois horrifiée et terrifiée. Un cri de panique lui échappa, assourdi par le fracas des rapides, minant ce qui lui restait de courage. Le flot la ballotta vers la rive. Elle frôla un écueil, tendit les mains et les pieds. Il fallait impérativement qu'elle sorte de là. Hélas, elle ne rencontra que le vide et, secouée comme un fétu, bousculée, cognée aux rochers, glacée et à demi évanouie, elle se laissa emporter par le courant.

Tandis que Mitch descendait la crête, les deux gobelets en plastique qu'il avait glissés dans son sac à dos avec des canettes de limonade s'entrechoquaient en faisant un léger bruit, étouffé par le vrombissement de la rivière. Si Lisa pensait qu'il allait apporter du vin pour célébrer leurs retrouvailles, elle se trompait. C'était un rendez-vous strictement professionnel, se répéta-t-il fermement.

Il la désirait toujours, certes, mais il ne fallait pas y penser. Ce n'était qu'une simple réaction physique, ravivée par des souvenirs encore frais. Il maîtriserait sans problème ce qu'il ressentait en sa présence. Avait-il le choix, d'ailleurs ?

Quand il était venu s'installer en Alaska, il avait ressenti le besoin de se purifier, de se nettoyer du malaise qu'il éprouvait à défendre des gens qu'il savait pertinemment coupables. Il ne supportait plus d'être grassement payé pour ça, d'avoir un emploi du temps si chargé qu'il ne trouvait plus le temps d'œuvrer bénévolement pour des causes dignes de ce nom. Il était sous pression vingt-quatre heures sur vingt-quatre, et tout ça pour quoi ? Pour le prestige ? Pour pouvoir sillonner les canaux de Fort Lauderdale avec son yacht, séduire des femmes ou construire une famille à laquelle il n'aurait aucun temps à consacrer ? Contrairement au frère d'Ellie Bonner, Merritt Carlisle, il n'avait aucune soif de pouvoir, aucune envie de prendre place dans les rangs des politiciens de l'Etat. Il avait été écœuré par les compromissions qu'impliquait la course vers la célébrité. Dieu merci, l'Alaska l'avait aidé à guérir. On disait en général que les gens qui venaient s'installer ici fuyaient quelque chose ou, au contraire, cherchaient quelque chose. Dans son cas, les deux étaient vrais.

Il savait qu'il avait déçu beaucoup de gens, en partant dans le Grand Nord, mais les séminaires qu'il organisait ici pour redonner de la cohésion aux groupes, aux équipes, aux familles, lui semblaient infiniment plus constructifs que ce qu'il faisait auparavant. Il avait repris et enrichi l'activité lancée par son oncle, en l'axant sur les activités sportives. Le fait que Graham et Ellie l'aient choisi pour sélectionner son remplaçant montrait qu'ils avaient toujours confiance dans son jugement et, surtout, qu'ils lui pardonnaient sa démission.

Malheureusement, la jolie Lisa Vaughn à la peau de miel n'avait pas compris pourquoi il avait décidé de changer de vie, pourquoi il avait eu besoin de quitter la Floride pour venir en Alaska se ressourcer. Il fallait maintenant qu'ils en reparlent une fois pour toutes, calmement, sans émotion, avant de pouvoir se mettre à l'œuvre.

Il souhaitait bonne chance à Lisa pour emporter le poste convoité, mais il n'avait pas l'intention de prendre parti. Il voulait rester loyal envers Graham et envers Ellie, dont le père avait fondé le cabinet avant de transférer le flambeau à son beau-fils, quelque temps avant sa mort. Graham avait pris sous sa houlette le jeune Mitch, tout comme Mitch lui-même avait poussé Jonas, le candidat qui avait sa préférence, même s'il savait que Lisa et Vanessa étaient elles aussi d'excellentes avocates. C'était d'ailleurs le cas de tous les gens qui travaillaient pour Carlisle, Bonner & associés, que ce soit à Fort Lauderdale, à Miami ou à Palm Beach. Quant à Merritt, que Mitch avait connu avocat avant qu'il ne se lance dans la politique, il fallait reconnaître qu'il avait su, malgré tout, garder les mains propres.

En arrivant à la bifurcation qui, d'un côté, descendait vers le lac, là où il avait donné rendez-vous à Lisa, Mitch vit soudain par terre la petite glacière blanche que Christine avait confiée à la jeune femme. Elle était ouverte, et des assiettes, des serviettes et des sandwichs emballés étaient répandu tout le long du sentier qui filait vers la rivière, comme un jeu de piste. Lisa aurait-elle pris la fuite après s'être retrouvée nez à nez avec un ours ? Non : un animal aurait forcément touché à la nourriture.

Il se pencha pour regarder en contrebas. Lisa savait qu'il fallait tourner à droite pour aller au lac, pourtant. Serait-elle tombée vers le torrent ? Bon sang, pourvu qu'elle n'ait pas fait une chute *dans* le torrent !

— Lisa ! cria-t-il. Lisa !

Inutile : le fracas des rapides couvrait sa voix et Lisa ne

l'entendrait pas, sauf si elle était tout près. C'était une fille sportive, énergique, mais sa préférence allait aux sports de plage, sous un soleil radieux.

— Lisa ? Liiisa !

En s'accrochant aux arbres, Mitch entreprit de descendre la pente abrupte, et tressaillit en voyant Lisa tournoyer dans l'écume, une dizaine de mètres plus loin, agrippée à un rocher de la rive opposée. Sans son gilet de sauvetage orange fluo, qui se détachait comme une balise, il ne l'aurait pas vue. Si elle lâchait prise, c'en était fait : elle serait précipitée dans une gorge étroite qui partait en angle aigu et débouchait sur une série de cascades. Celles-ci n'empêchaient pas les saumons de remonter, mais ne laisseraient aucune chance à la jeune femme. Surtout, dans ces eaux glacées, elle risquait de tomber en moins de vingt minutes en hypothermie. L'oncle de Mitch lui avait expliqué qu'on perdait toute sensation en sept minutes, puis qu'on s'évanouissait au bout de sept minutes supplémentaires, et que les minutes suivantes s'avéraient fatales… Lisa, en fille du Sud, n'était absolument pas préparée à nager dans la glace fondue.

Il agita les bras et cria de nouveau, mais elle lui tournait le dos et ne le vit pas. Elle s'accrochait pour survivre.

Il regrimpa le sentier à toute allure, presque à quatre pattes. Un kayak. Il lui fallait un kayak pour atteindre la rive de l'autre côté. Il n'avait pas le temps d'appeler à l'aide et, vu l'endroit où il était, personne dans la maison ne pouvait l'entendre, personne ne pouvait le voir. Combien de temps Lisa résisterait-elle ?

Il faudrait qu'il la hisse dans l'embarcation sans verser, et qu'il fonce à travers les remous et les trous d'eau pour regagner le rivage juste avant les chutes. Ensuite, le retour serait difficile. Ils devraient marcher à pied le long du torrent, en laissant le kayak, ou transporter le kayak un peu plus loin et le reprendre pour descendre les rapides…

Il remonta la pente en s'agrippant branche après branche, arrachant des ongles la mousse et les lichens jaunis. Il se redressa en atteignant le sentier où Lisa avait laissé tomber la glacière, puis dévala à toute allure jusqu'au bord du lac aux eaux calmes où les attendait le kayak rouge, à deux places, destiné à leur paisible promenade de pique-nique. Pourquoi diable Lisa était-elle tombée du mauvais côté ?

Son cœur battait la chamade. L'adrénaline déferlait dans ses veines. Le kayak n'était pas très lourd, mais il lui faudrait le hisser jusqu'au sentier, puis redescendre de l'autre côté et le jeter à l'eau sans érafler le plastique. Dieu merci, il y avait bien deux pagaies et deux gilets de sauvetage. Il jeta un bref coup d'œil vers la maison pour voir si l'un de ses amis, Ginger ou Spike, était en vue, mais il n'y avait personne. Le petit bateau à moteur de Ginger était tiré sur la rive, mais la jeune femme n'était nulle part.

— Me voilà seul, grommela-t-il en poussant le kayak devant lui.

Seigneur, pria-t-il silencieusement, *faites qu'elle ne lâche pas son rocher !*

Le souffle court, les muscles endoloris, il fit passer le kayak sur la crête et, cette fois, le retint pour l'empêcher de dévaler la pente jusqu'en bas. La sueur lui ruisselait sur le visage. Il plissa les paupières pour vérifier si Lisa était toujours là… Oui ! Il la voyait.

Avec des jurons étouffés, tant cela prenait de temps, il tira la jupe du kayak de l'hiloire pour la serrer autour de lui, tout en se tenant à un arbre pour empêcher l'embarcation de glisser. Il ne voulait pas prendre le risque de se refroidir lui aussi, ou de chavirer. Tomber à l'eau ici n'avait rien à voir avec le surf en Floride.

Il sentit son sac à dos heurter le kayak : il l'avait oublié. Il s'en débarrassa, le fourra sous le siège et enfila un gilet de sauvetage. Il n'avait pas le temps d'enfiler la combinaison en Néoprène qui était là. Il n'avait pas non plus pris de casque, jugeant cela inutile pour pagayer sur le lac… C'était contre toutes les règles de sécurité qu'il édictait : « Une seule entorse, et ce kayak peut devenir votre cercueil », disait-il à ses hôtes. Tant pis. C'était une question de vie ou de mort, celle de Lisa et peut-être aussi la sienne.

Il éprouva une brusque bouffée de colère contre la jeune femme, contre la situation cauchemardesque où elle les mettait. Tout allait si bien dans sa vie, jusque-là. Enfin… tout, sauf cette semaine qu'il devait passer aux côtés d'une femme qu'il aimait, mais qui lui avait préféré sa carrière et la région ensoleillée où elle habitait.

Il se mit en branle en fendant l'eau de violents coups de pagaie, tout en veillant à garder l'équilibre et à ne pas se laisser emporter trop loin de Lisa. Pourvu qu'il parvienne à la hisser sans les faire plonger tous deux dans la rivière…

— Tiens bon ! lui cria-t-il. Tiens bon !

Le fracas était tel qu'il n'était pas certain qu'elle l'entende.

Aveuglé par l'écume, il plissa les yeux pour guetter la tache orange du gilet de sauvetage. Alors, il s'aperçut que Lisa s'éloignait, ballottée par le courant.

2

Lisa attrapa un autre rocher, tenta même d'y grimper, mais la force du ressac la plaqua contre la roche, lui coupant le souffle. Que faire ? Fallait-il lâcher prise, chercher une autre pierre plus facile à saisir ?

Le torrent ne lui laissa pas le temps de réfléchir. Elle fut arrachée de nouveau, retournée dans tous les sens. Des pierres tranchantes lui éraflèrent les tibias. Elle se recroquevilla en ramenant les jambes sous elle pour tenter de se réchauffer, de se protéger… En vain. Des saumons au dos rougeâtre passaient devant elle à contre-courant. Comment trouvaient-ils la force de résister ? Il devait être tellement plus facile de renoncer, de se laisser emporter vers l'aval…

Elle essaya de nager jusqu'à la rive, mais chaque fois qu'elle tendait la main vers un appui, les eaux l'en éloignaient. Elle savait qu'elle aurait dû tourner le dos au courant mais n'arrivait pas à contrôler sa position. Ses jambes engourdies remontèrent à la surface comme un bouchon, et elle se rendit compte qu'elle n'avait plus ses chaussures.

Elle était fichue. Elle allait mourir, écrasée par la violence des remous, tentant désespérément d'inspirer, les poumons sifflant. L'eau glacée remontait par ses narines jusqu'à ses sinus. *Relève la tête*, s'ordonna-t-elle. *Respire ! Reprends de l'air !*

Comment s'était-elle retrouvée dans l'eau ? Elle se rappelait avoir admiré le spectacle de l'écume, suprêmement beau, fascinant. Avait-elle trébuché ? Personne ne l'avait poussée, c'était certain. Est-ce que sa mère et Jani l'avaient tirée par la main, pour qu'elle les rejoigne enfin ? Ou bien ne s'agissait-il que d'un sombre souvenir ? Etait-elle plongée dans le rêve cauchemardesque d'une atroce noyade ?

Non. Ce n'était pas un rêve dont elle allait pouvoir s'éveiller en s'ébrouant. Sa vie était en danger. Il fallait qu'elle lutte. *Aide-moi, Seigneur. Aide-moi à retrouver la chaleur, la sécurité.*

Seulement, le courant était bien trop fort, bien trop violent. Il la frappait de coups de poing, la projetait brutalement contre les rochers. Elle ne résistait pas plus qu'une feuille morte emportée par un tourbillon. D'après sa grand-mère, sa mère s'était noyée parce qu'elle avait perdu la tête, poussée au suicide par une dépression post-natale ou une soudaine crise de folie, renforcée par le fait que son mari avait abandonné sa famille. Cela avait sûrement joué un rôle. C'était en tout cas ce qu'avait affirmé son psychiatre, un jour.

Je n'ai pas compris tout cela, maman. Je n'étais qu'une petite fille. Si j'avais su à quel point tu étais désespérée, je t'aurais aidée. J'aurais pu au moins sauver Jani, pour que mamie l'élève aussi… On m'a dit que tu avais voulu m'emmener avec toi parce que tu m'aimais, mais ce n'est pas juste, d'ôter la vie à quelqu'un qui ne l'a pas encore vécue…

Aurait-elle dû suivre sa mère dans la noyade ? Pourquoi avait-elle survécu, alors que sa mère et sa sœur étaient mortes ? Depuis toujours, une pensée qu'elle n'avait jamais confiée à personne, pas même à son psychiatre, hantait Lisa : était-ce elle qui, en se débattant, avait précipité sa mère par-dessus bord ? Si elle n'avait pas résisté, n'y aurait-il pas eu une brève seconde de répit durant laquelle sa mère aurait pu changer d'avis ? Etait-ce elle, Lisa, qui avait donné le coup fatal et fait tomber deux personnes dans l'écume bouillonnante ?

La tête lui tournait. Elle était envahie de panique, giflée par les paquets d'eau froide.

Elle avait l'impression qu'on chuchotait autour d'elle, que des voix se mêlaient au rugissement des eaux. *Arrête ! Chasse tes souvenirs !* Il fallait revenir à la réalité, trouver à tout prix un rocher où se réfugier. Si seulement elle avait dit à Mitch qu'elle regrettait, non pas d'avoir refusé de le suivre, mais de n'avoir pas compris à quel point elle tenait encore à lui, le désirait toujours, en dépit de sa colère… Comment s'arracher à cette rivière glacée ? Déjà, elle ne sentait plus ses mains. *Redresse la tête. Ne perds pas courage. Tiens bon !* Les mots résonnaient dans ses oreilles comme une voix étrangère. *Tiens bon !*

Mitch commençait à avoir peur. Il devait manœuvrer son kayak et voyait Lisa s'éloigner de plus en plus vite devant lui, secouée par le courant.

Par moments, il ne voyait même plus la tache orange du gilet de sauvetage, son seul repère pour tenter de rejoindre la jeune femme et la sauver avant qu'elle n'atteigne les rapides. Il dépassa un énorme rocher en pagayant comme un fou pour ne pas se faire écraser. C'était difficile : son kayak à fond plat était conçu pour naviguer en eau calme. Il était beaucoup moins maniable que les fines embarcations blanches utilisées pour les torrents, et il devait déployer toute son habileté et toutes ses forces. Il n'en pagayait pas moins de plus en plus vite, sans se soucier des trous d'eau, des remous ou des écueils.

Une fois encore, il était lancé dans une course folle, comme cela avait si souvent été le cas dans sa vie. Mitch avait grandi dans l'ombre d'un frère aîné surdoué, brillant, la prunelle des yeux de ses parents. Aucun sommet, si haut soit-il, aucun défi n'arrêtait Brad Braxton. Il avait été chef scout, président de l'association des élèves au lycée, champion de natation à l'université de Floride, menant son équipe jusqu'aux championnats inter-Etats. Seule la bourse d'études Rhodes qu'il avait décrochée l'avait empêché de concourir aux Jeux olympiques. Il était maintenant chirurgien des poumons à Miami, mariée à une femme superbe, père de deux enfants. C'étaient d'énormes défis, derrière lesquels Mitch courait… pour essayer d'être à la hauteur.

Il avait l'impression de vivre un cauchemar. Ça ne pouvait pas être vrai. Comment Lisa avait-elle bien pu tomber à l'eau ? Il ne pouvait pas appeler à l'aide. Les portables ne passaient pas, dans ces montagnes, et de toute façon, il devait agripper la pagaie à deux mains. La fonte des neiges avait fait gonfler le torrent et c'étaient des rapides de catégorie III, avec des vagues hautes de plus d'un mètre et des remous violents qui s'accentuaient encore à proximité des chutes. D'après son ami Spike, les premiers chercheurs d'or de la région avaient surnommé ce passage « La Gorge du demi-tour ». Seulement, il ne pouvait pas revenir en arrière. Il n'aurait pas pu, même s'il n'y avait pas eu Lisa.

Il appuya le bout de la pagaie contre un rocher pour l'éviter, redressa le kayak, qui menaçait de verser, puis reprit sa course, clignant des yeux à travers l'écume, guettant désespérément la tache orange. Lisa était forcément devant, si elle n'avait pas été retenue par une branche ou entraînée au fond.

A l'orée de la gorge, des masses d'eau grisâtre déferlaient de part et d'autre de sa proue. L'étroit passage entre les falaises était plus que périlleux. Lisa n'y survivrait jamais.

Dans le rugissement assourdissant des remous, il orienta le kayak vers le défilé et s'y engagea en piquant du nez dans la pente abrupte. De temps à autre, il apercevait dans l'autre sens le dos rougeâtre de saumons royaux qui remontaient. Il avait l'impression de se battre contre des forces qu'il ne pourrait jamais vaincre. Heureusement, par moments, de minces rubans d'eau vive libres d'écueils lui permettaient d'avancer plus vite. Il était trempé jusqu'à la taille et tremblait de froid. Remontant les genoux dans l'habitacle pour prendre appui, il manœuvra le pédalier des deux pieds, priant le ciel pour ne pas se retourner. Quand son oncle John lui enseignait le kayak, des années auparavant, pendant les vacances d'été, il disait toujours en plaisantant qu'il s'agissait en fait d'un sport sous-marin... Certes, John lui avait aussi montré la technique esquimaude pour redresser l'embarcation, mais dans de telles circonstances, cela risquait d'être particulièrement rude.

Lisa savait que sans son gilet de sauvetage elle serait déjà morte. Pour être un peu moins cognée contre les rochers, ceux des parois comme ceux qui affleuraient à peine en surface, elle avait croisé les bras, ramené les jambes sous elle et s'était roulée en boule, mais quand un remous plus brutal que les autres la submergea et l'entraîna sous la surface, elle fut obligée de s'étirer de nouveau. Elle tenta de se débattre, d'agiter bras et jambes pour se maintenir à flot, mais elle était balancée avec violence et ne parvint pas à reprendre le contrôle.

Tout à coup, les parois du défilé se dressèrent devant elle. Elle s'y engouffra, suffoqua, retint sa respiration jusqu'à ce que ses poumons menacent d'éclater. Un rayon de soleil l'aveugla brièvement et elle essaya de penser aux chaudes journées sur la plage, en Floride, tandis que son corps n'était livré qu'à la chaude caresse de l'astre, pas à cette lourde masse d'eau glacée. Elle allait perdre son souffle et mourir…

La gorge obliqua brusquement, et elle comprit qu'elle n'avait plus que très peu de temps pour s'accrocher près de la rive avant de s'évanouir. Il fallait tenir bon. Sortir de l'eau. Là-haut, dans la maison, Mitch allait se demander où elle était passée, deviner peut-être ce qui était arrivé. Qu'était-il vraiment arrivé, d'ailleurs, pour qu'elle se retrouve en proie à ces eaux déchaînées et mortelles ?

Elle voulut tendre la main vers un rocher et se rendit compte avec horreur que son bras, insensible, ne répondait plus. Comment s'appelait donc l'étape suivante, quand on avait si froid qu'on sombrait dans un sommeil fatal, prélude à la noyade ? Hypo… Elle ne se rappelait pas. Allait-elle mourir victime d'une chose dont elle avait oublié le nom ? Un avocat connaissait toujours les termes précis, qu'ils soient anglais ou latins… Il savait plaider l'indulgence, demander un répit… Sauf qu'ici, elle n'aurait pas de répit.

Mitch était très entraîné, mais les muscles des bras tiraient, et son dos, endolori, était cuisant. Il fallait absolument qu'il retrouve Lisa maintenant, s'il voulait que l'équipée reste un sauvetage et pas la récupération d'un cadavre. Un tourbillon fit voltiger son esquif. Il réussit à se dégager, mais dut plonger dans une nouvelle cascade. Sa vitesse, brusquement, était décuplée. Il filait comme l'éclair, plus vite encore que sur le traîneau de Spike, l'hiver, derrière les chiens husky qui aboyaient… Il avait presque l'impression d'entendre ces aboiements, mêlés au vrombissement fracassant de la chute d'eau, et crut percevoir le cri aigu d'une femme, mais ce n'était que le produit de son imagination.

Une fois passé le deuxième tournant de la gorge, il aperçut de nouveaux Lisa, affalée sur un arbre abattu, prise au piège comme un saumon dans une épuisette inuit. Il se raidit : ces arbres étaient dangereux pour les kayaks, qui pouvaient rester coincés dans les branchages, voire être fendus et brisés.

Il devait tout de même courir le risque. Avec un peu de chance, ils pourraient remonter le tronc jusqu'à la saillie rocheuse, au bord du torrent. Est-ce qu'elle bougeait ? L'hypothermie l'avait sûrement saisie, maintenant. Si ce n'était pas pire. La force du courant pouvait s'avérer redoutable.

Il entreprit de se rapprocher, mais le kayak partit en spirale et se renversa. Mitch retint sa respiration et se retrouva sous l'eau, priant pour ne pas se heurter à une branche ou à un rocher submergé. Le froid glacé le fit suffoquer et ses craintes pour Lisa redoublèrent.

Il se rappela les conseils de son oncle.

— En cas de dessalage, technique esquimaude : un bon coup de pagaie vers le haut et une torsion de tout le corps. Un coup, une torsion. Hop !

Il ne fallait pas céder à la panique, même s'il n'avait pas de casque et risquait un coup sur le crâne. La tête en bas, coincé dans le kayak, mais sans sombrer, grâce à son gilet qui lui permettait de flotter, il souleva sa pagaie à la verticale des deux mains, puis bascula le torse d'un côté en donnant un puissant coup de hanche. L'opération réussit, mais il se retrouva plaqué par le courant contre l'arbre couché qui lui heurta brutalement la mâchoire. Il se secoua pour chasser l'eau. Le kayak tanguait comme un bouchon.

Il prit une profonde inspiration. En dépit du soleil, il avait l'impression de se rouler dans la neige. A deux mètres de lui, Lisa gisait sur le dos, immobile, les bras en croix comme une poupée de chiffon. Des jets d'écume valsaient tout autour d'elle et elle ne semblait pas respirer. Dieu merci, cela dit, l'arbre avait arrêté sa chute juste avant la succession de cascades à pic qui débutait un peu plus loin. Surtout, par bonheur, elle avait les épaules et la tête hors de l'eau.

Il tenta de se rapprocher en faisant levier de la pagaie, pour pouvoir faire descendre Lisa sur le kayak ou, au moins, grimper avec elle sur le tronc. Hélas, la force des remous le déséquilibra : il pivota et se retrouva de nouveau sous l'eau.

De temps à autre, Christine Tanaka jetait un coup d'œil par la fenêtre de la cuisine, tout en coupant de fines tranches de saumon de son ula, son couteau de femme inuit bien affûté. Elle préparait l'apéritif pour les hôtes de Mitch, des collègues de son ancien travail ou, comme il disait, de sa vie antérieure.

— *Iah*, ne parle pas comme ça ! le gourmandait-elle. Ça me donne l'impression que tu es un revenant.

Pour le reste, elle ne trouvait rien à reprocher à Mitch, pas même le fait qu'il écorchait son nom inuit quand il l'appelait « Cu'pak ». La langue inuit, avec ses sons de gorge très rauques, était difficile pour les « kass'aq ». Elle avait toujours l'impression que Mitch l'appelait « Cupidon », comme le petit dieu ailé qui tire ses flèches sur les gens pour les rendre amoureux. Elle avait déjà vécu cela et en connaissait bien trop les dangers, mais était reconnaissante à Mitch de rendre hommage à son peuple et de tout faire pour devenir un Alaskien digne de ce nom. Elle l'aimait pour cette raison et pour bien d'autres.

Elle sursauta en entendant une voix de basse l'interpeller, et coupa le son de la radio inuit qu'elle écoutait souvent en travaillant, l'été, pour le seul plaisir d'entendre sa langue maternelle. L'une de ses longues boucles d'oreilles à perle s'accrocha dans ses cheveux. Elle la tira pour la dégager.

La voix était celle de Jonas Grant, le grand Afro-Américain venu suivre le stage des Bonner, et l'un des trois candidats au remplacement de Mitch comme associé senior.

— Ça ne vous ennuie pas si je vous rejoins dans la cuisine ? demanda-t-il depuis le seuil, en tenant la porte. Pour être franc, je meurs de faim, et Mitch nous a dit de nous adresser à vous. Je ne sais pas si c'est dû au décalage horaire ou au grand air, mais je me sens affamé.

Elle était étonnée de ne pas l'avoir entendu arriver, car elle avait l'ouïe fine et percevait généralement une autre présence, mais Jonas se déplaçait sans bruit. Il avait le crâne rasé, ce qui n'était peut-être pas une très bonne idée en Alaska, mais était sûrement confortable sous un climat chaud et humide.

— C'est moi qui ai appris à Jonas tout ce qu'il sait, avait plaisanté Mitch. Ce qui veut dire qu'il est très malin !

En voyant le regard pétillant du nouveau venu, sous ses sourcils arqués, Christine se dit que c'était sûrement vrai. Jonas était quelqu'un qui observait les autres avec attention et se forgeait sa propre opinion, avait précisé Mitch en lui dressant le portrait de leurs hôtes, avant leur arrivée. On voyait, en effet, que Jonas Grant pesait toujours ses mots et ses actes. A vrai dire, elle s'en était vite rendu compte, parce qu'elle fonctionnait de la même façon. En outre, elle aimait bien la couleur de sa peau, brunie et tannée comme celle de son propre peuple, ces Inuits qui lui avaient tourné le dos après ce qu'elle avait fait.

— Bien sûr, répondit-elle en hochant la tête. J'ai prévu pour l'apéritif des filets de saumon avec une sauce aux fraises, des *enchiladas* d'orignal et des tranches de pain frais à la confiture de framboise. Voulez-vous aussi quelque chose à boire ?

— Non, merci. Je n'ai pas soif.

Elle entreprit de préparer une assiette copieuse et jeta un nouveau coup d'œil par la fenêtre pour guetter Mitch, mais le kayak n'était toujours pas là. En plissant les yeux à cause du soleil, elle aperçut Ginger Jackson qui grimpait dans son bateau à moteur pour rentrer chez elle, de l'autre côté du lac. Ginger cuisait le pain et toute la pâtisserie de la résidence, et les apportait en bateau chaque après-midi, afin que tout soit prêt pour le petit déjeuner du lendemain matin. Christine se demandait comment elle arrivait à cuisiner avec sa main handicapée, mais tout ce qu'on pouvait reprocher aux gâteaux de Ginger, c'était qu'ils nourrissaient trop son frère Spike. L'été, quand il ne faisait pas de courses en traîneau et se contentait d'emmener les touristes en randonnée, Spike prenait toujours du ventre.

Son hydravion rouge était garé sur l'autre rive du lac, depuis que des hôtes de passage s'étaient plaints du bruit quand il décollait derrière la maison, à l'aube. Lorsque les gens n'avaient pas envie de venir par la route, ou d'atterrir à Talkeetna, il allait les chercher à l'aéroport d'Anchorage. Il proposait aussi des promenades aériennes et, ce matin-là, il avait emmené Mme Bonner, qui avait d'ailleurs son brevet de pilote, découvrir toute la région entre Talkeetna et Wasilla. Mme Bonner voulait voir Wasilla, la petite ville dont l'ambitieuse et hardie Sarah Palin avait surgi pour briguer la vice-présidence des Etats-Unis. Mitch avait précisé que le frère de Mme Bonner s'était lancé dans la politique et, après ses succès en Floride, comptait bien aller plus loin. Pas étonnant que Mme Bonner s'intéresse à la femme qui gouvernait l'Alaska.

Christine tendit son assiette à Jonas.

— Merci, dit-il avec un grand sourire, révélant une dentition éblouissante. Mon fils dirait que ça a l'air « cool ». Peut-être pas le saumon, mais les *enchiladas* d'orignal, sûrement.

— Quel âge a-t-il ? demanda Christine en le suivant jusqu'à la grande salle qui faisait salon et salle à manger.

Les chambres se trouvaient à l'étage, dans les deux ailes du bâtiment, les hôtes d'un côté et l'appartement privé de Mitch de l'autre. La chambre de Christine se trouvait au rez-de-chaussée, à l'arrière, près d'un petit bureau-bibliothèque empli de livres sur l'Alaska et qui donnait sur un patio dallé pourvu d'un barbecue, d'une cheminée, d'un sauna finlandais et d'un vaste spa de plein air, avec vue sur le lac.

Ici, près du lac Duck — dont le nom inuit était Dukhoe —, Christine habitait le plus bel endroit de toute sa vie. La maison, construite en rondins, avec des murs intérieurs lambrissés de pin, ouvrait sur la nature par une immense baie vitrée. Comme les chalets adjacents, elle était si bien isolée qu'en hiver, devant l'énorme cheminée de pierre, il y faisait aussi chaud que dans une Thermos.

La grande salle, avec ses poutres et ses quatre mètres de hauteur, évoquait une cathédrale. Un peu partout trônaient des canapés rembourrés, des fauteuils confortables et des rocking-chairs, et le parquet s'ornait de tapis dans des tons assourdis de bleu et de vert. Dans toutes les pièces, les murs étaient décorés de raquettes, de quilts et de bois de cerfs, sauf dans la bibliothèque où Mitch avait insisté pour que Christine dispose sa collection de poupées esquimaudes. Quant à la cuisine, royaume de la jeune femme, elle était très moderne, avec des meubles en acier brossé dignes d'un restaurant de Fairbanks. De temps à autre, en cas de besoin, deux femmes venaient de Bear Bones aider aux tâches du ménage.

— Mon fils, Emerson, a neuf ans, répondit Jonas. Il est malade. Il…

Jonas détourna les yeux, le regard au loin, et déglutit ou s'éclaircit la gorge.

— Il souffre d'un chordoma, un cancer de la moelle épinière, depuis qu'il a cinq ans.

— Oh… Je suis désolée… Cela doit être si dur, pour un enfant qui a envie de jouer et de courir…

— Oui, répondit Jonas en faisant de nouveau face à Christine, au pied de l'escalier. Au moment du diagnostic, les médecins lui donnaient sept ans d'espérance de vie. J'aimerais tellement l'amener ici voir l'Alaska, les ours, les élans, le torrent avec ses rapides… Pour être franc, je me sens coupable de l'avoir laissé pour quelques jours, mais ce que proposent Carlisle & Bonner…

Il fronça les sourcils, se racla de nouveau la gorge. Christine vit qu'il avait les yeux brillants de larmes retenues.

— Je suis prêt à tout tenter, bien sûr, enchaîna-t-il, et tous ces traitements finissent par coûter très cher. Enfin, excusez-moi de m'être épanché… Mitch nous a dit que vous étiez très compréhensive.

— Il a dit ça, vraiment ? demanda-t-elle, l'estomac

faisant un bond. C'est sans doute parce que je ne parle pas beaucoup moi-même. Si vous avez besoin d'autre chose, n'hésitez pas. Et si vous pouvez, reposez-vous, parce qu'ici, la nuit commence bien plus tard que dans d'autres régions, l'été, et surtout, il ne fait jamais complètement noir. Le soleil ne se couche pas entièrement, même derrière ces montagnes.

— Comme dans le dicton, vous savez ? « Le soleil ne se couche jamais sur l'Empire britannique. »

— Je ne connaissais pas. En tout cas, nous allons amplement profiter des rayons et de la lumière, en cette saison.

— Et l'hiver, la nature prend sa revanche avec de longs hivers sombres, j'imagine.

— Oui, mais elle nous fait le cadeau des aurores boréales.

— C'est vrai, j'aimerais voir ça, et j'aimerais qu'Emerson voie ça aussi. D'après Mitch, cela attire beaucoup de touristes japonais, parce qu'ils sont convaincus que concevoir un enfant sous les lumières du Grand Nord lui porte bonheur.

Il secoua la tête, s'engagea dans l'escalier, puis la regarda par-dessus son épaule.

— J'espère qu'ils ne vont pas jusqu'à concevoir leurs enfants dehors, dans le froid !

Christine sourit et fit signe que non. Sans raison, elle se sentait tout à coup heureuse. Elle avait beaucoup de chance d'avoir réussi à se préserver, et cela lui rendait Jonas sympathique : elle comprenait ce que voulait dire, de lutter pour survivre.

— Je peux vous rassurer, ce n'est pas le cas ! répondit-elle. L'hiver, même les Alaskiens les plus endurcis font cela au chaud, sous les couvertures.

Il eut un sourire timide, la remercia de nouveau et monta à l'étage pour se diriger vers les chambres d'hôtes. Christine, alors même qu'elle avait un repas à préparer pour huit personnes — si Spike restait dîner —, prit néanmoins le temps de sortir un moment sur le seuil pour observer le paysage familier, avec le sentier qui descendait vers le lac. Lisa Vaughn n'avait rien apporté de bon à Mitch dans le passé et ne lui apporterait rien à l'avenir, songea-t-elle. Si seulement cette femme n'était pas venue ici, avec tous ces avocats, dans le havre de paix que Mitch avait su créer pour celle qu'il appelait « Cupidon » !

3

Quand Mitch eut réussi à redresser de nouveau le kayak, il comprit qu'il allait devoir l'abandonner. Le courant le plaquait avec violence contre le tronc d'arbre, et il avait toutes les chances de dessaler de nouveau. Or, il devait se dépêcher pour rejoindre Lisa, s'assurer qu'elle respirait encore, trouver le moyen de les mettre tous les deux au sec et au chaud. Ils pourraient subsister un moment sur les provisions contenues dans l'embarcation, puis il leur faudrait rentrer à pied, sachant que la seule route praticable se trouvait de l'autre côté de la rivière…

Tout en maintenant le kayak en équilibre à l'aide de la pagaie, du mieux qu'il pouvait, il défit rapidement les élastiques qui fermaient le coffre étanche, à la proue, l'ouvrit et en tira une combinaison en Néoprène. Il la noua autour de son cou comme une écharpe, puis fouilla le coffre et trouva un gros rouleau d'adhésif qu'il glissa à son poignet. Il y en avait toujours dans les kayaks, pour boucher d'éventuelles éraflures ou, aussi, maintenir des entorses ou des fractures. Prudemment, pour ne pas verser, il défit le pontage et se rendit compte qu'il était assis dans l'eau. Il s'était tellement concentré et avait eu si froid qu'il ne s'en était même pas rendu compte.

Il se hissa sur l'arbre tant bien que mal, à un peu plus

d'un mètre de Lisa, et, tout en s'agrippant aux branches brisées, se dirigea vers elle à plat ventre. La blonde chevelure de la jeune femme lui retombait sur le visage comme un voile. Son premier instinct poussait Mitch à la prendre dans ses bras, mais il résista et plaça deux doigts dans son cou pour sentir sa carotide. Elle avait la peau si froide qu'il sentit son cœur se serrer. Il mourait lui aussi de froid et avait les doigts gourds, mal assurés.

Oui ! Le pouls battait encore, faible, peut-être même irrégulier : il tremblait tellement qu'il n'aurait su dire. Elle respirait lentement ; il n'aurait pas besoin de faire du bouche-à-bouche. Tout doucement, il écarta ses cheveux trempés de son visage. Elle était livide et couverte de bleus.

— Lisa ? Lisa, c'est Mitch… Tout va bien se passer. Je suis venu te chercher et je vais te ramener à la maison. Enfin, chez moi, à la résidence…

Elle ne répondit pas, resta immobile. Il devait se contenter pour l'instant de savoir que son pouls battait et que son léger souffle se maintenait. Des années auparavant, il avait vu son oncle ranimer l'un de ses amis fermiers, après une chute ; mais cela s'était passé près d'une propriété d'où ils avaient pu appeler les secours, même si ces derniers mettaient longtemps à venir de Bear Bones.

Tout en priant pour que leur poids ne fasse pas osciller le tronc d'arbre, au risque de les précipiter dans la rivière, il glissa les bras sous les aisselles de Lisa et la retourna doucement pour la mettre sur le dos. Les jambes de la jeune femme retombèrent mollement de chaque côté du tronc. Avec d'infinies précautions, Mitch entreprit de la tirer vers l'étroite saillie rocheuse, au pied de la falaise, où les racines de l'arbre restaient accrochées. Un brusque rayon de soleil lui caressa le visage. Le soleil ! Hélas, cela ne durerait pas longtemps, dans cette gorge resserrée, même si les nuits restaient très claires.

Il lui fallut une éternité pour atteindre la saillie et y allonger Lisa. Il lui replia les bras et les jambes pour tenter de préserver le peu de chaleur corporelle qui lui restait.

— Nous y sommes, chérie, dit-il à voix haute. Tu vas t'en tirer.

Il parlait comme s'il voulait aussi se convaincre lui-même, mais sa voix se brisa.

Toujours à quatre pattes, il remonta le tronc en sens inverse, s'allongea et tendit la main pour défaire l'autre caisson étanche du kayak, à l'arrière. Il savait qu'il y trouverait d'autres gilets de sauvetage, mais avait oublié ce qu'il y avait mis d'autre. Il découvrit un petit réchaud à gaz de camping, une tente d'une personne, mais pas de sac de couchage et pas de provisions, mis à part des tranches de saumon séché rangées dans un sac imperméable, fermé par une fermeture à glissière. « Des biscuit de squaw », disait Christine. Il lança les gilets et le sachet sur la saillie, remonta son sac à dos sur son épaule et tira la tente et le réchaud pour revenir à côté de Lisa.

Au moins, il avait quatre limonades dans son sac à dos, sans quoi il aurait dû se contenter de chauffer de l'eau de la rivière pour faire boire Lisa. Quand ils se mettraient en marche, il emporterait la tente et le réchaud… Mais chaque chose en son temps.

Agenouillé devant la jeune femme, de façon à bloquer la brise, il lui retira son gilet de sauvetage, puis la déshabilla en ne lui laissant que ses sous-vêtements noirs, étonnamment sexy dans ces circonstances, tant ils semblaient fragiles et légers. En dépit de ses marques de bronzage, elle avait la peau blanche comme le ventre d'un poisson. Son corps superbe ressemblait à une statue d'albâtre. Il la couvrit de la combinaison de Néoprène, sans la lui enfiler encore car elle était glacée. En général, les kayakistes revêtaient un vêtement molletonné sous leur combinaison, pour avoir chaud, mais Lisa n'avait pas eu cette chance.

Il sortit la tente de son sac en toile et le disposa de façon à couper le vent, mais sans faire de l'ombre, soucieux de maintenir leur petite plate-forme rocheuse au soleil. Il fallait absolument faire reprendre conscience à Lisa, pour éviter qu'elle ne sombre dans un sommeil sans retour. Tout en lui manipulant bras et jambes pour vérifier qu'elle n'avait rien de cassé, il ne cessait de lui parler. Elle était couverte d'ecchymoses et d'éraflures, mais, par un véritable miracle elle semblait ne rien avoir de plus grave, pas même des engelures.

Il suspendit ses vêtements au bord de la saillie pour qu'ils sèchent, puis entreprit de la frotter avec vigueur avec la combinaison, sèche et réchauffée. Il était lui-même trempé des pieds à la tête et ne pouvait utiliser ses propres vêtements. Il lui massa les orteils et les doigts, puis, finalement, l'emballa tout entière dans le tissu de la tente. Un peu plus tard, il la réchaufferait encore plus en s'allongeant sur elle, avant même de lui enfiler la combinaison, mais pour l'instant, il fallait lui préparer une boisson chaude. Il était aussi important de réchauffer l'intérieur du corps que l'extérieur.

Protégé des courants d'air par le paravent improvisé, le réchaud à allumage automatique se mit très vite à la bonne température. Il avait une petite casserole, au fond de son sac, mais la négligea pour l'instant et, en tremblant de froid, il réussit à ouvrir les deux canettes de limonade et les posa directement sur la plaque chaude. Puis il se rendit compte que le sac de la tente était sec et le disposa sur la tête de Lisa comme un bonnet trop grand pour elle.

On perdait tellement de chaleur corporelle par la tête ! Il avait souvent taquiné Jonas à ce sujet, mais son costaud de collègue ne semblait jamais avoir ni trop froid, ni trop chaud. Il aurait donné n'importe quoi pour avoir un sèche-cheveux sous la main, et la grande baignoire d'eau chaude de la résidence !

Pendant que la limonade chauffait, il tendit les mains au-dessus pour tenter de retrouver un peu de sensation dans les doigts, puis entreprit en frissonnant de retirer son gilet de sauvetage et ses vêtements ruisselants. Une canette à la main, il réussit à se glisser sous le tissu de la tente, près de Lisa, et resserra les plis autour d'eux, comme s'ils étaient dans un sac de couchage. Il se serra contre elle et glissa une jambe sur ses cuisses glacées. A sa volonté farouche de la sauver, de la protéger, se mêlait un élan de possessivité qui le stupéfia.

Il se rappela brusquement le premier jour où il l'avait regardée comme une très belle femme et pas seulement comme l'une des dernières recrues du cabinet, petite débutante parmi d'autres. Ils étaient à la plage et elle ne portait pas grand-chose sur elle, ce jour-là non plus. Quel choc de la découvrir sans son tailleur strict, toute mouillée dans son maillot de bain ! Il revenait vers le rivage, debout sur une planche de surf, et l'avait aussitôt désirée.

Au bureau, et surtout au tribunal, comme si elle voulait se protéger de quelque chose, elle portait souvent des lunettes noires et se tirait les cheveux en chignon. Or, là, sur la plage, il avait découvert ses traits d'une beauté classique, et la malice de ses pétillants yeux verts, que même les lunettes de soleil ne parvenaient pas à dissimuler. Son corps était si gracieux, dans son maillot noir, tandis qu'elle bondissait vers le ballon de volley en faisant voltiger ses cheveux blonds… Gracieux et, en même temps, vulnérable ; elle avait toujours quelque chose de fragile.

C'est donc elle, Lisa Vaughn ? s'était-il dit ce jour-là, avant de prendre exactement la résolution qu'il n'aurait pas dû prendre : lui donner rendez-vous, avec l'espoir qu'elle n'accepterait pas uniquement parce qu'il était l'héritier présomptif du directeur, Graham Bonner. Rien, dans le règlement, n'interdisait d'avoir une liaison avec un collègue, mais ce n'était pas recommandé, et Graham ne verrait sûrement pas la chose d'un très bon œil.

Il s'était vite rendu compte que Lisa était bien autre chose qu'une jolie écervelée ou une jeune ambitieuse aux dents longues. Elle était brillante et drôle, en dépit d'un passé compliqué dont elle ne lui avait pas parlé pendant de longs mois. Un jour, elle avait fini par avouer qu'elle avait longtemps été suivie par un psychiatre, enfant et adolescente. Elle avait raconté son histoire, en précisant que, pour le psychiatre, cet aspect sombre d'elle-même — qu'elle appelait son « côté Dark Vador » — provenait d'un mélange de panique et de culpabilité, normales quand on avait été témoin de la noyade de sa mère et de sa petite sœur.

A présent, quel qu'en soit le coût, il était fermement résolu à la sauver. Il lui souleva doucement la tête, la posa au creux de son bras et pencha la canette chaude à ses lèvres pour la faire boire.

— Bois, Lisa. Ça te réchauffera.

Il versa un peu de limonade, mais le liquide coula sur les lèvres et le menton. Il recommença. Le torse appuyé sur la poitrine de la jeune femme, une joue contre la sienne, il lui chuchota à l'oreille :

— Lisa, c'est moi, Mitch. Tu vas t'en sortir. Essaye de boire un peu.

— M… Mitch…

Dieu soit loué ! Il était tellement soulagé de l'entendre, malgré son immobilité de statue, qu'il aurait pu bondir de joie.

— Bois, Lisa. Il le faut.

Elle se mit à claquer des dents, puis un long frisson la parcourut. Au moins, elle n'était plus pétrifiée et sortait lentement de l'hypothermie. Lui-même tremblait tellement qu'il avait l'impression d'y plonger à son tour.

— Mitch, répéta-t-elle dans un murmure presque inaudible.

Elle gardait les yeux fermés et remuait à peine ses lèvres gonflées, bleuies de froid.

— Oui, c'est moi. Je suis là. Je vais m'occuper de toi. Essaie de boire.

Elle prit une gorgé de limonade. Il se serra plus étroitement encore contre elle, pour lui transmettre le peu de chaleur corporelle qui lui restait. Heureusement, le soleil chauffait bien l'étroite saillie. En juillet et en août, pour peu qu'on soit à l'abri du vent, la température dans ces régions pouvait dépasser les trente degrés.

Elle but de nouveau. Il l'étreignit contre lui, cherchant à réchauffer le moindre centimètre carré de sa peau. D'un geste rapide, pour éviter le moindre courant d'air, il attrapa l'autre canette, de l'autre côté du sac de toile, puis eut l'idée de glisser la première canette, une fois vide, sous les pieds de Lisa, comme une brique chaude.

Il but lui-même une petite gorgée puis lui donna le reste. Elle but, puis se recroquevilla contre lui, faible et encore toute froide, dans un geste instinctif qui le fit fondre. Il la garda tout contre lui en lui nichant la tête sous son menton. Il devinait qu'elle mourait de sommeil, mais il fallait absolument l'empêcher de dormir : une fois réchauffés — avec même, parfois, une telle sensation de chaud qu'ils se déshabillaient —, les gens en état d'hypothermie avaient tendance à sombrer dans un sommeil comateux dont ils risquaient de ne plus s'éveiller. Il devait la faire parler sans relâche.

— Lisa, explique-moi… Comment es-tu tombée à l'eau ?

Les yeux clos, elle fronça les sourcils.

— S… sais pas.

— Tu as trébuché ? Perdu l'équilibre ?

Elle secoua légèrement la tête sans répondre. Il arrivait que les victimes d'un traumatisme perdent la mémoire de l'événement sous l'effet du choc, bien sûr. Sauf que Lisa, qui avait vécu l'horreur de voir sa mère et sa sœur se noyer, en gardait un souvenir si vif qu'elle devait forcément se rappeler ce qui lui était arrivé ce jour-là.

Brusquement, elle devint toute raide dans ses bras.

— Je suis là, murmura-t-il. Tu ne risques rien.

Elle ouvrit grands les yeux comme si elle revivait la scène, puis remua les épaules. Au moins, elle bougeait, mais n'était-ce pas pour essayer de se dégager ?

Elle plissa le front de nouveau et referma les yeux en serrant fortement les paupières.

— Poussée, répondit-elle dans un souffle. On m'a poussée.

— Dans la rivière ? Quelqu'un t'a poussée ? s'écria-t-il d'une voix trop forte, ce qui fit frémir Lisa comme s'il l'avait frappée.

— Oui.

— Qui était-ce ?

— Je n'ai pas vu.

— As-tu entendu quelque chose ?

— Le bruit de l'eau. Les rapides.

Elle répondait, certes, mais est-ce qu'elle n'était pas en

train d'halluciner ? Le choc l'avait-il perturbée à ce point-là, d'une façon qu'il fallait espérer temporaire ? Sûrement. Il connaissait bien ses employés et ses hôtes. Personne n'aurait pu faire une chose pareille.

— Le soleil…, murmura Lisa en battant des paupières sous la lumière.

Elle divaguait de nouveau. Elle lui jeta un regard de biais et parut sur le point de s'évanouir. Ses pupilles étaient agrandies. Peut-être souffrait-elle de commotion, ce qui expliquerait qu'elle ait eu l'impression d'être poussée.

Il la secoua doucement, pour qu'elle ne perde pas conscience, et saisit l'occasion de changer de sujet et ne plus évoquer ce qui, devant un tribunal, équivaudrait à une tentative de meurtre.

— Oui, répondit-il, c'est le soleil de l'Alaska en été. Notre lumière du Nord.

Il savait cependant que les rayons allaient décliner tôt ou tard et que la nuit, sur ce rebord, serait froide. Quand donc Christine ou Spike, ou un autre, se rendraient-ils compte qu'ils n'étaient pas là ? Que penseraient-ils ? Même si l'on devinait qu'ils avaient besoin de secours, il savait qu'aucun avion ne pourrait les voir, dans cette gorge, et que le seul moyen de les retrouver serait d'affronter ce torrent déchaîné. Même si Christine ou Spike faisaient venir le shérif de Talkeetna, ou simplement les policiers du village voisin de Bear Bones, on ne pourrait pas les aider. Ils ne devaient compter que sur eux-mêmes.

— Je peux vous aider ? dit une voix mélodieuse.

Christine, occupée à mettre la table dans la grande salle, entendit le claquement de bottines à talons sur le plancher de pin. Elle se retourna et vit l'une des invitées, Vanessa

Guerena, traverser le ponton de bois qui surplombait le lac pour entrer dans la salle. Elle avait passé un long moment à l'arpenter de long en large, comme si elle attendait quelqu'un ou espérait qu'il allait se passer quelque chose.

Quand on les avait présentées, Christine avait admiré la silhouette mince, les cheveux noirs et brillants de la nouvelle venue, sa peau bronzée, son étincelant regard sombre. Dans un autre monde, elles auraient pu passer pour deux cousines inuit, d'une taille et d'une allure comparables, et Christine soupçonnait même que Vanessa avait à peu près son âge, environ trente-cinq ans. Seulement, comme d'ailleurs l'avait remarqué Spike, Vanessa débordait d'assurance et avait un indéniable charisme. Christine était sûre qu'il l'avait contemplée en se décrochant la mâchoire.

Cela dit, leur ressemblance s'arrêtait à ces détails extérieurs. Avec ses bottines de daim, son pantalon et sa veste en cuir couleur miel — par cette chaleur ! —, Vanessa paraissait suprêmement élégante face à l'aspect sobre de Christine, vêtue de baskets, d'un jean et de deux T-shirts superposés. Pour les autres, y compris les richissimes Bonner, le choix du jean s'était imposé. Vanessa n'avait peut-être pas reçu les consignes concernant les tenues adaptées à un séjour dans un chalet rustique et isolé de l'Alaska.

La nervosité mal contenue de la visiteuse était flagrante. Cubaine d'origine, Vanessa témoignait d'un caractère emporté que Christine avait remarqué, un peu plus tôt, en la voyant discuter de loin avec Jonas, et qui était aux antipodes du tempérament inuit. On voyait aussi, cependant, que Vanessa avait de bons côtés, notamment cette générosité naturelle et amicale que les Inuits appelaient « catngu ». Peut-être avait-elle traîné dehors en attendant l'occasion de proposer son aide ? A moins qu'elle n'ait jugé de bonne politique de se lever tôt, dans la mesure où les Bonner n'étaient même pas encore descendus. A moins, bien sûr, qu'elle ne soit déjà aux aguets, pour surveiller ses rivaux dans la succession au poste de Mitch.

— Merci de proposer, mais c'est prêt, dit Christine. Mettez-vous à l'aise. Servez-vous de ce que j'ai préparé pour l'apéritif, si vous voulez. Je suis sûre que les autres ne vont pas tarder, il n'y a pas de raison de les attendre.

— Merci, dit Vanessa en enfonçant les mains dans les poches de sa veste. Vous avez vu Mitch ?

— Non, pas depuis un moment.

— Et Lisa ?

— En coup de vent.

— Est-ce qu'ils étaient ensemble ? Oh, pardon… Je vous interroge comme un témoin éventuel… C'est de la déformation professionnelle, s'excusa Vanessa en souriant avec un petit haussement d'épaules.

Christine hocha la tête et repartit chercher le reste dans la cuisine. Elle jeta un coup d'œil vers le sentier qui descendait au lac : toujours pas de Mitch en vue, alors qu'elle l'attendait impatiemment.

Elle rapporta un dernier plat de hors-d'œuvre. Vanessa déambulait dans la pièce en feignant de regarder par la baie vitrée. En apercevant Christine, elle s'écria :

— Je me sens un appétit de loup, ici ! Comme je veux goûter à tout, je fais un peu d'exercice en intérieur.

Dès que Christine eut posé le plat, Vanessa se précipita dessus.

— J'espère que l'entraînement prévu par Mitch va m'aider à brûler toutes ces calories, reprit-elle en se versant un verre de chardonnay pour accompagner l'assiette qu'elle venait de remplir. Jonas est bien décidé à goûter aussi vos délicieuses préparations locales.

Christine aurait parié qu'ils étaient surtout avides de

prendre la place laissée vacante par Mitch. D'ailleurs, où était-il passé, à la fin ? Et où était passée Lisa, comme l'avait demandé Vanessa ?

Lisa n'avait qu'une seule envie : dormir, bien au chaud dans les bras de Mitch. Ils étaient sans doute sur la plage, car une sorte de cabane en toile lui couvrait la tête et le corps. Elle adorait le soleil, mais savait qu'il était mauvais pour la peau de trop s'exposer. Mauvais et même dangereux… Juste avoir chaud… Elle était épuisée. Elle avait mal partout… S'endormir, se laisser aller…

Elle sentit que quelqu'un la serrait dans ses bras et la secouait. Un maître nageur ? Aurait-elle été assommée par une vague et sauvée par un maître nageur ?

Une voix masculine, rauque, retentit à ses oreilles.

— Lisa, il faut absolument remuer. Agite les doigts et les orteils.

Elle entrouvrit les yeux, les paupières lourdes. Mitch ! Mitch était là, avec elle, sur la plage. La plage ? Non : ils étaient contre un grand mur de pierre et elle entendait un bruit de ressac. Ils n'étaient pas en Floride. Lisa se rappela ce que disait Dorothy à son petit chien Toto, dans *Le Magicien d'Oz*, après que la tornade l'eut emportée : « Je crois que nous ne sommes plus au Kansas. » Elle essaya de remuer doigts et orteils, comme l'ordonnait Mitch, et même de faire comme le disait la bonne fée à Dorothy : claquer l'un contre l'autre les talons de ses chaussures scintillantes en faisant un vœu. Seulement, elle n'avait pas de chaussures, et très froid aux pieds…

On la secoua de nouveau. Mitch était là.

— Lisa, écoute-moi… Moi aussi, je préférerais que nous soyons au chaud à la résidence, mais ce n'est pas le cas.

Il la prit alors par les épaules et la serra contre lui.

— Tu es tombée dans le torrent, tu souffres d'hypothermie. Tu dois à tout prix te réchauffer. Bois encore un peu et remue les mains et les pieds.

Elle fit un effort surhumain pour obéir. Elle était tellement endolorie ! Une gorgée de liquide chaud et pétillant lui coula dans la gorge. Du champagne ? Alors qu'on n'avait pas le droit d'apporter des boissons sur la plage ?

Puis la mémoire lui revint. Elle attendait Mitch, sur le ponton, devant la résidence, en regardant l'eau tourbillonner. C'était comme si elle y voyait sa mère et Jani. Le visage de sa mère l'observait à travers l'écume. Et alors…

Elle se redressa brusquement : on l'avait poussée, n'est-ce pas ? Jamais elle ne serait tombée ou n'aurait sauté de son propre chef simplement parce qu'elle croyait voir sa mère et Jani. Et ce n'était sûrement pas Mitch qui l'aurait poussée pour voler ensuite à son secours, tel un héros, pour la faire revenir ! Non, il ne voulait plus d'elle. Elle prenait ses désirs pour la réalité, et tirait des plans sur la comète. *Rien ne vaut le pays natal… Rien ne vaut le pays natal.* Le pays où habitent ceux que l'on aime… Sauf que ceux qu'elle aimait avaient été emportés par un tourbillon d'écume rageur.

Elle tressaillit de nouveau, avec une violence inouïe, égale seulement au contact brutal avec l'eau glacée, en se rendant compte qu'elle était dans les bras de Mitch, dans une sorte de lit improvisé, et qu'ils étaient nus tous les deux.

Elle essaya de s'asseoir, mais il l'obligea à s'allonger. Où donc se trouvaient-ils ? Qu'est-ce qu'ils avaient fait ? Ah, non, c'est Mitch qui avait raison… Elle était tombée dans le torrent et il avait dû l'en sortir, la sauver. Seulement, elle avait été poussée. Par qui ? Et pourquoi ?

Il la sentit se raidir contre lui.

— Je me sens mieux, dit-elle, je me réchauffe. Tu peux me lâcher.

Elle ne reconnaissait pas sa voix. Entre ses lèvres gonflées, tuméfiées, elle marmonnait avec peine.

— Tant mieux si c'est vrai, répondit-il, mais tu as frôlé le coma. Il n'y a que deux heures que tu es sortie de l'eau.

— Je… merci. Tu es venu en ba… bateau ?

— J'ai foncé derrière toi avec le kayak que j'avais préparé pour la promenade.

— Oh !

Elle tenta d'assimiler l'information. C'est vrai, ils avaient décidé de discuter, mais…

— M… Mitch, quelqu'un m'a donné un coup. J'ai perdu l'équilibre et j'ai dévalé toute la pente, mais c'est parce qu'on m'avait poussée.

— Oui, tu me l'as dit.

— Tu ne me crois pas ?

Avec sa voix pâteuse, on aurait pu comprendre : « Tu ne me quittes pas ? »

— Nous en reparlerons quand nous serons rentrés. J'ai effectivement vu que les provisions préparées par Christine étaient répandues un peu partout sur la crête. Pourquoi n'es-tu pas allée m'attendre près du lac, comme prévu ? As-tu vu ou entendu quelque chose ?

— Avec le bruit du torrent ? Non, je n'ai rien entendu. Je… je regardais les saumons remonter le courant. Tu vois, mon cerveau fonctionne de nouveau. Je me sens mieux, insista-t-elle en s'écartant.

Elle aurait aimé se rappeler exactement ce qui s'était passé, au lieu de revivre de nouveau cette atroce panique, cette peur bleue de l'eau déchaînée. Sa mémoire était-elle aussi brouillée que sa cervelle ?

— Je vais voir si tes vêtements sont secs, et tu enfileras

aussi la combinaison, dit-il. Tu peux te réchauffer les mains autour du réchaud. Ne te lève pas trop vite. Quand on est en état de choc, il faut y aller lentement. Il se peut que tu te sentes un peu confuse.

C'était le moins qu'on puisse dire, pensa-t-elle avant de récriminer à voix haute :

— Tu ne veux vraiment pas me croire, quand je dis qu'on m'a poussée ?

— Je suis ravi que tu protestes. La colère va te fouetter le sang, c'est parfait. Et puis, c'est un peu comme si nous reprenions la conversation là où nous l'avions laissée, non ?

— C'est du passé. Je ne pourrais jamais te remercier assez de t'être risqué sur le torrent pour venir me chercher. Est-ce que je peux m'habiller et dor… dormir un peu ? Je suis épuisée. Nous sommes tous les deux épuisés.

— Je te crois, et pas seulement à cause de cette aventure, mais la réponse est non. Il est hors de question de dormir. Ce n'est pas moi le médecin de famille, mais j'en sais assez pour t'affirmer qu'une victime d'hypothermie ne doit en aucun cas sommeiller. C'est aussi dangereux qu'après une commotion. Ce dont tu as besoin, c'est de chaleur. Or, mes vêtements sont aussi trempés que les tiens, si jamais tu te demandais pourquoi nous sommes nus tous les deux.

Elle devait lutter pour ordonner ses pensées, formuler la moindre phrase, comme si elle tâtonnait dans le noir.

— Merci de nouveau, mais ça v… ça va mieux. Et si tu penses que je me suis jetée à l'eau ou que j'ai trébuché simplement à cause de ce que tu sais sur ma mère, tu te trompes. On m'a poussée, et je vois au moins deux personnes qui auraient un motif pour le faire. Je n'ai pas halluc… halluciné…

Sa voix mourut et ses pensées se mirent à tourbillonner.

Et si Mitch avait raison ? S'il n'y avait eu personne et qu'elle ait simplement été fascinée par l'eau, hypnotisée, comme si, tout compte fait, la petite Lisa avait voulu rejoindre sa mère et Jani ? La petite Lisa qu'elle avait été était-elle encore terrifiée à l'idée qu'elle ait pu pousser sa mère et sa sœur par-dessus bord ?

Elle n'avait pas vu le Dr Sloan, son psychiatre, depuis des années, mais elle l'entendait encore : « Il faut vous débarrasser de l'idée que vous auriez dû mourir avec elles et que c'est vous qui avez causé leur chute. Vous vous en voulez terriblement de ne pas avoir compris que votre mère allait si mal, mais vous n'étiez qu'une enfant. Rien de tout cela n'est votre faute. Absolument rien. »

La voix de Mitch brisa le fil de ses pensées.

— Lisa, est-ce que tu m'entends ? Tu as battu des paupières comme si tu allais t'évanouir.

— C'est l'effet du sommeil… Je tombe de sommeil.

— Moi aussi, mais tant pis. Nous sommes à des kilomètres de la résidence et des secours, et même de toute trace de civilisation. Nous allons être obligés de marcher. Je vais regarder si mes vêtements sont secs et m'habiller. Repose-toi encore quelques instants, mais ne t'endors pas et continue de parler.

— Comment est-ce que je vais marcher ? Je suis pieds nus. Mes chaussures sont restées dans le torrent.

— Je sais. Je vais t'en fabriquer une paire de fortune, avec des morceaux du gilet de sauvetage supplémentaire.

— Waouh ! Enfin un homme qui comprend le goût des filles pour les chaussures chic.

Elle entendit bel et bien Mitch pouffer de rire tandis qu'il sortait de leur cocon improvisé. Elle aperçut brièvement son torse couvert de poils noirs, puis un courant d'air froid la gifla et elle serra plus étroitement le tissu de la tente autour d'elle. Cela la réconfortait d'avoir entendu le rire de Mitch, et elle avait senti ses joues s'embraser en le voyant ramper nu hors de l'abri. Il ne fallait surtout pas qu'il devine ce genre de pensée. Elle remonta la toile jusque sous son menton et se détourna.

Entre eux, il n'était plus question que de faire face à l'urgence et trouver le moyen de survivre. Il fallait qu'elle se montre à la hauteur. Ainsi, il ferait aux Bonner un rapport élogieux. Surtout qu'ils risquaient de la trouver vraiment idiote d'être tombée à l'eau… Est-ce qu'on la prendrait pour une folle, si elle affirmait avoir été poussée ? Peut-être serait-il plus prudent de dire à Mitch qu'elle avait été le jouet de son imagination et ne parler de ses soupçons à personne. Ensuite, elle pourrait mener discrètement son enquête, obtenir une confession du coupable… A moins qu'on n'essaye de nouveau de l'éliminer… Mais qui pourrait vouloir sa mort à ce point ?

Une autre pensée la traversa : peut-être n'avait-on pas vraiment voulu la faire tomber dans le torrent, mais simplement lui faire peur, la mettre en garde. Restait à savoir pourquoi. Jonas et Vanessa n'étaient peut-être pas les seuls à avoir un motif suffisant, et d'autres avaient pu s'aventurer sur la crête, guettant l'endroit propice.

La veille, dans l'avion de Spike Jackson qui les ramenait d'Anchorage, elle avait surpris une curieuse conversation entre lui et les Bonner.

— En somme, vous avez prévu un genre de marathon, un test d'endurance pour vos candidats ? avait demandé Spike à Graham.

Sur son siège, à côté de Lisa, Vanessa s'était penchée malgré sa ceinture pour tendre l'oreille à ce qui se disait devant elles.

— En quelque sorte, avait répondu Graham. Il y aura

des activités prévues par Mitch et d'autres que nous avons concoctées. Nous mêlerons les épreuves individuelles et celles qui se déroulent en équipe.

Jonas, assis à l'arrière sur le seul siège éjectable, près des bagages, avait plaisanté :

— Vous allez nous faire combattre avec un ours ou un loup, dans une forêt reculée ?

— Ne dites pas de bêtises, était intervenue Ellie Bonner, assise dans le cockpit à côté de Spike.

Elle avait pivoté pour leur faire face et ajouté :

— Il n'est pas question d'épreuves de survie ou de télé-réalité. Graham et moi voulons que vous y preniez plaisir et que vous mettiez plus l'accent sur ce qui vous unit que sur la compétition.

— Du moment qu'il ne s'agit pas d'unions forcées…, avait plaisanté Jonas à voix basse, à l'oreille de Lisa et de Vanessa.

Peut-être les Bonner avaient-ils tout de même prévu des tests de survie, pour affronter ses peurs profondes, et que celui de Lisa avait mal tourné. Après tout, quelques années auparavant, un soir où elle dînait chez eux, elle leur avait raconté la tragédie qui avait assombri son enfance, et son traumatisme.

Non, c'était impensable… Il ne fallait pas sombrer dans la paranoïa. Il fallait simplement prouver à tous qu'elle méritait largement le poste de Mitch et, accessoirement, que ce dernier n'avait pas de place dans sa vie. D'ailleurs, finalement, est-ce que ce n'était pas en lui faisant retrouver Mitch, en la laissant seule avec lui et sous sa coupe, qu'on la testait ? Non… Ni lui ni les Bonner n'auraient imaginé un scénario aussi tordu, tout de même.

Elle piqua du nez, puis se redressa brusquement : elle avait failli s'endormir. Heureusement, Mitch n'avait rien vu ! C'était lui qui allait la sauver, la guider dans cette région sauvage, et pour l'instant, elle n'avait d'autre choix que de faire exactement ce qu'il demandait. Heureusement, même si elle était couverte de bleus et avait mal partout, elle n'avait rien de cassé. En dépit de son affreuse envie de dormir, elle se mit à bavarder en répondant de bonne grâce aux questions qu'il lui posait, décidée à coopérer. Il allait la ramener à bon port, dans le havre rassurant de la résidence. Mais si quelqu'un l'avait poussée, ce havre était-il aussi sûr qu'il y paraissait ?

4

Mitch savait que, tôt où tard, il leur faudrait quitter le refuge improvisé de cette saillie rocheuse. Ils auraient pu y passer la nuit, mais il serait plus facile d'empêcher Lisa de dormir s'il la faisait lever pour la mettre en route, d'autant qu'il tombait lui aussi de sommeil et redoutait de s'endormir. Au pire, il la laisserait dans un endroit sûr pour aller seul chercher de l'aide, mais il était hors de question qu'il l'abandonne ici, près des eaux tumultueuses qui avaient failli la tuer.

En s'avançant un peu plus loin sur le rebord, avec précaution, il s'aperçut qu'une faille s'ouvrait dans la falaise, par laquelle on apercevait un morceau de ciel, et qu'un rebord escarpé permettait de la traverser. Il avait déjà survolé la région en avion avec Spike et savait ce qu'il trouverait là-haut : une vaste étendue de tourbière creusée de fondrières et, au-delà, une toundra moins humide. Il savait aussi qu'il leur faudrait des jours pour rejoindre la résidence en marchant droit vers l'ouest.

S'ils parvenaient à sortir de la gorge, ils prendraient donc la direction de l'ouest et traverseraient le torrent à gué, à un endroit où, au-delà des rapides, il se divisait en plusieurs bras étroits et peu profonds. La remontée des saumons y était plus aisée et ce serait plus facile pour eux aussi. De l'autre côté se trouvait une route forestière sur laquelle passaient de temps à autre, en voiture, des chasseurs ou des pêcheurs qui pourraient les ramener. Il ne dirait rien de tout cela à Lisa pour l'instant. Il se retrouvait à prendre les décisions à sa place, comme il l'avait fait pour tant de clients quand il était avocat.

Malheureusement, comme d'ailleurs avec les gens qu'il défendait, il se demandait si Lisa était un témoin fiable et si elle n'avait pas rêvé ce qui lui était arrivé. Il ne pouvait prendre pour argent comptant, sans preuves, l'affirmation selon laquelle on l'avait poussée dans la rivière. Qui donc, à la résidence, serait capable d'un geste aussi extrême ? D'une part, cela supposait qu'on ait guetté l'occasion d'agir, en comptant sur la chance. D'autre part, quel pouvait bien être le motif ? Sûrement pas ce stage de sélection organisé par les Bonner, en tout cas.

Lisa avait très bien pu perdre l'équilibre, se cogner la tête et en conclure qu'on lui avait donné une bourrade. A moins qu'elle n'ait tout inventé pour ne pas passer pour négligente, ou imprudente, auprès de lui-même et des Bonner ? Non, ce n'était pas son genre. Si ambitieuse qu'elle soit, elle ne pouvait se montrer retorse dans le seul but de susciter la compassion.

Il est vrai qu'elle était hantée depuis des années par la mort tragique de sa mère et de sa petite sœur. Il soupçonnait même, bien qu'elle ne l'eût jamais avoué, qu'elle avait par moments, submergée par la culpabilité, songé au suicide. Pour autant, il était absurde de conclure qu'elle avait sauté de son propre chef. Aussi absurde que de croire qu'on l'avait poussée.

Pour l'instant, quoi qu'il ait pu se passer, il fallait qu'ils sortent de là, et ils n'avaient d'autre solution que d'emprunter l'étroit passage qui longeait la faille, sur l'une des parois.

Même si des kayaks ou des radeaux venaient à leur secours, ils ne pourraient pas s'approcher de la plate-forme qui leur servait de refuge : c'était beaucoup trop dangereux. Ils risquaient d'être entraînés tout droit vers la chute d'eau.

— Lisa ? dit-il en revenant en hâte vers elle, car il l'apercevait assise sur le rebord, le dos contre la falaise, les épaules affaissées.

Craignant qu'elle ne se soit endormie en tentant de se redresser, il la secoua par les épaules.

— J'ai trouvé un passage, lui dit-il. Comme nous sommes à l'ombre, maintenant, je pense qu'il faut partir, surtout que le torrent risque de monter encore. Je vais remplir les canettes d'eau et rassembler les affaires. As-tu la force de t'habiller seule ?

— Mais oui, bien sûr, répondit-elle en lui jetant un regard contrarié. Je me sens très b…

— N'essaie pas de me dire que tu es en pleine forme, je ne te croirai pas !

— Oh, tu pourrais me laisser finir ! J'ai la tête qui tourne un peu, mais je suis plus alerte. Voilà ce que j'allais dire.

— Excuse-moi de t'avoir interrompue.

— Comme tu m'as sauvé la vie, c'est bon pour cette fois…, grommela-t-elle.

Sa riposte fit plaisir à Mitch. Elle montrait non seulement que Lisa reprenait du poil de la bête, mais aussi qu'elle lui était reconnaissante. Certes, elle l'avait déjà remercié, mais il s'en était tellement voulu d'avoir bouleversé sa vie, l'année précédente, en annonçant brusquement qu'il quittait la Floride, qu'il conservait le vague espoir que ce qu'il faisait pour elle en ce moment pourrait apaiser un peu les choses. Il n'avait pas l'intention de la reconquérir, pas le moins du monde : il voulait juste se sentir un peu moins lamentable. En même temps, si elle l'avait vraiment aimé, elle aurait compris sa démarche, elle serait venue en Alaska, au moins en prenant un congé. Elle serait venue voir sa propriété, par exemple. Il n'était pas le seul à blâmer, dans leur rupture.

Il se regardèrent droit dans les yeux un long moment, en silence, les sourcils froncés, tandis que le torrent rugissait à côté d'eux.

— La priorité, c'est de joindre nos forces pour sortir d'ici, dit-il enfin.

Il s'éclaircit la gorge avant de poursuivre :

— Quand nous serons rentrés, nous reparlerons de ce qui a pu se passer.

Elle ouvrit la bouche, puis se contenta de hocher la tête.

— Je vais emballer tes vêtements, dit-il en sortant un couteau suisse de sa poche.

Mieux valait s'occuper les mains, s'il voulait oublier qu'il avait envie de la toucher. Il se leva, fit quelques pas sur le rebord et ajouta :

— Je vais te découper des chaussures dans du Néoprène.

— Tu ne veux pas m'en donner un morceau ? J'ai tellement faim que je pourrais en manger.

Il s'efforça de sourire, mais son sourire se transforma en grimace. Elle n'était pas seule à souffrir et à être raide de partout.

— Nous devrons nous contenter du saumon séché de Christine, répondit-il. Je ne suis pas sûr de ce que nous trouverons de l'autre côté, si nous y arrivons, mais nous dénicherons peut-être des baies et, qui sait, du poisson à attraper.

— « Si nous y arrivons ? »

— En tout cas, il va falloir avancer avec beaucoup de précautions. La saillie est étroite. D'ailleurs, il vaut sans doute mieux que tu restes pieds nus et que tu attendes d'être sortie, pour chausser les magnifiques chaussures design que je te propose.

— C'est quelle marque ? Des Manolo ? dit-elle en riant.

— C'est ça, teste ta mémoire.

Il se détourna, le temps qu'elle enfile ses vêtements par-dessus la combinaison qu'elle avait déjà mise pour se réchauffer. Mitch jeta un coup d'œil à sa montre étanche : c'était le moment de l'apéritif avant le dîner, à la résidence. Les autres allaient finir par comprendre que lui et Lisa n'avaient pas simplement décidé de s'enfuir ensemble.

Spike et Christine avaient pris en main les opérations de recherche. Plus exactement, Spike essayait bien de donner des ordres à Christine, mais elle n'avait pas l'intention de se laisser régenter. Quoi qu'elle ait pu faire dans le passé, elle n'était pas du genre à servir de carpette à un homme.

Evidemment, Spike Jackson était très imposant. Il frôlait le mètre quatre-vingt-dix, avait une masse de cheveux roux et une carrure impressionnante. Il était en tout cas bien plus costaud que n'importe quel Inuit et, aux yeux de la jeune femme, c'était presque un géant. Pour autant, il avait une sorte d'aisance naturelle et un air juvénile d'ailleurs trompeur : quand on le contrariait, ou quand il était bouleversé — comme ils l'étaient tous, en ce moment —, il pouvait se conduire comme un véritable macho.

— Bon, écoutez-moi tous, lança-t-il quand tout le monde fut réuni dans la grande salle. J'ai contacté par radio ma sœur Ginger. Elle a examiné toute la portion du lac où Mitch était censé se rendre et n'a retrouvé aucune trace. Le kayak rouge à deux places n'est plus là, mais Mitch est bien trop chevronné pour avoir coulé dans le lac.

— Je le répète, je suis disposé à payer les frais d'un avion pour élargir les recherches, répéta Graham Bonner.

Christine se dit qu'il avait visiblement l'habitude de donner des ordres, mais lui et sa femme s'étaient néanmoins joints sans hésiter aux premières explorations entreprises autour de la résidence. Avec leurs cheveux argentés et leurs yeux bleus, ils formaient un beau couple, plein d'élégance. Leur présence en Alaska avait quelque chose d'incongru, mais ils y gardaient leur autorité naturelle et leur tendance à tout superviser.

— Absolument, renchérit Ellie Bonner. Si nous utilisons votre hydravion, Spike, nous paierons le carburant, et je suis prête à vous accompagner pour faire office de copilote pendant que vous regardez avec les jumelles, ou l'inverse.

Mme Bonner devait approcher la soixantaine, songea Christine. C'était une femme petite et gracieuse, qui vieillissait bien, avec sa chevelure soigneusement coiffée qui mettait en valeur son regard brillant.

— Merci de votre proposition, répondit Spike, mais malheureusement, la forêt est si dense, par ici, et les gorges si étroites qu'on risque de ne pas voir grand-chose. On pourrait les apercevoir en terrain plat, dans les tourbières ou la toundra, mais ils n'ont pas pu avoir le temps d'y arriver à pied ; les deux voitures de Mitch sont restées ici. Ils ne doivent pas être très loin mais ont dû s'égarer dans la forêt, voire tomber dans un trou, et si l'un d'eux s'est fait une entorse, par exemple, ils ont dû se dire qu'il était plus raisonnable de rester ensemble, à cause des animaux sauvages. Les gens du coin qui vont venir de Bear Bones connaissent les environs et vont faire le tour du lac. Il est probable que Mitch et Mlle Vaughn se sont finalement donné rendez-vous pour discuter dans un endroit différent de celui qui était prévu, même si Mitch avait dit à Christine où il allait amener le kayak.

— Un petit pique-nique, pour discuter en tête à tête ? Mon œil ! chuchota Vanessa à l'oreille de Jonas, de manière audible.

— Ne dis pas n'importe quoi, marmonna-t-il en retour. Tu ferais mieux de participer aux recherches et d'avoir l'air concerné.

Christine ne laissa pas voir qu'elle les avait entendus. Spike venait de reprendre :

— Mitch a sans doute tiré le kayak sur une portion de la rive qu'on n'a pas encore explorée, c'est tout.

Un fracas de Klaxon et de crissements de pneus les attira à l'extérieur. Une quarantaine de personnes, près de la moitié de la population de Bear Bones, descendit de camionnettes et de véhicules utilitaires. Certains portaient des sacs à dos, d'autres des carabines.

Christine rentra précipitamment dans la maison. Elle ne voulait pas qu'on la regarde de travers, et les armes à feu la mettaient mal à l'aise. Elle avait l'estomac noué à l'idée de perdre Mitch. Lisa aussi, bien sûr, mais surtout Mitch.

— Bon, entendit-elle Spike déclarer d'une voix de stentor, vous savez tous à quoi ressemble Mitch, mais pas la jeune femme qui l'accompagne, Lisa Vaughn. Elle mesure environ un mètre soixante-dix, les cheveux blonds aux épaules, mince, sportive, les yeux verts, très jolie…

Ça, oui, songea Christine, on ne pouvait pas le nier. Lisa était visiblement le type de Mitch, et peut-être aussi celui de Spike. En regardant par la fenêtre, elle vit que Ginger Jackson avait traversé le lac mais garait son bateau à moteur un peu plus loin qu'à sa place habituelle. Christine sortit la mettre au courant des derniers développements et descendit la pente vers la rive en courant. Elles allaient toutes les deux rester sur place, au cas où Mitch et Lisa reviennent de manière inopinée, et qu'il faille aller chercher le shérif ou le médecin à Talkeetna.

— Il y a du nouveau ? demanda Ginger en jetant l'ancre sur les graviers.

Comme son frère Spike, elle était grande, avec des cheveux couleur carotte, mais son regard gris avait un côté lointain facilement déstabilisant. On avait parfois l'impression qu'elle voyait au travers de son interlocuteur. Même pour cette région reculée de l'Alaska, c'était une véritable excentrique, vêtue comme une pionnière un peu gitane.

Ginger vivait essentiellement d'expédients. Elle donnait un coup de main à la résidence, faisait divers petits travaux à Bear Bones et aidait Mitch quand il emmenait ses hôtes pratiquer l'accrobranche. Spike, son frère, aimait surtout l'avion ; Ginger, elle, adorait dévaler à mi-ciel, le long d'un câble, entre deux immenses sapins. Christine admirait l'indépendance de Ginger, qui avait par exemple refusé une proposition de mariage parce que l'homme en question exigeait qu'elle s'installe en ville. La jeune femme n'acceptait aucune aide de son frère, mis à part le bois qu'il entassait dans son bûcher pour qu'elle puisse faire cuire ses gâteaux et se chauffer l'hiver. Elle avait même entrepris d'économiser sou à sou pour le rembourser depuis que le coût du carburant, pour l'hydravion, avait incroyablement augmenté. Pourtant, comme le courrier de Ginger arrivait à la résidence, Christine savait qu'elle recevait régulièrement des catalogues de luxe qu'elle adorait feuilleter. « Ce sont mes magazines pour rêver », disait-elle.

— Non, répondit Christine en s'approchant, on n'a toujours pas de nouvelles. C'est comme s'ils s'étaient volatilisés.

— Ils avaient peut-être des choses à régler et se sont dit

que ça passait avant le reste, suggéra Ginger. C'est ce que j'aurais fait, en tout cas. Il y a un contentieux entre eux, apparemment, mais ce n'est pas une raison pour les juger.

Christine se demanda si Ginger songeait à elle.

— Mitch ne m'a jamais parlé de Lisa avant qu'elle n'arrive, murmura Christine.

Elle regrettait que Mitch ne se soit pas davantage confié à elle, d'ailleurs. Cela aussi, cette grande capacité de tolérance, c'était quelque chose qu'elle aimait bien, chez Ginger. Elle aimait moins, en revanche, la façon dont son amie la transperçait du regard, debout devant son bateau, les poings sur les hanches. Christine en avait par-dessus la tête des reproches muets.

— Quoi, qu'y a-t-il ? lança-t-elle.

— Regarde ! répondit Ginger en tendant le doigt, et Christine comprit que ce n'était pas du tout elle qu'elle regardait.

— Si ça se trouve, enchaîna Ginger, Mitch n'a pas mis le kayak à l'eau sur le lac. Tu vois ces traces ? Comme si on avait tiré quelque chose de lourd entre la rive et le sentier ?

Christine pivota pour regarder, mais elle avait le soleil dans les yeux, et les abrita de la main en reculant d'un pas pour voir l'endroit que Ginger indiquait. Elle poussa alors un cri étouffé et se précipita, Ginger sur les talons.

Elles remontèrent le sentier en examinant les alentours et, sur la crête, tombèrent sur la glacière de Lisa et les provisions éparpillées. Du côté du torrent, les fourrés étaient écrasés comme si l'on y avait tiré le kayak jusqu'à la rive. Un glouton les observait sans bouger, guettant la nourriture, mais ce n'était pas cet animal impassible qui les troublait.

— Mitch l'a emmenée faire du kayak en eau vive ?

s'écria Ginger d'une voix perçante. Il est fou ! Nous allons être obligés d'envoyer les secours sur les rapides !

— Mais toutes ces provisions éparpillées…, commença Christine.

Elle s'interrompit à mi-phrase puis reprit :

— Evidemment, elle a peut-être posé la glacière, et ce finaud de glouton l'a ouverte après leur départ. Sauf que je ne vois vraiment pas Mitch faire ça.

Ginger quitta brusquement le sentier — ce qui fit détaler le glouton — pour se planter au bord de l'à-pic et regarder en contrebas, les deux mains en visière.

— Je ne vois rien. Personne ! cria-t-elle à tue-tête dans le rugissement du torrent.

Mais Christine était déjà partie prévenir Spike avant que les sauveteurs ne se dispersent.

— Tâte bien le sol avant de poser le pied, un pas après l'autre, dit Mitch à Lisa tandis qu'ils s'aventuraient dans la gorge, collés contre la paroi, le visage face au rocher. Et ne regarde pas en bas, surtout !

— C'est promis, assura-t-elle.

Cependant, elle avait déjà regardé. Trois mètres au-dessous d'elle, l'eau jaillissait en vagues écumeuses, puis retombait, comme aspirée par le fond. Lisa avait presque l'impression d'être aspergée, submergée, comme quand elle avait été emportée par le torrent, ou comme dans ses pires cauchemars. Heureusement, derrière elle, Mitch l'encourageait, la poussait.

Elle avait mal partout, jusqu'aux orteils, mais se félicitait d'être restée pieds nus, de sentir la pierre sur sa peau. L'un des psaumes favoris de sa grand-mère Colleen lui revint à l'esprit : « Quand je marche dans la vallée de l'ombre de la mort… »

Mitch l'avait fait passer en premier non seulement pour pouvoir surveiller leur progression, mais aussi pour veiller sur elle. Ils avaient abandonné le kayak, et il avait rassemblé toutes leurs affaires dans son sac à dos, refusant fermement que Lisa porte quoi que ce soit.

— Tu t'en sors bien, lui dit-il. On avance.

— Je tremble tellement que j'ai l'impression que la paroi tremble aussi, avoua-t-elle en se concentrant pour trouver des prises dans la roche sans perdre l'équilibre.

Par endroits, le chemin qui les menait à la liberté — comme le sentier de briques jaunes du *Magicien d'Oz* — était large d'à peine cinquante centimètres. Elle ne pouvait pas se permettre le moindre faux pas : si elle trébuchait, et que Mitch tente de la rattraper, ils sombreraient tous deux dans l'abîme.

Peu à peu, la saillie s'élargit, mais brusquement, elle s'arrêta.

— Mitch… C'est un cul-de-sac.

— Je vois. Nous sommes presque dehors, cela dit. Ne bouge pas.

— J'ai l'impression que je viens d'escalader le mont McKinley. Ou Denali, comme vous l'appelez.

— Ne parle pas.

Il s'approcha, mit un pied entre les siens, qu'elle tenait écartés, et se plaça derrière elle en la pressant contre la falaise. Elle avait presque l'impression d'être assise sur ses genoux. Elle sentait son souffle soulever ses cheveux, près de sa tempe. Sous l'effet de l'émotion, plus encore que de la peur, les battements de son cœur s'accélérèrent. Par quel miracle, en cette extrémité, cet homme qui l'avait blessée et abandonnée pouvait-il la troubler à ce point ?

— Un peu plus bas, dit-il après s'être penché pour regarder, il y a un autre rebord qui mène vers la sortie. Je vais d'abord y jeter mon sac à dos. Ne bouge surtout pas. Il se peut que je te plaque encore plus contre la paroi.

Elle ferma les yeux en retenant son souffle. Sans savoir pourquoi, un souvenir précis lui revint à cet instant : Mitch, debout derrière elle sur son bateau, *La Danseuse de la mer*, en train de l'aider à tirer de l'eau un gros poisson qu'elle venait de pêcher dans la baie de Biscayne. L'eau était calme, transparente. C'était une belle journée chaude, sans vent, sans le moindre remous. Ils commençaient tout juste à se fréquenter et, à l'époque, elle le trouvait merveilleux, à mi-chemin entre un play-boy de magazine et un footballeur costaud et musclé. Avec ses cheveux noirs, sa mâchoire carrée, ses yeux d'un brun profond sous d'épais sourcils, il irradiait de virilité, qu'il soit en smoking ou en jean coupé aux genoux. Sa voix à la fois mélodieuse et âpre lui donnait des frissons. Ils avaient finalement tiré le poisson sur le pont, et ensuite…

Elle le sentit jeter son sac à dos, qui atterrit plus bas avec un bruit sourd.

— C'est très haut ? demanda-t-elle sans oser se retourner.

— Pas trop. Je vais m'allonger sur le ventre pour t'aider à descendre et je te rejoindrai en rampant sur les fesses. Retourne-toi doucement et assieds-toi sur le bord. Tu vas devoir regarder en dessous, juste une seconde, pour comprendre ce que je veux dire.

Il la tint par le bras pendant qu'elle s'exécutait. Elle se colla le dos à la paroi, baissa les yeux et retint un cri. L'autre saillie était plus de deux mètres au-dessous, et large d'à peine un mètre ! S'ils tombaient, ils s'écraseraient non pas dans l'eau, qui ne bouillonnait plus, à cet endroit, mais sur des rochers déchiquetés.

En regardant vers la gauche, cependant, elle vit que la plate-forme donnait effectivement sur un passage qui atteignait la sortie de la gorge. Au-dessus de leurs têtes, maintenant, le coucher de soleil était éblouissant, mêlant des traînées d'orange et de fuchsia sur un ciel rose, presque aussi lumineux que des néons. Une fois de plus, elle se rappela *Le Magicien d'Oz*, quand Dorothy arrivait au royaume magique et que, tout à coup, le film en noir et blanc passait en Technicolor.

— Prête, Lisa ?

— Je suppose que oui. Je n'ai pas le choix. Au moins, pour une fois, je suis prête à te suivre par monts et par vaux sous un glorieux crépuscule.

Elle regretta aussitôt ses paroles, mais il répliqua simplement :

— C'est l'un des atouts de l'Alaska. En cette saison, même si on ne voit pas d'aurore boréale, ce genre de soleil couchant dure toute la nuit.

Toute la nuit ? Il était donc très tard, songea-t-elle en trouvant le courage — peut-être désespéré — de se retourner sur le ventre et se laisser glisser dans le vide. Mitch la retenait par les bras pour la laisser descendre doucement. Elle s'érafla les cuisses, le ventre, la poitrine et le menton, mais au bout d'une éternité, elle se retrouva saine et sauve sur l'étroite saillie, priant silencieusement pour Mitch tandis qu'il se laissait glisser à son tour, en se retenant tant bien que mal.

— Laisse-moi faire, surtout si je tombe, lui ordonna-t-il.

Elle ne l'écouta pas, mais quand il arriva à sa hauteur, elle lui saisit les cuisses, puis les fesses et l'aida à se poser.

— Finalement, tu as bien fait, commenta-t-il. C'était très agréable. Si tu veux, je vais remonter et…

— Nous ne sommes que des compagnons d'infortune, je te le rappelle.

— Ce qui nous laisse le temps d'avoir la discussion que nous avons prévue.

— J'aimerais pouvoir dire que l'affaire est close, mais ce n'est pas vrai, n'est-ce pas ? Ni pour toi, ni pour moi.

Il acquiesça d'un signe de tête, les lèvres serrées, puis se pencha pour ramasser son sac et le jeta sur son épaule.

— Essayons de trouver un endroit où nous reposer et t'improviser des sandales, dit-il du même ton pragmatique que celui qu'il adoptait au tribunal, quand elle admirait son assurance et son calme.

Elle se sentit d'autant plus émue qu'elle connaissait aussi l'autre facette de sa personnalité, si passionnée quand ils étaient seuls. Comme ils l'étaient maintenant.

5

Quand Spike eut raconté au groupe de sauveteurs ce que Christine avait découvert, la piste d'un kayak qui menait de la crête jusqu'au bord de l'eau, quelques-uns d'entre eux se précipitèrent avec lui vers le torrent pour aller examiner l'endroit exact. Les autres restèrent dehors, sur la pelouse de la résidence, en fixant des yeux la direction que Mitch et Lisa avaient dû emprunter. Plusieurs se mirent à chuchoter, puis secouèrent la tête et entreprirent de regagner leurs véhicules.

— Pourquoi Mitchell a-t-il fait ça ? demanda Mme Bonner à son mari, devant le torrent. Serait-il devenu un véritable casse-cou, ici ? Il semblait si bien connaître les règles de prudence des sports extrêmes, hier…

— Toute la vie en Alaska est un sport extrême, remarqua Spike, debout entre Christine et Ginger.

Les Bonner étaient à quelques pas derrière eux.

— Cela dit, ajouta-t-il, il y a quelque chose d'anormal dans cette histoire.

— En plus, reprit Mme Bonner, toujours à l'intention de son mari, je n'arrive pas à croire que Lisa puisse s'embarquer dans ce genre d'expédition. Surtout quand on sait de quelle façon elle a perdu sa mère et sa sœur.

Christine n'aurait pour rien au monde laissé voir qu'elle les avait entendus, mais Spike se retourna pour lancer :

— Sa mère et sa sœur se sont noyées ?

— Oui, par accident. Dans l'Atlantique ou peut-être dans la mer des Caraïbes, répondit Mme Bonner en fixant l'eau écumante, les sourcils froncés.

— Quel genre d'accident ? insista Spike en ignorant Christine, qui lui donnait de discrets coups de coude.

— Elles étaient en bateau, pas en train de nager, répondit Mme Bonner d'un ton brusque. Cela s'est passé il y a longtemps, mais c'est le genre de chose dont on ne se remet pas.

C'était très triste pour Lisa, songea Christine, mais elle continuait à lui en vouloir de son attitude envers Mitch, et du fait qu'elle le fasse encore souffrir. Car il souffrait, elle l'avait compris au ton de sa voix et à son regard.

— Je vais prévenir la police de l'Etat, déclara Spike. Ils ne pourront pas faire grand-chose si Mitch et Lisa sont en train de descendre le torrent en direction des rapides, mais il faut les tenir au courant.

— Attendez ! s'écria Mme Bonner en l'attrapant par le bras. Je me suis renseignée sur l'Alaska, avant de venir, et j'ai lu sur internet que les policiers n'y sont pas nombreux et doivent souvent parcourir des centaines de kilomètres. Mon mari doit pouvoir intervenir en haut lieu pour qu'on nous en envoie quelques-uns ici même.

— Ici précisément, ça ne servira à rien, répondit Spike. S'ils sont en kayak, Mitch et Lisa sont déjà forcément beaucoup plus loin. La police locale va demander aux gardes-chasse du parc Denali d'aller explorer en aval. Je vais aussi prévenir les Fédéraux.

Il s'éloigna à grands pas, suivi des Bonner. Christine lui emboîta le pas, laissant derrière elle Ginger et quelques curieux. Spike marmonnait à mi-voix comme il le faisait souvent.

— Il va aussi falloir chercher en dessous des chutes, au cas où ils auraient trouvé le moyen des les contourner.

— Des chutes ? répéta M. Bonner d'un ton incisif qui tranchait sur la voix mélodieuse de sa femme.

Christine avait déjà eu affaire à des hommes de loi, dans sa vie passée, et de bien trop près. Ils la mettaient mal à l'aise. Elle imaginait sans peine la façon dont Graham Bonner devait s'y prendre pour mettre un témoin en porte-à-faux.

— Quelles chutes ? répéta-t-il d'une voix de stentor. Combien y en a-t-il ? Quelle est leur importance ?

— Il y en a quatre successives. Elles ne sont pas très hautes, mais largement suffisantes pour précipiter qui que ce soit dans l'eau glacée, répliqua Spike sans s'arrêter de marcher. Dès que j'aurai demandé à la police de faire venir les gardes-chasse, j'accepte votre proposition de venir en reconnaissance aérienne avec moi, madame Bonner.

— Mais avec ces rapides… ces chutes d'eau… est-ce que vous pensez qu'ils peuvent s'en tirer vivants ? demanda-t-elle, les larmes aux yeux, en portant la main à sa gorge. Nous tenons beaucoup à eux.

— On fera tout pour ça.

Tandis que Christine et Spike pressaient le pas pour rentrer téléphoner, Christine entendit Mme Bonner murmurer à son mari :

— Mitchell aurait pu réfléchir, tout de même. Ça montre qu'ils restent un peu irresponsables, tous les deux.

Spike se mit au téléphone dans la cuisine, Christine à son côté. Elle croisa les bras et les serra sur sa poitrine comme pour se protéger. Elle tremblait comme une feuille et devait refouler ses larmes. Si elle perdait Mitch, elle n'avait plus d'avenir. Mme Bonner avait raison : il n'aurait jamais dû prendre le risque de s'aventurer dans le torrent, quelle qu'en soit la raison. Cependant, elle entendait encore les derniers mots de Mme Bonner résonner à ses oreilles : « On aurait pu penser qu'ils éviteraient de se fréquenter, après tout le mal qu'ils se sont infligé. »

C'était comme elle et Clay, songea Christine. Ils auraient dû s'éviter. Elle aurait dû le quitter — s'enfuir, même — mais les femmes inuit étaient ainsi : loyales et tenaces. Elle se mordit la lèvre inférieure pour tenter de chasser le souvenir des interrogatoires, de ces avocats qui mettaient tout en doute, même le fait qu'il l'ait battue comme plâtre… Elle avait tant souffert ! Elle était restée avec lui bien trop longtemps… Et maintenant qu'elle se rendait compte que Mitch n'était toujours pas revenu du torrent, c'était mille fois pire.

Lisa était tellement endolorie qu'elle avait l'impression qu'on l'avait rouée de coups de poing. En enfilant la combinaison, un peu plus tôt, elle s'était aperçue qu'elle avait le corps couvert de marbrures bleuâtres, presque verdâtres par endroits. Elle était si épuisée qu'elle aurait pu s'affaler d'un seul coup et se noyer dans la tourbière spongieuse qu'ils étaient en train de traverser. Pourtant, elle continuait à avancer, un pas après l'autre, derrière Mitch qui leur frayait tant bien que mal un chemin entre les taillis, les herbes et les mousses qui trempaient dans une vingtaine de centimètres d'eau.

— Tes chaussures à la dernière mode tiennent le coup ? demanda-t-il.

Lui aussi avait l'air hagard et harassé. Il pataugeait lourdement, le sac sur le dos, comme un vieux Père Noël recru de fatigue.

— Elles flottent tellement que j'ai l'impression de marcher sur l'eau.

— Quand nous avons commencé à sortir ensemble, c'était l'impression que tu me donnais, d'être légère à marcher sur l'eau.

— Je sais que tu bavardes pour m'aider à continuer, mais ça ne sert à rien. Je n'en peux plus.

— Tu vas t'obliger, parce que nous allons bientôt quitter la tourbière pour arriver dans la toundra, et je crois distinguer des baies dans les buissons. Ce ne sont pas des myrtilles, bien que ce soit la saison, mais peut-être des canneberges, un genre d'airelles.

— Je n'ai envie que d'une chose, c'est de m'allonger par terre.

— Nous le ferons dès que nous serons en terrain sec. A propos, si jamais un avion passe au-dessus de nous, qu'il soit ou non en train de nous chercher, je précise qu'il faut agiter les deux bras pour demander de l'aide. Si tu n'en lèves qu'un, ça veut dire que tout va bien.

— Je n'aurai pas la force de lever un bras, et deux encore moins…

— Tu sais quoi ? J'ai l'impression que nous sommes tombés sur un parterre de myrtilles et que les ours nous en ont laissé quelques-unes.

— Les ours ?

— Ils adorent ça. Allons, Lisa Marie, viens !

— Je t'ai toujours dit de ne pas m'appeler comme ça, même si c'est mon nom entier. Je déteste mon deuxième prénom. Il me fait penser à la fille d'Elvis Presley, celle qui a épousé Michael Jackson. Michael Jackson, je te demande un peu !

— C'est vrai, mais ça n'a pas duré longtemps. On dirait que tu as encore assez d'énergie pour te mettre en colère, non seulement contre Michael Jackson, mais aussi contre moi, Lisa Marie.

— C'est parce que tu t'obstines à me chercher noise !

— Chercher noise ? J'aime bien cette expression. Ça a un petit côté rafraîchissant tout à fait adapté à l'Alaska.

— Voilà que tu te mets à parler comme un guide touristique, maintenant.

Il fallait cependant admettre qu'il avait eu raison, un peu plus tôt : le coucher du soleil n'en finissait pas. C'était un éblouissant éventail de teintes subtiles qui se déployait non seulement à l'ouest, mais aussi sur le ciel tout entier. Mitch lui tendit la main pour l'aider à grimper sur le sol sec de la toundra. Sans plus se soucier de ce qu'il pouvait dire, critiques ou louanges, elle se laissa tomber pour s'asseoir à l'endroit même où elle était, au milieu de plantes épineuses à fleurs roses. Mitch jeta son sac à dos à côté d'elle.

— Je reviens tout de suite, lança-t-il.

Elle se redressa aussitôt.

— Où vas-tu ?

Tout en parlant, elle se mit à genoux pour se relever, puis se dit soudain qu'il avait peut-être besoin de se soulager, comme ils l'avaient fait de temps à autre en réussissant à s'isoler discrètement. Pour sa part, elle avait tellement transpiré qu'elle ne devait plus avoir une goutte d'eau dans le corps.

— Je viens de voir un saule, dit-il. Je vais te couper un morceau d'écorce avec mon couteau, pour que tu mâches l'intérieur. Les Inuits se servent de ça comme aspirine. Tu dois souffrir de partout.

Souffrir ? Certes… Mais même si elle avait mal partout, même si elle était couverte d'hématomes et de meurtrissures, ces douleurs physiques n'étaient rien en comparaison des souffrances morales et psychiques qu'elle avait pu endurer.

Elle ferma les yeux. Avait-elle dormi quelques secondes ?

— Prends donc ça, lui disait Mitch en lui tendant un morceau fibreux et blanchâtre.

Lui-même était déjà en train de mâchonner.

— Tu verras, reprit-il, ça te fera du bien. Ensuite, prends mon couteau et coupe des feuilles d'épilobe. Elles sont bonnes à manger crues, même si, malheureusement, je n'ai pas de vinaigrette pour les accompagner. Je vais remplir le sac à dos de myrtilles, et nous allons faire un véritable festin avant de nous coucher.

— Nous allons dormir ici ? Ça ne risque rien ?

— Tu as dit que tu n'en pouvais plus, et moi non plus, je n'en peux plus.

Ils mangèrent ce qui leur restait de saumon, se gorgèrent de myrtilles rebondies — les meilleures que Lisa eût jamais goûtées — et croquèrent des feuilles d'épilobe, qu'ils firent descendre avec de l'eau du torrent, dont Mitch avait rempli les canettes en improvisant des bouchons de Néoprène pour qu'elles ne se vident pas. Ils échangèrent à peine quelques mots jusqu'à moment où elle vit Mitch monter la tente, s'allonger et lui faire signe de venir le rejoindre en ouvrant les bras.

— Mais on ne peut pas dormir comme on l'a fait avant ! Je veux dire, dans la toile de tente, protesta-t-elle.

Il haussa les épaules, l'air exaspéré.

— Comme tu veux. J'aurais cru qu'après avoir souffert d'hypothermie, tu aurais envie d'avoir chaud. Il y a de la place pour deux, là-dessous, et nous avons tous les deux besoin de chaleur animale. Mais à votre guise, mademoiselle Vaughn. De toute façon, je m'attends à recevoir des visites de femelles affamées, cette nuit, si je ne me couvre pas.

— Quoi ?

— Je parle des moustiques. Les femelles de l'espèce

sont des vampires, comme tu le sais. Je pense que nous n'avons pas grand-chose d'autre à craindre.

— J'ai une combinaison sous mes vêtements et je prendrai ton sac à dos comme oreiller. Ça ira très bien.

Mitch se faufila sous la toile et conclut d'une voix étouffée :

— Si tu es vraiment épuisée, fais tes prières et arrête de bavarder.

Lisa s'allongea à un mètre de lui. Il aurait au moins pu lui laisser la tente, dans laquelle il venait de s'enrouler comme dans un cocon. Elle se tourna sur le côté et ramena les genoux sur sa poitrine. Est-ce qu'un ours risquait de venir manger les myrtilles qui restaient ? Le vrombissement d'un moustique lui frôla les oreilles. Elle l'écrasa. Elle se sentait si lasse que plus rien ne faisait de différence, à présent. Rien…

Elle sombra dans le sommeil, comme portée par une écume à travers laquelle sa mère lui faisait signe.

— Alors ? demanda Christine à Spike quand il eut raccroché après un deuxième coup de fil. Ils peuvent faire quelque chose ?

— Oui, mais ils voulaient savoir pourquoi il avait pris le risque insensé de prendre son kayak vers les rapides. D'après eux, il n'a le droit de naviguer en kayak ou en radeau que sur une portion de dix kilomètres vers l'ouest, soit deux bons kilomètres avant la partie dangereuse.

— Il le sait. Je ne comprends pas ce qui s'est passé. A moins que…

— A moins que quoi ? répéta-t-il en se tournant vers elle.

Il scruta son visage en larmes — jamais Christine n'avait pleuré devant lui — et posa les mains sur ses épaules. De grandes mains à la chaleur bienfaisante, pour elle qui ne cessait de trembler. Elle lui agrippa les poignets.

— Je ne sais pas… A moins qu'il n'ait voulu lui montrer quelque chose sur le kayak et qu'ils n'aient glissé dans l'eau sans le vouloir.

— Pas Mitch. Ce n'est pas son genre, répliqua Spike en s'appuyant sur la crédence.

Il attira Christine et la serra dans ses bras.

Pour une fois, elle n'eut pas son mouvement de recul habituel quand un homme la touchait. Sa tête se nichait confortablement sous le menton de Spike. Mitch dégageait en général une fraîche odeur de pin et de grand air, tandis que Spike sentait le savon noir, l'essence, l'huile de moteur et un peu le chien de traîneau, mais elle s'en moquait. En cet instant, elle avait besoin de cette force rassurante. Elle renifla, puis, au lieu de rester plantée à sangloter, elle lui rendit son étreinte en lui serrant la taille.

— Je n'aurais jamais pensé te voir pleurer à chaudes larmes, murmura-t-il, les lèvres dans ses cheveux. Tu es toujours si solide, même quand… Enfin, quoi qu'il arrive. Il va falloir que j'y aille, mon chou.

Il la repoussa doucement en évitant de croiser son regard, comme s'il y avait lu quelque chose qui l'effrayait.

— Toi et Ginger, restez près de l'émetteur. Je vais aller chercher l'hydravion et remplir le réservoir, et j'emmènerai Mme Bonner. C'est étonnant, mais cette petite dame adore piloter et elle s'y connaît. Fais du feu dans toutes les cheminées, conclut-il en se dirigeant vers la porte, manquant de peu se cogner dans sa sœur.

— Spike ! cria Christine derrière lui.

Il pivota sur les talons.

— Si tu pars maintenant, continua-t-elle, tu auras le

soleil en face sur le mont Denali et l'entrée de la gorge. Tu auras du mal à distinguer quelque chose. Fais attention…

Etait-ce pour lui dire cela qu'elle l'avait hélé ? Alors qu'il connaissait la région encore mieux qu'elle ? N'était-ce pas plutôt parce qu'elle ne supportait pas l'idée de le voir partir ?

— Je te tiens au courant, jeta-t-il avant de sortir.

Christine le regarda s'éloigner. Elle avait encore l'impression de le sentir serré contre elle et elle détourna les yeux en voyant Ginger la dévisager.

Lisa se rendit compte qu'elle sanglotait. Un cri silencieux lui vrillait le crâne, comme celui d'un animal blessé. Elle se sentait si seule, depuis que son père était parti avec une autre femme et que sa mère et Jani étaient mortes. Sa grand-mère Colleen l'avait recueillie avec amour, mais plus rien n'était pareil. Elle avait longtemps souffert, jusqu'à ce qu'elle se fasse des amis proches, puis il y avait eu Mitch…

Elle lutta pour sortir du sommeil. Où donc était-elle ? Il y avait des teintes étranges, un peu pastel, au-dessus de sa tête.

Elle se redressa d'un bond, soudain pleinement éveillée. Elle était en train de dormir au beau milieu de nulle part, en Alaska, près d'un homme qui l'avait trahie mais qui lui avait ensuite sauvé la vie.

Elle se rendit compte qu'il s'était un peu rapproché d'elle pendant la nuit. Il avait eu raison de dire qu'il ne faisait jamais noir. L'horizon restait éclairé, même si ses nuances avaient pâli et se mêlaient à des nuages effilochés, hauts dans le ciel. Il avait également eu raison de prévenir qu'elle aurait froid. Cela n'avait rien d'aussi terrible que l'eau glacée, mais un frisson lui parcourut l'échine quand elle se rappela que quelqu'un l'avait sans doute poussée dans le torrent. Qui donc, si c'était le cas ? Jonas ? Vanessa ? Christine Tanaka, qui savait où Lisa se rendait et avait pu compter sur un retard de Mitch ? Pas les Bonner, tout de même ? Ou bien s'était-elle tout simplement cogné la tête en trébuchant ? Elle ne pouvait pas croire qu'elle avait tout simplement été attirée par l'eau bouillonnante pour se jeter ensuite à l'eau de son propre chef, prise de vertige, dévorée de culpabilité.

Un long hurlement plaintif se fit de nouveau entendre et, cette fois, elle ne rêvait pas. Qu'est-ce que c'était ? Sûrement pas un ours…

— Mitch, Mitch !

Il s'ébroua et releva la tête.

— Quoi ?

Le cri se répéta, un hurlement solitaire, effrayant. Elle sentit ses cheveux se hérisser sur sa nuque, et son estomac fit la voltige.

— Ce ne sont que des loups, reprit Mitch.

— « Que » des loups ? Pourquoi sommes-nous restés ici ? Ils ont l'habitude de chasser le gros gibier en meute, non ?

— A mon avis, ils ont suffisamment de quoi manger dans les parages pour ne pas s'attaquer aux humains. Ces hurlements sont probablement leur version d'une sérénade amoureuse. En général, ils évitent l'homme.

— « En général » ?

— Oui. Les ours aussi, d'ailleurs, si on fait du bruit. Sauf s'ils protègent leurs petits, évidemment. Tu as assez chaud ?

— Pas vraiment.

— Etant donné que tu ne veux pas dormir avec moi — et ne te méprends pas sur mes paroles —, tu n'as qu'à prendre mon couteau pour couper des épilobes et te faire une couverture.

— Non, j'ai changé d'avis. Je veux venir sous la toile.

Sans rien dire, Mitch déroula un pan du tissu et le souleva pour qu'elle vienne s'y glisser. Elle s'y faufila, se colla contre lui, dos tourné, et savoura la chaleur des bras qui se refermaient sur elle. Elle avait la joue posée sur l'avant-bras de Mitch, qui était presque aussi dur que le sol mais bien plus réconfortant. Elle sentait son souffle dans son cou et ses cuisses musclées contre ses fesses. Comment aurait été sa vie, si elle avait pu savourer une telle intimité avec lui sans y être forcée, en l'ayant choisie ? Si leur relation, au lieu d'être conflictuelle et fragmentée, avait été pleine d'harmonie et de plénitude ?

— Quand repartons-nous ? demanda-t-elle.

— Donnons-nous encore une heure ou deux, sauf si les hurlements se rapprochent. Nous mangerons des myrtilles et de l'eau en guise de petit déjeuner, et nous nous dirigerons vers la rivière, au-delà des chutes. Elle y est beaucoup moins tumultueuse et se divise en quatre ou cinq bras plus petits qu'on peut passer à gué. De l'autre côté, il y a une route. Nous pourrons marcher, ou même, avec un peu de chance, faire du stop.

— A quelle distance sommes-nous ?

— Je ne sais pas. Je n'ai jamais fait ce trajet, je l'ai seulement vu d'avion.

Il bâilla, s'étira, plia les doigts puis les détendit. Paniquée, elle se rendit compte qu'elle ressentait un creux à l'estomac au moindre mouvement. Même dans cette combinaison collée à la peau, elle sentait ses seins se durcir. Il fallait continuer à lui parler, le réveiller définitivement, pour qu'ils puissent se mettre en route.

— Je suis désolée d'avoir tout gâché, dit-elle. Ici, je veux dire, en bouleversant tout ce que tu avais dû programmer.

— Oui, pour ce fameux séminaire d'intégration des Bonner…

— Ce ne serait vraiment pas juste que je sois disqualifiée.

— Ils concluront peut-être que tu es une battante capable de surmonter les pires épreuves.

— J'aimerais croire que c'est une sorte de test et qu'ils vont jaillir des buissons en criant : « Surprise ! C'était pour l'émission *Caméra cachée* ! » Et alors le présentateur dirait : « Ici, sous la lumière crépusculaire de l'Alaska, une faible jeune femme de Floride a été sauvée des rapides et initiée à la survie par… »

— Chut !

— Excuse-moi. J'arrête et j'essaye de dorm…

— Lisa, tais-toi ! Je crois que j'entends un avion !

Il repoussa la toile d'un geste brusque et bondit sur ses pieds. Elle aussi entendait maintenant le ronronnement d'un moteur, un bruit bien plus doux aux oreilles que le hurlement des loups. Elle se mit debout en vacillant, tandis que Mitch courait à toute allure vers une étendue plus clairsemée que celle, couverte de taillis et de saules, où ils se trouvaient.

— Flûte ! cria-t-il en montrant du doigt la direction du torrent. J'ai l'impression que c'est l'hydravion de Spike, même s'il n'est pas le seul qui soit rouge. Seulement, il vole dans le sens opposé, en direction de la gorge !

— Que peut-on faire ? Pouvons-nous agiter quelque chose ?

— S'ils nous cherchent, ils vont peut-être revenir. S'ils ont vu que nous avions mis un kayak à l'eau, ils auront sans doute l'idée de regarder en aval des chutes, précisément là où nous allons. Allons, viens. Nous dormirons quand nous serons de retour. Nous n'avons qu'à manger quelques myrtilles, et ensuite, en route.

Elle l'aida à rassembler les affaires et à tout glisser dans son sac à dos. L'avion s'était éloigné mais, au moins, il ne faisait pas noir, et les cris de Mitch semblaient avoir fait fuir les loups. Comme eux, ils allaient se remettre en marche.

6

— Mais nous allons mettre des siècles à contourner ce lac ! s'écria Lisa après deux heures de marche. Comment le torrent a-t-il pu s'élargir à ce point ?

— Ce sont les castors qui construisent un barrage, répondit Mitch. Regarde, là-bas, tu les vois ?

Il tendit le doigt. Chaque petite bête au poil luisant semblait effectivement très affairée. Dans l'eau ou sur la rive, ils transportaient des brindilles ou mordillaient du bois, et on distinguait même les petits échafaudages tout de guingois de leurs terriers, comme un minuscule village sur pilotis.

En se rapprochant, Lisa vit que le barrage de bois et de boue était consolidé avec des pierres et des troncs d'arbre.

— C'est stupéfiant, dit-elle. Et leurs petites cabanes rondes !

— On les appelle des huttes. Je possède une résidence en Alaska, mais eux, ils ont toute une chaîne.

Certains castors nageaient en poussant des branchages de leurs larges queues plates, avec de minuscules remous. A côté, sur la terre ferme, d'autres grignotaient la base des arbres.

— On voit qu'ils sont agiles dans l'eau et maladroits

sur terre, chuchota Lisa. Ils ont leur habitat de prédilection, comme tout le monde.

Elle-même ne se sentait-elle pas, ici en Alaska, comme un poisson hors de l'eau, ou mieux, même, un castor déplacé ? D'ailleurs, avait-elle déjà vu un castor avant dans sa vie, fût-ce dans un zoo ? Il était très émouvant de les voir d'aussi près, de cette façon presque intime. On apercevait même des bébés castors occupés à manger des feuilles en sautillant sur le barrage.

— Est-ce qu'ils se nourrissent vraiment de bois ? demanda-t-elle. On ne les voit rien mâcher d'autre.

— Ils avalent l'intérieur de l'écorce, un peu comme nous l'avons fait avec le saule.

Fascinée en dépit de son épuisement, Lisa marcha jusqu'au bord de l'eau. Un gros castor, l'air furibond, nagea vers elle et l'aspergea en donnant dans l'eau un coup de queue retentissant. Elle s'attendit à voir d'autres congénères s'approcher, mais ce ne fut pas le cas, et le gros castor montra les dents en donnant un nouveau coup de queue.

— Pourquoi ne courent-ils pas se cacher, si nous représentons un danger ? demanda-t-elle sans bouger, même si elle se rendait compte que Mitch attendait avec impatience.

— Il cherche juste à te faire peur, pas à alerter les autres. Allons, viens. Nous les dérangeons et une longue route nous attend.

— Cet endroit me rappelle les documentaires animaux qu'on voit à la télévision, mais en vrai et de tout près, fit-elle remarquer en s'éloignant à regrets.

— Tu as dû beaucoup regarder la télé, ces derniers temps, ou même depuis un an, rétorqua-t-il en redressant le dos pour détendre ses muscles. Ça fait plusieurs fois que tu évoques des émissions. D'abord, *Survivors* — je comprends pourquoi, d'ailleurs —, ensuite ce vieux film, *Le Magicien d'Oz*… Tu n'es pas souvent sortie, peut-être ?

La remarque la contraria. Il la provoquait, laissant entendre qu'elle n'avait plus de vie sociale depuis qu'il était parti. Elle n'allait pas laisser passer l'insinuation, même ici, en pleine toundra… et même si c'était vrai.

— Evidemment, maintenant que tu organises des stages d'intégration pour créer des liens entre les gens, tu es bien trop occupé pour t'accorder des loisirs aussi plébéiens que la télé, lança-t-elle d'une voix acide. Je parie que tu racontes quel triste passé et quelle ennuyeuse fiancée tu avais avant, pour faire contraste. En précisant que tout le monde en Floride était creux et ennuyeux, sauf toi, bien sûr !

Il pila net et fit brusquement volte-face.

— Il se trouve, rétorqua-t-il, que j'ai traversé une crise personnelle et que j'ai eu la naïveté de croire que je pouvais m'appuyer sur une femme qui prétendait m'aimer.

Il jeta son sac à terre, bloquant le passage à Lisa.

— Nous avons tourné autour du pot, jusqu'ici, mais ton attaque prouve que le moment est venu d'avoir enfin une discussion sérieuse.

Il croisa les bras sur la poitrine. Il avait l'air sombre et peu accommodant, mais elle avait accumulé une telle rancœur que plus rien ne pouvait l'arrêter.

Les poings sur les hanches, pour souligner sa détermination, elle riposta :

— J'aimais le Mitch que je connaissais, celui qui était censé partager honnêtement nos projets d'avenir quand nous nous sommes fiancés !

— Eh bien, les gens changent, figure-toi, et j'avais besoin d'aide. Si tu n'as toujours pas compris ça à l'heure qu'il est, je serai obligé de dire à Graham que tu feras une piètre avocate et surtout une mauvaise associée, sans parler du côté conjugal. Je te rappelle que toi aussi, tu as traversé des crises, mais tu as été soutenue. Visiblement, tu as l'air de penser que ça t'est réservé.

— Tiens, tiens, revoilà le brillant avocat capable de tordre la réalité ! Et ça, ce n'est pas une attaque, peut-être ?

Elle agitait les bras tout en parlant, en dépit de ses courbatures. C'était une habitude due à la nervosité, et elle avait lutté pour s'en débarrasser. Mitch la faisait régresser, à tous les niveaux. Elle cracha le morceau d'écorce qu'elle avait gardé en bouche pour anesthésier la douleur, parce qu'il l'empêchait d'articuler clairement. Ils étaient peu nombreux, chez les hommes de loi, à oser croiser le fer avec Mitchell Braxton, mais elle était résolue à avoir le dernier mot.

— Tu n'as pas le droit d'insinuer que mon traumatisme d'enfance m'a perturbée au point de me rendre incapable de donner de l'amour ou de comprendre les problèmes des autres, poursuivit-elle avec rage. Ton enfance a été moins difficile que la mienne, mais tu as toujours vécu dans l'ombre de ton frère aîné, dont tu étais jaloux parce que tes parents le préféraient. Eh bien, ce que j'ai vécu est bien plus tragique mais j'ai réussi à m'en sortir, alors…

— Alors, est-ce qu'on t'a vraiment poussée dans le torrent ? coupa-t-il en plaquant ses talons au sol pour la toiser de haut, comme s'il s'apprêtait à prononcer une sentence. Ou bien n'aurais-tu pas inventé ça pour te rendre intéressante, t'attirer la sympathie des Bonner ou même me culpabiliser ? Tu m'as raconté une fois à quel point l'eau bouillonnante t'effraye, mais aussi te fascine. Evidemment, ça a mal tourné et tu as été emportée. Tu as sous-estimé la force du courant, hein ? Et tu as risqué de nous tuer tous les deux. Je n'ai rien à ajouter.

— Ta démonstration est faible, et pire, elle est ridicule.

Tu crois que je me risquerais ne serait-ce qu'à un mètre d'un torrent déchaîné, après ce qui est arrivé à ma famille ? C'est toi qui es fou, pas moi !

— C'est évident. Je suis assez fou pour avoir volé à ton secours, et je suis même assez stupide pour éprouver des… Oh, laissons tomber. Seulement, quand nous serons rentrés, ne t'avise pas d'accuser quelqu'un de t'avoir poussée ou de te mettre à jouer les détectives, parce que si cela se trouve, tout est de ta faute.

Il se tut, ramassa le sac avec brusquerie, tourna les talons et s'éloigna à grandes enjambées. Elle resta pétrifiée sur place. De sa faute ? Un trouble profond, une panique l'envahissaient face à ce qui était peut-être la vérité. Mitch n'avait pas entièrement tort : elle se sentait effectivement coupable de ce qui s'était passé dans son enfance, non pas coupable d'avoir survécu, mais d'avoir, peut-être, entraîné sa mère et sa sœur vers la mort en s'écartant brutalement, au lieu de les plaquer contre la rambarde…

Alors, est-ce qu'elle n'avait pas essayé inconsciemment de se punir en s'approchant de l'eau, peut-être même en s'y jetant ? Non, c'était impossible !

Mitch s'était arrêté et retourné pour la regarder.

— Nous perdons du temps et nous épuisons nos forces, maître Vaughn, lança-t-il avant de se remettre en marche. Je te conseille de me suivre sans traîner. Sinon, je serai contraint d'avouer aux Bonner que tu es trop instable pour prendre ma succession.

En fait, les Bonner allaient probablement le consulter sur le meilleur candidat. Eh bien, elle était peut-être instable, mais que dire de quelqu'un qui laissait tout tomber du jour au lendemain, à l'orée d'une brillante carrière ?

Elle mourait d'envie de l'agonir d'injures, mais elle était à bout de souffle et dut courir pour le rejoindre.

Décidément, ce nouveau Mitch n'était pas celui qu'elle avait connu en Floride, et elle devait le ménager, au moins jusqu'à ce qu'ils soient rentrés et qu'elle puisse expliquer aux Bonner ce qui s'était passé. Seulement, que raconter ? Si elle lançait une accusation d'homicide prémédité à son encontre, on la prendrait pour une folle.

Ils marchèrent en silence un long moment avant d'atteindre l'endroit du torrent où Mitch comptait passer à gué. Il se sentait toujours aussi furieux et soupçonnait fortement Lisa de l'être aussi, tout en essayant de se convaincre qu'il s'en fichait.

— Merde ! s'écria-t-il en découvrant ce qu'ils avaient devant eux.

— Oh, non ! s'exclama Lisa en même temps.

Plusieurs gros ours bruns, guettant le passage des saumons, s'ébattaient dans l'eau et sur les étendues caillouteuses qui divisaient le cours d'eau en plusieurs bras sinueux et peu profonds. Ils étaient au moins une quinzaine, dispersés de part et d'autre, partout où il était aisé de traverser.

— Je n'en ai jamais vu autant d'un coup, dit Mitch.

— C'est encore plus impressionnant que ce lac si calme, avec ses castors. Plus brutal, mais aussi très beau.

— Certains d'entre eux sont vraiment d'une taille inhabituelle. Ils doivent peser au moins six cents kilos. En cette saison, ils mangent comme des fous, pour accumuler les réserves nécessaires à l'hibernation.

— Ce sont des animaux splendides, même s'ils font peur, avec tous ces muscles. Ils ne sont pas vraiment bruns, d'ailleurs. Certains sont très clairs et d'autres presque noirs, quand ils sont mouillés, en tout cas. L'eau glacée n'a pas l'air de les déranger, fit remarquer Lisa.

Mitch la sentit se rapprocher de lui en voyant deux ours

se dresser sur leurs pattes arrière pour se disputer une zone de pêche. Elle frissonna, sans quitter des yeux le spectacle. Mitch faillit glisser un bras sur sa nuque mais se contenta d'appuyer une épaule contre la sienne.

— En fait, c'est la version ours du fast-food, reprit-elle d'une voix qui ne tremblait pas, contrairement à ce qu'il aurait pensé. En self-service.

Il retint un sourire, touché par sa plaisanterie et par le fait qu'elle se mettait sous sa protection, même à bonne distance des animaux. Ils regardèrent en silence les saumons chargés de frai empalés sur des griffes aiguisées comme des rasoirs, déchiquetés et écorchés par des dents pointues, avant d'être dévorés sur-le-champ. Une grande ourse, seule, nourrissait deux oursons.

Il répondit d'une voix calme :

— Au moins, ils n'ont pas l'air de nous avoir entendus ou flairés. Heureusement, parce que la présence d'oursons peut les rendre très susceptibles et même agressifs.

— Comme les gens, dit-elle. On ne les connaît jamais aussi bien qu'on croit.

Mitch pensa à Jonas et à Vanessa, puis ses pensées dévièrent vers Ellie et à Graham. Il n'arrivait toujours pas à se convaincre que l'un d'entre eux ait pu pousser Lisa. Personne d'autre n'en aurait eu la possibilité, pourtant, sauf Christine et peut-être Ginger, mais elles n'avaient pas la moindre raison d'agir ainsi.

Les rives étaient maintenant couvertes de déchets ensanglantés que les ours jetaient avant de guetter une nouvelle proie. De temps à autre, ils grognaient, se bousculaient et échangeaient des bourrades quand un congénère s'approchait de trop près, puis ils reprenaient leur pêche et leur orgie de nourriture.

— Nous ne pourrons jamais traverser ici, chuchota Lisa

derrière le rocher où ils s'étaient accroupis pour se mettre à l'abri. On peut essayer un peu plus en amont, même si c'est plus profond ?

— Te voilà bien brave, tout d'un coup ! Non, c'est trop risqué. Quand tu rentreras dans tes paisibles pénates de Floride, à Fort Lauderdale, tu pourras raconter dans les dîners qu'en Alaska, on appelle les grizzlis des ours bruns, et que, quoi qu'il arrive ils ont toujours la priorité.

— Peut-être que l'avion va revenir ? Lui ou un autre ?

— Dans ce cas, avec ou sans ours, ils auraient beaucoup de mal à atterrir ici. Il faudrait qu'ils envoient un hélicoptère avec une nacelle de sauvetage.

Il poussa un profond soupir. Lisa esquissa un geste, comme pour lui caresser le bras, ou essayer peut-être de le réconforter, mais elle se retint. Il s'éclaircit la gorge en résistant à la tentation de la prendre dans ses bras.

— Nous allons devoir continuer vers l'aval, reprit-il. Il y a moyen de passer un peu plus loin.

— Passer le torrent ? Mais comment ? On voit d'ici que la vallée se rétrécit et que l'eau recommence à couler avec la même force.

Pour la première fois depuis des heures, il plongea son regard dans le sien. Normalement, un bon avocat devait tout planifier, ne rien laisser de côté, prévoir le moindre aléa. Seulement, il n'osait pas lui avouer la vérité avant qu'elle ne soit sur place et qu'ils ne puissent plus revenir en arrière. Sinon, elle n'accepterait jamais ce qui les attendait.

Pourquoi diable cette jolie tête de mule exerçait-elle un tel attrait sur lui ? Comme cela lui était arrivé à plusieurs reprises depuis le début, il ressentait pour elle un désir impérieux. Il était subjugué par ses capacités de résistance face à ce qu'elle avait traversé. Seulement, dans la vie qu'il s'était choisie, elle n'avait absolument pas sa place. Alors, pourquoi la désirait-il encore ? Il ferait sans doute mieux d'épouser Christine Tanaka, de lui donner sa chance, en dépit de son passé. Au moins, elle, elle aimait l'existence qu'il menait et était suffisamment aguerrie pour y faire face. En attendant, la jolie citadine qu'était Lisa, si meurtrie et effrayée qu'elle puisse être, soutenait son regard sans fléchir.

— J'ai réussi à nous amener jusqu'ici, dit-il. Alors, je te demande de continuer à me faire confiance. C'est à prendre ou à laisser.

Elle se mordilla la lèvre inférieure avant de répondre :

— Je n'ai pas le choix, évidemment.

— Ce n'est pas ce que je veux entendre. Ce que je veux entendre c'est « Oui, je te fais confiance ». Tu comprends ? Il faut que tu te fies à moi aveuglément.

— D'accord, je te fais confiance pour nous ramener à la civilisation. Sauf que, tu veux savoir ce que cette scène me rappelle ? Je ne parle pas d'une émission de télé. Ça me rappelle la cruauté de ce que nous appelons civilisation, justement.

— Tu veux dire, Wall Street dévorant le menu peuple ? Ou bien les avocats, les hommes d'affaires ? s'enquit-il.

— Je vois que nous pensons la même chose, c'est mauvais signe. Oui, je pense à tous ceux qui feraient n'importe quoi pour ménager leurs intérêts au détriment des autres. Ces gros ours me font franchement penser à certains clients de Carlisle, Bonner & Associés.

— Ou à des collègues avocats prêts à expédier un concurrent dans un torrent ?

Sans lui laisser le temps de répondre, il enchaîna :

— Allons, chère associée, il faut nous mettre en route.

Il lui tapota l'épaule, hissa le sac sur son dos, et ils s'éloignèrent du gué où ils avaient espéré traverser.

Dès que l'hydravion de Spike eut atterri, Christine et Ginger, suivies de leurs hôtes, se précipitèrent vers le ponton. Christine serrait les doigts avec une telle force qu'elle ne les sentait presque plus.

— Vous les avez vus ? lança M. Bonner avant qu'elle ait pu ouvrir la bouche.

— Non, pas la moindre trace d'eux, répondit Spike en aidant Mme Bonner à descendre du cockpit.

— Dans un sens, c'est peut-être bon signe, non ? dit Christine.

— C'est vrai, répondit Spike en glissant un bras sur ses épaules.

Personne ne dit à voix haute ce qu'ils pensaient tous : au moins, ils n'avaient pas vu de cadavre flottant ou de kayak fracassé. Christine se serra contre Spike. L'épisode avait un aspect positif : elle et Spike avaient fait alliance, alors qu'auparavant, il se montrait méfiant, n'osant presque pas l'approcher, et elle savait bien pourquoi.

Comme tout le monde dans la région, il connaissait son histoire, et elle espérait de toute ses forces que son passé ne reviendrait pas la hanter, si jamais il devait y avoir une enquête. Car après tout, elle était sans doute la dernière à avoir vu Mitch et Lisa vivants… Mais il ne fallait pas penser ainsi. Lisa ne connaissait rien au territoire, mais ce n'était pas le cas de Mitch. Cela dit, si Lisa faisait du mal à Mitch d'une manière ou d'une autre, elle, Christine, ne s'en remettrait pas.

Son menton se mit à trembler et elle faillit fondre en larmes, alors qu'après son acquittement, elle s'était juré de ne plus jamais pleurer. Elle se sentait de nouveau oppressée par un sentiment de culpabilité qu'elle avait cru bien enfoui.

— Qu'allons-nous faire, nous ? demanda Vanessa. Est-ce que nous devrions rentrer en Floride, ou bien attendre ici que…

— Personne ne doit bouger pour l'instant, à mon avis, coupa Jonas. Nous allons les retrouver. Enfin, la police ou les gardes forestiers vont finir par les retrouver.

— Bien sûr qu'il faut rester ici, renchérit Mme Bonner. Il reste quatre journées entières de stage, de toute façon, et nous avons confié le cabinet à des gens compétents. Mitch est un brillant avocat, et j'espère qu'il est aussi brillant dans ses activités actuelles. Quant à Lisa, elle est résistante et déterminée, même si elle doit vraiment être comme un poisson hors de l'eau, dans cette nature sauvage.

— Nous allons repartir dès que j'aurais rempli le réservoir et trouvé quelqu'un pour nourrir mes chiens. Ils sont tous attachés et n'ont pas assez d'eau pour tenir aussi longtemps.

— Je vais y aller, proposa spontanément Christine en se surprenant elle-même.

— Laisse plutôt faire Ginger, tu dois t'occuper de tes hôtes, répondit Spike en lui pressant l'épaule avant de la relâcher. Merci, en tout cas, car je sais que la perspective d'une douzaine de huskys affamés ne t'enchante pas.

— Comme ce sont les tiens, ça ne me dérange pas, répondit-elle en levant les yeux vers lui.

Elle sentait ses joues s'empourprer, mais sa peau bistre ne laissait sans doute rien voir. En dépit des regards fixés sur eux, en dépit des circonstances dramatiques, Spike Jackson et elle se sentaient unis par des liens qui allaient bien au-delà de la résidence, bien au-delà même des recherches qu'ils effectuaient. Et il ne s'agissait sûrement pas des chiens, car ceux qu'élevait Clay, son mari, à demi affamés et agressifs, l'avaient rendue remarquablement méfiante face à n'importe quelle meute.

Lisa n'arrivait pas à chasser de son esprit la vision du carnage provoqué par les ours. Le torrent qui donnait la vie aux saumons était devenu leur cimetière, comme il avait failli devenir le sien si Mitch n'avait pas volé à son secours.

Et ces ours ! Au début, leur sanglante voracité l'avait horrifiée, mais elle l'avait rapidement acceptée comme un élément parmi d'autres de ce stupéfiant territoire. C'était la lutte pour la vie, d'une beauté primitive. Surtout, au milieu de cette violence contenue, il y avait cette mère nourrissant ses petits, leur enseignant ce qu'ils devaient savoir pour subsister ici, sur cette terre pleine de contrastes et de merveilleux paysages.

Mitch et elle s'étaient assis sur des rochers, à une extrémité du lac construit par les castors, à cinq cents mètres du cours principal et à une distance prudente des animaux.

— Ça a l'air profond, dit-elle en regardant la paisible étendue d'eau formée par le village des castors.

Elle comptait bien éviter que la conversation ne retombe sur leur passé commun. Elle n'aurait pas dû se disputer avec Mitch, tant elle dépendait de lui pour sortir de cette région sauvage.

— Oui, répondit-il, et ce sont des plantes lacustres qui donnent à l'eau ces reflets verdâtres et mouvants.

— Je vais me laver les mains et le visage. L'eau est sûrement moins froide que dans le torrent. Je n'ai jamais rien connu d'aussi… glacé.

Elle retira sa veste de jean et roula les manches de sa combinaison pour plonger les mains dans l'eau tiédie par le soleil. Elle s'aspergea le visage, battit des cils pour chasser des gouttes d'eau puis contempla son propre reflet, légèrement déformé dans la surface miroitante. Cela lui rappelait l'un de ses cauchemars enfantins, que son psychiatre l'avait aidée à surmonter, dans lequel elle voyait le visage de sa mère, de plus en plus semblable au sien au fil des années, l'observer à travers l'eau, comme s'il l'attendait, la réclamait…

Un jaillissement de bulles l'arracha à sa rêverie. Un poisson ? Ou bien un castor nageant sous l'eau ? Les gouttelettes irisées avaient pris la forme d'un point d'interrogation. Elle les dispersa du bout des doigts, chassant vision et cauchemar dans les minuscules remous qu'elle suscitait.

Si elle finissait par se convaincre qu'on l'avait réellement poussée dans le torrent, qui donc l'avait fait, et pourquoi ? Certains avaient des raisons évidentes : Jonas et Vanessa, par exemple, à l'affût comme elle du succès qui couronnerait leur carrière. Etaient-ils pour autant capables de telles extrémités ? Quant à l'hypothèse que les Bonner aient voulu la tester, elle était vraiment tirée par les cheveux. Enfin, elle n'osait pas interroger Mitch sur la nature de sa relation avec Christine. Ses pensées tournaient en rond, sans aboutir.

En attendant, elle avait besoin de Mitch pour sortir de là, même si, finalement, ce qu'on appelait « la dernière frontière de l'Alaska » ne lui faisait pas si peur qu'elle aurait cru. Le torrent mis à part, bien sûr. Elle acceptait même ces ours qui taillaient des poissons tout vifs pour se goberger. Quant au hurlement des loups, il n'était pas dépourvu d'une certaine beauté austère. C'était ainsi qu'elle se les rappelait maintenant, en tout cas. Les huttes des castors étaient fascinantes et les couchers de soleil éblouissants. Finalement, même si elle redoutait ce qui l'attendait à leur retour, elle pouvait presque dire qu'elle avait apprécié certains moments de cette aventure.

Peut-être cette immense étendue sauvage l'aidait-elle à mettre les choses en perspective, en fait. Ici, tous ses problèmes de citadine civilisée semblaient soudain moins importants. Elle avait peut-être gâché ses chances de devenir associée senior chez Carlisle, Bonner & Associés, mais si le besoin s'en faisait sentir, elle trouverait un autre employeur, en Floride, qui lui offrirait le même accueil que celui que lui avaient réservé les Bonner. Oui, une fois rentrée, elle allait s'activer comme un castor pour se bâtir une nouvelle vie. Que ce soit sur les plages du Sud ou ici, sous le soleil de minuit des terres du Nord, elle apprenait à devenir une femme autonome et forte.

Peut-être devrait-elle dire tout cela à Mitch, puisqu'il avait l'intention de mettre Graham en garde contre sa candidature et que…

Tout à coup, un monstre horrible surgit de l'eau, à deux mètres à peine, avec une tête couverte de poils surmontée de cornes rougeâtres. Il grognait…

Elle hurla et fit un saut en arrière en aspergeant la bête qui se rapprochait, énorme. Elle se jeta dans les bras de Mitch, le cœur battant à tout rompre.

— C'est un élan, Lisa ! dit-il en l'étreignant. Un gros élan qui sort de l'eau après avoir grignoté quelques plantes lacustres. Il n'est absolument pas dangereux, sauf pour un autre élan. Il est simplement magnifique.

— Oh ! Oui, bien sûr… Mais ces cornes toutes rouges…

— C'est une ramure. Il est en train de muer, d'où les lambeaux qui commencent à tomber. Bon sang, ce grand garçon fait au moins trois mètres au garrot ! A la saison des amours, ses bois auront repoussé, bien durs, pour lui permettre de se battre avec ses rivaux.

Mitch fit sauter Lisa sur ses genoux, comme pour souligner un sens secret à ses paroles.

— Il… il m'a surprise. Je n'ai pas réfléchi, avoua-t-elle pendant qu'il la reposait par terre.

L'élan les observa en ruminant puis fit un bond dans l'eau, grogna de nouveau et replongea dans une gerbe d'eau.

— Nous ne nous reposons pas beaucoup, avec tout ça, fit remarquer Mitch.

Elle le regarda pour s'assurer qu'il ne se retenait pas de rire. Heureusement qu'elle ne lui avait pas fait part de ses réflexions sur la façon dont l'Alaska renforçait son assurance et sa confiance en elle !

— Excuse-moi d'avoir sauté sur toi, dit-elle en se séchant les mains sur les pans de sa veste, avant de l'enfiler de nouveau.

— Tu parles de maintenant, ou de l'an dernier ?

— Tu le sais très bien.

— Je pense que cela nous ferait du bien de manger quelque chose d'un peu consistant. Ces ours m'ont donné une idée. Je vais attraper un saumon avec mon couteau suisse, et le faire cuire sur ce réchaud que je n'aurai ainsi pas trimballé pour rien. Désolé, nous n'aurons pas de pouilly-fuissé pour l'accompagner.

En changeant ainsi de sujet, il redonnait à Lisa un semblant de dignité. Il n'était pas si barbare que cela, finalement, et maintenant qu'elle venait de passer de longues heures avec lui, elle se rappelait une foule de choses qu'elle avait oubliées, comme cet instinct qu'il avait de toujours la protéger, de la dorloter, de la gâter, même. Du moins avant de lui avoir fait part de son intention de l'emmener de but en blanc en Alaska.

Pour autant, elle sentait qu'il lui dissimulait quelque chose, peut-être sur la façon dont ils allaient traverser la rivière. S'il pensait qu'elle allait faire de l'équilibre sur un tronc d'arbre au-dessus des rapides, ou monter dans un bateau abandonné, il se trompait. Elle attendrait qu'il revienne avec un hélicoptère et une nacelle. Elle ne s'approcherait plus jamais d'une rivière, même en radeau sur les eaux plus calmes de l'amont où, leur avait-il assuré, le courant était bien moins violent qu'à l'endroit où il dévalait à travers sa propriété. Une fois de plus, elle se dit que le poste convoité d'associé senior ne valait pas tous ces efforts. Le fait d'avoir failli mourir, mais aussi la stupéfiante beauté de l'Alaska lui faisaient comprendre le vrai prix de l'existence.

7

Mitch était vraiment fier du repas qu'ils venaient de prendre, et plus encore du fait que Lisa ait paru l'apprécier. Il avait attrapé un gros saumon avec le tire-bouchon de son couteau, en s'y prenant comme les ours avec leurs griffes, l'avait fait cuire sur le minuscule réchaud et, pour la première fois depuis qu'il était parti avec le kayak, se sentait rassasié.

— Je n'ai jamais mangé de meilleur saumon, dit Lisa, ni d'ailleurs de meilleures myrtilles.

— Je ne voudrais pas parler comme une brochure de voyage, répondit-il, mais même l'eau a meilleur goût en Alaska, pas seulement la nourriture.

— Il ne faut tout de même pas oublier la langouste de Floride, les salades de crabe et d'agrumes, sans oublier la tarte au citron meringuée…

— C'est vrai, et tout cela me manque, mais rien ne m'empêche de revenir. En visite, je veux dire.

— Tu pourrais passer l'hiver au soleil.

— Peut-être, pour un mois ou deux. Si je fais suffisamment de bénéfices et que Spike et Christine sont disponibles pour garder la résidence en mon absence.

— On voit qu'elle tient beaucoup à toi. J'ai cru comprendre qu'elle était célibataire ?

— Elle vit seule. Son mari la battait.

— Donc, elle l'a quitté… Ils sont séparés, divorcés ?

Mitch fronça les sourcils en fixant l'eau. Tout le monde autour de Bear Bones était au courant, mais il avait promis à Christine de ne jamais rien dire aux invités, et préférait avoir son autorisation avant de s'ouvrir à quiconque, même à Lisa.

— Séparés, répondit-il, et de manière permanente, car il est mort.

— Oh ! Voilà pourquoi elle semble triste et fière en même temps. J'imagine que les Esquimaux sont habitués aux épreuves.

— Tu ne le sais sans doute pas plus que tous ceux qui habitent au-dessous du quarante-huitième parallèle, mais de nos jours il n'est pas bien vu de parler d'Esquimaux, pas plus que de dire « Indiens » au lieu d'« Américains d'origine ». On dit plutôt « Inuits », ou on utilise le nom des tribus. Christine, par exemple, est Yup'ik, comme beaucoup de gens par ici.

— Tu fait bien de me le dire. Je ne savais pas, et je ne voudrais surtout pas faire de peine à qui que ce soit.

Il y avait bien d'autres choses qu'elle ne savait pas, songea Mitch, qui lui avait menti par omission — avec de bonnes raisons — sur certains points.

Assis sur la rive, l'un à côté de l'autre, ils regardaient les eaux du torrent, bouillonnantes mais moins tumultueuses que du côté de la résidence. Mitch savait cependant que l'endroit, où se réunissaient plusieurs bras, était très profond. Par moments, comme un lointain grondement de tonnerre, il entendait le fracas des cailloux de granit entrechoqués et roulés par le courant. Ils se trouvaient à la dernière boucle du torrent avant l'endroit où ils avaient une chance de passer, et c'était pour cette raison qu'il avait choisi d'y faire halte, car ils avaient tous les deux besoin de se restaurer pour reprendre des forces. Surtout, se dit-il avec inquiétude, qu'il risquait d'avoir un gros problème quand Lisa découvrirait son projet... Peut-être même serait-il contraint de la maîtriser et de lui attacher les mains et les pieds pour la faire traverser. Il n'avait lui-même jamais emprunté ce passage et ne connaissait son existence que par ce que lui en avaient dit, un jour, des amis chasseurs de son oncle. Pourvu, d'ailleurs, que le dispositif soit toujours en place !

Christine était contrariée que Spike ait pris la place de Mitch, à la table, pour ce dîner tardif. Tout le monde était affamé. Ginger seule n'était pas là, car elle était partie nourrir les chiens de Spike, à deux kilomètres.

Ils tombaient tous de sommeil, et la nuit, on le voyait au ciel plus sombre, était déjà bien avancée, mais personne n'avait pris de repos. Christine remarqua cependant que Vanessa, montée prendre une douche, se laver les cheveux et se remaquiller, paraissait plus fraîche et plus détendue que les autres. Jonas s'était mis à marcher de long en large, comme Vanessa elle-même un peu plus tôt. Seule Mme Bonner avait proposé à Christine de l'aider à préparer le repas. Cette femme était solide comme un roc : elle montait en avion avec Spike, soutenait leur moral et s'attelait sans rechigner à la tâche. Ni elle ni son mari ne passaient leur temps à donner des ordres, comme on aurait pu le craindre.

— Désolée de servir du saumon froid, mais ça l'aurait desséché de le réchauffer, dit Christine à la cantonade.

Spike avait insisté pour qu'elle dîne avec eux, comme Mitch le faisait toujours. Si Mitch ne revenait pas...

— Tout est absolument délicieux, dit Mme Bonner. Le saumon est aussi bon froid que chaud.

— Christine est un vrai cordon-bleu, fit remarquer Spike. Quant à vous, monsieur Bonner, merci d'être resté avec nous et d'avoir payé pour l'essence.

— Mitch, répondit Graham, était comme un fils pour moi, pour nous, et je n'utilise l'imparfait que parce qu'il a choisi l'an dernier de changer de vie. Etant donné que je n'ai pas d'héritier…

— Graham veut dire qu'il n'a pas de fils, coupa sa femme. Car nous avons une héritière, une fille merveilleuse, brillante, qui termine son droit et rejoindra le cabinet l'année prochaine.

— Absolument, acquiesça Graham Bonner en hochant la tête. Et tout comme le père d'Ellie, Cameron Carlisle, m'avait pris sous son aile et fait entrer dans sa société quand j'ai épousé sa fille, j'avais le même espoir concernant Mitch.

— Vous vouliez qu'il épouse votre fille ? demanda Spike, un biscuit au levain suspendu entre les doigts.

Si Christine avait pu, elle lui aurait donné un coup de pied sous la table.

— En tout cas, répondit Graham, nous avions l'espoir que Claire se marierait avec quelqu'un qui aurait une large participation dans le cabinet, pour garder la majorité du contrôle dans la famille. Evidemment, quand Lisa et Mitch ont annoncé leurs fiançailles, et bien entendu quand Mitch est parti, cette option n'était plus de mise.

— Tout le monde a été très surpris d'apprendre qu'ils étaient ensemble. Ils étaient restés très *sub rosa*, très discrets, intervint Vanessa en précisant le sens de l'expression, comme si Christine et Spike avaient besoin d'une traduction.

— Je ne veux chasser personne, dit Christine en se

levant et en commençant à empiler les assiettes, mais nous ferions mieux de prendre un peu de repos, si nous voulons être d'attaque pour les recherches.

— Le shérif va venir ici, Spike ? questionna Jonas. Ou simplement la patrouille de l'Etat dont vous avez parlé ? Pensez-vous avoir besoin de conseils juridiques, s'ils commencent à poser des questions ? N'hésitez pas à me demander, le cas échéant. Ce sera avec plaisir. Je dois beaucoup à Mitch.

— Pour ma part, je vais reprendre l'avion, et deux collègues vont eux aussi prendre le leur. Je laisse Christine en charge, si jamais le shérif ou la police ont des questions.

Christine faillit laisser tomber sa pile d'assiettes. Il était hors de question qu'elle soit interrogée par les forces de l'ordre !

— Cela dit, enchaîna Spike, les policiers feraient mieux de chercher aussi, sans perdre de temps. Je reviens dans quelques heures. Gardez le moral, car Mitch est un bon Alaskien, tout comme il était bon avocat. Même s'il n'a pas vécu ici très longtemps.

Il mit dans sa poche deux biscuits confectionnés par sa sœur et partit emplir le réservoir de son hydravion. Quand Christine revint de la cuisine pour continuer à débarrasser, les autres étaient encore assis, mais Mme Bonner puis Vanessa se levèrent pour l'aider. La veille encore, elle aurait refusé poliment, mais elle se contenta de remercier en hochant la tête. Plus vite ils seraient tous dans leur chambre, plus vite elle pourrait fouiller celle de Mitch.

— Mais ce n'est pas possible ! s'écria Lisa quand ils furent arrivés à l'endroit où Mitch comptait traverser le torrent, c'est une gorge ! Tu dois te tromper, ce n'est sûrement pas là que nous pouvons gagner l'autre côté. Même si tu avais un bateau, le courant est aussi violent qu'en amont !

— Pas tout à fait, répondit-il. De toute façon, nous n'allons pas passer dans l'eau, mais au-dessus. Tu vois ?

Il tendit le doigt vers le haut.

— Quoi ? Oh, je vois... Il y a un câble qui relie les deux rives, d'accord. Mais on ne peut pas s'y accrocher.

— Si, je vais te montrer, dit-il en passant devant elle pour escalader un passage aussi escarpé que le sentier qu'ils venaient d'emprunter. Tout en haut, là où le câble est suspendu, se trouve ce qu'on appelle une station hydrologique, c'est-à-dire une cabine qu'on fait glisser sur le câble pour plonger un fil à plomb dans l'eau et mesurer la profondeur. Elle a été construite par une équipe de géologues qui, apparemment, ont manqué de fonds pour l'utiliser. Maintenant, elle sert aux chasseurs...

Il ne cessait de parler, et Lisa, qui l'avait suivi, le sentait nerveux, lui aussi.

— Ça fonctionne un peu comme un téléphérique, finalement, ajouta-t-il. En tout cas, c'est ce que m'ont dit les amis de mon oncle. Je suis content de m'en être souvenu.

— Mais ce câble...

Mitch ne répondit pas. Ils débouchèrent sur la plate-forme d'où partait le câble, solidement fixé à la falaise, et accroché de l'autre côté à une sorte de tourelle haute de trois mètres. Quant à la cabine, c'était en fait un grand seau en aluminium, semblable à la nacelle d'un aérostat. Elle mesurait à peine quatre-vingts centimètres sur quatre-vingts et, en hauteur, ne dépassait pas la poitrine de Lisa.

— C'est hors de question ! s'écria-t-elle en s'asseyant là où elle était, l'air résolu.

— C'est le seul moyen de passer à des kilomètres à la ronde. Nous pourrons être de l'autre côté en quelques minutes, rejoindre la route et être rentrés beaucoup plus vite à domicile.

— Mon domicile se trouve à des années-lumière. J'attendrai ici pendant que tu vas chercher de l'aide, même si je ne suis pas sûre que tu aies raison de te risquer sur ce câble. Je n'ai pas regardé en bas, mais honnêtement, c'est au-dessus de mes forces, surtout qu'apparemment, il nous faudrait y aller l'un après l'autre. Ça m'a déjà l'air fragile pour soutenir le poids d'une seule personne, alors deux…

— Je vais le tester en faisant un essai. On ne peut pas l'envoyer vide, parce qu'il faut que quelqu'un tire sur le câble, au moins pendant les derniers mètres, pour faire marcher la poulie.

— Même si le câble est en bon état, je ne supporte pas l'idée de passer au-dessus du torrent. J'ai déjà failli y passer quand on m'a poussée, objecta-t-elle.

Il s'approcha, laissa tomber son sac à s'assit à côté d'elle, les genoux ramenés sous le menton, les bras noués autour de ses longues jambes. Elle se dit qu'il allait la sermonner, mais il reprit la parole d'une voix calme, presque aguicheuse.

— Alors, comment vas-tu t'attaquer à ce mystère, en rentrant ? Tu vas appeler le shérif de Talkeetna pour lui demander d'arrêter quelqu'un ? Mais qui ? Ou tu vas prétendre avoir simplement trébuché et continuer à tenter de décrocher le job ? A moins que tu n'enquêtes discrètement pour essayer de comprendre qui a pu agir ?

— Pourquoi ? Tu me crois, maintenant ?

— J'élabore une stratégie, exactement comme je le ferais avec un client pour préparer sa défense. Tu n'as que ces trois options, à moins, évidemment, de rentrer tout de suite en Floride, au risque de te retrouver dans un cabinet où quelqu'un a essayé de te supprimer. Toi et moi formions une bonne équipe, rappelle-toi. Dans l'affaire Daley, par exemple, et dans cette sombre histoire de blanchiment d'argent des casinos. Si tu traverses ce torrent, une fois que j'aurai vérifié le câble et la nacelle, je te promets de te servir d'acolyte, de détective et de conseil sur cette tentative d'homicide. Même si, au final, quelqu'un proteste en disant n'avoir pas fait exprès de te faire tomber, nous saurons au moins de qui il s'agit, et nous essaierons de comprendre pourquoi. A moins qu'en sens inverse, nous ne comprenions d'abord le pourquoi, ce qui nous mènerait au suspect. Il se peut que je sois impliqué dans le « pourquoi », d'ailleurs.

— Je ne m'étonne pas que tu aies la réputation d'être aussi persuasif devant un jury. Mais que veux-tu dire par le fait d'être impliqué ?

— Je vois deux possibilités. D'abord, quelqu'un n'avait peut-être pas envie que nous nous retrouvions pour discuter.

— De notre rupture ? Mais tout le monde s'en fiche, à part nous !

— Je me contente d'émettre des hypothèses. La deuxième possibilité, c'était qu'on redoute que nous ne discutions d'autre chose.

— Tu veux dire, quelqu'un aurait peur que nous ne sachions quelque chose sur lui ?

— Oui, comme un acte qu'il aurait commis ou omis de commettre, au contraire. Je le répète, je vais simplement à la pêche aux idées, et sans tire-bouchon, contrairement à ma pêche au saumon.

— Peut-être Jonas ou Vanessa ont-ils craint que je ne t'influence pour dire aux Bonner que je suis la meilleure candidate… Mais est-ce une raison suffisante pour vouloir m'éliminer ?

— Je m'interroge, mais je suis trop fatigué pour raisonner, avoua-t-il.

— Tu as très bien raisonné jusqu'ici. Moi aussi, je

me creuse la cervelle sur le « qui » et le « pourquoi ». Si j'affirmais avoir glissé et perdu l'équilibre ? Cela nous donnerait plusieurs jours pour mener l'enquête.

— Avec un inconvénient : c'est que le coupable saurait que tu mens.

— Nous pourrions dire que je me suis cogné la tête, que je ne me souviens plus très bien de ce qui s'est passé, que la mémoire va me revenir. Nous pourrions ainsi tendre nos filets sans laisser penser à qui que ce soit que nous enquêtons. Déjà, en nous voyant, il — ou elle — sera suffisamment nerveux de savoir que nous avons pu parler et échanger nos impressions pendant deux jours. Mitch…, demanda-t-elle soudain en se tournant vers lui, tu crois vraiment que quelqu'un m'a poussée, n'est-ce pas ?

— En dépit de tes relations d'amour-haine avec les remous, je ne te crois pas capable de sauter dedans. En outre, en dépit des difficultés, même meurtrie de partout, tu as eu le pied très sûr durant tout le trajet, et tu t'es montrée courageuse. Je ne crois donc pas non plus que tu aies perdu l'équilibre.

— Je te remercie. Même si nous ne sommes pas destinés à nous associer pour la vie, j'apprécie tes conseils et ton offre, dit-elle en lui posant la main sur le bras.

— Alors, c'est un marché ? Une fois que j'aurai testé notre tramway, tu me laisses t'envoyer de l'autre côté avant de t'y rejoindre ?

Elle fixa ses prunelles sombres, scrutatrices, à l'expression austère mais bienveillante. Oui, elle avait toujours connu à Mitchell Andrew Braxton cette tendresse, cette douceur cachée sous ses dehors de brute sans états d'âme. Seulement, en songeant à cette eau écumante au-dessous d'elle, elle était terrifiée à l'idée d'y tomber comme…

— Oui, répondit-elle. J'aurais cru ne plus jamais

pouvoir te faire confiance, mais c'est oui. Marché conclu. J'apprécierai ton aide à notre retour.

Elle tendit une main tremblante. Il la saisit, attira Lisa à lui et l'embrassa sur la joue. Sa barbe de trois jours lui picota la peau, et ce contact, comme les mots qu'il avait prononcés, lui serra douloureusement le cœur.

8

Christine savait qu'elle n'avait pas besoin de clé pour entrer dans l'appartement privé de Mitch, car jusqu'à présent, en tout cas, il le laissait toujours ouvert. Elle s'y faufila et referma sans bruit derrière elle. Elle prenait des risques, mais espérait trouver une explication de ce qui s'était passé, un message de Lisa Vaughn, par exemple. Le désespoir la gagnait : elle ne supporterait pas de perdre Mitch.

Elle fouilla rapidement le petit salon, impeccablement rangé, puis s'approcha du grand bureau à cylindre qui avait appartenu à l'oncle de Mitch. Il contenait des piles de factures et des demandes de réservation dont certaines venaient de Tokyo. Toutes ces arrivées étaient prévues pour la fin du mois. Il serait alors possible d'entrevoir les premiers reflets nacrés des aurores boréales, même si elles ne se déployaient pleinement qu'en plein cœur de l'hiver.

Sans aller jusqu'à regarder dans le détail tout ce que contenaient les tiroirs et les panières, elle n'y vit rien d'inhabituel, rien qui ressemble à un message quelconque. Elle ferait des recherches poussées plus tard, si elle trouvait le temps.

Elle aperçut alors un e-mail froissé dans la corbeille à papier. Elle le prit, et le lissa tant bien que mal car il avait été roulé en boule : elle était sûre qu'il venait de Lisa et que son contenu avait mis Mitch en colère.

Mais ce n'était pas du tout ce qu'elle croyait. L'e-mail venait du frère de Mitch. Il expliquait qu'ils n'auraient pas le temps de venir le voir ni durant l'été ni à l'automne, quand les enfants reprenaient l'école, mais lui souhaitait « bonne chance aux confins du continent ». Un post-scriptum révélateur suivait :

« Après tout, c'est à toi qu'oncle John a laissé le domaine, pas à moi. »

Christine soupira. Encore une famille déchirée de rancœurs, comme l'avait été son propre mariage ; encore des relations aussi froides et glacées que les brouillards de Fairbanks.

Mitch parlait rarement de son frère, mais il avait une photo de ce dernier, en famille, bien en vue sur son bureau. Christine vit que le cadre était renversé, comme si Mitch l'avait heurté du coude. Elle la regarda avec attention. On y voyait Brad, le frère, chirurgien, son épouse, une jolie blonde — les frères Braxton préféraient décidément les blondes —, et leurs deux enfants, un garçonnet d'une dizaine d'années et une fillette de six ans. Mitch avait sans doute envie d'une famille à lui. Il risquait fort de ne jamais connaître ce bonheur, pas plus que Christine elle-même.

Elle entra dans la chambre sur la pointe des pieds, aussi légère qu'une feuille morte. Le lit s'ornait d'un quilt dans les tons de brun, de bleu et de vert pâle. Mitch le faisait tous les matins : il avait refusé qu'elle s'en charge, comme elle l'avait proposé à son arrivée. Il lui avait répliqué qu'elle n'était pas femme de chambre, mais gérante et cuisinière de la résidence. Cette seule remarque lui avait fait entrevoir l'homme généreux qu'il était.

Elle passa rapidement en revue la table, les étagères, les compartiments encastrés dans la tête de lit. Elle n'avait pas demandé pourquoi il avait un si grand lit. Peut-être parce qu'il avait le sommeil agité, peuplé de cauchemars, comme elle-même.

Dans le folklore de son peuple, les Inuits, on pensait que chaque être humain avait un « joncha », une identité secrète associée à un animal avec lequel on pouvait entrer en contact dans ses rêves. Lorsqu'on découvrait de quel animal il s'agissait, on pouvait en prendre les traits à volonté, disaient les vieilles croyances. Evidemment, on prenait alors ses défauts.

Le « joncha » de Christine, c'était le glouton, cet animal silencieux, observateur et stoïque. Spike et Mitch n'étaient pas « Yup'ik », mais elle les imaginait volontiers sous les traits d'un gros ours maladroit, pour Spike, et pour Mitch Braxton sous ceux d'un aigle, sage, volontaire, mais capable aussi de tomber dans des pièges à force de vouloir trop étreindre. Un jour, elle avait vu un aigle essayer d'attraper un saumon bien trop gros pour lui, dans le torrent. Il avait été emporté dans le courant, ses serres accrochées au poisson, et avait succombé. Tout comme Mitch risquait de succomber de nouveau aux intrigues de Lisa Vaughn…

Elle s'assit pesamment sur le bord du lit, plongea le visage dans ses mains et éclata en sanglots, puis redressa brusquement la tête. N'avait-elle pas entendu un bruit de pas ? Mitch était-il de retour ?

Elle fonça dans la chambre, ouvrit et faillit se cogner à Spike.

— Qu'est-ce que tu fais là ? s'écria-t-il en la prenant durement par les épaules pour la coller au mur.

Elle tira sur ses mains, lui donna des coups de pied,

mais sans succès. Des souvenirs de luttes et de coups la submergèrent.

— Lâche-moi ! protesta-t-elle.

Il obéit aussitôt mais cria :

— Tu m'avais dit que tu ne couchais pas avec lui !

— Ne crie pas. Comme je suis la gérante, ici, je suis venue voir si je pouvais trouver des indices. Rien de plus.

— Tu n'as pas répondu à ma question !

— Ce n'était pas une question, mais une accusation. Si c'est cela que tu penses, tu lui poseras la question à son retour !

Le visage courroucé de Spike se détendit peu à peu.

— Je… je ne voulais pas te blesser, ni te rappeler de mauvais souvenirs sur… sur ton mari. J'ai perdu mon sang-froid. Je ne te plaquerai plus au mur, c'est promis.

Les doigts entrelacés, il posa les deux mains sur sa tête et s'adossa au chambranle, les yeux au plafond.

— Encore une fois, excuse-moi. Je dis n'importe quoi. Je n'ai pas voulu te faire peur.

— Ça ira pour cette fois. Nous sommes tous à cran.

— Pour être franc, répondit-il, j'ai fouillé la chambre de Lisa Vaughn.

— As-tu trouvé quelque chose ? demanda Christine, heureuse de cette diversion, en lissant les manches de son chemisier.

— Juste beaucoup plus de désordre qu'ici. De nouveau, pardonne-moi, Christine, insista-t-il en ramenant les yeux vers elle et en croisant les bras.

— Je suis flattée que tu sois confus, et ravie que tu sois capable de présenter tes excuses.

— En fait, je ne m'en prenais pas à toi mais… Oh, il faut que j'y aille. Je remonte en avion.

— Avec Mme Bonner ?

— Oui, elle insiste pour venir, et ils payent de nouveau le carburant. Elle a autant d'énergie que le lapin sur piles des publicités. Ils ont beau avoir les moyens de s'offrir tout ce qu'ils veulent, je les trouve sympathiques.

Il fit un signe de la main, commença à s'éloigner dans le couloir, puis s'arrêta pour ajouter :

— Je pense qu'après avoir nourri mes chiens, Ginger est retournée chercher Mitch et Lisa derrière chez elle, même s'il semble certain qu'ils ont mis le kayak dans le torrent. Quand elle a quelque chose en tête, elle ne veut pas en démordre. A plus tard.

Lisa se forçait à respirer calmement. Inspirer, souffler… Oui, calmement. Régulièrement.

Elle n'en était pas moins submergée de panique de voir Mitch décrocher la nacelle — qui se trouvait par bonheur de leur côté — et y grimper. Tout à coup, elle n'avait plus aucune envie qu'il tente la traversée, fût-ce pour un essai. Et si jamais il tombait dans le torrent déchaîné ? L'idée de perdre son sauveur et son allié la terrifiait. Surtout qu'il était le seul à pouvoir l'aider dans son enquête sur la tentative d'homicide.

— Aide-moi à stabiliser la nacelle avant que je ne me lance, lui dit-il, et ensuite, recule. Ne regarde pas vers l'eau. Tu n'y es pas obligée.

Puis, d'une voix beaucoup plus basse, presque étouffée par le fracas des remous, il ajouta :

— Tu m'embrasses pour me souhaiter bonne chance ?

Il lui déposa un baiser sur la joue, puis glissa une main sur sa nuque pour attirer ses lèvres contre les siennes. Sa bouche s'entrouvrit, séductrice, excitante. Elle sentit comme une décharge la parcourir des pieds à la tête.

Avec ce baiser, elle avait l'impression d'être avec lui dans la nacelle, voltigeant au-dessus des tourbillons d'écume.

— O.K., on y va, dit-il en la relâchant. A mon retour, il faudra sans doute que tu me tires pour les derniers mètres, car le câble a l'air un peu plus lâche de notre côté. Regarde bien comment je manœuvre les poulies pour avancer à l'arrivée, une main après l'autre. Voilà ! Nous y sommes !

Il avait dit « nous », songea-t-elle, comme s'ils formaient vraiment une équipe. Elle recula, la main sur la bouche, le dos collé à la paroi de granit d'où partait le câble. Ses jambes tremblaient. Les yeux écarquillés, elle regarda Mitch s'accroupir dans le panier, le rapprocher de l'à-pic puis, d'un seul coup, se mettre à glisser avec un crissement sonore de l'accroche sur le câble, bientôt noyé sous le fracas des eaux.

Au milieu du trajet, le câble se courba sous son poids, descendit à trois ou quatre mètres à peine au-dessus du torrent, mais Mitch poursuivit sa course. Lisa eut l'impression qu'une éternité s'écoulait avant qu'il n'approche l'autre côté et ne s'empare des poulies pour parcourir lentement la dernière étape.

Sans prendre pied sur la tourelle, il repartit aussitôt dans l'autre sens, assez vite pour qu'elle n'ait même pas besoin d'actionner les poulies au retour. Elle l'aida à stabiliser la nacelle en souriant à travers ses larmes. Mitch poussa un cri de victoire.

— C'est exactement comme monter sur la grande roue à Disneyworld ! s'écria-t-il, heureux comme un gamin. A ton tour.

Le moment d'affronter ses pires angoisses était venu. Elle avait donné sa parole, mais n'avait pas encore regardé en contrebas et, maintenant, elle allait y être obligée : impossible de traverser les yeux fermés.

Mitch s'extrayait de la nacelle.

— Comment est le torrent, en aval d'ici ? demanda-t-elle.

— Tu ne devrais pas te poser tant de questions, mais si tu veux savoir, il traverse le parc Denali et, au-delà, il y a le détroit de Béring et la Russie. D'accord ? Maintenant, concentre-toi. Ça va très bien se passer.

Il la souleva sur ses pieds pour l'installer dans la nacelle mais elle s'agrippa à lui, les bras autour de son cou, et pressa son visage contre le sien, en dépit de sa barbe piquante.

— Si jamais il m'arrive quoi que ce soit, Mitch, sache que je suis désolée de ce que j'ai dit sur ta famille et sur ton frère. Et désolée de ne pas avoir changé suffisamment pour décider de t'accompagner ici.

Il l'étreignit et embrassa de nouveau ses lèvres meurtries, avec une passion qui l'enflamma jusqu'au creux de l'estomac.

— Nous tirerons tout ça au clair à notre retour, répondit-il, le souffle aussi court que le sien.

Puis il la déposa dans le réceptacle, qui, aux yeux de Lisa, ressemblait à une boîte de conserve géante.

— Mets-toi à genoux et accroche-toi, lui dit-il en poussant la nacelle. Rendez-vous de l'autre côté.

— Mitch, je ne…

Elle ne savait pas ce qu'elle s'apprêtait à dire au juste. De toute façon, Mitch donna encore une petite impulsion, et la nacelle quitta soudain la terre ferme. Lisa ferma les yeux et poussa un léger cri en sentant qu'elle prenait de la vitesse, et qu'elle surplombait le torrent où elle avait failli mourir…

Au milieu, à l'endroit où le câble s'affaissait, elle eut l'impression qu'elle allait s'écraser dans le courant. Elle lutta pour chasser la vision de sa mère et Jani en train de disparaître en tournoyant dans les vagues. Terrifiée à l'idée de tomber elle-même, elle agrippa si violemment les rebords que ses doigts s'ankylosèrent.

La nacelle ralentit. Allait-elle rester bloquée là, à se balancer au-dessus de l'eau, attendant que Mitch vienne la sauver en progressant une main après l'autre, suspendu au câble ?

Puis elle ouvrit les yeux, et s'aperçut qu'elle avait presque atteint la tourelle, de l'autre côté. « Ne regarde pas en bas ! » se répéta-t-elle, en une sorte de mantra frénétique. « Ne regarde pas ces tourbillons d'écume. »

Elle scruta le câble, redoutant de le voir céder, mais il tint bon. Elle se redressa pour l'attraper en tremblant de tous ses membres et manipula la poulie comme elle avait vu Mitch le faire. Ça y était ! Elle avait la plate-forme de la tourelle au-dessous d'elle ! Il fallait sortir, mais la nacelle ne risquait-elle pas de repartir avant qu'elle ait eu le temps de la renvoyer assez fort, au risque de ne pas atteindre Mitch ? Allait-elle devoir faire seule, à pied, le trajet de retour ? Il fallait prendre vers le sud pour trouver la route, avait-il dit, mais elle n'avait aucun sens de l'orientation. Elle se sentirait totalement perdue, en pleine nature. D'autant que le fracas des remous les empêcherait de se parler d'une rive à l'autre…

Elle posa néanmoins le pied à terre, toujours chaussée des bottillons improvisés par Mitch et, à cet instant, entendit clairement une voix intérieure lui murmurer : « Tu arriveras à mener à bien ce que tu entreprends ».

Un frisson la parcourut. Ce n'était pas la voix de sa mère, qu'elle avait si souvent essayé de se remémorer. Ce n'était pas non plus celle du psychiatre de son enfance, ni même celle de Mitch. Ce n'était même pas une voix divine ou celle d'un quelconque ange gardien. En fait, c'était presque comme si ce vaste territoire lui avait parlé, lui affirmait qu'elle réussirait à survivre en dépit de sa peur des remous, de ce gouffre obscur et ténébreux qui la menaçait.

Elle fit signe de la main à Mitch et poussa vigoureusement la nacelle en faisant un vœu. Quoi qu'il arrive, avec son aide, elle saurait qui avait tenté de la tuer et pourquoi.

DEUXIÈME PARTIE

La vague traversée

La frontière, c'est la face extrême de la vague,
Le point de rencontre entre la nature sauvage
Et la civilisation.

FREDERICK JACKSON TURNER

9

— Merci de ton aide ! dit Mitch à Gus Majors, alors que la vieille camionnette brinquebalante de ce dernier venait se garer devant la résidence.

Gus était un grand costaud et Lisa était littéralement écrasée entre les deux hommes. Le véhicule était trop ancien pour avoir des ceintures de sécurité, ou alors Gus les avait enlevées.

Il tenait, à Bear Bones, une boutique de quincaillerie et d'articles de chasse qu'il avait appelée « Tout pour l'Alaskien » ; il effectuait aussi des travaux de taxidermie et, comme Spike, élevait des chiens de traîneau. Beaucoup d'habitants, en Alaska, avaient plusieurs métiers pour pouvoir joindre les deux bouts. Comme nombre de ses compatriotes, Gus ne s'était jamais marié : les femmes étaient trop peu nombreuses dans la région. Il avait courtisé Ginger, un moment — ce qui, d'après Mitch, requérait des nerfs d'acier —, mais sans succès. Mitch avait même surpris une violente querelle entre les deux ex-tourtereaux, quelques jours plus tôt, au café Wolfin.

— Nous te devons une fière chandelle, ajouta Mitch.

— Penses-tu, je suis content d'être passé sur cette route avec cette vieille Betsy ! Elle ne peut plus me servir pour chasser l'élan, mais elle est encore capable de ramasser des voisins égarés, hein ? s'exclama Gus en tapant sur le volant avec un grand rire. Tu en aurais fait autant pour moi, Mitch.

Il donna un grand coup de Klaxon, pila devant la résidence, et tous trois descendirent.

— Heureux d'avoir fait votre connaissance, m'dame, reprit Gus en retirant sa casquette de la Yukon Quest, la fameuse course de chiens.

Lisa donna l'accolade à Gus.

— Mitch m'a sauvé la vie, mais vous nous avez épargné un trajet interminable, Gus. Moi aussi, je suis heureuse de faire votre connaissance, et je vous invite à venir dîner à la résidence, à mes frais, avant notre départ.

— Alors, il vaudra mieux ne pas inviter Ginger, répondit-il, parce que…

Il s'arrêta à mi-phrase : Christine venait de sortir de la maison comme une tornade.

— Dieu merci, cria-t-elle, Dieu merci !

Elle étreignit Mitch, puis le tint à bout de bras pour le dévisager.

— Que s'est-il passé ? reprit-elle en jetant un coup d'œil à Lisa avant de revenir vers Mitch.

— Je te remercie d'avoir monté la garde, « Cu'pak », répondit-il.

— Nous étions morts d'inquiétude. Nous avons même envoyé des gardes forestiers du Denali explorer l'aval du torrent. Spike a survolé deux fois la zone avec Mme Bonner, et ils viennent de rentrer. Je cours les prévenir…

Elle fit volte-face et fonça vers le lac.

— Mieux vaut que j'y aille, dit Gus en serrant la main de Mitch et en tapotant l'épaule de Lisa. Ne me remerciez pas. Ça fait partie de la routine, chez nous, hein, Mitch ?

Il fit démarrer sa camionnette, et ils le saluèrent de

la main. Jonas et Vanessa sortirent de la maison à toute allure, Graham Bonner sur les talons, l'air radieux. Spike et Ellie, de leur côté, arrivaient du lac. Ellie Bonner était en larmes et allongeait le pas pour suivre son compagnon. Spike tapa Mitch dans le dos et Ellie Bonner serra dans ses bras Lisa, puis Mitch, qui aperçut Ginger en train de rôder sur le côté, préférant visiblement observer que venir se joindre au petit groupe — soit du fait de sa réserve naturelle, soit parce qu'elle avait vu Gus. Elle avait une curieuse personnalité, contrastée, très sauvage par moments, presque envahissante à d'autres.

Tout le monde parlait en même temps et harcelait les rescapés de questions qui se résumaient à une seule : que s'était-il passé ?

— Tu réponds, Lisa ? demanda Mitch en se tournant vers elle.

Les assistants se turent pendant qu'elle prenait la parole.

— A vrai dire, tout est un peu confus, déclara-t-elle. Indépendamment du choc reçu dans l'eau glacé, j'ai dû me cogner la tête à un moment donné, parce que je ne me rappelle pas exactement comment cela s'est produit… Ça me reviendra peut-être. Pour l'instant, je sais simplement que Mitch est arrivé en kayak et m'a récupérée à l'entrée de la gorge. J'étais en état d'hypothermie, mais il m'a sauvé la vie en me réchauffant.

Mitch remarqua que Vanessa levait les yeux au ciel, hochait la tête d'un air sceptique et jetait à Lisa un coup d'œil furibond avant d'adopter une expression plus amène. Pourquoi fallait-il toujours qu'elle imagine le pire ? Leur en voulait-elle encore d'avoir eu une liaison ? Deux mois avant qu'il ne sorte avec Lisa, à une soirée de nouvel an, elle lui avait fait des avances explicites et il l'avait repoussée. La jalousie pouvait fort bien expliquer un désir de vengeance, surtout qu'en l'occurrence, le fait que les Bonner aient pardonné au jeune couple n'avait pas dû arranger les choses. Peut-être Vanessa ne pouvait-elle supporter l'idée que Lisa, en obtenant le poste convoité, la supplante une fois de plus.

Lisa, pendant ce temps, achevait ses brèves explications.

— Nous avons dû cheminer dans les tourbières humides, puis dans la toundra, et nous avons enfin trouvé un endroit où traverser le torrent et rejoindre la route. C'est là que Gus Majors nous a découverts.

— Exact, renchérit Mitch, collant à la version de l'histoire qu'ils avaient mise au point. J'ai vu Lisa affalée sur un rocher, je vous montrerai lequel, et je suis revenu en catastrophe chercher le kayak. Entre-temps, elle avait été emportée par le courant et je me suis lancé à sa poursuite. Ç'a été une véritable aventure, même si maintenant nous sommes épuisés, endoloris et morts de faim.

— Mais si Lisa s'est heurté la tête au point de perdre la mémoire, il faut qu'elle voie un médecin, lança Ellie. Il faut même un check-up, vu la façon dont elle a dû être ballottée dans les remous. Elle est couverte d'ecchymoses comme si on l'avait passée à tabac…

Mitch et Christine échangèrent un coup d'œil tandis que Lisa répliquait :

— Je me sens très bien, sincèrement. Mitch a vérifié que je n'avais pas souffert de commotion. C'est sans doute l'eau glacée qui me brouille un peu la mémoire pour l'instant. Je dois dire que je me suis même sentie moins endolorie à force de marcher !

— Dans ces chaussures ? Tout ce chemin ? s'écria Vanessa en les montrant du doigt.

Tout le monde baissa les yeux vers les bottillons avachis

que Mitch avait bricolés avec des morceaux de Néoprène et de l'adhésif.

— Oui, répondit Lisa en secouant la tête, faisant voltiger ses cheveux tout embroussaillés comme si elle traversait un champ électromagnétique. L'ironie de la chose, c'est qu'il les a fabriquées en découpant un gilet de sauvetage. C'est le dernier chic alaskien, j'imagine.

— Comme mes chaussures étaient trop grandes pour elle, nous n'avions pas le choix, intervint Mitch en prenant Lisa par le coude.

— Avec tout ce qu'elle vient de traverser, je tends à penser qu'elle a l'énergie et les capacités de résistance nécessaires pour prendre ta succession au cabinet, Mitch, remarqua Graham. Sache, Lisa, que si tu ne peux pas participer au reste de nos activités, nous ne t'en tiendrons pas rigueur.

Lisa se retourna pour lui faire face, ainsi qu'à Ellie.

— J'ai beaucoup de chance de m'en être sortie indemne, mais je tiens à contribuer à tout. Sauf s'il s'agit de retourner dans le torrent…

— Personne n'y retournera, coupa Mitch, parce que le trajet prévu sur l'eau doit se dérouler beaucoup plus en amont, dans un endroit bien plus calme. En outre, nous prendrons place sur un radeau collectif, et ça aura lieu tout à la fin.

Il entendit Jonas marmonner quelque chose à l'oreille de Vanessa, sans pouvoir saisir ses paroles.

— Il nous reste encore quelques jours avant votre départ, Graham, reprit-il à l'intention de son ancien patron. Je suggère donc que nous poursuivions exactement le programme prévu. Après un bon repas, un bon bain et une bonne nuit de sommeil, naturellement.

— Nous n'avons pas cessé de penser que vous vous en

sortiriez, répondit Graham en posant une main sur l'épaule de Mitch, l'autre sur celle de Lisa, avant d'entrer dans la maison, suivi des autres. D'ailleurs, j'ai l'impression que vous avez formé une bonne équipe, exactement comme quand vous étiez tous deux avec nous.

Mitch vit Vanessa froncer les sourcils et donner un coup de coude à Jonas, qui se contenta de hocher la tête. Christine passa en trombe devant eux pour préparer des victuailles. En fait, songea Mitch, à moins que Lisa ne se soit réellement cogné la tête au point d'avoir des hallucinations, leur enquête venait de commencer.

Debout sous le jet chaud de la douche, si réconfortant qu'elle était tentée de ne plus penser à rien d'autre, Lisa entreprit néanmoins de calculer combien d'heures ils étaient restés absents. Elle avait l'impression que le temps s'était suspendu, pendant qu'ils étaient en pleine nature, mais aussi qu'il avait filé à toute allure. Il était indispensable qu'elle retrace les allées et venues des uns et des autres, pour évaluer d'éventuels alibis. Avec l'aide de Mitch, de préférence.

Leur petit groupe était arrivé à la résidence le mardi ; elle avait été poussée à l'eau le lendemain, en fin d'après-midi. Le fait que le soleil ne se couche jamais vraiment lui donnait le sentiment qu'une interminable journée s'était écoulée, mais Mitch et elle s'étaient pelotonnés deux fois dans la toile de tente pour dormir.

La première nuit, c'était au moment où ils étaient sortis du défilé, sous cet extraordinaire coucher de soleil, et qu'ils avaient marché jusqu'aux plants de myrtilles. Ensuite, il y avait eu cette interminable journée de marche pour atteindre la station hydrologique. C'était donc maintenant la deuxième nuit, et elle se sentait épuisée, rassasiée par les bons petits plats de Christine, physiquement prête à tomber de sommeil. Pourtant, son cerveau restait actif. En général, c'était le café et le chocolat qui avaient sur elle cet effet stimulant. Cette fois, cependant, la colère qu'elle éprouvait, la peur aussi qu'on ne l'agresse de nouveau, suffisaient à la maintenir pleinement éveillée, bien plus que n'importe quel excitant.

Vanessa et Jonas œuvraient-ils de concert ? Au retour de Mitch et Lisa, quand tout le monde les accueillait les bras ouverts, ils étaient restés sur leur quant-à-soi, sans se quitter d'une semelle. Cependant, ils étaient eux aussi en concurrence… Alors pourquoi se seraient-ils ligués ? D'autant qu'ils étaient assez intelligents pour savoir que dès qu'un criminel s'ouvrait de son crime à quelqu'un, ou le rendait complice, le secret était éventé. Comme disait le proverbe : « Pour que deux personnes gardent un secret, il faut que l'une des deux soit morte ».

Surtout, ils faisaient des suspects un peu trop faciles. Christine, par exemple, se montrait très possessive envers Mitch et se déplaçait comme une ombre. Elle pouvait fort bien l'avoir discrètement suivie sur la crête, d'autant qu'elle savait où elle allait. Il y avait aussi Spike, qui admirait Mitch et en voulait peut-être à une femme qui avait fait souffrir son héros. Ou alors, il craignait que si elle et Mitch ne se réconcilient, ce dernier n'accepte de rentrer en Floride… Il fallait qu'elle en sache plus sur le personnel de Mitch. Le fait qu'il prenne leur défense ne suffisait pas.

Elle sortit enfin de la douche, s'épongea et entreprit de se sécher les cheveux qu'elle avait shampouinés, tout en continuant à réfléchir. Oui, ce long crépuscule — elle avait du mal à dire : « la nuit » —, c'était maintenant la soirée du jeudi. Ils étaient censés rester jusqu'au mardi matin, ce qui leur laissait, à elle et Mitch, quatre jours pleins. Graham lui-même avait parlé de « quelques jours ». Il fallait agir vite, ne pas même s'accorder une journée de convalescence. Il n'y avait pas de temps à perdre, s'ils voulaient épingler un tueur qui, après un premier échec, pouvait fort bien revenir à la charge.

Evitant la tentation du lit confortable, elle enfila son maillot de bain, en dépit des hématomes bleuâtres qui, elle l'avait vu dans le miroir embué, lui couvraient le corps. Elle savait que Mitch prenait un bain dans le vaste spa de la terrasse, et il fallait qu'elle lui parle. Elle préférait le retrouver là, n'ayant aucune envie que quelqu'un la voie frapper à la porte de sa chambre. Si d'autres personnes étaient avec lui dans le spa, elle attendrait une autre occasion. Elle enfila le peignoir épais et moelleux fourni par la résidence, prit une serviette propre et sortit dans le couloir.

En passant devant la pièce voisine, elle entendit la voix de Vanessa. Mais à qui parlait-elle ? Les téléphones portables ne passaient pas, ici, et il n'y avait pas le téléphone dans les chambres, même si, curieusement, elles étaient toutes équipés d'internet. Jonas était-il avec Vanessa ?

A choisir, c'était Vanessa qu'elle plaçait en tête des suspects. Mais elle n'en savait pas moins que Jonas avait désespérément besoin d'être promu, car la maladie de son fils lui coûtait très cher. En outre, il ignorait que Lisa, un jour où elle était entrée dans son bureau pour lui demander quelque chose, l'avait surpris à jouer au poker en ligne sur son ordinateur portable. Une autre fois, elle avait pris par erreur un appel qui le concernait et provenait d'un huissier. Tout cela le rendait-il prêt à tout pour avoir le poste ? Etait-ce elle, et non Vanessa, qu'il jugeait comme la rivale la plus dangereuse ?

Elle fit une pause, tentée de coller l'oreille à la porte de

Vanessa, puis se rendit compte que cette dernière n'était pas en train de bavarder mais de chantonner, en espagnol, un air de hip-hop. Vanessa, née dans un quartier hispanique de Miami, et qui avait grimpé les échelons à la force du poignet, était fière de parler sa langue maternelle — atout précieux pour un avocat, en Floride —, mais beaucoup moins fière de sa trajectoire personnelle, qu'elle préférait passer sous silence. Son père était en prison et elle avait elle-même divorcé deux fois avant ses trente ans, exactement comme un jeune arriviste accumulant les épouses successives comme autant de trophées. Si l'on n'était pas un homme riche ou puissant, mieux valait passer son chemin devant Vanessa Guerena !

Lisa descendit l'escalier et sortit sur le patio qui surplombait le lac, en contrebas. Spike avait garé son petit hydravion rouge à cet endroit, au lieu de l'emmener comme d'habitude sur l'autre rive. Avec ses tongs qui claquaient légèrement sur les dalles, Lisa passa devant la cabine de sauna, construite à l'écart, en rondins, avec sa chaudière à bois sur le côté. Une séance de sauna lui aurait fait du bien, mais comme Mitch avait choisi le spa, elle s'y dirigea, passant aussi devant le barbecue en pierre. Mitch n'avait pas allumé les lampes, mais elle vit dans la pénombre qu'il était seul.

L'eau bouillonnante du spa, éclairée par en dessous, scintillait comme une émeraude aux reflets bleutés. Lisa vit des gouttelettes d'écume et hésita. Son cauchemar familier, cette vision du visage de sa mère au milieu des remous, qui la hantait si souvent, même éveillée, surgit devant ses yeux. Elle battit des paupières pour la chasser.

Mitch était adossé sur le rebord, les yeux clos, mais il les ouvrit pour attraper un gobelet en plastique derrière lui et l'aperçut. Il avait l'air surpris, alors qu'il lui avait dit et même répété à voix basse, après le dîner, qu'il serait au spa.

— Viens donc profiter des bienfaits de la civilisation, dit-il en se redressant pour lui tendre la main.

L'eau glissa sur ses épaules et sa poitrine musclées. Il portait sûrement un maillot de bain, non ? Elle jeta sa serviette et son peignoir sur le banc où il avait mis les siens et prit sa main pour descendre les marches. Son Bikini noir semblait curieusement déplacé, ici, au milieu des terres sauvages d'Alaska. Elle sentit le regard de Mitch rivé sur elle.

— Tu ne croyais tout de même pas que je n'oserais plus rien affronter d'autre qu'une petite baignoire, dit-elle en matière de plaisanterie, sans pouvoir empêcher sa voix de trembler.

— Pas du tout, mais je te pensais trop épuisée, trop au bout du rouleau pour ressortir.

— Je le suis, et toi aussi, sans doute. Mais je n'arrive tout de même pas à dormir. Et tu ne me crois sûrement pas « au bout du rouleau » psychiquement, sinon tu n'aurais pas accepté de m'aider, répondit-elle en se glissant dans l'eau chaude et mousseuse jusqu'aux épaules.

Il leur fallait dresser un plan de bataille. Pour cela, elle devait avoir les idées claires.

Le spa était vaste, mais elle resta assise près de Mitch, pour qu'ils puissent discuter. Il fallait espérer que personne ne les rejoindrait. De la fenêtre de sa chambre, elle avait vu Vanessa, Jonas et Graham s'y plonger, le soir de leur arrivée. Si elle se remémorait ce genre de détail, il était peu probable qu'elle se trompe en se rappelant qu'on l'avait poussée.

Ils devaient élever un peu la voix pour s'entendre au-dessus du bruit du moteur et des gargouillis de l'eau.

Elle regarda autour d'elle, leva les yeux vers la véranda du premier étage, pour s'assurer qu'ils étaient seuls, puis se rapprocha encore de Mitch sur le banc carrelé du spa.

Ils parlèrent d'abord de Jonas et de Vanessa. Lisa indiqua qu'à son avis, Jonas était endetté, non seulement à cause des factures d'hôpital mais aussi parce qu'il jouait. Mitch raconta que Vanessa n'avait pas su dissimuler sa première réaction en apprenant qu'ils étaient sains et saufs.

— Tu crois qu'ils sont de mèche ? demanda Lisa.

— Peu probable, répondit-il en s'enfonçant dans l'eau jusqu'au menton.

Il ne s'était pas encore rasé, et ses joues étaient noires de barbe. Il avait les yeux cernés et, même s'il avait mangé comme deux au dîner, son visage semblait amaigri. Il restait immobile, comme perdu dans ses pensées, mais elle sentit néanmoins qu'il lui posait un bras sur la cuisse puis lui prenait la main. Leurs doigts s'entrelacèrent. Ce simple geste, à la fois doux et ferme, l'émut infiniment plus que s'il l'avait agrippée pour l'embrasser de nouveau.

— Tout le temps que nous enquêterons, nous ne devons pas oublier que les murs — et même les arbres — ont des oreilles, murmura-t-il. Nous cherchons un suspect, mais ce suspect nous a sans doute à l'œil.

— Je sais. Je le sens, moi aussi. Comme cette fois où on nous a suivis, dans cette affaire de blanchiment d'argent, tu sais ? Celle que Graham nous a retirée parce qu'il craignait pour nous, au cas où le crime organisé y aurait été mêlé. J'avais insisté pour qu'il nous laisse continuer, mais il m'avait répliqué que notre sécurité passait avant tout.

— Oui… ou juste après la réputation du cabinet, disons.

— C'est toi qui dis ça ? Je n'en crois pas mes oreilles.

— Graham est un type bien, comme l'était le père d'Ellie, mais ils ne sont pas arrivés là où ils en sont, avec des clients aussi haut placés, en faisant de la corde à sauter. Ils sont forcément passés à des jeux plus rudes.

— Je sais, dit-elle de nouveau en soupirant.

Elle était surprise de l'entendre critiquer Graham, qui avait si longtemps comblé pour Mitch le vide affectif dont il souffrait.

— Pourtant, reprit-elle pour revenir au sujet, quand les Bonner ont recueilli des fonds pour soutenir la campagne du frère d'Ellie qui se présentait au sénat de Floride, ils l'ont fait en toute transparence, sans lobbying ou contribution de grands donateurs, qui auraient exigé des faveurs en retour. Et ils ont réussi. Graham a dû te dire que Merritt est bien placé pour devenir secrétaire d'Etat, si les démocrates reprennent la Maison-Blanche.

— C'est Ellie qui me l'a dit, mais je l'avais appris aux informations. Tu crois que je ne lis pas les journaux et que je ne regarde pas la télé, ici ?

— Tu t'es suffisamment moqué de moi à ce sujet, mais ne revenons pas là-dessus.

— Alors, sur quoi d'autre pourrions-nous revenir, chérie ? Ailleurs que dans un spa ?

— Arrête de me caresser la paume, ça m'empêche de réfléchir… Même si ça vaut mieux que de crier et de nous disputer.

— La dernière fois que tu as crié, c'était en voyant un élan sortir de l'eau. Dans un spa, au moins, ça ne risque pas… Sauf si c'est un homme, et ça peut aussi faire des remous. Tu te souviens quand tu m'as dit que je brisais ta vie comme un éléphant dans un magasin de porcelaine ?

Elle pouffa mais son rire sonnait creux, mal assuré. Voulait-il simplement la taquiner, ou essayait-il de la séduire ? Il fallait qu'elle sorte vite de l'eau, car elle était en train de succomber à son charme, au point qu'elle se moquait à présent qu'on puisse les voir.

— Tu as bonne mémoire, répondit-elle. Mitch, il faut que je te demande quelque chose… Comment allons-nous nous organiser, demain, pour pouvoir surveiller discrètement tout le monde ? Déjà, je pourrais dire que les souvenirs commencent à me revenir, afin de voir comment les autres réagissent…

— Je vais annoncer au petit déjeuner que nous allons aller voir les chiens de traîneau de Spike et même faire une course. J'expliquerai qu'il s'agit d'observer la façon dont chacun s'y prend pour affronter un nouveau défi. Ainsi, nous les aurons tous sous les yeux…

— Une course ? Sans neige ? Les traîneaux ont des roues ?

— Oui. C'est ainsi qu'ils entraînent les chiens, à la bonne saison. Bref, tu pourras effectivement lancer quelque chose sur tes souvenirs, mais reste toujours près de moi, au cas où quelqu'un essaierait de s'en prendre à toi.

— Je sais que nous prenons des risques, Mitch, mais nous devons les assumer, moi y compris. La personne qui a tenté de me pousser à l'eau ne va sûrement pas tenter de m'abattre avec une arme à feu. Il va bien falloir que je me retrouve seule à un moment donné avec chacun d'eux, pour leur donner l'occasion de faire un geste de trop. Ce qui me rappelle, même si l'endroit a sûrement été piétiné, que nous devrions retourner voir la « scène de crime ». Je refuse d'y aller seule.

— J'irai y jeter un œil demain matin, mais j'ai effectivement dû effacer toutes les empreintes de pas en tirant le kayak sur la crête, puis en le mettant à l'eau. Maintenant, essaye d'aller dormir. Je te surveille le temps que tu rentres dans ta chambre. Je ne vais pas tarder non plus.

Ils se mirent debout et Mitch lui tendit la main pour l'aider à sortir. Elle se drapa dans le peignoir puis se pencha pour chuchoter :

— Je suis contente que tu aies internet ici, même si les portables ne passent pas. Je vais pouvoir faire quelques recherches.

— Parfait.

— Mitch… Je vais regarder aussi ce que je trouve sur ton personnel, parce q…

— Ah bon ?

— Parce qu'ils ont pu paniquer à l'idée que je te ramène en Floride, ou m'en vouloir que je t'aie fait souffrir. Ils sont très loyaux envers toi, en tout cas Spike et Christine. Surtout Christine…

— Aucun d'eux n'irait te jeter dans un torrent déchaîné, coupa-t-il en oubliant de baisser la voix. Christine et moi avons des rapports amicaux, ceux de deux collègues qui s'estiment beaucoup.

Elle ouvrit la bouche pour rétorquer qu'il était vraiment aveugle s'il croyait que Christine n'éprouvait pour lui que de l'estime. Pour une autre femme, l'adoration que Christine lui vouait crevait les yeux. En outre, Mitch se montrait aussi protecteur envers Christine qu'il l'avait été pour Lisa elle-même. Elle se contenta néanmoins de hocher la tête, lança un « Bonsoir » et s'éloigna avant que la discussion ne dégénère.

Une fois dans sa chambre, elle regarda par la fenêtre pour voir si l'eau du spa était encore éclairée : ce n'était pas le cas. Mitch était de toute évidence rentré juste après elle.

Le soleil couchant s'étirait de nouveau à l'horizon,

mais dans des teintes moins éblouissantes que la veille. La luminosité était celle d'une nuit de pleine lune. Tout à coup, elle vit une ombre surgir au coin de la maison, là même où Ginger s'était réfugiée quand ils étaient rentrés. Elle n'aurait su dire s'il s'agissait de Ginger, cependant. Surtout que la jeune femme devait être rentrée chez elle, de l'autre côté du lac… En tout cas, son bateau n'était plus là.

Il faisait assez sombre, à l'étage au-dessous, et la terrasse formait un angle tel qu'il était difficile de discerner la silhouette mouvante. Ce n'était sans doute pas Spike ou Mitch, car elle ne semblait pas très grande, même si elle marchait voûtée et si la vue d'en haut déformait la perspective. S'il s'était agi de Graham ou d'Ellie, on aurait vu leurs cheveux blancs… A moins que l'intrus ne porte une capuche ou un bonnet, évidemment. La silhouette se pencha pour ramasser quelque chose, près du spa, puis s'éloigna prestement. Peut-être l'un des hôtes avait-il pris un bain plus tôt dans la journée et oublié quelque chose, sa montre, par exemple, sur l'un des bancs que Lisa n'avait pas utilisés.

Pieds nus dans son peignoir, elle fonça dans le couloir, descendit les premières marches de l'escalier et se pencha par-dessus la rampe pour voir si quelqu'un entrait dans la maison depuis la terrasse. Elle ne vit personne. En tout cas, personne dans son champ de vision.

Au même instant, Christine traversa le hall, venue d'une autre pièce, et pénétra dans la cuisine, un objet dans les mains. Elle avait de grandes mains solides, et se déplaçait sans un bruit…

Harassée, Lisa remonta dans sa chambre, tourna le verrou, vérifia sous le lit, dans le placard, même derrière le rideau de la douche. Puis elle coinça une chaise sous la poignée de la porte, ouvrit son ordinateur portable et tapa sur un moteur de recherche :

« Christine Tanaka + Yup'ik + Bear Bones, Alaska ».

10

Les recherches de Lisa sur « Christine Tanaka » ne donnèrent rien. Les quotidiens semblaient peu nombreux, dans cette région de frontière éloignée. Elle ne s'était pas encore rendue au village de Bear Bones, et leur visite de Talkeetna n'était prévue que le samedi suivant… pour une manifestation nommée — incroyable, mais vrai — « Festival des Mères montagnardes ». En tout cas, elle n'avait vu aucun journal traîner dans la résidence. Les petites villes d'Alaska n'avaient sans doute pas de quotidiens mais des hebdomadaires, voire des mensuels. Elle aurait pu essayer la vaste banque de données personnelles à laquelle le cabinet était abonné, mais il valait mieux l'éviter : ses collègues auraient pu voir la trace de ses recherches.

Le front plissé, les yeux rougis et clignotant de fatigue, elle parcourut les références suivantes apparues à l'écran. L'une d'elles éclairait les mots « Christine » et « Yup'ik ». Christine Kagak avait été poursuivie pour le meurtre de son mari, qu'elle affirmait causé par les mauvais traitements qu'il lui infligeait.

Elle cliqua et se mit à lire, les yeux écarquillés. Etait-ce la même Christine ? Oui ! Il y avait une photo d'elle en train de sortir du tribunal de Fairbanks, quatre ans plus tôt. Bon sang ! Mitch avait dit que Christine avait perdu son mari, pas qu'elle l'avait tué ! Et elle avait été acquittée. Acquittée ! Le cœur battant, Lisa se força à lire la totalité de l'article.

UNE FEMME YUP'IK ACQUITTEE
APRES AVOIR TIRE SUR SON MARI

Par Sarah Whitehead
Le Quotidien de Fairbanks
4 septembre 2004

« Cu'pak (Christine) Kagak, 27 ans, accusée du meurtre de son mari Clay Kagak, 34 ans, abattu avec sa propre carabine, a été acquittée mardi. L'accusation avait demandé quinze ans de réclusion criminelle. La défense, photos à l'appui, a argué que M. Kagak maltraitait son épouse depuis le début de leur union, deux ans auparavant. L'avocat de la prévenue, Michael Vincent, a souligné qu'elle craignait en permanence pour sa vie.

D'après Mme Kagak, le soir du meurtre, son mari avait bu et recommencé à la battre. Elle l'a repoussé au bas des marches de leur porche et a tenté de s'enfermer à l'intérieur, mais il l'a poursuivie en hurlant que "cette fois, il allait la tuer". Elle a alors décroché la carabine qu'il avait utilisée le matin même pour chasser le caribou et a tiré deux fois. Son mari est décédé à l'hôpital quelques heures plus tard.

Plombier de profession, M. Kagak était le fils aîné d'un ancien de la tribu Yup'ik. Mme Kagak fabrique des poupées inuit qu'elle vend dans les boutiques locales. Le couple n'avait pas d'enfant. Les représentants de la tribu présents au procès ont indiqué que Mme Kagak n'avait plus droit de cité auprès d'eux, mais se sont tout comme elle refusés à tout autre commentaire. »

Lisa se rendit compte qu'elle retenait son souffle et exhala doucement pour reprendre ses esprits. Elle comprenait désormais comment Mitch avait appelé Christine, à leur retour : « Cu'pak », de son nom inuit. Elle savait aussi qui fabriquait les ravissantes poupées exposées dans la bibliothèque.

Surtout, elle avait la preuve que Mitch lui avait caché tout cela. Pouvait-elle continuer à lui faire confiance ? Ou bien lui cachait-il d'autres choses ? En tout cas, à présent, elle connaissait la vérité sur le passé de Christine. Elle se sentit emplie de compassion pour une femme rejetée par son peuple, même si elle avait tué pour se protéger... Christine était-elle capable, pour autant, d'éliminer une femme qui menaçait sa relation avec Mitch, qui risquait de lui faire perdre le havre rassurant qu'elle avait trouvé auprès de lui ?

Lisa ne cessait de lire et de relire l'une des phrases de l'article : elle n'avait eu recours à une arme, en désespoir de cause, qu'après avoir tenté de repousser son agresseur au bas des marches.

Quand Mitch arriva bon dernier au petit déjeuner, tout le monde dévorait déjà avec appétit, Lisa comprise : elle voulait prendre des forces pour affronter la journée. En dépit de son inquiétude quand elle s'était rendu compte que Mitch couvrait Christine, elle avait fini par s'endormir, pour faire d'ailleurs une succession de cauchemars où, cette fois, elle n'avait pas rêvé de sa mère, mais se voyait tomber tête la première dans l'escalier et plonger dans le torrent.

— Désolé d'être en retard, dit Mitch en prenant place au bout de la table, face à Graham, assis à l'autre bout.

Il tendit la main pour prendre l'un des gros muffins aux airelles de Ginger. Christine surgit aussitôt et entreprit de lui verser du café en se tenant derrière lui, tout contre son épaule, dans un geste qui parut à Lisa très intime. En même temps, le petit déjeuner l'emplissait de nostalgie car sa grand-mère, elle aussi, avait su cuisiner à merveille muffins, tartes, pains et biscuits. Elle avait enseigné son art à Lisa et lui avait légué ses recettes, mais celle-ci n'avait plus eu le temps d'en préparer depuis des années.

— Au moins, j'ai tout réglé avec le shérif de Talkeetna et la police de l'Etat, reprit Mitch après un petit signe de tête à l'intention de Lisa. Le journal de Talkeetna voudrait faire un article, mais j'ai répondu que je ne donnerais pas d'interview pour l'instant, même s'ils viennent tenter leur chance. Je parlerai plus tard. Aucun article ne sortira avant que Lisa ne soit partie. Rentrée en Floride, je veux dire.

Graham, qui ingurgitait une crêpe au levain après l'autre, commenta :

— J'étais sûr que tu pourrais arranger les choses sans faire la moindre vague. Ça a toujours été ton fort.

Lisa vit le visage de Mitch s'illuminer : les deux hommes, depuis longtemps, ne tarissaient pas d'éloges l'un pour l'autre. Au début, elle le savait, Graham et Ellie avaient même espéré que Mitch tomberait amoureux de leur fille, mais le fait qu'il l'ait choisie, elle, ne constituait pas un mobile suffisant pour commettre un meurtre. Non, c'était trop tiré par les cheveux.

Comment allait-elle bien pouvoir retrouver Mitch en tête à tête, avec le programme chargé de la journée ? Elle voulait absolument savoir pourquoi il avait dissimulé la vérité sur Christine. A moins qu'elle n'ait intérêt à ne rien dire, de manière à voir s'il s'obstinait à ne lui livrer que des semi-vérités, alors même qu'il avait promis de l'aider à démasquer son agresseur ? Certes, il l'avait soignée et protégée, au bord du torrent comme durant tout le trajet de retour, mais maintenant que ces événements étaient derrière eux, peut-être protégeait-il quelqu'un d'autre.

— Si ça s'est tassé avec les autorités, c'est parce qu'il s'agissait d'un accident, reprit-il en couvrant généreusement son muffin de confiture de fraises tandis que Christine posait devant lui une assiette d'œufs et de saucisses de gibier. Cela dit, évidemment, s'il y avait le moindre soupçon d'une intention criminelle, le shérif comme moi prendrions aussitôt des mesures.

— Une intention criminelle ? répéta Jonas en laissant bruyamment tomber sa fourchette dans son assiette. Tu plaisantes ! Qui donc s'amuserait à pousser ou jeter Lis…

Les paroles de Mitch avaient pris Lisa, comme tous les autres, par surprise, mais elle eut néanmoins le réflexe d'examiner discrètement tous les visages, comme la veille quand elle avait fait son récit. C'était un stratagème qu'elle avait souvent vu Mitch employer au tribunal : glisser une provocation dans une phrase anodine et changer brutalement de direction, l'air de rien. Elle aurait dû y être habituée, pourtant. D'autant que c'était exactement de cette façon qu'il s'y était pris pour lui annoncer son départ pour l'Alaska.

Elle vit que Graham avait simplement froncé les sourcils. Spike était tellement stupéfait qu'il avait gardé sa fourchette, piquée d'un morceau de crêpe, suspendue à mi-hauteur. Quant à Jonas et Vanessa, ils avaient échangé un bref coup d'œil.

— Le fait que Lisa soit tombée à l'eau est suffisamment dramatique en soi, déclara enfin Spike, brisant le silence. Dieu merci, il s'agit d'un accident, sans rien de délibéré. Personne ici ne ferait le moindre mal à un hôte.

Lisa remarqua que Christine avait regagné la cuisine sans rien dire. Ellie, en parfaite hôtesse, toujours prompte aux compliments même quand ce n'était pas elle qui recevait, prit alors la parole :

— Ne pensons plus à cette triste affaire, tout comme Lisa le fait elle-même avec beaucoup de courage. Mieux vaut penser à la belle journée qui nous attend dans cet endroit merveilleux. Je suis toujours d'avis de voir le bon côté des choses. Déjà, ce petit déjeuner est un régal. Ce pain, ces pâtisseries sont exceptionnels ! Je compte bien avoir un échange avec Ginger sur ses recettes, même si je suis convaincue que ce sont les ingrédients d'ici qui font toute la différence. La tarte aux airelles est tellement meilleure que d'habitude ! J'admire Ginger de réussir à produire tout ça jour après jour, d'autant que j'ai cru voir qu'elle avait une main handicapée.

— C'est vrai, dit Spike, visiblement soulagé de pouvoir changer de sujet. Elle a été blessée quand notre père taillait un arbre, il y a trois ans. Elle réussit à se servir d'une cuisinière et d'un four à bois d'une seule main.

Ce qui, songea Lisa, éliminait probablement Ginger de la liste des suspects. Il avait fallu deux mains solides pour la pousser à l'eau.

— Sa cuisine est digne de la tradition des pionniers, reprit Ellie avec un soupir. J'aimerais bien voir le chalet de Ginger, si elle en est d'accord. Elle a l'air de tenir à son indépendance. Peut-être pourrez-vous m'en dire plus sur elle un peu plus tard, Spike ?

Lisa but son café en observant la scène par-dessus sa tasse. Pour un peu, on aurait dit que c'était Ellie, et non Mitch, qui se chargeait de mener l'enquête. Effectivement, si Ginger n'était pour rien dans l'histoire, elle était en revanche bien placée pour fournir sans le vouloir des renseignements sur Spike et sur Christine.

— Moi aussi, j'aimerais voir son chalet si vous acceptez qu'on vous accompagne, Ellie, dit Lisa.

Pour ne pas être en reste, Vanessa renchérit :

— J'aimerais venir aussi, à vrai dire, mais je suis surtout curieuse de savoir comment Christine fabrique ces merveilleuses petites poupées inuit qui sont dans la bibliothèque. J'aimerais en acheter une ou deux.

La conversation dévia ensuite sur l'itinéraire qu'ils allaient prendre pour se rendre chez Spike, deux kilomètres plus loin. Quand Spike expliqua qu'il habitait dans la forêt, Graham s'excusa, monta à l'étage et redescendit avec un cadre qu'il avait décroché du mur. Lisa vit qu'il s'agissait d'un texte.

— Cela ne t'ennuie pas si je partage ces quelques lignes avec les autres, Mitch ? demanda Graham. J'ai trouvé ça au mur de tes appartements.

Lisa posa sa tasse avec un tintement un peu trop sonore. Ainsi, non seulement Graham était entré chez Mitch, mais il y avait pris quelque chose sans sa permission ! A moins qu'ils n'aient tous deux concocté autre chose, indépendamment des activités sportives ?

— Certainement, répondit Mitch, même si je suis sûr que certains la connaissent déjà. C'est ma citation préférée.

— C'est de Thoreau, expliqua Graham en se concentrant avant de lire, un extrait de *Walden ou la vie dans les bois* : « Je gagnai les bois parce que je voulais vivre de façon mûrement réfléchie, n'affronter que les actes essentiels de la vie, voir si je pourrais apprendre ce qu'elle avait à enseigner, et ne pas attendre de mourir pour découvrir que je n'avais pas vécu. » Je suis sûr que Lisa et Mitch ont beaucoup appris sur eux-mêmes, ces derniers jours, en luttant pour survivre.

Lisa se sentit étrangement touchée, mais remarqua que

Vanessa plissait les yeux, et qu'une expression presque féroce crispa brièvement ses traits.

— Je crois aussi, poursuivit Graham d'un ton déclamatoire, que nous allons tous apprendre des choses, à commencer par Ellie et moi-même, concernant la décision que nous devons prendre.

— C'est l'effet de l'Alaska, intervint impulsivement Lisa. On y apprend à mieux se connaître soi-même, et aussi à mieux connaître les autres.

Elle regarda fixement tour à tour Vanessa, Jonas, puis Christine, qui resservait du café à Jonas mais venait de lever les yeux. Elle dévisagea Mitch en dernier. Personne ne cilla : ils étaient tous figés, comme sur un tableau, et paraissaient attendre qu'elle ajoute quelque chose. Finalement, Vanessa baissa la tête vers son assiette vide ; Mitch hocha discrètement la tête et sourit à Lisa ; et ce fut Jonas qui prit la parole.

— On peut en dire autant de tous les défis qu'on affronte. Dans mon cas, la maladie de mon fils m'a conduit à faire des choses dont je me serais cru incapable.

— Emerson est un brave gosse, fit remarquer Graham en se penchant pour étreindre l'épaule de Jonas.

Sa remarque détendit quelque peu l'atmosphère.

— Je prendrai des photos de toi avec les huskies de Spike, enchaîna-t-il, cela lui fera plaisir. Nous pourrons peut-être même en envoyer quelques-unes par e-mail avant que tu ne rentres. Bien ! Maintenant, je retrouve tout le monde sous le porche dans quinze minutes, et nous nous mettons en route pour ce monde merveilleux dont a parlé Ellie.

Un monde merveilleux ou, en tout cas, un monde à part, songea Lisa en se rappelant ses hallucinations sur le pays du *Magicien d'Oz*, quand Mitch l'avait sauvée des eaux. Ils n'étaient plus, ni les uns ni les autres, ni dans le Kansas ni en Floride.

Christine n'avait aucune envie d'accompagner les invités chez Spike, mais Spike et Mitch lui-même insistèrent pour qu'elle vienne. Au moins, avec tous ces gens autour d'elle, elle pourrait essayer de surmonter sa nervosité habituelle en présence des chiens : Clay maltraitait les siens, ce qui les avait rendus agressifs et hargneux. Si la personnalité des animaux reflétait celle de leur maître, on pouvait parier que les chiens de Spike seraient affectueux et bien élevés. Elle n'en avait pas moins une boule à l'estomac.

— Je suis contente que tu sois venue, Christine, dit Lisa en ralentissant pour rester à sa hauteur.

Vanessa leur jeta un regard mais resta avec Jonas.

— Il paraît que c'est vous qui fabriquez ces si jolies poupées inuit qu'on voit dans la vitrine de la bibliothèque, reprit Lisa. Je tiens à dire que je les trouve magnifiques.

— Est-ce Mitchell qui vous en a parlé ? En général, les gens ne savent pas qu'il faut dire « inuit » au lieu de « esquimau ».

— Il m'a effectivement conseillé de dire « inuit » ou « Yup'ik » à votre propos, mais ne m'a pas parlé des poupées : c'est Vanessa qui les a mentionnées. Vous avez l'air de vous plaire, à la résidence. Vous êtes de la région ?

Mitch avait donc dit à cette femme qu'elle était inuit, songea Christine. Que lui avait-il dit d'autre ?

— Je suis de Fairbanks, répondit-elle, mais je préfère regarder vers l'avenir plutôt que vers le passé. Oui, je suis ravie d'être ici. J'y ai enfin trouvé un bon travail et… un foyer.

Elle jeta un coup d'œil à Mitch, qui les précédait avec

Ellie Bonner. Ils marchaient tous en ordre dispersé dans le sentier forestier bordé d'aulnes et de bouleaux que surplombaient, de temps à autre, les frondaisons d'un immense épicéa. Le chemin servait de piste, l'hiver, pour le ski de randonnée. Ici, à l'ombre, il faisait bien dix degrés de moins, et elle ne put réprimer un frisson. Devant elles, Mme Bonner marchait maintenant entre Jonas et Vanessa. Christine surprenait des bribes de leur conversation au milieu des chants d'oiseaux, du craquement des feuilles sous leurs pieds et des clochettes que Vanessa avait emportées pour chasser les ours, alors qu'aucun ours ne s'en prendrait jamais à un groupe.

— Je me demandais si vous pourriez me donner un conseil à propos de Ginger, reprit Lisa. Nous aimerions lui rendre visite mais elle semble aimer la solitude… Vous pensez que nous devrions lui demander d'abord ? A moins que vous ne puissiez le faire pour nous ?

— Les gens de l'Alaska tiennent généralement à leur indépendance et à leur vie privée, en effet, mais je suis sûre que Ginger serait heureuse de gagner un peu d'argent en vous vendant des pâtisseries à emporter. Elle économise pour rembourser Spike de tout le bois qu'il coupe pour son bûcher, alors qu'à mon avis, il n'acceptera pas un centime, même avec ce que lui coûte le carburant de l'avion. Je lui poserai la question en fin d'après-midi, quand elle viendra apporter les provisions.

— Elle vient en fin d'après-midi ? Ah oui, c'est vrai, j'avais aperçu son bateau, le jour où je suis tombée dans le torrent. Je me souviens au moins de cela. C'est très gentil à vous de lui en parler. J'essaierai d'empêcher Vanessa et Ellie d'y aller plus tôt sans prévenir, si elles en avaient l'intention. Vous pouvez dire à Ginger que nous avons bien l'intention de lui passer des commandes. A propos, cela me rappelle ce qu'a demandé Vanessa, est-ce que vous vendez des poupées ?

— J'ai fait celles qui sont ici il y a plusieurs années, et je ne les fabriquais pas seulement pour gagner de l'argent, mais aussi pour préserver nos traditions. Seulement, je suis trop occupée pour continuer, à présent. J'ai d'autres centres d'intérêt. C'est Mitch qui a voulu les exposer, pas moi…

Sa voix mourut. Il fallait espérer qu'elle n'avait l'air ni embarrassée ni impolie. En tout cas, elle disait la vérité. La femme que Mitch avait failli épouser la regardait du coin de l'œil, avec une attention soutenue. C'était bien le regard sourcilleux d'un avocat, pas de doute !

— Excusez-moi, balbutia-t-elle, mais je dois aller demander quelque chose à Mitch, pour tout à l'heure. A propos de notre dessert spécial, une glace maison surnommée « Aurore boréale »…

Christine n'avait en fait aucune question à poser à ce sujet, mais elle adressa un rapide sourire à son interlocutrice et s'esquiva en hâte avant que celle-ci ne l'interroge davantage.

Peu après le départ de Christine, Jonas vint se placer au côté de Lisa.

— Je voulais te donner un conseil qui t'aidera peut-être, dit-il. J'ai eu un terrible accident de voiture, quand j'avais dix-huit ans. Ce n'était pas moi qui conduisais et j'étais attaché, mais j'ai subi une grave commotion et même un bref coma. Ce que je voulais dire, c'est ça : même si je n'ai eu aucune séquelle physique, je n'ai jamais réussi à me rappeler l'accident, pas même les quelques minutes qui ont précédé. Avec un peu de chance, il t'arrivera la même chose pour ta chute dans ce terrible torrent.

— Pourquoi « avec un peu de chance » ?

— Eh bien, ça évite de se repasser inlassablement les événements à l'esprit. N'essaie pas de forcer ta mémoire, de retrouver des détails. Tu ne te rappelles rien avant ni après, n'est-ce pas ? C'est comme un blanc ?

Un frisson glacé parcourut l'échine de Lisa. Est-ce que Jonas essayait de savoir ce dont elle se souvenait ? Pourquoi ? Par amitié, par compassion ? Ou bien parce qu'il craignait qu'elle ne se remémore quelque chose, voire quelqu'un ? Lui, peut-être ?

— J'ai eu un grand blanc au début, effectivement, répondit-elle en gardant les yeux baissés sur le sentier, pour éviter qu'il ne devine qu'elle mentait.

Comme tous les avocats, Jonas était habile à discerner la sincérité d'une expression.

— Seulement, enchaîna-t-elle, j'ai maintenant l'impression que ça me revient par bribes. Je suis convaincue que je finirai par me souvenir de tout.

— Eh bien, à mon avis, on a plutôt intérêt à effacer certaines choses, à ne pas troubler l'eau qui dort, si je peux risquer cette image à propos d'un torrent. Je meurs d'envie de voir ces huskies. C'est bien la première fois que je subis une épreuve de sélection qui implique des courses à chien, de l'accrobranche et du rafting ! Nous allons avoir un C.V. d'enfer, en partant d'ici. Le programme d'aujourd'hui m'a rendu un peu nerveux au début, mais qu'est-ce qui peut bien arriver sur un traîneau à roulettes, par une belle journée d'été ?

Il n'en semblait pas moins inquiet, troublé même, que ce soit à l'idée de la course ou à cause de ce qu'elle avait dit.

— J'aurais été d'accord avec toi il y a encore quelques jours, répondit-elle. Je me serais dit : que peut-il bien m'arriver sur une large crête bordée d'un côté par un torrent et de l'autre par un beau lac ?

— Tu as le mot de la fin, dit-il avec un rire forcé qui dévoila une dentition très blanche.

Des dents de loup, songea Lisa alors qu'ils arrivaient à la clairière où se dressait la maison de Spike. Des dents aiguisées comme celles des castors qui rongeaient les arbres ou des ours qui éventraient les saumons. Même si Mitch ne lui avait pas dit toute la vérité concernant Christine, il fallait qu'elle arrive à le voir seul à seule pour lui parler de Jonas.

11

Les huskies sibériens de Spike étaient magnifiques, songea Lisa. Ils étaient même, comme l'avait dit Mitch à propos de l'élan qui l'avait terrifiée, vraiment majestueux, avec leur épaisse fourrure argentée parsemée de gris et de noir et leurs aboiements profonds. Leur cri évoquait un peu celui des loups, mais ne suscitait en elle aucune des frayeurs qu'elle avait ressenties en les entendant hurler pendant la nuit, en pleine nature. Ils avaient de petites oreilles coquines, un regard bleu très alerte, et remuaient sans cesse la queue. On voyait qu'ils cherchaient à plaire à leur maître, surtout quand ils le virent sortir les traîneaux à trois roues de sous un hangar.

— D'abord, quelques explications avant que je n'attache les chiens aux traîneaux, dit Spike, une fois tout le monde réuni autour de lui devant l'aire d'entraînement des chiens.

Lisa l'écouta en examinant les traîneaux de bois et de métal monté sur des roues solides, qui servaient à entraîner les chiens pendant l'été.

— Je vais en particulier vous parler du « mushing », la conduite des chiens, et du maniement des rênes. Ensuite vous allez tous — Lisa, Vanessa et Jonas — faire une course sur une petite distance, par là, reprit-il en tendant le doigt.

La prairie d'entraînement était couverte d'herbe haute

et de fleurs blanches qui ondulaient sous la brise, un peu comme l'écume sur les remous d'une rivière. Lisa se vit en train d'y foncer derrière les chiens, plongeant toujours plus avant dans une étendue mouvante, pâle et verdâtre... Elle se ressaisit. Ce n'était que ses visions habituelles qui surgissaient de nouveau, un flash-back de sa chute dans le torrent, ou de la noyade de sa mère et Jani. A moins qu'elle ne soit encore épuisée et n'ait cédé au sommeil, l'espace d'une seconde, en sombrant dans le cauchemar qui la hantait depuis des années ? Elle vit le visage de sa mère, l'entendit appeler : « Viens, viens avec moi ! », la bouche ouverte, les yeux grands ouverts derrière une eau qui...

Elle s'ébroua et se força à regarder autour d'elle, à reprendre contact avec le présent. Le chalet de rondins de Spike et son chenil se trouvaient dans une vaste clairière ovale, en bordure de la forêt qu'ils avaient traversée pour venir. Le chenil ressemblait à un village miniature, où chaque chien disposait d'une des petites huttes bien alignées sur deux rangées.

Spike leur avait raconté que les chiens passaient leur temps à dormir, à manger, à jouer entre eux en se dérobant leurs os ou en se mordillant les oreilles et la queue, mais qu'ils étaient toujours prêts à courir. « Prêts pour la course ? », c'était une phrase que Graham prononçait souvent à ses employés de Carlisle, Bonner & Associés, quand il s'agissait de partir au tribunal plaider une grosse affaire de droit commercial ou de diffamation. Il ne disait pas « Tous prêts au combat ? » ni même « Prêts pour le ring ? », comme Vanessa. Non, c'était toujours : « Prêts pour la course ? »

Spike grimpa sur l'un des traîneaux comme s'il prenait place dans le box des témoins, devant un tribunal.

— Le principal, déclara-t-il, c'est de bien garder le

contrôle de vous-mêmes et des chiens, car on le perd facilement. Le secret, c'est de leur montrer que vous avez l'autorité : sinon, ils ne vous obéissent pas. Ce sont des animaux de meute très intelligents, mais ils ont besoin d'être guidés. Dans leur esprit, le chef de meute, ici, c'est moi. Quand vous en aurez quatre à diriger, il faut que ce soit vous.

Finalement, se dit Lisa, l'exercice avait tout son sens dans la sélection de celui ou celle qui aurait à jouer un rôle de leader. Elle se concentra sur ce que disait Spike, qui semblait parfaitement dans son élément.

— Est-ce que les cabanes des chiens sont assez chaudes, l'hiver? demanda Vanessa. Vous savez, avec la SPA et tout ça…

— Bien sûr, répondit Spike, et regardez leur fourrure : elle est déjà épaisse, mais elle l'est deux fois plus quand il fait froid. Cette race peut supporter des températures de moins soixante degrés. L'hiver, pour eux, n'est pas plus rude qu'il ne l'est pour vous en Floride. Cela dit, je mets beaucoup de paille dans les cabanes qui, d'ailleurs, servent aussi à les protéger du soleil pendant l'été. Comme Mitch et moi, ces chiens prospèrent, en Alaska ! Je vous explique maintenant le mot « musher » : il désigne soit l'attelage, soit le conducteur. Quand il s'agit de l'attelage, il y en a de deux sortes : les chiens de longue distance et les sprinters, comme les miens. Ils courent plus vite, sur de bien plus petites distances que les grandes courses sportives comme l'Iditarod ou la Yukon Quest Race, mais ce sont ceux que je préfère.

— Bref, vous aimez les chiens rapides comme les avions, commenta Ellie.

— Exact, madame Bonner. Encore quelques instructions, et vous allez pouvoir essayer. Nous verrons qui est le gagnant, puisque vous êtes tous ici en lice pour un poste d'associé senior.

Donc, même Spike Jackson connaissait l'objectif du programme de Mitch, songea Lisa. Il s'agissait plus de concurrence que de souder une équipe, au moins pour le présent exercice.

— On se place à l'arrière du traîneau, sur les patins, vous voyez ? reprit Spike, en faisant la démonstration. On se tient à la barre de conduite qui est ici. Je vous conseille de bien vous y accrocher parce que les chiens partent en trombe et en dérapant, même quand la piste est bien plane dans la neige. Le harnais des chiens est attaché ici, à l'avant. Vous avez devant vos pieds une barre de frein pour ralentir ou stopper. Il faut appuyer fort, parce que vous n'aurez pas de rênes.

— Mais alors, comment fait-on pour tourner ? demanda Jonas.

— Sur ce trajet, heureusement, vous n'aurez pas beaucoup de commandes de ce genre à donner. Sachez simplement que les chiens obéissent à l'ordre « Mush ! » pour démarrer, et « Halte ! » pour s'arrêter. Beaucoup de gens, maintenant, disent « Hike ! » plutôt que « Mush ! », mais ça me fait penser au football et je préfère la tradition. C'est d'ailleurs pour cela que j'utilise des harnais et des attaches en cuir au lieu des nouveaux modèles fantaisie en polyéthylène.

— Ça n'ira pas trop vite, sur l'herbe, n'est-ce pas ? s'enquit Vanessa. Je suis tout aussi impatiente que les chiens de faire une course, j'adore la vitesse dans les sports nautiques, mais j'espère que ces gros attelages ne filent pas à une allure folle.

— Rappelez-vous tout de même que ces chiens sont élevés pour foncer, répondit Spike. Surtout, une fois partis, n'essayez pas de sauter en marche, et comme je l'ai dit, accrochez-vous et gardez le contrôle pour ne pas risquer d'être renversés.

« Accrochez-vous », « Gardez le contrôle », se répéta Lisa. C'était le secret d'une course à traîneau, mais c'était aussi le mot d'ordre de son existence, en ce moment.

Pendant que Spike attachait quatre chiens à chacun des trois traîneaux, Christine versa du café dans les tasses que Spike avait préparées puis s'écarta pour observer.

En dépit de ses réticences, elle devait reconnaître qu'elle commençait à vouer une certaine admiration à Lisa. Déjà, parce qu'elle avait survécu aux eaux glacées du Wild. C'était exceptionnel, comme si Lisa, outre le secours de Mitch, avait bénéficié d'une protection littéralement surnaturelle. En outre, elle était la seule à témoigner un intérêt pour les chiens qu'on harnachait, alors que c'était sur eux que reposait toute la course. Vanessa, habillée comme si elle sortait d'un des catalogues de luxe qu'affectionnait Ginger, s'était éloignée pour siroter son café, fuyant le contact avec les animaux excités. Cette attitude était révélatrice de ce qu'elle pensait de l'exercice ! Quant à Jonas, il posait pour M. Bonner, qui le prenait en photo avec les chiens à l'arrière-plan. Mme Bonner bavardait avec Mitch, sur le côté. Christine s'approcha de Spike.

— Tes mushers sont vraiment beaux, dit-elle. On voit que tu en prends soin.

— Je suis content que tu sois venue, Christine. Oui, ils sont costauds et fougueux. C'est un honneur de s'en occuper. Certains d'entre eux sont plus intelligents que moi, je t'assure. Je ne les contrôle que parce que nous formons une bonne équipe.

Christine ne put s'empêcher de sourire, et le regard chaleureux et même enveloppant que Spike lui adressa alors fut comme une révélation. Il la dévorait des yeux, et elle fut embrasée comme par une flamme jusqu'à ce que Spike se baisse pour harnacher le chien suivant. C'était comme s'il l'avait touchée, caressée, et elle avait l'impression que des papillons voletaient dans sa poitrine. Elle ne s'était jamais sentie aussi proche de lui, en dépit du gros husky placé entre eux.

— En fait, j'ai eu une mauvaise expérience avec les chiens dans le passé, expliqua-t-elle. C'étaient des huskies maltraités, contrairement aux tiens. Je leur ferais bien une caresse mais je n'ose pas, tellement ils frétillent à l'idée de courir.

— Oh, tu peux leur tapoter la tête, assura-t-il. Il faut y aller un peu fort, sinon ils ne sentent rien ! Même en saison chaude, leur fourrure est épaisse comme une armure.

Il lui jeta un nouveau regard brûlant. Etait-ce avec les chiens qu'il lui conseillait d'aller un peu fort, ou avec lui ? Elle se pencha et donna une tape amicale sur le dos du chien qu'il venait d'atteler.

Les chiens de Clay grondaient en permanence, comme s'il faisait exprès de les laisser dans la cour pour l'empêcher de sortir de la maison, mais ce husky-là remua la queue et la fixa d'un air affectueux. C'était si bon… Elle avait tellement l'impression que l'animal la comprenait qu'elle refoula les larmes qui lui montaient aux yeux. Elle inspira profondément, retint son souffle, puis exhala. Tout au fond d'elle-même, quelque chose de dur parut se défaire, comme si l'armure intérieure qu'elle avait dressée entre Spike et elle commençait à céder. Effrayée de s'apercevoir qu'elle s'apprêtait à lui faire confiance, elle lança brusquement :

— Lisa dit que les dames voudraient rendre visite à Ginger, mais je ne sais pas comment lui poser la question.

— Suggère-leur d'y aller une par une, répondit-il en amenant le chien suivant devant lui. Et si elles veulent commander des pâtisseries, en voyant sa cuisine, Ginger sera probablement d'accord. Je viendrai, si elle préfère que je sois là.

— Elles vont être surprises, commenta Christine en caressant le deuxième chien. C'est *La Petite Maison dans la prairie*, avec des catalogues de Neiman Marcus, de Gucci et de Tiffany un peu partout ! Mais je suis sûre que Ginger sera contente de se faire un peu d'argent.

— Maintenant, je demande à tous les mushers de m'écouter ! cria Spike. J'en ai presque terminé. Comme vous n'avez qu'à traverser la prairie tout droit, laissez les chiens courir. Vous voyez ces meules de foin, au fond, près des arbres ? En arrivant là, il faut essayer d'arrêter les chiens en freinant et en criant « Halte ! Halte ! » S'ils n'obéissent pas, ils stopperont devant le foin. Le terrain est plat, mis à part un léger creux, mais si vous voulez d'abord le faire à pied, allez-y et revenez ici pour le signal du départ.

Il ramena les yeux vers Christine et ajouta un ton plus bas :

— Si jamais tu as envie d'essayer un jour, dis-le-moi. Je peux même te faire asseoir comme une reine et prendre les rênes… Bon sang, je suis poète et je ne le savais pas !

Il partit atteler le dernier chien en souriant largement. Christine redonna une petite tape au husky puis partit laver les tasses à café, le sourire aux lèvres.

Lisa était surprise : elle avait l'estomac noué alors qu'elle n'aurait jamais pensé que l'idée de conduire un traîneau

— avec des roues, en plus — l'intimiderait le moins du monde. Surtout après avoir survécu à ce « terrible torrent », comme disait Jonas. Elle n'aurait jamais cru redouter quoi que ce soit après cette expérience.

Elle entreprit cependant d'étudier calmement la situation, comme lorsqu'elle abordait une nouvelle affaire. Elle examina le traîneau avec attention, parla aux chiens et les caressa, consciente de leur enthousiasme. Elle avait préféré ne pas prendre de café, sachant qu'elle avait tendance à se précipiter aux toilettes quand elle était tendue, même si Spike avait aimablement mis les siennes à leur disposition.

Elle ne parcourut le trajet que jusqu'au dénivelé qu'on voyait dans l'herbe, alors que les autres firent toute la distance. En regardant Jonas et Vanessa, loin devant elle, elle se dit qu'elle aurait peut-être dû les imiter, au lieu d'examiner le traîneau et les chiens. Cela lui aurait permis de voir dans quel état d'esprit ils étaient, entre eux et à son égard.

Rien ne disait qu'ils s'étaient ligués pour lui nuire, évidemment, mais rien ne disait non plus qu'ils n'aient pas décider d'éliminer l'un des candidats. Après tout, des gens sabotant la carrière de leurs collègues, cela s'était déjà vu… Elle avait elle-même plaidé plusieurs fois dans des affaires de diffamation et de discrimination de ce genre. Elle avait d'ailleurs obtenu pour ses clients de confortables dommages et intérêts.

Elle vit Mitch sortir du chalet de Spike, enfin seul, et fonça vers lui.

— Il faut que je te parle, Mitch. Je ne veux pas dire maintenant, parce qu'il n'y a plus le temps…

— J'ai une idée. Plutôt que de nous isoler dans les coins de la résidence, ou de nous enfermer dans nos chambres, retrouvons-nous dans la cave à vin de la résidence.

— Une cave à vin ? Je ne l'ai pas vue.

— Je ne la fais pas visiter aux invités. C'est mon sanctuaire. On y descend par la petite porte qui se trouve dans la bibliothèque. Il y a la lumière en haut de l'escalier. Il est rare d'avoir des pièces souterraines, en Alaska, avec le permafrost et les terrains granitiques, mais mon oncle John l'a fait creuser au fil des années. Ferme bien la porte derrière toi et fais attention dans l'escalier. C'est parfaitement isolé et on ne nous entendra pas. Disons cet après-midi vers 3 heures, d'accord ? Et si jamais il y a quelqu'un dans la bibliothèque, nous élaborerons un plan B. Voilà Graham, alors si tu as des soupçons quelconques, attends tout à l'heure pour m'en parler, à moins que ce ne soit une question de vie ou de mort. Une dernière chose, reprit-il tandis qu'elle s'éloignait. Avant le petit déjeuner, je suis allé examiner l'endroit où tu es tombée. Comme toi, moi, Christine et Ginger avons piétiné partout, sans oublier que j'ai traîné le kayak, il n'y a aucune empreinte reconnaissable.

— Ginger y est allée ?

— C'est elle qui a remarqué la trace du kayak et en a parlé à Christine. Christine m'a dit qu'elle avait même ramassé ta glacière et la lui avait donnée. Elles ont même surpris un glouton en train de dévorer tes provisions. Bref, il n'y a rien à tirer de la « scène de crime ».

— Hé, vous deux ! lança Graham. Vu tout le temps que vous avez passé dans la nature, je suis ravi que vous ayez encore des choses à vous dire. Je sais que vous avez été en froid un bon moment, et j'espérais bien que ce séjour allait vous permettre de vous rabibocher avant que vous ne repreniez vos chemins respectifs.

Il se plaça entre eux et les mit face à face en les prenant chacun par un bras. Cela rappela à Lisa qu'elle avait pensé demander à Graham de la conduire à l'autel pour son mariage. C'était comme s'il allait d'un instant à l'autre la confier solennellement à Mitch.

— Sérieusement, insista-t-il, avez-vous pu régler vos comptes, pendant ces deux jours ? Nous vous avons toujours vus comme un binôme, vous savez.

— Oui, nous avons évoqué des souvenirs, répondit Mitch. Eclairci l'atmosphère, en quelque sorte, même si l'air est déjà bien clair, en Alaska.

— Je vous présente de nouveau mes excuses de vous avoir retiré cette affaire de blanchiment d'argent, quand vous m'avez avoué sortir secrètement ensemble. Il ne s'agissait absolument pas d'une punition. Comme vous le savez, je commençais à craindre que certains de nos clients, ou la partie adverse, ne s'en prennent à vous. Ils semblaient prêts à tout pour savoir ce que vous aviez appris.

— Il est vrai que me sentir suivie et découvrir des écoutes dans ma voiture et chez moi avait de quoi mettre la puce à l'oreille. Cela dit, c'était une grosse affaire, Graham, susceptible d'avoir d'importantes répercussions sur des gens en place. Nous aurions volontiers continué…

— Sauf, coupa-t-il, que lorsque vous vous êtes séparés, tout a été remis en question. Et quand Mitch est parti, il était hors de question de te laisser reprendre les rênes toute seule.

— Tu as bien fait de ne pas remettre Lisa là-dessus, intervint Mitch, mais tu aurais pu l'associer avec Jonas. Je suis étonné que le tribunal t'ait autorisé à te retirer de l'affaire sans même que tu aies signalé le harcèlement dont nous étions victimes. Je me suis demandé si tu n'avais pas subi des pressions ou même des menaces.

Pendant quelques secondes, Graham parut furieux.

Ses narines enflèrent, ses yeux se rétrécirent, puis il reprit possession de lui-même.

— Je sentais bien qu'il y avait quelque chose de louche dans les manœuvres de nos clients, reprit Mitch. J'aurais aimé savoir ce que nous aurions fini par dévoiler, si nous avions remonté la piste.

— Remonté ? Dis plutôt « descendu », riposta Graham. Descendu dans les pires bas-fonds de la société, chez des gangsters, voire des mafieux. Bref, est-ce que vous avez trouvé…

— O.K., mushers, on y va ! lança soudain Spike d'une voix sonore. N'oubliez pas le mot que je vous ai donné pour faire démarrer les chiens. Je ne le prononce pas, sinon vous allez devoir courir après vos traîneaux ! Il faudra le crier bien fort et ne plus l'utiliser, sauf en cas d'urgence.

Lisa, Mitch et Graham gagnèrent la ligne de départ.

— Surtout, accrochez-vous, insista Spike. Lisa, ton traîneau est là-bas, à gauche. Jonas, tu es au milieu, et Vanessa est ici.

Lisa, comme elle avait vu Spike le faire, grimpa à l'arrière du traîneau. Elle avait largement la place de poser les pieds mais se retrouvait surélevée à vingt centimètres du sol, la hauteur des roues. Elle agrippa la barre comme il l'avait montré, puis appuya sur le frein pour le tester.

— Bon, les amis, dit-elle aux quatre chiens qui sautillaient devant elle, du ton le plus calme et le plus ferme qu'elle put, nous allons gagner cette course.

— Lisa, dit Jonas à côté d'elle, comme Graham va prendre des photos de moi pour Emerson, ça ne t'ennuie pas que nous changions de traîneau ? Ça me permettra d'être sur le bord et il pourra mieux cadrer.

— Pourquoi pas ? Tous les traîneaux m'ont l'air semblables, répondit-elle.

Elle sauta au bas de son attelage et elle prit place sur le sien en parlant de nouveau aux chiens. Etait-ce par hasard que Spike avait mis Jonas au milieu, ou parce que ce traîneau était plus difficile à manier ? Peu importait : elle s'en sortirait aussi bien ainsi.

Spike leur tournait le dos pour parler à Vanessa. Avait-elle besoin d'être réconfortée, d'avoir des conseils supplémentaires ? En tout cas, elle commentait :

— Tout ce que je dis, c'est que tes chiens sont bien plus gros que mon chihuahua !

— Ce sont des chiens qui travaillent, eux, répliqua Spike, sans percevoir la plaisanterie.

Puis il tonna :

— Allez, tout le monde ! Un, deux, trois, partez !

Lisa réussit à crier « Mush ! » à ses chiens avant tout le monde. Ils bondirent, tirèrent sur l'attelage ; les cordes se tendirent et son traîneau fila en tête, mais fut aussitôt rejoint par les deux autres. Les huskies foncèrent, de plus en plus rapides.

C'était une course enivrante, aussi impétueuse que le flot du torrent, mais Dieu merci, elle avait sous ses roues la terre ferme et l'herbe haute. Cela lui donnait l'impression de voler, comme si elle dévalait une énorme vague. Une sensation de puissance, partagée avec les chiens, l'envahit. Comme Spike l'avait conseillé, elle s'agrippait de toutes ses forces, en tâchant de garder le contrôle. Exactement comme il fallait qu'elle garde la maîtrise de son enquête pour savoir qui l'avait poussée. Le vent lui ébouriffait les cheveux dans tous les sens. Cela venait-il de la vitesse, ou est-ce qu'un orage menaçait ? Les nuages, au-dessus de la forêt, ressemblaient à des frondaisons enneigées, et les cimes des monts Talkeetna frôlaient l'azur.

Elle arrivait à toute allure en vue du creux dans le sol.

Les chiens le franchirent sans ralentir, descendant puis remontant la courte pente. Lisa, secouée, faillit perdre l'équilibre, mais tint bon. Vanessa, puis Jonas, étaient juste derrière elle.

Jonas poussa un cri étranglé. Lisa tourna la tête juste à temps pour le voir partir en vol plané. Ses chiens continuèrent sur leur lancée, les attaches traînant derrière eux, tandis que le traîneau, détaché, ralentissait puis s'arrêtait. Elle appuya de toutes ses forces sur le frein en hurlant :

— Halte ! Halte !

L'attelage et le traîneau de Vanessa passèrent comme l'éclair. Lisa perdit peu à peu de la vitesse, se mit sur la pointe des pieds pour faire de grands signes aux autres puis bondit à terre et se précipita vers Jonas. Il gisait sur le dos, dans l'herbe, immobile, le regard fixé vers le ciel. Etait-il en état de choc ? Paralysé ?

— Jonas ! cria-t-elle en se mettant à genoux. Jonas, tu es blessé ?

Il ne répondit pas, ne bougea pas. Cela lui rappelait son état quand Mitch l'avait sortie du torrent : hébétée, terrorisée.

Mitch et Spike arrivèrent, hors d'haleine. Jonas battit des paupières, ferma les yeux, les rouvrit, puis fixa Lisa en gémissant et, par bonheur, remua doucement les bras et les jambes.

— Ce n'est pas tout à fait comme mon accident de voiture, murmura-t-il, mais pas loin.

— Dieu merci, tu es conscient ! s'écria Mitch en s'agenouillant de l'autre côté. C'est incroyable, ça n'était jamais arrivé. Voyons si tu n'as rien de cassé.

Graham, Ellie et Christine vinrent se presser autour d'eux. Vanessa arriva en courant de l'autre bout du pré.

Elle était allée jusqu'au bout et son traîneau s'était arrêté dans les balles de foin.

— Il n'a rien ? demanda Graham tandis que Mitch et Spike aidaient Jonas à se redresser avec précaution. Eh bien, Jonas, ça va faire une sacrée photo pour ton fiston !

— Je crois que ça va, je suis juste sonné, répondit Jonas en remuant de nouveau bras et jambes.

— Reculez, laissez-le reprendre ses esprits, ordonna Mitch.

Lisa s'approcha du traîneau de Jonas. Spike était en train d'examiner l'attache de l'attelage, qui était rompue. Il brandit l'un des bouts : les bords étaient déchirés. Avait-elle été mordillée, ou même sciée ? Personne n'avait encore mentionné le fait que le traîneau de Jonas lui était initialement destiné.

Quand ils furent tous réunis dans le salon de Spike, devant une tasse de café et un plateau de biscuits faits par Ginger, Mitch se rendit compte avec surprise que l'avocat, chez lui, remontait à la surface. Jonas, il le savait, pouvait fort bien poursuivre Spike en justice, ou d'ailleurs lui-même. Certains hommes de loi étaient encore plus procéduriers que leurs clients.

— Tu es vraiment sûr que ça va, Jonas ? insista-t-il. Nous pouvons faire venir un médecin.

— Inutile, répondit Jonas. Si Lisa a affirmé qu'elle se sentait bien après une épreuve beaucoup plus rude, je peux dire que je suis en pleine forme.

Ils insistèrent pour l'installer dans le fauteuil de cuir inclinable de Spike ; les autres sièges étaient tous des chaises en pin, à dossier droit.

— Je souffre essentiellement dans mon orgueil, dit-il,

mais au moins, mon fiston va bien rire en voyant la photo, c'est déjà ça. Les chiens ont dû mordiller votre attache en cuir sans que vous vous en aperceviez, Spike. Enfin, nous apprenons tous de nos erreurs. Je suis même d'attaque pour continuer, comme Lisa quand elle a marché des kilomètres en dépit de ses ecchymoses. Je pense que nous avons eu notre quota de prétendus incidents, maintenant.

Spike parut sur le point de prendre la défense de ses chiens, mais il se contenta de hocher la tête en grommelant qu'il était désolé. En fait, il bouillait intérieurement, mais Mitch lui avait conseillé de ne rien dire, sinon qu'il n'avait aucune idée de la façon dont l'accident avait pu se produire. Le regard de Mitch croisa celui de Lisa, assise à l'autre bout de la pièce lambrissée de pin et décorée de photos aériennes de l'Alaska. Il se demanda si elle pensait la même chose que lui : est-ce que Jonas ne mettait pas l'histoire à profit pour attirer l'attention sur lui, et faire oublier l'épisode de la chute dans le torrent ? En tout cas, il ne cessait de comparer sa bravoure à celle de Lisa.

Est-ce que son ancien protégé aurait été jusqu'à forger tout cela intentionnellement ? se demanda Mitch, tourmenté par les interrogations. Après tout, Jonas avait échangé son traîneau avec celui de Lisa à la dernière minute, comme pour faire retomber la responsabilité de l'accident — dont Lisa aurait dû être la victime — sur Spike lui-même. Ou alors, avait-il scié sa propre attache après le départ des chiens ? Spike avait chuchoté qu'il s'agissait d'un sabotage et il était formel : avant la course, l'attache était intacte. En outre, Mitch était troublé que Jonas parle de « prétendus » incidents.

— Je vais aller chercher la camionnette pour te ramener à la résidence, proposa-t-il à Jonas.

— Non, franchement, ce n'est pas la peine.

— Alors, nous allons tous rentrer à pied dans une dizaine de minutes, répondit Mitch avec un sourire forcé. Ne dévorez pas tous les succulents biscuits de Ginger, car nous allons prendre un léger déjeuner avant le temps libre de cet après-midi.

Il passa dans la cuisine et sortit à l'arrière pour être seul un instant. Il adorait sa nouvelle vie et faisait toute confiance à son personnel, mais il n'aimait pas la tournure que prenaient les événements : ces deux accidents auraient pu très mal tourner, et ils visaient peut-être tous les deux Lisa. Il avait besoin de réfléchir.

Il inspira profondément en levant la tête vers le ciel, aussi nuancé qu'à l'ordinaire, d'un bleu pâle vers l'est, avec quelques nuages gris, et comme teinté, vers le nord, par les premiers feux des aurores boréales qu'ils pourraient admirer pendant l'hiver. Comment allait-il continuer à jouir de toute cette magnificence, quand Lisa serait partie, après avoir empli les lieux de sa présence ?

La température était clémente, mais il voûta les épaules sous la brise qui lui ébouriffait les cheveux et gonflait sa chemise. Si ces nuages gris apportaient la pluie, cela ruinerait tout le programme prévu par Graham en extérieur.

Il se retourna pour rentrer mais Graham sortit au même instant, comme si le fait de penser à lui l'avait fait surgir.

— Jonas est tellement à court d'argent qu'il a peut-être utilisé l'incident, s'il ne l'a pas provoqué, dit-il en bloquant le passage, contraignant même Mitch à reculer d'un pas.

Il parlait à voix basse, d'un ton précipité.

— Ne répète pas ce que je te dis, enchaîna-t-il. L'essentiel, c'est que je ne le laisserai pas te faire un procès. Alors, cesse de t'inquiéter.

— Tu lis dans mes pensées.

— Maintenant, si on laisse de côté cet épisode, que penses-tu de la réaction de nos trois candidats, aujourd'hui ?

Mitch s'éclaircit la gorge, hésitant sur ce qu'il allait dire, puis résolut d'être franc, même si quelqu'un, parmi eux, mentait. Graham lui avait apporté un soutien précieux pendant des années. Il avait été très honoré que lui et sa femme l'aient choisi pour organiser leur séminaire, alors même qu'il avait démissionné. Ce n'était pas seulement Lisa qu'il avait eu l'impression de trahir, en venant en Alaska, mais aussi les Bonner, et il en avait beaucoup souffert.

— Lisa a compris que l'important était d'être en phase avec les chiens, de s'entendre avec eux, répondit-il. Jonas et Vanessa ont arpenté tout le terrain pour vérifier son état, ce qui est une bonne idée, mais c'était Spike qui l'avait suggérée. Lisa n'en a parcouru qu'une partie mais elle s'est posé les bonnes questions face à une situation nouvelle.

— C'est vrai, acquiesça Graham. Ils marquent tous un point, mais l'avantage est à Lisa, et je sais que tu es objectif là-dessus. Surtout, elle n'a pas hésité à perdre la course pour s'arrêter et porter secours à Jonas. L'attention aux autres ou l'empathie, quel que soit le terme, a toujours été l'une de ses qualités, peut-être à cause de la tragédie qui a marqué sa vie.

Sauf quand il s'agissait de comprendre l'homme qu'elle avait promis d'épouser et de lui pardonner, ajouta intérieurement Mitch, amer.

— Vanessa affirme qu'elle n'a pas vu tomber Jonas, répliqua-t-il.

— Tu la crois ?

— Non. Je l'ai vue se retourner et jeter un coup d'œil. Elle a dû se dire que Lisa pouvait se débrouiller seule, ou bien décider qu'elle voulait à tout prix gagner la course. Je crois aussi qu'elle a peur des chiens, même si elle a vu deux autres femmes — Lisa et Christine — les caresser. La vie en plein air n'est visiblement pas sa tasse de thé. Elle passe pour avoir de l'audace, voire une certaine témérité, mais les situations qu'elle ne maîtrise pas l'effraient. Elle a beau savoir que tout n'est pas blanc et noir, elle redoute d'entrer dans les nuances.

— En tant qu'avocate, il va pourtant bien falloir. Son métier, c'est de reconnaître les zones grises, quitte à les présenter en noir et blanc devant le jury ou le juge, si nécessaire. La question est la suivante : si Vanessa a menti pour se protéger, est-ce une faiblesse ou un atout pour un associé senior ? Car il est certain qu'avoir une Hispanique futée à la tête d'un cabinet est un plus, surtout quand c'est une femme et qu'on est en Floride du Sud, souligna Graham.

— J'ose espérer que tu choisiras quelqu'un qui dira toujours la vérité, quelles que soient les difficultés ou la pression d'une affaire, et qu'il soit blanc, noir ou gris.

Le regard gris métallique de Graham se fixa sur Mitch.

— En tout cas, un bon conseil, Mitch, dit-il en tapotant la poitrine de son interlocuteur de l'index. Que Jonas ait ou non utilisé cet accident pour attirer l'attention, la prochaine fois que tu monteras une course avec les traîneaux de Spike, sur herbe ou sur neige, assure-toi qu'il vérifie bien ses équipements. Il est nettement moins avisé que toi, c'est à toi d'y veiller. En outre, il est hors de question qu'Ellie remonte en avion avec lui.

Sur ces mots, il fit volte-face et rentra à l'intérieur.

Mitch en fut soulagé, car son premier mouvement avait été de prendre la défense de Spike. D'ailleurs, il le défendrait si jamais il y avait des poursuites judiciaires, en dépit de ce que Graham avait promis. Tout comme il se défendrait lui-même : à son arrivée en Alaska, il avait pris soin de s'inscrire au barreau, pour pouvoir exercer dans l'Etat. Il fallait certes garder l'œil sur Spike, mais comme il fallait garder l'œil sur tout le monde, y compris — si pénible qu'en soit l'idée — sur Graham lui-même. Ce dernier avait beau soupçonner que Jonas, bon athlète, joueur de football aguerri, avait pu saboter l'attache pour retourner la situation à son profit, au risque de se blesser, il préférait garder la chose sous le boisseau. Quelle confiance, se demanda Mitch, pouvait-il accorder à son ancien patron et mentor, en fait ?

Rentrant à son tour, il se dit qu'il se montrait méfiant comme l'avocat qu'il avait été. On ne se refaisait pas ! Il aurait bien aimé savoir si quelqu'un en voulait à Lisa ou à Jonas, cela dit. Fallait-il blâmer Vanessa, ou bien était-elle la prochaine cible ? A moins que tout cela ne constitue une sorte de test dont on ne lui avait pas parlé, une mise à l'épreuve secrète concoctée par le subtil Graham Bonner ?

Que disait, déjà, cette citation de Shakespeare qui lui avait trotté à l'esprit pendant la nuit, tandis qu'il se rongeait pour savoir comment protéger Lisa ? « La première chose à faire, c'est d'aller tuer tous les gens de loi »…

12

Quand Lisa entra dans la bibliothèque, juste avant 3 heures de l'après-midi, elle avait beaucoup de choses à dire à Mitch. Elle voulait lui parler de Christine, de Jonas, et même d'un détail qu'elle avait remarqué à propos de Graham, et elle fut très déçue de trouver Christine dans la petite pièce, en train d'épousseter ses poupées.

— Je parie que vos poupées vous rappellent des souvenirs, dit-elle en jetant un coup d'œil vers la porte de la cave.

— J'essaye surtout de vivre au présent.

— En tout cas, je les trouve très jolies, et je suis sûre que chacune d'elle raconte une histoire, une précieuse légende du passé.

— Vous auriez dû être écrivain, pas avocate !

— Les avocats écrivent beaucoup.

Lisa s'approcha de la longue étagère où s'alignaient les figurines dont aucune ne dépassait trente centimètres de haut. La plupart représentaient des adultes, mais il y avait un groupe d'enfants avec un bambin dans une couverture dont ils tenaient les coins.

— Que font donc ces enfants ? demanda Lisa en se rendant compte qu'elle aurait mieux fait de s'asseoir et de prendre un livre plutôt que d'engager la conversation, si elle voulait que Christine quitte la pièce.

Son interlocutrice, en fait, lui rappelait le genre de maîtresse d'école dont on disait qu'elle avait des yeux derrière la tête. Mitch avait bien dit qu'elle ne devait pas s'émouvoir si quelqu'un l'empêchait de descendre à la cave, mais elle avait tellement envie de le voir, et se sentait si nerveuse !

— C'est le jeu de la couverture, ils se font sauter en l'air, expliqua Christine en soufflant sur la parka de fourrure blanche d'une poupée féminine.

— J'en ai entendu parler. Cela doit être très amusant, mais ça doit faire un peu peur.

— Un peu. Je l'ai découpée dans ma propre couverture de bébé.

— J'en ai eu une aussi. J'ai voulu la donner à ma petite sœur, mais elle était devenue si râpeuse au lavage que ma mère n'a pas voulu. Tous les habits de vos poupées semblent tellement authentiques ! Même si je ne m'y connais pas en costumes inuits, bien sûr.

Christine hocha la tête et Lisa vit ses yeux s'emplir de larmes.

— Ils sont fabriqués avec des herbes tressées que j'ai moi-même cueillies et préparées, dit-elle. Je les ai cousus avec des tendons de caribou. Les « mukluks », à leurs pieds, sont en peau de phoque, comme les vrais. J'ai taillé les têtes dans le bois avec mon couteau, et ces décorations blanches sont faites avec du boyau de phoque séché.

Tout en parlant, Christine se tourna vers elle. Leurs visages étaient tout proches.

— Je suis très impressionnée, dit Lisa sans bouger.

— Vous êtes la première personne blanche qui ne pousse pas un cri de dégoût quand je dis ça.

— Toutes les cultures sont différentes. Je persiste à trouver ces poupées très jo…

— Les Yup'iks croient à la modestie et à la coopération,

pas à la compétition, comme les Bonner l'ont prévu pour vous autres. Mon peuple ne verrait pas cela d'un bon œil. Je ne dois pas me vanter de mes œuvres.

— L'humilité et la coopération sont dignes d'admiration, je suis d'accord, et ma propre culture perd cela de vue en mettant l'accent sur l'estime de soi et la sélection des meilleurs.

En même temps qu'elle disait ces mots, Lisa se rendit compte qu'elle avait été prise, elle aussi, dans cette course effrénée pour la première place. Où était, finalement, la frontière entre la civilisation et l'état de nature ? Les choses étaient-elles vraiment différentes, ici ?

— Comme vous avez l'air de comprendre, je vais vous dire autre chose. Cette poupée, dit Christine en prenant une petite figurine en parka beige ornée d'un motif blanc et noir, c'est une poupée « cachée », que les jeunes filles rangent quand elles ont leurs premières règles.

Elle reposa la figurine avec recueillement et en prit une autre, qui représentait une femme portant un panier d'osier inachevé. Elle semblait plus usée que les autres.

— Celle-ci a été donnée à ma mère quand elle a perdu une petite sœur, pour qu'elle joue avec, qu'elle la garde pendant la nuit, parce que la mort de…

Elle s'interrompit et, voyant les yeux de Lisa s'emplir de larmes qui roulèrent sur ses joues, elle demanda :

— Qu'y a-t-il ? Qu'ai-je dit de…

— J'ai moi-même perdu ma sœur quand elle était toute petite, et ma mère aussi, dans un accident… Une noyade. Peu de gens sont au courant. Voilà pourquoi je… C'est une jolie coutume, murmura Lisa en montrant la poupée tout en fouillant dans sa poche pour sortir un mouchoir.

A sa surprise, Christine se tourna vers elle et posa ses grandes mains sur ses épaules. Lisa se raidit. Etaient-ce ces mains-là qui l'avaient poussée dans le torrent ? Quel paradoxe ! Elle qui aurait voulu amener cette femme à lui parler de son passé, elle avait fini par lui avouer l'épisode le plus douloureux du sien, mis à part le fait que Mitch l'avait abandonnée. Il fallait vraiment qu'elle reprenne ses esprits et qu'elle descende le retrouver.

— Vous devez sûrement avoir à faire dans la cuisine, dit-elle à Christine en essuyant ses larmes, pendant que celle-ci retirait ses mains. Je… si cela ne vous ennuie pas, je vais rester seule ici un moment.

— Cela vous fera sûrement du bien, répondit Christine avec gravité, mais il ne faut pas trop de solitude non plus. Ici, en Alaska, il y a si peu de gens sur un vaste territoire qu'ils ont besoin les uns des autres.

— Je comprends ça, et pas seulement parce que, sans Mitch, je n'aurais pas survécu dans le torrent et en pleine nature. On voit que les gens d'ici sont disponibles pour leurs voisins, qu'ils appliquent des principes tout simples d'amitié et de solidarité. On les sent ouverts, honnêtes, dignes de confiance.

Elle scruta la femme qui lui faisait face pour discerner une gêne, une quelconque réaction de malaise ou de culpabilité, mais n'en vit pas la moindre trace, ni sur son visage ni dans ses gestes. En fait, en pensant tendre un piège à Christine, elle s'était piégée elle-même, car tout ce qu'elle avait vécu en Alaska ces derniers jours l'avait sincèrement convaincue de ce qu'elle venait de dire.

Christine la fixait d'un regard calme et acquiesça en hochant le menton. Lisa en venait à lui faire davantage confiance encore qu'à elle-même. Ne s'était-elle pas montrée, en effet, superficielle, trop occupée, craignant trop l'échec pour construire de vraies relations, y compris avec Mitch ? Et ensuite, ne s'était-elle pas repliée sur elle-même, quand il l'avait abandonnée, comme l'avaient abandonnée sa mère et sa sœur ? Le résultat, c'était qu'à présent, elle se méfiait de tout le monde ici, alors qu'elle aurait largement préféré accorder sa confiance.

— Je dois admettre, dit Christine d'une voix paisible, qu'en dépit de problèmes personnels que j'ai pu connaître, cette propriété en pleine nature est exactement l'endroit où j'ai envie de vivre.

Etait-ce une manière inconsciente d'avouer qu'elle avait décidé de protéger à n'importe quel prix l'endroit où elle vivait avec Mitch ? Une menace voilée ? Ou une déclaration sincère, franche et directe, à la manière de l'Alaska ?

Lisa, qui, le matin encore, s'apprêtait à faire part à Mitch de ses soupçons sur Christine, en venait à changer d'avis. Elle ne savait plus quoi penser à son sujet. Il est vrai qu'elle ne savait quoi penser, non plus, des autres suspects.

Quand Christine eut quitté la pièce, la laissant avec la seule présence des poupées, Lisa se moucha et s'essuya les yeux. Elle espérait que Mitch l'attendait toujours, si d'ailleurs il se trouvait en bas. En tant que patron de la résidence, il avait des responsabilités vis-à-vis de ses hôtes, même s'il enquêtait sur eux.

Elle entrebâilla la porte, laissant passer un courant d'air frais et une faible lueur.

— Mitch ?

— Fais attention en descendant, répondit sa voix depuis le sous-sol.

Elle s'aperçut que les marches étaient creusées dans un gros tronc d'arbre inséré de biais entre deux murs de pierres équarries. Plus elle découvrait la résidence du lac Duck, plus elle regrettait de ne pas avoir connu l'oncle John, qui avait légué à Mitch ce merveilleux domaine.

Elle referma derrière elle et descendit avec précaution,

posant la main sur la pierre froide et rugueuse, car il n'y avait pas de rampe. Mitch vint l'aider à franchir les dernières marches.

— J'adorais cette cachette quand j'étais gamin, dit-il. Je ne la partage pas souvent.

Lisa se demanda si Christine y était déjà venue. Sûrement, puisqu'elle était gérante et cuisinière. Mitch l'amena au milieu de la petite pièce, et elle regarda autour d'elle avec émerveillement. Les casiers à bouteilles, disposés tout autour sur trois côtés, étaient écartés des murs, sans doute pour éviter l'humidité. Une personne avait juste la place de se glisser derrière. Dans la pénombre, les lumières tamisées faisaient scintiller les bouteilles comme des pierres précieuses, ou plutôt comme si des ogres tapis dans l'obscurité fixaient le visiteur avec des yeux d'émeraude.

Lisa eut une brusque vision des yeux de sa mère, verts comme l'écume, fixés sur elle…

Elle battit des paupières.

— Vous avez des réserves impressionnantes, fit-elle remarquer.

La cave elle-même faisait à peine dix mètres carrés, avec, au milieu, une chaise et une caisse retournée en guise de table. Ils étaient debout sur le sol de pierre.

— Le vin était un hobby de mon oncle et j'ai continué, répondit Mitch. Alors, qu'as-tu pensé du fiasco qui a fait tomber Jonas en disgrâce, aujourd'hui ? Spike affirme que toutes les attaches étaient en parfait état, et qu'il est impossible que les chiens les mordillent au point qu'elles se rompent.

— Sauf qu'il ne peut pas le prouver.

— As-tu vu quoi que ce soit pouvant faire penser que Jonas aurait cisaillé le cuir ?

— Je ne peux rien affirmer, mais si je devais témoigner,

je dirais qu'à mon avis, l'attache était intacte durant le court instant où je suis montée sur son traîneau avant lui. Je n'ai pas vraiment regardé, car j'étais en train de parler aux chiens. C'est lui qui a suggéré que nous échangions pour que Graham puisse faire de meilleures photos. Nous pourrions essayer d'avoir ces photos, d'ailleurs. On le verrait peut-être se pencher vers l'attache, par exemple… Mais s'il les a, il les a sûrement déjà enregistrées sur son ordinateur. Il a son portable, comme nous tous.

Elle poussa un profond soupir.

— S'il a pris le risque de saboter le traîneau, c'est qu'il est vraiment aux abois, fit remarquer Mitch.

— En tout cas, quelqu'un est aux abois. Mais ce quelqu'un m'en veut-il seulement à moi ? D'accord, ce traîneau m'était destiné, mais Spike était seul à le savoir. Il faut surveiller Jonas, mais aussi Vanessa.

— Graham me met aussi en garde contre Spike, mais je connais Spike. Il serait incapable de faire une chose pareille. Je travaille avec lui depuis que je suis ici, et je le connaissais avant : il travaillait déjà pour mon oncle.

— Et puis, Spike a bien insisté pour que nous nous accrochions de toutes nos forces à la barre, ce que Jonas n'a pas fait. Sinon, il ne serait pas parti en vol plané, même quand l'attache s'est brisée.

— Tu as raison. Qu'il ait lâché exprès ou non, il a lui-même causé sa chute.

— A propos de Spike… Je sais que tu m'as dit de ne pas soupçonner ton personnel, mais j'ai fait des recherches sur Christine, et je suis contente de l'avoir fait. J'ai appris la vérité sur le procès Kagak, Mitch. Tu m'as plus ou moins menti sur son passé et…

— Je n'ai pas menti.

— C'est un peu court, comme explication.

Elle vit Mitch serrer les dents puis relâcher les mâchoires. Il croisa les bras en coinçant les mains sous ses aisselles et rétorqua :

— Christine m'a supplié de ne jamais en parler à nos hôtes, et j'ai promis. J'allais lui demander l'autorisation de…

— Eh bien, je le garderai pour moi, mais je trouve que tu aurais pu me le dire. Je sais pourquoi tu préférais que je ne sache rien, évidemment. Non seulement elle a tué quelqu'un — en état de légitime défense, d'accord —, mais en plus, elle l'a poussé en bas d'un escalier. En outre, elle était la seule à savoir quand et où nous avions rendez-vous sur la crête. Réfléchis, Mitch. Elle l'a *poussé*.

Tout en parlant, Lisa se sentit déchirée, envahie de culpabilité. Alors même qu'elle venait d'établir une sorte de relation d'égalité, de femme à femme, avec Christine, elle l'accusait de préparer un meurtre…

— Je comprends ce que tu veux dire, répondit Mitch, mais il y a des failles dans ton raisonnement. N'importe qui d'autre aurait pu te voir : Vanessa, Jonas… Même les Bonner auraient pu te voir partir sur le sentier, depuis une fenêtre du premier étage.

— Mais est-ce que Christine, ou d'ailleurs Spike, n'auraient pas envie que je paye pour t'avoir fait souffrir ? Ou si, au contraire, ils essayaient de me faire fuir, ou même de m'éliminer, pour être certains que je ne vais pas essayer de te récupérer et de t'emmener ? Christine, derrière sa réserve, est intelligente et très déterminée.

Lisa se sentit de nouveau coupable de charger ainsi la jeune femme, mais il fallait bien explorer toutes les hypothèses.

— Oublie une fois pour toutes qu'elle pense que tu risques de me faire partir. Quant à Spike, il n'est pas assez retors pour raisonner ainsi. Graham m'a suffisamment fait la leçon à son sujet, et je n'ai aucune envie de te voir prendre le parti d'un patron qui a déjà bien assez tendance à régenter la vie des autres.

Ils avaient élevé la voix, mais le son restait étouffé par les épais murs de pierre. Lisa se rendit compte qu'ils étaient de nouveau en train de se fâcher, de retomber dans l'ornière qui faisait remonter à la surface les vieilles rancunes, les accusations réciproques.

— Bien, alors parlons de Graham, répondit-elle, résolue à ne rien négliger. S'il a des raisons d'en vouloir à quelqu'un, c'est à toi, pas à moi ou Jonas.

— Exact.

— Je suis dans le flou en ce qui concerne Graham. Dans le cas de Christine, de Spike, et même de Ginger, il est clair qu'ils te sont reconnaissants de faire vivre la propriété, et qu'ils savent que je t'ai blessé en refusant cette existence à laquelle tu tiens tellement. Christine, en particulier, t'aime b…

— Moi aussi, je l'aime beaucoup, mais pas de la façon que tu insinues.

Les mains sur les hanches, elle s'avança d'un pas, sans se laisser intimider par son expression rébarbative.

— Et qu'est-ce que j'insinue ?

— Bon sang, écoute-nous nous chamailler comme deux avocats dans le prétoire, alors que nous sommes censés être dans le même camp ! Christine, qui est très fine et très protectrice, a très bien compris qu'il n'y avait plus rien de ce genre entre toi et moi. Exact ? *Exact ?* Il n'y a plus rien, n'est-ce pas ? insista-t-il, en avançant à son tour.

Il se soutinrent du regard dans la pénombre où scintillaient les reflets du verre. Pétrifiée, Lisa songea qu'elle était loin du monde du *Magicien d'Oz*. Mitch gardait les bras croisés. L'air, dans le petit espace confiné, semblait vibrer. Elle aurait voulu le frapper. Elle le haïssait, à cet instant.

Pourtant, sans savoir comment, elle se retrouva dans ses bras, les mains de Mitch accrochées derrière sa nuque, tandis qu'il la serrait étroitement contre lui et lui caressait la taille et les fesses. Leurs bouches se pressèrent l'une contre l'autre, avides, haletantes. Elle sentait ses seins écrasés contre sa poitrine, ses hanches contre ses cuisses, en un déferlement de passion folle.

Mitch la fit reculer, comme pour la coller contre la paroi, jusqu'à ce que les rangées de bouteilles se mettent à vibrer. Une vague les emportait vers des pulsions primitives, loin des codes civilisés, tumultueuse comme un torrent. Mitch l'étreignait si fort qu'elle respirait à peine. Elle glissa la main dans ses cheveux, et les agrippa.

Leurs souffles se mêlaient, leurs lèvres se frôlaient, glissaient, retrouvaient la nostalgie d'un passé enfui. Lisa avait la chair de poule. Elle frissonna des pieds à la tête.

— Mitch…, réussit-elle seulement à balbutier, quand elle put reprendre un peu d'air.

Elle avait besoin de lui, mais pas de l'existence qu'il avait choisie. Elle comptait sur lui dans l'épreuve qui l'attendait, mais savait qu'il l'avait déjà abandonnée et blessée une fois.

A son grand désarroi, il recula, la tenant à bout de bras comme s'il voulait la maintenir debout.

— Je plaiderai la folie momentanée, dit-il d'une voix rauque, tandis qu'une expression résolue durcissait son visage. Nous ne pouvons pas… Ça ne servira à rien. Je voudrais aller plus loin, alors qu'il est clair que nous n'irons pas plus loin.

Elle eut un regard hébété.

— Ma priorité, c'est d'assurer ta sécurité et de découvrir qui cherche à te nuire, reprit-il. Tu me fais confiance, n'est-ce pas ?

— Je sais qu'en accusant Jonas ou Vanessa, je risque le suicide professionnel avec les Bonner, répondit-elle, d'une voix tremblante qui n'était pas la sienne.

C'était, cette fois, l'avocate ambitieuse qui s'exprimait.

— Je veux t'entendre dire que tu es convaincue que ce n'est pas moi qui m'en suis pris à toi.

Elle sentit les cheveux de sa nuque se hérisser, et un frisson lui parcourut l'échine.

— Et, ensuite, tu aurais volé à mon secours ? Non, je ne crois pas une chose pareille. Je suis désolée que nous… que ça n'ait pas marché entre nous, mais je te fais crédit, dans cette histoire. J'ai apporté le bracelet que tu m'avais offert avant les fiançailles, Mitch, celui avec les mouettes. Je sais qu'il a coûté cher, et je veux te le rendre, en témoignage du fait que j'ai toute confiance en toi… et que je te pardonne.

— Tant mieux, mais garde le bracelet. Je te l'ai donné dans une période heureuse. Tu m'as rendu la bague, cela suffit. Tu peux même le porter, ce bracelet, si tu veux, en signe de confiance.

Il la relâcha et se frotta nerveusement les mains l'une contre l'autre. Ce geste ne lui était pas habituel, tant il était d'ordinaire maître de lui. Il semblait aussi secoué qu'elle-même. Ainsi, il voulait qu'elle garde le bracelet offert au tout début de leur amour ? C'était un joli bijou, avec deux mouettes aux ailes étendues, en train de voler ensemble. Ce n'étaient plus des baisers qu'il voulait, maintenant : c'était sa confiance.

Elle se dégagea pour regagner le centre de la petite pièce.

— Pour en revenir à Graham, dit-elle d'une voix tremblante, tentant de résister à la tentation de se jeter de nouveau dans ses bras, j'ai remarqué qu'au moment où tu as suggéré qu'il avait pu faire l'objet de pressions, dans l'affaire du casino, il a failli exploser. Il s'est calmé parce que tu as aussi parlé de menaces. C'est comme s'il avait craint que tu n'insinues qu'il aurait pu recevoir des pots-de-vin…

— Il a aussi réagi quand j'ai suggéré que nous aurions pu remonter la piste. Il s'est empressé de dire que cela aurait abouti dans je ne sais quels bas-fonds… Si ça se trouve, ce n'est pas nous qu'il tentait de protéger, mais lui-même, ou bien l'un de ses riches acolytes, et il y a des choses qu'il préférait que nous ne sachions pas.

— Il est vrai que les Bonner fréquentent le gratin et tout ce qui compte dans la vie mondaine et politique du Sud, mais je persiste à penser que nos suspects numéro un sont Vanessa et Jonas. Je vais à Bear Bones avec Vanessa, avant le dîner. Je vais voir si je peux lui tirer les vers du nez.

— Je vous emmènerai en voiture. Nous pouvons peut-être le faire à deux. Je préfère ne pas te laisser seule avec elle.

— En même temps, la personne qui m'a poussée dans la rivière agit par en dessous. Vanessa est plus directe… Je peux l'affronter en face.

— Je viendrai tout de même. J'ai des courses à faire pendant le temps de repos.

— En ce moment, Vanessa rend visite à Ginger Jackson, de l'autre côté du lac. Ellie va la relayer, et j'y vais moi-même demain. Nous n'avons pas voulu envahir Ginger avec trois femmes pépiantes qui la harcèlent de demandes de recettes. Si elle est comme Christine, elle doit être très modeste sur ses créations.

— Heureux de t'entendre faire un compliment sur Christine, dit-il en la suivant vers l'escalier.

Sans s'être concertés, ils savaient qu'ils devaient ressortir séparément dans la bibliothèque.

— J'ai remarqué que tu l'appelais « Cu'pak », dit Lisa en posant le pied sur la première marche.

— Tu prononces mieux que moi. De même, le lac Duck s'appelle en fait lac « Dukhoe », et ça ne veut pas dire « canard » ! Les blancs ont rebaptisé beaucoup de lieux locaux, y compris celui du mont Denali, qui veut dire « la grande montagne », et qui s'appelle maintenant « mont MacKinley ».

Lisa se retourna en posant la main sur la marche au-dessus d'elle pour demander :

— Que veut dire « Dukhoe », alors ?

— C'est un genre de hache de guerre en forme de jambe d'élan. D'après Christine, on a donné ce nom au lac à cause de sa forme.

Lisa frissonna en revoyant l'énorme animal surgir des eaux du lac où elle avait imaginé voir le visage de sa mère. Elle avait couru se réfugier dans les bras de Mitch, exactement comme elle l'avait fait un peu plus tôt. Mieux valait ne plus recommencer.

En un sens, cela n'avait rien d'étonnant qu'un « dukhoe » soit une hache de guerre. Quelqu'un était bel et bien sur le sentier de la guerre. Et contre elle.

13

— Dans un sens, cette ville mérite bien son nom, dit Vanessa à Lisa et Mitch, lorsqu'ils entrèrent dans Bear Bones avec le 4x4 de Mitch. Si on prononce « Bare Bones », ça veut dire qu'il n'y a que les os. C'est bien vu, tellement c'est minuscule.

— Tout semble petit, évidemment, comparé à Fort Lauderdale, objecta Lisa, prompte à défendre une ville qu'elle découvrait pour la première fois.

En outre, elle avait sans cesse envie de contredire Vanessa, ces temps derniers. Aurait-elle dû se fier à son intuition féminine, qui lui soufflait que Vanessa était capable de bien pire que de snobisme ?

Certes, Bear Bones n'avait rien d'une capitale. C'était une longue rue sans même un feu rouge. Il y avait une station d'essence, avec une grande pancarte indiquant « Fuel et propane ». Le café Wolfin trônait au centre. Lui succédaient une scierie, une chapelle méthodiste et, après plusieurs établissements commerciaux, deux ou trois maisons. Il y avait davantage de drapeaux américains et de drapeaux de l'Alaska que de boutiques.

Lisa aperçut un panneau qui annonçait « Lucy's Deli/ pizza ». Arrivait-il aux autochtones de la résidence de se faire livrer des pizzas ? Il y avait aussi une laverie automatique, un bar nommé « Ruée vers l'or »,où l'on avait peint des portes de saloon sur la porte de bois, et une boutique nommée « Chez Dan », où une enseigne écaillée précisait : « Epicerie et droguerie ». Ce n'était pas une pharmacie, ni un drugstore : juste une droguerie. Cela aurait bien fait rire les gens de Floride et, d'ailleurs, Vanessa avait un sourire en coin.

— Ce n'est pas autant la cambrousse qu'il y paraît, expliqua Mitch. La poste et la bibliothèque se trouvent derrière l'hôtel de ville, un peu plus bas, et c'est là aussi qu'il y a des soirées de bingo et de poker. Bear Bones dispose de tous les services nécessaires et a son propre charme.

Il se gara devant la boutique de Gus Majors, où une grande enseigne indiquait :

« TOUT CE QU'IL VOUS FAUT — CHASSE, TAXIDERMIE, RÉPARATION DE TRONÇONNEUSES, ECT. »

— Je suppose que « ect. » veut dire « etc. », commenta Vanessa. En fait, cette ville me rappelle le décor d'un vieux western-spaghetti avec Clint Eastwood.

— Je suis impressionné par ta culture cinématographique et honoré que tu compares Bear Bones à l'Italie, riposta Mitch.

Lisa sentit que l'attitude de Vanessa commençait à l'agacer.

— Eastwood était l'idole de quelqu'un avec qui je suis sortie un moment, répondit Vanessa, tandis qu'ils descendaient de voiture. Un chirurgien cardiaque qui s'est intéressé à mon cœur, si vous voyez ce que je veux dire. Les boutiques de souvenirs dont tu as parlé sont par là, c'est ça ? J'espère qu'ils ont des cartes postales, parce que je connais beaucoup de gens qui ont connu le célèbre

Mitchell Braxton et ne vont pas en croire leurs yeux, quand ils découvriront où il vit.

— La vraie « grande ville », c'est Talkeetna, où nous allons ce week-end, répondit Mitch. Tu peux réserver ton shopping et tes commentaires pour ce moment-là. Cela dit, est-ce qu'à Fort Lauderdale ou à Miami, tu pourrais laisser la voiture ouverte comme je le fais ? Qu'en penses-tu, Lisa ?

— Je trouve que Bear Bones est l'endroit le plus authentique où je sois venue depuis des siècles. Pas de clinquant, de paillettes, de publicité… Rien à voir avec bien des endroits et des gens de ce que nous appelons civilisation.

Son regard croisa celui de Mitch. Il hocha la tête. Vanessa eut un petit ricanement.

— Est-ce que je dois comprendre que ça m'est destiné ? jeta-t-elle.

— Certainement pas, répondit Lisa. J'ignore pourquoi tu te montres si susceptible, alors que…

La repartie qu'elle préparait fut interrompue par Gus Majors, qui se précipitait hors de sa boutique en s'écriant :

— Ah, je suis content de vous voir, les rescapés !

Il tapa Mitch sur l'épaule et étreignit rapidement Lisa de l'autre bras. Vanessa avait l'air de quelqu'un qui vient de voir le plus gros animal du zoo sortir de sa cage.

— Gus, que dirais-tu de venir dîner ce soir à la résidence, vers 18 h 30 ? proposa Mitch. Christine est en train de préparer une glace « aurore boréale ».

— Oui, à une condition, comme je l'ai déjà dit : si Ginger est là, je repousserai. Après vous avoir vus tous les deux, hier, j'ai repensé à notre dispute, à elle et moi, au café Wolfin, et j'ai pris ma voiture, tout à l'heure, pour monter au lac et essayer de nous rabibocher. Malheureusement, ça ne s'est pas arrangé. Qu'elle aille au diable. Vous êtes sûrs qu'elle ne sera pas là ?

— En général, elle prépare les pâtisseries du lendemain en fin d'après-midi, à peu près à cette heure-ci, répondit Mitch en regardant sa montre, sourcils froncés, mais elle ne reste pas dîner quand nous avons des invités. D'ailleurs, je te présente Vanessa Guerena. Vanessa, voici Gus Majors, homme à tout faire aux multiples talents, dont un, surtout : fanfaronner.

— Ravi de faire votre connaissance, madame, dit Gus à Vanessa, qui hocha la tête mais ne lui tendit pas la main. Eh bien, je suis en train de travailler à une tête d'élan, il faut que j'y retourne. Je serai là pour dîner. Merci de l'invitation !

Sur ces mots, il les salua et rentra dans sa boutique.

Mitch partit régler ses affaires et Vanessa se tourna vers Lisa.

— Dis donc, juste avant que l'expert en têtes d'élan ne sorte et ne soit invité à dîner, tu t'apprêtais à m'envoyer promener, si je ne m'abuse ?

Lisa pivota pour lui faire face.

— Ma grand-mère citait souvent la Bible et je me rappelle qu'elle disait : « Où que je sois, j'ai appris à me satisfaire de ce que j'ai. » Tu devrais y réfléchir, Vanessa. Apprendre à apprécier un endroit différent de ce que tu connais, voir les bons côtés de…

— « Où que je sois » ? Eh bien, je n'aime pas l'Alaska où je suis en ce moment, et avec ou sans Mitch Braxton, je suis étonnée que tu t'y plaises, surtout après avoir failli mourir dans un torrent glacé ! Le poste d'associé senior mérite des efforts, mais cet endroit est non seulement pathétique, il est mortel, déclara-t-elle avec un grand geste de la main. Tu aurais pu être tuée, Lisa, plutôt deux fois qu'une.

Elles se foudroyèrent du regard, puis Vanessa s'éloigna

vers une boutique qui proposait des « souvenirs de l'Alaska ». Ses dernières paroles semblaient flotter dans l'air, résonner entre les maisons et les montagnes. Vanessa n'avait pas dit qu'elle avait failli « mourir », mais qu'elle avait failli « être tuée ». Rien ne constituait directement un aveu, bien sûr, mais Lisa ne pouvait s'empêcher d'y sentir une subtile confession, peut-être une menace cachée.

— J'espère que Gus partira tout de suite après le dessert, chuchota Christine à Mitch.

Elle s'était reculée et regardait Gus tourner la manivelle de la glacière sur la table de la salle à manger. Après s'être relayés à la manivelle, les hôtes s'étaient installés sur les deux canapés et les chaises disposés devant la cheminée où les braises rougeoyaient.

Toujours à voix basse, elle ajouta :

— Ginger m'a envoyé un mot, après la visite de Vanessa. Elle dit qu'elle a été si occupée avec les visites — Vanessa, Gus, Mme Bonner —, qu'elle n'a pas eu le temps de tout préparer, et qu'elle apportera ce qu'elle a fait un peu plus tard. Surtout qu'elle a aussi entrepris de faire des gâteaux pour les vendre au Festival des Mères, ce week-end. Je ne suis pas censée le dire à Spike, mais elle veut le rembourser du bois qu'il lui coupe pour ses fourneaux.

— J'essayerai de tendre l'oreille pour guetter le moteur de son bateau, et je ferai signe à Gus, si elle arrive. Nous n'avons pas besoin qu'on nous joue une grande scène de ton feuilleton favori… Comment s'appelle-t-il, déjà ?

— *On ne vit qu'une fois.*

— Oui, eh bien, nous avons eu suffisamment de drames comme ça. Tu es prête pour m'aider à expliquer ces histoires d'aurore boréale à tout le monde ?

Christine n'aimait pas être au centre de l'attention, mais chaque fois que Mitch recevait un groupe, ils servaient cette glace à la vanille décorée de myrtilles et de canneberges, et donnaient une courte explication sur le phénomène.

— Oui, répondit-elle. Tu commenceras, pendant que j'ajoute les fruits et que je dispose la glace dans les coupes ; j'interviendrai ensuite.

— Pendant que vous savourez les délicieuses glaces « aurore boréale » que Christine est en train de servir, dit Mitch en haussant la voix et en venant se placer devant l'âtre, nous aimerions vous préciser certaines choses sur ces célèbres lumières du Nord. Bien entendu, si jolies qu'elles soient, les couleurs de cette glace ne leur rendent pas justice. C'est en cette saison qu'on commence à les apercevoir, et c'est en un sens plus agréable, car le temps est encore clément. Quand elles se déploient réellement dans toute leur splendeur, plus tard dans l'année, il fait extrêmement froid ! L'heure la plus favorable pour les observer, c'est entre minuit et 3 heures du matin, et cela peut durer jusqu'à la fin du mois de mars. Je ne les voyais moi-même que l'été, quand je rendais visite à mon oncle, étant enfant, et je dois dire que la première fois que je les ai vues par temps froid, l'hiver dernier, j'ai été absolument époustouflé.

— J'ai vu des photos, souvent très belles, dit Mme Bonner, mais je suis sûre qu'elles ne leur rendent pas justice non plus.

— Rien de tel que de les voir à l'œil nu, acquiesça Mitch. Ces lumières sont associées à l'Alaska, mais bien entendu, c'est un phénomène commun à tout l'hémisphère Nord. Dans les légendes scandinaves, les aurores boréales représentaient les Walkyries partant à la bataille. Certains exégètes de la Bible pensent que la roue céleste du prophète Ezechiel n'était autre qu'une de ces aurores, qui apparaît parfois dans le Sud à de très rares occasions. Le nom même d'aurore boréale vient du latin : Aurore était la déesse romaine de l'aube et le dieu Borée, le vent du nord.

— Voilà du latin qu'on n'apprend pas en fac de droit, commenta Jonas.

Gus vint se joindre à eux, se plaçant debout derrière la chaise de Jonas. Christine, qui emplissait les coupes, avait remarqué que Jonas boitait légèrement depuis son accident de traîneau, mais pas constamment. Spike avait très peur que Jonas ne lui intente un procès, et Christine comprenait ses angoisses : non seulement le père de Clay l'avait bannie de la communauté Kagak, mais il avait aussi menacé de la poursuivre au civil, vu qu'elle avait été acquittée au pénal. Par bonheur, il n'en avait rien fait, préférant ne pas voir de nouveau les noms de Kagak ou de Yup'ik « traînés dans la boue » par les journaux, comme il le disait. Elle ferait mieux de rassurer Spike, de lui dire qu'il ne se passerait rien. Peut-être même pourrait-elle lui raconter un peu sa propre histoire.

— Mais alors, qu'est-ce qui cause ce phénomène lumineux ? demanda Jonas.

— D'après les scientifiques, il s'agit d'une sorte de vent solaire qui transporte des protons et des électrons éjectés par le soleil, un afflux de particules, expliqua Mitch, gestes à l'appui. Les gaz atmosphériques terrestres entrent en collision avec ces particules qui, alors, explosent en voiles multicolores. En fait, le phénomène est constant, mais la plupart du temps, il est caché par le soleil. Au début, en tant qu'ancien avocat, les aurores boréales me faisaient penser à quelqu'un qui cherche à dissimuler ses véritables intentions mais finit par être percé à jour !

Christine leva brusquement la tête tandis que Vanessa et Lisa prenaient chacune une coupe sur le plateau qu'elle tenait. Mitch n'avait jamais fait ce commentaire, auparavant. Gus et Mitch prirent les deux dernières coupes et, curieusement, Christine vit que tout le monde avait le nez sur son dessert, le visage fermé, sauf Lisa et Mitch, qui observaient les autres. Que se passait-il ? Il faudrait demander à Mitch. Il devait avoir quelque chose derrière la tête, quand il parlait de feuilleton et de drame.

En retournant dans la cuisine avec le plateau, elle jeta un coup d'œil par la baie vitrée. Toujours aucun signe de Ginger sur le lac.

— Christine, lança Mitch, peux-tu nous parler du folklore de l'Alaska sur les aurores boréales ?

Elle revint vers le groupe. Lisa lui fit de la place sur le canapé en se rapprochant de Gus. Christine s'assit, lissa sa longue jupe en jean sur ses genoux et commença :

— Autrefois, dans ce pays, les gens croyaient qu'il fallait rendre hommage aux esprits pour les apaiser. Ces esprits, qui apparaissent sous forme de lumières dans le ciel, sont les âmes des morts, vivant heureux dans les nuages…

— Un genre de paradis, intervint Gus.

— Exactement. Les autochtones, en Alaska, associent les aurores avec la mort. Les Athabascans, par exemple — c'est la tribu dont je viens — pensaient que les défunts nous observent et nous envoient des messages, sous la forme de lumières. Certains élus pouvaient même voir en rêve le visage de leurs proches disparus.

— Le visage de leurs proches ? En dormant ? répéta Lisa.

Christine hocha la tête. Lisa avait pâli et, la cuiller à la main, s'était figée.

— Une autre tribu pense que l'aurore boréale tombe sur terre, enchaîna Christine. Quand elle s'approche trop d'un homme, il devient fou, son cœur cesse de battre et il meurt. Ainsi, elle représente un havre céleste pour certains, un danger mortel pour d'autres.

Christine vit Lisa frémir. Elle faillit poser la main sur son bras pour la réconforter. Le silence régnait dans la pièce, troublé seulement par le grondement du torrent voisin. Elle n'avait toujours pas entendu le « tac-tac » du bateau à moteur de Ginger.

— Eh bien, j'aimerais beaucoup voir ça, dit Mme Bonner, brisant le silence. Il nous faudra revenir, Graham. Cela me donnera un bon prétexte pour acheter une parka doublée de fourrure.

— Oui, ça vaut vraiment la peine d'être vu, conclut Gus.

Christine avait beaucoup appris de ses hôtes, en voyant la façon dont ils s'étaient comportés avec Gus pendant la soirée. Les Bonner étaient gentils et courtois. Jonas, de manière déplacée, lui avait conseillé de se chercher une femme sur internet. Vanessa, visiblement agacée par sa présence, s'efforçait de ne pas le laisser voir aux Bonner. Lisa faisait tout son possible pour le mettre à l'aise.

Quand cette dernière se leva pour réunir les coupes et les ramener sur la table, Christine lui demanda :

— Vous vous sentez bien, Lisa ?

— Oui, très bien. Cette glace est délicieuse et votre récit était très intéressant. Pourquoi regardez-vous sans arrêt par la fenêtre ?

— Ginger est en retard. Dans un sens, tant mieux, puisque Gus est ici, mais ça ne lui ressemble pas.

— Je pensais aller la voir demain matin, mais je pourrais prendre un canot et y aller maintenant. Il fait encore assez jour. J'aimerais avoir un aperçu de l'aurore.

— Je vous aurais bien accompagnée, mais je dois

ranger. Voyons ce qu'en dit Mitch. Je ne pense pas qu'il vous laissera y aller seule.

— Je vais demander à Vanessa de venir. Nous avons des choses à régler, elle et moi, et elle connaît le chemin pour aller chez Ginger, puisqu'elle en vient. Si elle est d'accord, je vais prévenir Mitch, bien sûr.

Christine appréciait la réaction de Lisa : il ne fallait pas laisser l'homme faire la loi mais écouter ses conseils, sauf s'ils étaient hurlés par un furieux aviné, bien sûr. Pour autant, elle n'allait pas laisser sa sympathie naissante pour Lisa la détourner de ce qu'elle devait faire pour protéger Mitch et l'existence qu'il lui assurait.

— Tu n'as pas trouvé cela passionnant, ce qu'on nous a dit sur les aurores boréales ? demanda Lisa à Vanessa, tout en ramant pour gagner l'autre rive du lac.

Vanessa, en effet, avait accepté de venir à condition que ce soit Lisa qui tienne les rames. Mitch n'y avait pas vu d'inconvénient dans la mesure où lui et Jonas, installés sur la terrasse, s'étaient munis de jumelles pour pouvoir les observer. Lisa comptait bien essayer de prendre Ginger à l'écart pour lui poser une ou deux questions.

Une brise se mit à souffler, ridant la surface du lac.

— Les croyances primitives sont toujours intéressantes, répondit Vanessa en laissant courir sa main dans l'eau, mais je trouve que Christine et Mitch ont un peu chargé la barque côté dramatique, lui avec ses allusions aux coupables qui dissimulent quelque chose, et elle avec toutes ces histoires sur les défunts dans le ciel. On avait l'impression d'être des gamins en train de se raconter des films d'horreur ou de fantômes autour d'un feu de bois. A propos, tu savais que ce brave Gus affûte des tronçonneuses, pour gagner sa vie ? Il faut garder l'œil sur lui, si jamais il survient un massacre dans le coin.

Lisa fronça les sourcils et appuya sur les rames. Une fois de plus, Vanessa jouait les langues de vipère. Etait-ce dû à son mépris pour ces régions reculées, ou fallait-il y voir autre chose ? Une menace voilée, un lapsus freudien ? Lisa finissait par se demander si elle ne retrouvait pas sa vieille paranoïa, ses craintes de voir ses cauchemars devenir réalité. Il fallait espérer que non.

Le vent s'était levé et elle devait maintenant ramer à contre-courant, au milieu des vaguelettes. Au moins, ce serait plus facile pour rentrer à la maison… *A la résidence*, corrigea-t-elle mentalement. Elles proposeraient à Ginger de rapporter les pâtisseries du petit déjeuner, si cela pouvait l'aider. Peut-être Vanessa accepterait-elle d'en transporter quelques-unes au canot. Cela permettrait à Lisa de rester quelques instants seule avec Ginger.

— Qu'as-tu vu d'intéressant chez Ginger, tout à l'heure ? demanda-t-elle, tentant un autre sujet de conversation.

— Oh, Ellie ne cesse de s'extasier sur le charme pittoresque de l'endroit, mais ce n'est qu'une cabane en rondins tout à fait banale. Ça aurait plu au jeune Abraham Lincoln.

— Tu n'avais jamais rencontré personne qui vive dans des conditions aussi rustiques ?

— Est-ce une allusion au milieu d'où je viens ?

— Arrête, Vanessa. Je ne t'agresse pas, je prends la défense de Ginger.

— Ce sont tous de vrais marginaux, ici. Ça ne leur ferait pas de mal d'être un peu plus… un peu plus…

— Modernes ?

— Disons : comme tout le monde. Je parlais des vieux westerns avec Clint Eastwood : ici, Ginger et sans doute d'autres vivent exactement comme ça, avec la pâte à pain mise à lever dans un bol, le vieux poêle ventru en fonte, le fourneau à bois… Tu vois la fumée qui sort de sa cheminée, là-bas ?

Lisa tourna la tête. Un filet de fumée se dressait au-dessus d'une rangée de hauts sapins. Au-delà, beaucoup plus haut, là où elle aurait tant aimé voir les lumières boréales, trois rapaces s'élevaient avec les courants ascendants. Elle baissa la tête et redoubla d'énergie. Le vent soufflait beaucoup plus fort et les vagues s'ornaient de crêtes d'écume blanche.

Elles voyaient maintenant le bateau de Ginger se balancer sur l'eau, amarré à son ponton mobile, de ceux que l'on pouvait remonter sur la rive quand le lac était pris dans les glaces. L'hydravion de Spike était attaché tout au bout. Ginger n'était pas visible, mais peut-être l'hydravion la cachait-il à la vue. Lisa rangea son canot du côté opposé au bateau de Ginger. Vanessa, pour une fois, se rendit utile en allant nouer la corde à la bitte d'amarrage.

Lisa grimpa à son tour et elles se penchèrent sur l'embarcation de Ginger. Deux plateaux de pâtisseries, couverts d'un film alimentaire, étaient posés au fond : Ginger devait être en train de charger.

— Elle a simplement dû prendre du retard, commenta Vanessa en remontant vers la rive, Lisa sur les talons. Pas d'importance, vu qu'il continue à faire jour longtemps. Elle a encore au moins deux bonnes heures pour apporter les gâteaux du petit déjeuner. A propos, tu m'as demandé ce que j'avais vu d'intéressant chez elle… Eh bien, elle vit comme au XIXe siècle, à un détail près : elle a des dizaines de catalogues de vente par correspondance ! Tu te rends compte ?

— Ça m'étonnerait qu'elle passe des commandes par internet, sauf si elle le fait à la résidence. Elle va peut-être à la poste.

— Mais ce sont des catalogues de luxe, Lisa. Neiman Marcus, Saks, Nordstrom, Dean et Deluca, et je ne sais quoi d'autre. Or, rien, vraiment rien, chez elle, n'indique qu'elle leur achète quoi que ce soit !

Elle plaça ses mains autour de sa bouche pour crier :

— Ginger ? Ginger ! Christine nous envoie pour vous aider à transporter les provisions !

Lisa vit que le chalet de Ginger ressemblait à celui de Spike, en plus petit. Spike, en outre, était équipé de tout le confort moderne, alors que celui-ci paraissait beaucoup plus primitif. Il y avait une sorte d'abri en rondins à l'un des angles.

— Est-ce qu'elle a des toilettes à l'extérieur ? chuchota Lisa tandis qu'elles grimpaient les marches du porche.

— Dieu merci, non, ce n'est pas à ce point-là ! Ellie m'a dit qu'elle avait des toilettes à compost comme celles de la résidence. C'est bien d'Ellie, de demander à les utiliser ! Je suis sûre qu'elle a commandé un million de choses à Ginger. Elle lui a donné au moins deux cents dollars. Elle lui a peut-être fait cadeau d'une partie par charité, évidemment. Une vraie dame d'œuvres… Pardon : une vraie philanthrope, le cœur sur la main.

— Ginger ! cria Lisa à son tour, préférant ignorer la pointe de Vanessa contre Ellie.

Vanessa se montrait amère et aigrie en permanence, ces derniers temps. Etait-ce pour autant signe qu'elle pouvait passer à l'acte ?

Elles jetèrent un coup d'œil par les deux fenêtres qui donnaient sur le lac. Même si la cabane n'était pas totalement cachée par les arbres, Lisa savait qu'on ne pouvait l'apercevoir depuis la résidence. Mitch ne les verrait pas avec ses jumelles, ce qui était bien dommage.

Il n'y avait aucun bruit, et Ginger n'était nulle part en

vue. C'était suffisamment inquiétant pour qu'elles rentrent donner l'alerte et que Mitch ou Spike vienne voir ce qui se passait. La petite route en lacet qui reliait la cabane à la résidence en faisant le tour du lac était déserte, elle aussi. Vanessa avait expliqué que Ginger ne conduisait pas et, l'hiver, ne comptait que sur l'hydravion de son frère pour s'approvisionner. Lisa frissonna comme si une brise glacée venait de la fouetter. Les arbres s'agitèrent sous la bourrasque.

Elles trouvèrent la porte ouverte et entrèrent.

— Ginger ? cria de nouveau Lisa.

La grande pièce embaumait une délicieuse odeur de pâtisserie et de levain. Cela rappelait à Lisa les fois où elle rentrait de l'école, et où sa grand-mère lui avait préparé un verre de lait accompagné d'un gâteau. Sur la table, elles virent des tartes et des miches de pain joliment emballées dans de la Cellophane colorée et munies d'étiquettes.

— Tout n'est sûrement pas destiné au petit déjeuner de la résidence, remarqua Vanessa.

— Mitch m'a dit qu'elle comptait vendre ses produits au Festival des Mères auquel nous devons aller à Talkeetna.

— Tu vois ce que je veux dire, à propos des catalogues ? demanda Vanessa en montrant du doigt l'un d'eux, ouvert sur un coin de table, comme si Ginger venait juste de quitter la pièce. Regarde, elle a même entouré certaines choses au stylo rouge. Des draps de luxe, en lin, et des oreillers en plume à… deux cents dollars pièce, pas moins. Tu parles de châteaux en Espagne !

Elles regardèrent dans la chambre, sous le lit, dans le placard, puis dans la salle de bains.

— Où est le téléphone ? demanda Lisa. Nous devrions appeler la résidence.

— Il n'y a pas le téléphone. Je te l'ai dit, ils vivent

comme des trappeurs, ici. Elle a ce qu'elle appelle un jardin de boutures, par-derrière, qu'elle a tenu à me montrer… Je vais voir si elle n'y est pas. De ton côté, regarde dans l'appentis, et retrouvons-nous tout de suite au canot. Avec le vent qui se lève, je ne suis pas sûre de l'avoir attaché très solidement, et j'aime mieux vérifier aussi celui de Ginger.

— D'accord, répondit Lisa en se rendant aussitôt compte qu'elle brisait la promesse faite à Mitch de ne pas rester seule.

Elle se précipita vers l'appentis, qu'elle trouva ouvert comme elle s'y attendait. Elle ouvrit la porte en grand en retenant son souffle. A l'intérieur, il y avait un scooter des neiges dont Ginger devait se servir l'hiver, des râteaux, des binettes, des pelles, et, dans des bacs en plastique, des piles entières de catalogues. Cela rappela à Lisa les piles de dossiers qui s'accumulaient sur son bureau quand elle était jeune avocate.

Elle referma la porte en secouant la tête et fonça vers le ponton pour vérifier les amarrages et tourner la proue du canot vers le lac. En effet, avec ce vent, le retour allait être bien plus rapide. Il devenait urgent d'aller chercher de l'aide pour retrouver Ginger. Les uns et les autres avaient-ils paniqué autant, en s'apercevant que Mitch et elle ne rentraient pas ? En tout cas, elle perdait l'occasion de sonder Ginger, à qui elle aurait bien aimé demander si elle avait remarqué quoi que ce soit d'anormal, le jour où on l'avait poussée dans le torrent. Si, par exemple, elle avait vu quelqu'un d'autre, à part elle-même et Mitch, monter sur la crête.

Elle s'agenouilla sur le ponton, tourna le canot, resserra la corde, puis s'approcha du bateau de Ginger. Ne serait-il pas plus prudent de mettre la nourriture à l'abri, au cas où les vagues passeraient par-dessus ou s'il se mettait à pleuvoir ?

Le petit bateau à moteur, poussé par les vagues, cognait contre le ponton. Lisa poussa un soupir de soulagement en voyant Vanessa arriver au pas de course tout en criant :

— Je ne la vois nulle part !

Elle entreprit de refaire le nœud de l'amarre. Heureusement, l'ancre avait été jetée de l'autre côté, ce qui éviterait à l'embarcation de dériver sur le lac même si l'amarre venait à lâcher.

Alors, juste au-dessous de la surface de l'eau, elle vit une image qu'elle prit d'abord pour son propre reflet, fragmenté par les remous.

Un hurlement strident perça l'air ; elle se rendit compte que c'était elle qui criait. Dans l'eau bouillonnante, entre les giclées d'écume, les cheveux ondoyants, c'était le visage de sa mère qui la regardait. Elle agitait doucement la main, les yeux grands ouverts, la bouche ouverte sur un murmure : « Viens, Lisa, rejoins-moi… »

14

Le fait d'avoir exprimé sa terreur par un hurlement permit à Lisa de reprendre ses esprits. Ce n'était pas un cauchemar, ce n'était pas sa mère… *C'était Ginger !*

— Que se passe-t-il ? s'enquit Vanessa en se précipitant sur le ponton.

Lisa lui montra le lac de la main, sans un mot. Vanessa se pencha et étouffa un cri. Puis elle tomba à genoux près de Lisa, haletante.

— Tu crois qu'on devrait la remonter ?

— C'est peut-être un accident… Mais si c'est une scène de crime, il ne faut toucher à rien, murmura Lisa.

— Tu as raison. La police trouvera peut-être des indices, mais l'idée de la laisser comme ça, dans l'eau… Je n'arrive pas à croire que je l'ai vue vivante il y a encore quelques heures. Pauvre Spike ! Il faut absolument aller chercher de l'aide… Je propose que l'une de nous reste ici et que l'autre aille prévenir Mitch, même s'il nous a demandé de rester ensemble.

— Je… j'ai hurlé à cause du choc…, balbutia Lisa.

— Sauf que tu appelais ta mère !

— Certainement pas ! protesta Lisa.

Elle se tut cependant, car ce n'était pas le moment de discuter, et arracha son regard du visage de Ginger.

— Je pense qu'il y a un moyen de donner l'alerte sans nous séparer.

Elle retrouvait progressivement ses esprits.

— Ah oui ? Comment ? Avec des signaux de fumée ? Nous ne pouvons même pas faire de grands gestes sur le ponton, l'hydravion nous cacherait, objecta Vanessa.

— Quand nous étions perdus en pleine nature, Mitch m'a indiqué les signaux à faire en cas de danger. Je n'ai qu'à grimper sur l'avion.

— Sur l'avion ? Mais tu risques de tomber ! Ginger a dû glisser pendant qu'elle chargeait son bateau et se cogner la tête… Oh, la façon dont elle bouge dans l'eau, les yeux ouverts… C'est horrible !

Bien décidée à faire oublier sa première réaction de panique — elle avait effectivement dû appeler sa mère, car Vanessa n'aurait pas inventé une chose pareille —, Lisa se redressa, les jambes chancelantes, et marcha jusqu'au bout du ponton. L'hydravion était de plus en plus ballotté par les vagues, mais, en prenant garde, il devait y avoir moyen de s'agripper à la porte pour monter sur le toit. En outre, elle avait envie de se prouver à elle-même qu'elle n'avait pas peur de l'eau. Après son séjour dans le torrent, c'était un peu comme d'essayer de remonter à cheval après une chute… Mais elle avait bien continué à nager dans l'océan, après la mort de sa mère. Elle n'avait pas le choix.

Elle saisit la poignée de la porte du cockpit et se hissa. L'hydravion tanguait, et c'était déjà, en soi, une épreuve. Décidément, le séminaire d'intégration prévu par les Bonner dépassait tout… D'abord, on la poussait à l'eau, puis Jonas tombait de traîneau… Et maintenant, voilà que Ginger flottait entre deux eaux…

Elle se mit à trembler mais continua. Un montant métallique soutenait l'aile de l'avion : elle y prit pied, se hissa, rampa à plat ventre vers le pare-brise et tendit les doigts pour se cramponner aux essuie-glace. Le métal était lisse et froid. L'un de ses pieds glissa : elle se heurta violemment le menton et se mordit la langue. Un goût de sang envahit sa bouche.

Elle aurait donc été meurtrie, blessée, presque noyée... Une semaine plus tôt, le dixième de toutes ces épreuves aurait suffi à la faire fuir à toutes jambes. A présent, quelque chose en elle avait changé : c'était un défi qu'elle brûlait de relever.

Sous l'effet du tangage ou de sa macabre découverte, elle avait le cœur soulevé, mais il allait bien falloir qu'elle se mette debout sur le toit, si elle voulait qu'on la voie de l'autre rive. Pourvu qu'ils soient encore là à observer ! Il fallait lever les bras en V, avait dit Mitch. C'était le signal pour appeler au secours. Comme un bébé tendant les bras vers sa mère. Sa mère, la petite Jani dans les bras... Non ! Il ne fallait pas y penser. Si tout allait bien et qu'on n'avait pas besoin d'aide, on ne levait qu'un seul bras.

— Lisa, sois prudente ! cria Vanessa, toujours agenouillée sur le ponton à l'endroit où Ginger était tombée.

Mais était-elle tombée ? Ou l'avait-on poussée ? Qui ? Le même individu que celui qui l'avait jetée elle-même dans le torrent ?

Elle évita de regarder les remous couronnés d'écume. L'eau bouillonnait sous l'hydravion comme s'il allait démarrer. Collée à plat ventre sur l'aile, elle avait l'impression de se trouver sur une étroite planche de surf, en train de remonter une énorme vague. Elle n'avait pas le droit de tomber. Il n'y aurait pas de Mitch pour venir la sauver, cette fois. Même s'il s'agissait du lac, et pas du torrent Wild, elle n'avait aucune envie de se cogner la tête et de finir noyée à son tour.

Avec précaution, en pliant les genoux pour contrebalancer le roulis, elle se redressa. Elle avait bien fait de chausser sa vieille paire de tennis. Elle tendit les bras, d'abord en tremblant, puis de manière plus assurée. Un grand V qui signifierait aussi Victoire, si on les voyait. Sinon, que faudrait-il faire ? Tirer Ginger hors de l'eau ?

En songeant aux pionniers de l'aviation, qui grimpaient dans leurs appareils en passant par l'aile, elle garda la pose aussi longtemps qu'elle put, puis se laissa tomber à genoux et s'accrocha de nouveau. Il serait sans doute plus difficile encore de redescendre que de grimper.

— Tu as vu quelque chose ? cria Vanessa d'en bas. Peut-être que nous devrions prendre le canot et refaire signe depuis le milieu du lac. J'ai l'impression que le corps de Ginger est pris dans la chaîne de l'ancre. Quand j'essaye de tirer, elle remonte.

Lisa frémit à cette idée, puis scruta le lac pour voir si un bateau arrivait, mais il n'y avait rien. Rien d'autre que les vagues, de plus en plus serrées. Aurait-elle dû se mettre de nouveau debout pour refaire le signal ?

Au moment où elle s'apprêtait à se redresser, Vanessa s'exclama :

— Si seulement elle n'avait pas les yeux ouverts ! J'ai l'impression qu'elle me fixe !

Lisa préférait ne pas entendre. Elle se releva, les genoux endoloris, et refit le signal.

Dieu merci, une dizaine de minutes après que Lisa fut redescendue sur le ponton, elles entendirent le ronronnement d'un moteur. Vanessa se mit à courir le long de la rive en agitant sa veste blanche.

— Ils t'ont vue, heureusement ! cria-t-elle à Lisa, qui refusait d'abandonner Ginger et s'était assise sur le ponton, serrant la chaîne de l'ancre dans ses mains pour la stabiliser. Il y a au moins trois personnes dans le bateau. L'un d'eux est très grand, c'est sûrement Spike. Oui, je crois que c'est Spike, avec Mitch et Christine !

Lisa se forçait à garder son calme, mais une série de questions obsédantes la hantait. Elle aurait tellement aimé pouvoir demander à Ginger ce qu'elle avait vu, le jour de la chute dans le torrent ! Pauvre Ginger, avec sa vie difficile et ses rêves de luxe — ces catalogues dans lesquels elle ne pouvait sans doute rien acheter... Surtout qu'elle avait décidé de rembourser son frère pour tout le bois qu'il lui coupait depuis des années... Et tous ces gâteaux dans la cuisine, comme si elle les avait préparés non pas pour la résidence ou pour le Festival des Mères, mais pour ses propres funérailles !

Le bateau à moteur contourna l'hydravion et vint se placer sur le côté du ponton où elles avaient placé leur canot. Mitch et Spike avaient effectivement pris Christine avec eux. Pauvre Spike, pauvre Ginger ! Les événements prenaient un tour tragique.

Lisa jeta un dernier coup d'œil à Ginger, doucement bercée par les eaux du lac qu'elle avait dû tellement aimer, le visage à demi caché par la pénombre et les feuilles mortes. *Aujourd'hui, nous voyons au moyen d'un miroir, d'une manière obscure ; mais alors, nous verrons face à face.* C'était le verset que le pasteur avait lu pour l'enterrement de sa grand-mère. A présent, Lisa devait voir au travers du masque derrière lequel se cachait celui qui l'avait poussée dans la rivière et qui, si ce n'était pas un accident, avait tué Ginger.

Les ombres du crépuscule s'étiraient. Christine, sur le ponton, réconfortait Spike ; Vanessa et Lisa s'étaient assises sur des rochers au bord de l'eau. Mitch était reparti en bateau jusqu'à la résidence, pour téléphoner au shérif de Talkeetna. Christine n'était pas ravie à l'idée de voir le shérif Moran, mais la détresse de Spike lui brisait le cœur et elle était prête à tout affronter. La mort de sa sœur allait laisser un grand vide dans sa vie d'homme, et elle comptait bien essayer de le combler.

Spike pleurait sans retenue. Elle avait peur qu'il ne remonte le corps de Ginger, alors que Mitch leur avait ordonné de ne rien faire. Les trois avocats, d'un commun accord, avaient aussi déclaré qu'il ne fallait pas rentrer dans la cabane. Pour décider s'il y avait eu crime, la police aurait besoin d'indices ; toutes les empreintes digitales seraient relevées et, comme Ginger avait eu plusieurs visiteurs ce jour-là, il faudrait en écarter un certain nombre. En se rappelant l'enquête menée dans son propre cas, Christine fronça les sourcils, frottant machinalement sa jupe en jean.

De sa main libre, elle tenait celle de Spike, plongé dans la contemplation du corps de sa sœur. Et si certaines empreintes n'étaient pas écartées d'office ? Si, par exemple, Gus était revenu voir Ginger une fois de plus, après le départ de Vanessa et de Mme Bonner ? Ginger et Gus étaient comme l'eau et le feu, et Christine était bien placée pour savoir où cela pouvait mener.

— Je n'arrive pas à y croire…, dit Spike en s'essuyant les yeux de la manche. J'ai tout fait pour l'aider, surtout depuis qu'elle n'avait plus l'usage de sa main. Celui qui a fait ça me le paiera cher !

— Elle était en train de charger le bateau, Spike. Elle a pu tomber…

— Elle a chargé son bateau des millions de fois, par tous les temps, sans aucun problème. Même avec son handicap, même s'il y avait du vent, elle avait le pied très sûr. Quand je pense que j'ai promis à notre mère, sur son lit de mort, de prendre soin d'elle…

— Tu l'as fait, Spike. Tu as coupé son bois, apporté ses provisions, tu venais la voir… Elle t'en était reconnaissante. Elle t'aimait beaucoup.

— Eh bien, maintenant, il n'y a plus personne qui m'aime.

— Je connais cette sensation.

Il hocha la tête en reniflant. Il ne regardait plus dans l'eau, à présent, mais avait les yeux rivés sur la chaîne de l'ancre. Christine savait que Vanessa et Lisa l'avaient touchée et que leurs empreintes s'y trouveraient, peut-être avec d'autres, si la chaîne avait servi d'arme criminelle. Sans doute aussi y aurait-il celles de Ginger, d'ailleurs, si elle s'y était agrippée pour éviter de couler. A moins que l'eau n'ait tout effacé ? Le jour où elle-même avait tué Clay, il pleuvait. Elle avait jeté le fusil dans la boue, derrière la maison, mais on y avait tout de même retrouvé leurs empreintes à tous deux.

Elle frissonnait encore en se rappelant être rentrée chez elle, après son acquittement, et avoir retrouvé un peu partout des traces de la poudre de graphite noire dont la police s'était servie. Pendant des mois, elle s'était elle-même sentie tachée, salie par la culpabilité, comme si tout le monde pouvait voir à l'œil nu ce qu'elle avait fait.

En ce moment, cependant, sa priorité était d'aider Spike.

— Tu sais, déclara-t-elle, elle comptait t'aider à acheter du carburant, avec ses économies et avec l'argent qu'elle aurait gagné au Festival des Mères. Tu vois bien qu'elle t'aimait.

Spike renifla de nouveau.

— Elle économisait ? Pour moi ? Alors qu'elle n'avait rien d'autres que ses rêves ? Elle refusait que je l'aide davantage. Elle nourrissait en secret le fantasme de pouvoir un jour commander quelque chose dans ses catalogues…

Il hocha la tête et jeta un coup d'œil vers la cabane.

— Elle adorait cet endroit, mais personne ne va vouloir l'acheter. Je vais sans doute devoir mettre l'avion en gage, ou emprunter de l'argent à Mitch pour payer son enterrement.

« Quand ils te rendront le corps », pensa Christine, mais elle garda sa réflexion pour elle. Les autopsies pouvaient prendre du temps et les formalités plus encore, en tout cas à Fairbanks.

— J'ai un peu d'argent de côté. Je te le donnerai, dit-elle.

Spike tourna la tête vers elle et plongea son regard dans le sien, comme il l'avait fait quand il préparait les chiens de traîneau.

— J'ai besoin de ta force, Christine, murmura-t-il. Je sais que tu en as vu de dures… J'ai besoin de ta force.

Elle hocha la tête, esquissa le geste de le prendre dans ses bras, mais, au même instant, Vanessa cria depuis son rocher :

— Voilà Mitch et le shérif !

Pour gagner du temps, le shérif avait insisté pour venir avec Mitch en bateau, tandis que le coroner et deux officiers de police venaient par la route avec une ambulance. Mitch n'avait croisé qu'à quelques reprises le shérif Mace Moran mais il avait de l'estime pour ce natif de l'Alaska, vétéran de la guerre du Golfe. Trapu, solidement charpenté, en excellente condition physique, Moran avait une cinquantaine d'années, même si sa chevelure argentée et son visage buriné le faisaient paraître plus âgé. C'était avant tout un pragmatique et, tout en arborant son uniforme et son arme de service, il n'était pas du genre à étaler son pouvoir. La petite brigade de police de Talkeetna travaillait d'arrache-pied pendant l'été, à la saison touristique, quand la ville était envahie par les alpinistes venus escalader le mont Denali. L'hiver, en revanche, ils ne s'occupaient guère que de bagarres d'ivrognes et de problèmes de voisinage. Mitch savait que le Festival des Mères commençait le lendemain et que le shérif aurait déjà eu fort à faire, sans devoir enquêter en plus sur une noyade.

— Est-ce qu'elle savait nager ? demanda-t-il à Mitch en conclusion de toute la série de questions qu'il lui avait posées pendant le trajet.

— Je ne sais pas. Il faudrait demander à Spike. Elle avait une main paralysée mais manœuvrait très bien son bateau.

— Vous dites qu'elle a eu beaucoup de visites, aujourd'hui, dont certains de vos invités. Il faudra que je les interroge, peut-être même ce soir. Je suis obligé de régler cela très vite, si je veux être de retour à Talkeetna demain, avec la foule qu'il y aura. Vous connaissez le dicton sur la différence entre les impôts et la mort : « Ils frappent tous les deux, mais avec les impôts, on sait à quel moment ! »

Mitch coupa le moteur pour contourner le ponton et alla accoster sur la rive pour laisser la place aux autorités. Il vit Christine et Spike recroquevillés près du bateau de Ginger. Heureusement, Christine avait réussi à le convaincre de ne pas retirer de l'eau le corps de sa sœur.

— Avec Lisa Vaughn qui était tombée dans le torrent, ça vous fait beaucoup d'accidents, commenta le shérif. Elle est l'une des deux femmes qui a retrouvé le cadavre, n'est-ce pas ? Ne le prenez pas mal, Mitch, mais je dois dire que ça ne m'enchante pas d'avoir affaire à une bande de juristes.

— Je suis certain qu'ils seront coopératifs et pleins de bonne volonté, assura Mitch, sans en être sûr lui-même.

Il ne prendrait pas le risque — pas encore —, de compliquer les choses en avouant au shérif que Lisa et lui-même enquêtaient discrètement sur la tentative d'assassinat qu'ils soupçonnaient. Le shérif risquerait d'en parler, avec pour tout résultat d'amener le coupable à se méfier davantage. Or, si la mort de Ginger n'était pas un accident, cela voulait dire que, cette fois, ce coupable avait réussi à noyer sa victime.

15

Lisa, Mitch, Vanessa, Spike et Christine se tenaient debout sur la rive pendant que le coroner — un médecin de Talkeetna, le Dr Sam Collister —, le shérif et les deux officiers, sortaient Ginger du lac. Mitch et Christine avaient placé Spike entre eux ; Lisa se trouvait de l'autre côté de Mitch, à côté de Vanessa. La nuit n'était pas très obscure, mais la police n'en avait pas moins allumé deux puissants projecteurs qui, à présent, éclairaient le corps, allongé sur le ponton. Les paroles qu'ils échangeaient parvenaient jusqu'au petit groupe.

— Elle avait une jambe coincée dans la chaîne de l'ancre, entendirent-ils le shérif dire. Comme il y avait des vagues et que le bateau tanguait, elle a pu décider de jeter l'ancre, puis perdre l'équilibre et peut-être passer sous le bateau, à un moment où il cognait le ponton, sans avoir le temps de remonter prendre de l'air. La chaîne a dû la maintenir sous la surface. Comme elle n'avait qu'une seule main valide, c'est envisageable. Pouvez-vous voir si elle a une blessure à la tête ayant pu causer un évanouissement, docteur ?

Lisa vit que Mitch empêchait Spike de se précipiter vers le ponton.

— Donne-leur le temps, lui dit-il. Je te promets qu'ils te laisseront la voir.

— Je ne veux pas qu'on la découpe et j'ai l'intention de le leur dire tout de suite !

— Spike, écoute-moi, insista Mitch en prenant son ami par le bras. Ils ont le droit, légalement, de demander une autopsie et, dans une affaire comme celle-ci, c'est une procédure normale. Tu as envie de savoir ce qui s'est passé, n'est-ce pas ?

— Elle est morte, voilà ce qui s'est passé !

Le shérif se releva et se tourna vers eux, laissant ses collègues agenouillés autour du cadavre qui reposait sur une sorte de bâche, dont Mitch comprit qu'il s'agissait d'un sac pour le corps.

— Restez où vous êtes, monsieur Jackson, lança-t-il.

Il revint vers ses collègues. Lisa, comme les autres, tendit l'oreille.

— Oui, il y a une plaie concave à l'arrière de la tête, disait le médecin, mais pas de sang coagulé, ce qui signifie qu'elle est tombée très rapidement à l'eau après avoir été cognée. C'est tout ce que je peux vous dire pour l'instant. Les morts par noyade sont difficiles à prouver, car on ne sait pas toujours si la victime était encore vivante avant de sombrer. Les poumons s'emplissent d'eau, de toute façon, et comme elle flottait sur le dos…

Finalement, Dieu merci, il se tut.

— Si vous pouviez aller vite, aussi bien pour sa famille et ses amis que pour moi, je vous en serais reconnaissant, docteur, dit le shérif. Je suis normalement de garde au Festival, ce week-end, mais si vous avez le moindre soupçon, je traiterai cette histoire en priorité.

Il se tourna ensuite pour demander :

— Monsieur Jackson, vous pouvez venir un instant ? Mais ne touchez pas la victime. En tant que membre de la famille, nous allons vous demander de certifier son identité. Ensuite, je souhaite m'entretenir individuellement avec les dames qui ont découvert le corps, pendant que nous examinons l'intérieur de la cabane avant d'y mettre les scellés.

Spike s'avança vers le ponton d'un pas d'abord rapide, puis plus lent. Mitch l'observait depuis la rive. Lisa sentit son cœur se serrer. Elle savait ce que Spike ressentait, même si elle-même n'avait pu se recueillir sur les corps de sa propre famille. Parfois, après toutes ces années, cela lui donnait l'espoir fou et fugace que sa mère et sa sœur, quelque part, étaient encore en vie.

Le shérif prit Lisa à part la première, car c'était elle qui avait découvert la noyée. Il s'assit sur un rocher en face d'elle. Vanessa, un peu plus loin, arpentait la rive de long en large en attendant son tour.

— Cela vous fait de drôles de vacances, n'est-ce pas, mademoiselle Vaughn ? commença-t-il.

— C'est certainement une épreuve.

— J'apprécie votre cran. La vie est rude en Alaska, comme on dit dans les shows télévisés, mais cela nous endurcit. J'ai l'impression que vous tenez bien le coup.

— Oui et non, shérif. J'ai vu ma mère et ma sœur disparaître sous mes yeux quand j'étais enfant, ce qui rend cette mort, tout comme ma chute dans le torrent, encore plus éprouvante pour moi.

Elle avait décidé d'évoquer directement sa tragédie personnelle, certaine que Vanessa allait raconter qu'elle avait hurlé en appelant sa mère. Que ce soit vrai ou non, cela signifiait que Vanessa avait pris ses renseignements sur elle, sauf si les Bonner ou Mitch avaient trahi son secret.

Il y avait même pire : elle commençait à se demander si Vanessa, sachant que le corps de Ginger était dans l'eau, ne s'était pas arrangée pour que ce soit elle qui le découvre.

Vanessa était la dernière personne à avoir rendu visite à Ginger, après tout. Elle l'avait peut-être trouvée morte et avait saisi l'occasion de l'effrayer, de la déstabiliser dans leur compétition pour le poste d'associé... Non, c'était trop tiré par les cheveux. Il ne fallait pas devenir parano. Pourtant, Vanessa lui avait bien dit d'aller vérifier si le bateau de Ginger était amarré, non ? Qui savait si, finalement, ce n'était pas elle qui avait commis l'agression ?

— Vous vous sentez bien ? demanda le shérif en la prenant par le bras. Je compatis à ce qui vous est arrivé quand vous étiez petite, mademoiselle Vaughn.

— Vous pouvez m'appeler Lisa.

— Répondez-moi. Vous vous sentez bien ? Connaissant votre histoire, j'imagine que vous avez subi un choc considérable.

— Mes instincts professionnels reprennent le dessus chaque fois que c'est nécessaire. Vous pouvez m'interroger. Je vous répondrai en toute objectivité.

— C'est nouveau pour moi, d'avoir affaire à des juristes. Pas trop ma tasse de thé, je dois dire.

— Je vous comprends. Pour être franche, nous-mêmes n'aimons pas beaucoup cela non plus.

— Nous sommes sur la même longueur d'ondes. Alors, allons-y. Je vous écoute.

Lisa expliqua pourquoi elle et Vanessa avaient traversé le lac en bateau, en précisant que Christine confirmerait ses dires. Elle retraça ensuite toutes les étapes de leur recherche, lui laissant le temps de prendre des notes dans un carnet qu'il avait tiré de sa poche. En réponse à une question, elle précisa que oui, elle avait rencontré Ginger plus tôt dans la journée, et raconta aussi ce qu'elle savait à propos de Ginger et de Gus Majors, car le shérif allait de toute façon l'apprendre.

— Un grand type, costaud ? Je vois qui c'est, répondit le shérif en fronçant les sourcils.

Il griffonna quelque chose dans son carnet et souligna deux fois.

— Je le trouve personnellement sympathique et ouvert, dit-elle. Il ne nous a pas caché, à Mitch, Vanessa et moi, qu'il avait vu Ginger aujourd'hui et qu'ils s'étaient disputés. On voyait bien qu'il s'attendait à ce qu'elle arrive d'un moment à l'autre, pendant le dîner. Il ne se comportait pas du tout comme quelqu'un qui aurait commis un forfait.

— J'entends ce que vous dites, mais je tirerai mes propres conclusions. Les réactions passionnelles existent en Alaska comme ailleurs. Bref, mis à part vous, les autres visiteurs de Ginger ont été Mlle Guerena et Mme Ellen Bonner, dite « Ellie », qui se trouve actuellement à la résidence ? Il faudra que j'aille lui parler.

— Ecoutez, il y a deux heures que je suis ici et je suis épuisée. Cela vous ennuie si je demande à Mitch de me raccompagner ?

Il fallait qu'elle parle à Mitch, qu'elle lui explique comment elle soupçonnait Vanessa d'avoir concocté une mise en scène.

— Entendu. Partez tous les deux. Je déposerai Mlle Guerena après l'avoir interrogée, et j'en profiterai pour voir Mme Bonner. Il va sans dire que je risque de vous demander à tous de prolonger votre séjour, si c'est nécessaire.

— Je comprends. A propos, il y a dans la cuisine de Ginger un bon nombre de gâteaux qu'elle comptait vendre au Festival, demain. Plutôt que de les laisser perdre, et si Spike est d'accord, pourrions-nous les vendre nous-mêmes, pour couvrir les frais ? Nous devons aller au Festival, de toute façon. Et d'après Christine, Spike manque d'argent pour enterrer sa sœur.

— Je vais y jeter un œil, et si Spike accepte, je n'y vois pas d'inconvénient. Vous voulez lui poser la question ?

Lisa alla d'abord exposer son idée à Christine, qui hocha la tête en s'essuyant les yeux.

— Oui, dit-elle, ce sera le moyen d'aider Spike et aussi de rendre honneur à Ginger. Elle adorait cuisiner, comme elle adorait nous aider pour l'accrobranche. Est-ce qu'ils… est-ce que le shérif et le coroner pensent qu'elle a trébuché dans l'eau ?

— C'est sans doute leur première hypothèse, mais ils ne peuvent négliger aucune piste.

— Y compris celle du meurtre ?

— Mis à part le suicide, qui semble vraiment exclu, c'est en effet une possibilité. Si jamais ils s'aperçoivent que quelqu'un a agi volontairement, quel que soit son mobile, ils risquent de demander l'ouverture d'une enquête.

— Oui, s'ils soupçonnent quelqu'un, coupa Christine en frissonnant et en étouffant un sanglot. Oh, je sais bien ce qu'ils risquent de penser ! Mitch m'a dit que vous vous étiez renseignée sur mon passé, mais vous, au moins, vous êtes restée gentille.

Lisa ne savait pas très bien quoi dire. Christine ne semblait pas lui en vouloir.

— En fait, reprit son interlocutrice, après vous avoir sauvée, Mitch m'a parlé aussi de votre passé à vous, de votre deuil, avant même que vous ne me le racontiez. Au moins, nous savons l'une et l'autre à quel point le chagrin et les regrets peuvent faire souffrir.

— C'est vrai, murmura Lisa.

Ses yeux s'embuèrent et, à travers ses larmes, le visage

de Christine se brouilla, comme celui de Ginger dans le lac ou celui sa mère dans ses cauchemars.

Elles s'étreignirent rapidement, puis s'écartèrent l'une de l'autre. En dépit de ses années d'expérience au barreau, Lisa n'avait jamais entendu résumer de telles tragédies avec une concision aussi juste.

Lisa prit place en face de Mitch, dans le bateau, en regardant le vent lui ébouriffer les cheveux et soulever les pans ouverts de son blouson. L'embarcation semblait sauter d'une vague à une autre. Ils devaient hurler pour se faire entendre, avec le bruit du moteur.

Lisa lui fit part de ses soupçons sur Vanessa. Il l'écouta avec attention, puis hocha la tête.

— Es-tu vraiment sûre de ne pas avoir appelé ta mère ? demanda-t-il.

— J'ai eu un flash-back de mes visions, et j'ai effectivement crié, mais je suis prête à jurer que Vanessa a inventé le reste. Elle a fouillé mon passé pour tenter de m'atteindre psychologiquement, Mitch. Il est très possible qu'elle m'ait envoyée découvrir Ginger pour me déstabiliser.

— Je regrette vraiment que ce soit tombé sur toi. Oui, Vanessa a peut-être arrangé tout ça, mais on ne peut rien prouver.

— J'aurais tellement aimé pouvoir parler avec Ginger… Elle a très bien pu se trouver dans les parages, quand on m'a poussée à l'eau, et elle a pu voir quelque chose.

— Il est vrai qu'au moment où je suis descendu chercher le kayak, j'ai vu son bateau, mais elle-même n'y était pas. Viens t'asseoir à côté de moi, ça nous évitera de crier et de nous retrouver aphones.

Il lui tendit la main. Juste derrière eux, sous le moteur,

l'eau voltigeait en jets d'écume, telle une myriade de plumes blanches. Lisa frissonna et croisa les bras pour se réchauffer. Mitch la serra contre lui et continua à piloter d'une seule main, comme devait le faire Ginger. Lisa se rappela qu'au moment où ils étaient partis, la police examinait le bateau de la disparue avec une torche et une pince à épiler.

— Lisa, reprit Mitch, il est probable que la mort de Ginger et ce qui t'est arrivé n'aient rien à voir. Vous vous connaissiez à peine et vous n'aviez rien en commun.

— Ce qui fait qu'on en revient à mon idée : le tueur savait, ou soupçonnait, que Ginger avait aperçu quelque chose… Seulement, avec toutes les visites qu'elle a eues aujourd'hui, comment aurait-on pu se faufiler chez elle pour l'assommer ? Ce serait le geste d'une personne non seulement retorse, mais aussi aux abois.

— Nous sommes confrontés à l'ennemi, maintenant, et il est parmi nous.

— Oui, c'est forcément quelqu'un de la résidence, et même du cabinet Bonner. Nous devons réexaminer le cas de tout le monde, y compris celui de Graham et d'Ellie.

— Je sais. J'ai déjà commencé. Retrouve-moi à la cave, demain matin, une heure avant le petit déjeuner. Ce soir, le shérif va venir interroger Ellie ; il va y avoir beaucoup d'agitation, et nous avons tous les deux besoin de repos. J'avoue que je n'ai jamais vraiment récupéré, depuis notre randonnée. Je me sens comme un zombie et j'ai du mal à garder les idées claires. Nous sommes presque arrivés, chérie. Je vois Graham qui nous attend sur la rive.

Lisa retourna s'asseoir sur l'autre siège pour que Mitch puisse faire les manœuvres d'accostage. Il l'avait appelée « chérie », et Graham avait sans doute vu qu'il la tenait dans ses bras… Quelle importance, après tout ? La journée avait été atroce, et elle n'était même pas terminée.

— C'était un accident ? cria Graham tandis que Mitch se glissait le long du ponton.

Un accident ? C'était bien toute la question, songea Lisa en contemplant les eaux agitées du lac.

Quand le shérif arriva pour interroger Ellie, Graham insista pour que sa femme soit assistée d'un avocat autre que lui-même. Il sollicita Lisa, qui en fut touchée, et Vanessa ne dissimula pas sa contrariété. Lisa, le shérif et Ellie s'assirent tous trois devant la cheminée sans feu avec une tasse du chocolat chaud préparé par Christine. Le shérif se fit raconter la visite d'Ellie à Ginger. Ellie expliqua qu'elle s'y était rendue en voiture en faisant le tour du lac, et fit part de son émerveillement devant les talents culinaires de Ginger et l'aspect pittoresque de sa demeure. Le shérif l'écouta avec patience, puis demanda :

— Vous lui avez commandé des gâteaux à rapporter en Floride, n'est-ce pas ?

— Ma foi oui, répondit Ellie, surprise. C'est sans doute Vanessa ou Lisa qui vous l'a dit. Elle devait les préparer plus tard, car tous ceux dont elle disposait devaient être vendus au Festival de Talkeetna.

— A propos, dit-il en se tournant vers Lisa, j'avais oublié de vous dire : j'ai mis tous ces gâteaux dans le coffre de ma voiture. Spike est d'accord pour qu'ils soient vendus, et moi aussi. C'est une jolie façon d'honorer la mémoire de Ginger. Seulement, si les gens viennent à savoir que vous vendez les produits d'une morte, je vous interdis, à vous comme à tout le monde, d'échafauder des théories sur ce qui s'est passé, c'est compris ?

— Compris, shérif. Et merci.

— Maintenant, mesdames, l'une de vous avait-elle déjà payé Ginger pour ses commandes ? reprit-il.

— Oui, moi, répondit Ellie, qui ne cessait de triturer son collier en or.

Si Lisa avait eu le temps de lui parler avant l'entretien, elle lui aurait dit qu'il n'y avait aucune raison d'être nerveuse, mais elle comprenait la réaction d'Ellie, qui n'avait pas l'habitude d'être interrogée par la police.

— Je lui ai donné cinquante dollars, précisa Ellie.

— Un bon prix pour ces pâtisseries, commenta le shérif en prenant note dans son carnet. Par ailleurs, nous aimerions savoir comment elle s'est procuré ceci, et savoir aussi qui a écrit sur l'enveloppe, même si nous relevons des empreintes…

Il se tourna, pour sortir un sachet en plastique fermé par un zip d'un sac en papier qu'il avait glissé sous sa chaise.

— Il y a là, reprit-il, non pas cinquante, mais deux cents dollars en cash, dans une enveloppe de la résidence : « Lac Duck, Bear Bones, Alaska ». Elle est adressée à Ginger avec la mention « D'autres suivront ».

Lisa se pencha en avant pour voir exactement de quoi il parlait.

— Nous l'avons trouvée dans un tiroir de sa chambre, expliqua le shérif. Nous allons faire relever les empreintes sur l'enveloppe et sur les billets dans un laboratoire spécialisé de Fairbanks ou d'Anchorage, car nous ne sommes pas équipés, ici. En revanche, nous pouvons sûrement identifier l'écriture.

Ellie se tassa sur sa chaise comme s'il était indigne d'elle de jeter un coup d'œil. Le shérif rangea le sachet.

Puis, brusquement, comme Lisa avait entendu tellement de ses clients le faire, Ellie lança à brûle-pourpoint :

— Vous n'aurez pas à chercher loin, shérif. Je n'ai

effectivement commandé que pour cinquante dollars de gâteaux, mais j'ai glissé cent cinquante autres dollars dans cette enveloppe en guise de cadeau. Cette écriture est la mienne. J'avais promis à Ginger de n'en parler à personne, mais je dois trahir ma promesse.

Dieu merci, songea Lisa, l'explication collait parfaitement aux façons de faire des Bonner, dont la générosité envers les gens dans le besoin était connue. Il était inutile d'embarrasser Ellie en y faisant allusion, mais elle se promit de faire savoir au shérif que le geste n'avait rien d'inhabituel ni de suspect. Pour les Bonner, ce genre de cadeau ne représentait guère plus qu'un pourboire au comptoir.

— Et la mention « D'autres suivront » ? insista le shérif. Pourquoi cela ?

— Cette femme avait bon cœur et je la trouvais sympathique. J'ai toujours quelques réserves pour venir en aide à certaines personnes.

Le shérif hocha la tête sans rien dire. Il restait placide, mais Ellie, qui avait toujours mené une existence protégée, semblait bouleversée. Cependant, le fait de fréquenter les juristes du cabinet de son père, devenu celui de son mari, ne lui avait apparemment pas enseigné à savoir se taire quand il le fallait. Lisa devinait qu'elle allait ajouter autre chose.

— En fait, shérif, enchaîna effectivement Ellie, j'ai surtout voulu féliciter Ginger d'avoir su tenir tête à Gus Majors, quand il est venu la harceler. Je m'étais étonnée qu'il reparte sans entrer, le jour où il avait ramené Lisa et Mitch de leur périple. J'ai demandé à Ginger si elle savait pourquoi. Elle m'a paru avoir très peur de lui.

— Vraiment, madame Bonner ?

— Vraiment, shérif.

« Flûte ! » se dit Lisa en voyant l'homme griffonner quelque chose, puis refermer son carnet à spirale. Elle espérait que Mitch prendrait gratuitement Gus comme client, si jamais il était inculpé de quoi que ce soit, car elle-même n'avait pas le droit d'exercer en Alaska. Gus avait beau faire un suspect convaincant, elle restait persuadée qu'il aurait été incapable de faire du mal à Ginger. Cela dit, au fond d'elle-même, elle n'arrivait pas à croire non plus qu'on ait voulu lui faire du mal, à elle.

16

Lisa se faufila au rez-de-chaussée quand tout le monde dormait encore, et entra dans la bibliothèque pour descendre à la cave. Elle espérait ne pas croiser qui que ce soit, comme la dernière fois, quand elle était tombée sur Christine. En passant, elle vit la table du petit déjeuner à moitié prête et entendit des bruits dans la cuisine : Christine était déjà debout. Plus Lisa connaissait celle-ci, moins elle la croyait capable de l'avoir poussée dans le torrent, en dépit de son lourd passé. Sa théorie de départ, selon laquelle Christine cherchait à protéger Mitch et voulait peut-être aussi le garder pour elle-même, restait sans doute valide ; mais la façon dont Christine avait consolé Spike semblait surtout indiquer qu'elle se sentait très proche des deux hommes qui, désormais, constituaient sa famille.

Lisa ouvrit la porte de la cave et vit qu'il y avait de la lumière en bas. Elle referma derrière elle et s'engagea dans l'escalier.

— Mitch ?

Il ne répondit pas. Peut-être avait-il allumé à son intention, puis était-il remonté chercher quelque chose. Elle redressa son pull sur ses épaules, descendit et s'assit sur l'unique chaise. Les ampoules, derrière les bouteilles, baignaient la pièce d'une lueur mordorée, mais il ne faisait pas très chaud, dans cette cave. Elle frissonna : le moindre courant d'air, à présent, lui rappelait le contact glacé, à couper le souffle, de l'eau des rapides. Cela lui avait fait du bien de prendre un bain chaud, le soir de son retour, mais elle comptait essayer aussi le sauna, sans doute aujourd'hui même. Elle adorait les séances de sauna, à son club de gym. Au moins, les eaux qui avaient englouti sa mère et Jani n'étaient pas glacées : c'étaient les eaux tièdes du Gulf Stream, ce courant marin dont le capitaine du bateau disait souvent qu'il allait très loin.

Elle avait mal dormi, la nuit précédente, mais il fallait s'y attendre. Elle n'était sûrement pas la seule. Son esprit dériva, comme porté par le courant… toujours plus vite, essayant d'accrocher un rocher au passage… de garder son souffle dans les remous vert jade, écumeux… de saisir Mitch…

Elle tressaillit. S'était-elle endormie ?

Vaguement hébétée, elle battit des paupières mais vit de nouveau le visage de sa mère, fixé sur elle comme à travers une eau trouble, les yeux agrandis et fixes comme l'avaient été ceux de Ginger. Elle bondit sur ses pieds, renversant la chaise et la caisse au passage, et recula brutalement contre un casier de bouteilles qui vibrèrent en faisant chatoyer des reflets dans la pénombre. Elle était plongée dans les abysses marins, sous le regard de sa mère…

Son cœur battait la chamade. Non, c'était la réalité, ce n'était pas un rêve. Ce regard fixé sur elle, ce n'étaient que des jeux de lumière sur deux grosses bouteilles. Elle avait cru y voir des yeux humains, immenses, mais il n'y avait rien. Elle perdait la tête.

Elle finissait par subir le contrecoup du choc, de sa chute dans le torrent, de ses cauchemars d'enfance qui revenaient la hanter. L'idée qu'on ait essayé de la tuer la minait. Elle se sentait au bout du rouleau, physiquement et psychiquement. Sans oublier l'épuisante culpabilité ressentie par les survivants… Elle connaissait par cœur tout ce jargon des psychologues, les diagnostics qu'ils auraient posés. Le résultat, en tout cas, c'est qu'en termes juridiques elle devenait un témoin peu fiable, au point qu'elle se demandait même si on l'avait vraiment poussée dans la rivière. Fallait-il dire à Mitch qu'elle se posait la question, et qu'il n'était plus nécessaire de surveiller Vanessa et Jonas ?

Elle entendit la porte s'ouvrir en haut des marches et redressa rapidement la caisse et la chaise. Le cœur encore battant, elle se dirigea vers l'escalier pour accueillir Mitch.

— J'espérais avoir une bonne nuit de sommeil, mais je pense qu'aucun de nous n'a bien dormi, dit-il.

Il avait l'air de s'être tourné et retourné dans son lit toute la nuit. Ses cheveux étaient ébouriffés comme ceux d'un petit garçon, et il gardait les marques de l'oreiller ou du drap sur la joue gauche.

— Je sais que j'ai mauvaise mine, moi aussi, répondit-elle en résistant à la tentation de lui caresser la joue pour en chasser les rides. Le visage de Ginger ne cesse de me hanter.

Il l'attira à lui pour la serrer dans ses bras. Elle s'accrocha à lui, les bras noués autour de sa taille, le visage enfoui contre son épaule. Dans un monde devenu incertain, terriblement mouvant, sa force était réconfortante.

— Tu sais, chuchota-t-il contre ses cheveux, j'ai entendu Graham et Ellie se disputer, hier soir.

Elle leva la tête pour le regarder. Il s'écarta doucement, la fit asseoir sur la chaise, prit place sur un coin de caisse et se pencha en avant.

— Je crois que je ne les avais jamais entendus élever la voix l'un contre l'autre.

— Moi non plus. As-tu compris de quoi ils discutaient ?

— Le fait qu'elle ait donné de l'argent à Ginger et lui en ait promis davantage. J'avoue que comme je joue les Sherlock Holmes, en ce moment, je suis allé écouter derrière leur porte.

— Je ne savais pas que Graham protestait contre les dons caritatifs d'Ellie, grands ou petits. J'ai toujours pensé, vu que l'argent investi dans le cabinet venait de son côté à elle, que ça lui donnait un certain ascendant sur Graham.

— C'est vrai, mais il redoute peut-être que la mort de Ginger ne s'avère être autre chose qu'un accident, et il n'a aucune envie que sa femme — ou l'un de ses employés — ne soit impliqué.

— Pourquoi penserait-il qu'il ne s'agit pas d'un accident ? Il n'a aucune raison.

— Parce qu'il est avocat depuis des années et qu'il a vu le pire de l'âme humaine. Il a eu affaire à des criminels prêts à jurer en leur âme et conscience qu'ils étaient innocents, et, à mon grand regret, il en a même défendu certains.

Lisa laissa échapper un profond soupir.

— Je sais que tu lui voues une grande admiration…, dit-elle.

— Pas toi ?

— Si, bien sûr, et il est vrai qu'un criminel intelligent peut faire passer un crime pour un accident, ce qui est peut-être le cas ici. Sauf que je commence à me demander si j'ai vraiment raison de soupçonner qu'on m'a poussée dans le torrent.

— Tu as des doutes ?

Elle le dévisagea. Oui, peut-être serait-il plus simple de cesser de soupçonner des gens qu'elle connaissait et qu'elle respectait. Personne n'avait assassiné sa mère et Jani, par exemple. Elles avaient été victimes de la dureté de l'existence et du désespoir de sa mère. Pourtant, quand elle reprit la parole, ce fut pour murmurer :

— Non… je crois toujours qu'on m'a poussée.

— Alors, partons de ce principe. As-tu repensé à ton hypothèse selon laquelle Vanessa se serait arrangée pour te faire découvrir le corps de Ginger ?

— Comme tu le disais hier, tout dépend des circonstances. De la même façon que Jonas a peut-être cisaillé son attache, peut-être que Vanessa essaie de m'écarter de la compétition… voire de m'éliminer… Oh, Mitch, tout ça me rend folle !

— Si je pouvais, je te renverrais en Floride, même si je n'ai aucune envie de te voir partir. Malheureusement, personne ne peut bouger avant que le shérif ne l'ait autorisé.

— Il nous laisse tout de même aller au Festival des Mères. Je pense que nous aurions tous été d'accord pour laisser tomber, mais nous ne pouvons pas passer la journée à nous regarder par en dessous en attendant le rapport du coroner. En outre, c'est une bonne chose que nous puissions vendre les gâteaux de Ginger. Cela aidera Spike.

— En temps normal, il nous aurait emmenés au Festival en avion, les uns après les autres, mais il n'a pas eu le courage. Le shérif l'a autorisé à entrer chez Ginger, et il va y aller aujourd'hui. Je lui ai proposé de l'accompagner, mais il préfère être seul, ce que je comprends.

— Je parie que Christine aurait aimé rester avec lui, mais elle vient avec nous. Elle dit que Ginger avait déjà retenu un stand. Cela nous facilitera la tâche.

— J'ai l'impression que tu commences à comprendre qui est vraiment Christine. Une femme forte, qui a réussi à surmonter une tragédie personnelle, comme toi.

— Je ne suis pas sûre d'avoir tout surmonté, marmonna-t-elle en se détournant.

Elle entreprit de gravir les marches en évitant soigneusement de regarder les casiers de bouteilles faiblement éclairés.

— Je te retrouve au petit déjeuner, Mitch.

Elle sortit avec soulagement de la cave baignée d'une lueur verdâtre.

Peut-être ce Festival allait-il leur faire du bien à tous, songeait Lisa en transportant les paquets de Ginger vers l'emplacement où se tenait la manifestation, à Talkeetna. Ils étaient environnés de gens normaux, de familles, de bruits et de rires. C'était une réalité reposante, sans menace pour leur tranquillité d'esprit.

Elles disposèrent les gâteaux, les pains et les biscuits, mirent des étiquettes et préparèrent une boîte de petite monnaie, puis Lisa regarda autour d'elle. A l'étal voisin, une femme accrochait des tentures en quilt en houspillant ses deux garçons qui se disputaient. En face, deux femmes qui avaient l'air d'être sœurs exposaient des objets de tôle émaillée. Elles avaient toutes deux un bébé sur le dos. Deux hommes vinrent les aider à accrocher une pancarte qui annonçait « Tôle émaillée de Talkeetna, toute une légende ». A quoi cela ressemblerait-il, de vivre en Alaska, d'élever une famille ici ?

— Eh bien, à côté de Bear Bones, Talkeetna est une métropole, dit Vanessa, interrompant Lisa dans ses pensées.

Elle s'était montrée assez glaciale durant le trajet mais, comme tout le monde était tendu, Lisa n'y avait pas prêté attention. Elle n'avait pas l'intention de se ronger chaque fois que Vanessa lancerait une remarque désagréable ou blessante. Il fallait accepter qu'en dehors du bureau, où une certaine courtoisie était de mise, le côté cinglant de sa collègue reprenait le dessus. En outre, elle préférait ne plus la provoquer, depuis qu'elle s'était mise à douter d'avoir été poussée à l'eau. A certains moments, elle en aurait mis sa main au feu ; à d'autres, elle se disait qu'avec ses flash-backs, sa mémoire lui jouait peut-être des tours, même si elle n'en avait rien dit à Mitch le matin même.

Vanessa semblait aussi faire un grand numéro de charme à Ellie, ce jour-là, plus qu'à l'ordinaire. Peut-être avait-elle deviné ou entendu dire qu'Ellie avait été très secouée par son entretien avec le shérif.

— Si vous trouvez qu'il y a du monde, attendez de voir tout à l'heure ! déclara Christine. Les gens d'ici suivent ce qu'on appelle le « rythme de Talkeetna », c'est-à-dire qu'ils font tout très tard. Ils seront là pour le jeté de bouse d'élan, en tout cas.

— Le quoi ? s'écria Ellie. Ecoute un peu, Vanessa, toi qui as souvent plaidé pour la défense des animaux. Qui donc jette des élans, Christine, et sur quoi ?

Christine sourit, ce qui était rare.

— Personne ne jette d'animaux, madame Bonner. Simplement, les élans laissent beaucoup de bouses que les gens retrouvent dans la nature à la fonte des neiges. Ces bouses congelées sont peintes et vernies puis utilisées pour faire des bijoux ou, comme aujourd'hui, pour être jetées depuis le ciel. Tenez, regardez mes boucles d'oreilles, dit-elle en écartant ses cheveux noirs, et en secouant la tête pour agiter les pendentifs. Il ne faut pas quitter Talkeetna sans en acheter une paire !

— Mon Dieu ! s'exclama Ellie en levant les yeux au ciel.

Vanessa sourit à son tour.

— Je pensais que vos boucles étaient de bois laqué,

dit-elle. Mitch m'a dit que les épicéas d'Alaska servaient à fabriquer des instruments de musique, comme les pianos Steinway, et j'en avais conclu…

En dépit des tristes circonstances et des gâteaux de Ginger étalés devant elles comme en souvenir de la jeune femme, elles ne purent s'empêcher de rire. Cela faisait vraiment du bien, songea Lisa, et cette pauvre Ginger elle-même avait adoré la vie. En son honneur, Lisa résolut de prendre la journée du bon côté. Peut-être ne se produirait-il plus aucune tragédie durant le reste du séjour. Mis à part le fait de devoir dire adieu à Mitch, bien sûr.

Quand ce fut le tour de Lisa d'aller visiter la foire, Mitch surgit soudain à son côté.

— Alors, qu'en penses-tu ? demanda-t-il en désignant d'un mouvement du bras le joyeux vacarme qui les entourait.

— Je trouve ça très sympathique. Rien à voir avec les foires de certains comtés de Floride.

— Viens voir par ici ce dont une mère montagnarde est capable.

— Se jeter dans un torrent et en sortir à la nage, par exemple ? demanda-t-elle en se laissant guider à travers la foule.

— Non, aucune n'y arriverait… sauf si elles avaient Mitchell Andrew Braxton à proximité, évidemment.

Lisa éclata de rire pour la deuxième fois de la journée et lui donna une légère bourrade.

Ils se frayèrent un chemin jusqu'à une aire dégagée où on avait creusé un canal rempli d'eau. Une dizaine de femmes chaussées de cuissardes, avec des poupées dans leur sac à dos, le traversaient sur un tronc d'arbre en transportant deux gros seaux d'eau. Le public applaudissait et poussait des cris d'encouragement. L'une des femmes arborait une pancarte qui disait : « Maman Attila ».

D'autres épreuves consistaient à scier du bois ou à porter des sacs à provision ; il y avait aussi une course d'obstacles où il fallait franchir une rivière imaginaire sur des planches ou des gués en pierre.

— Tout ça est trop facile, déclara Lisa en donnant un coup de coude à Mitch. Où sont les ours vivants ? Où est la nacelle avec son câble ?

Elle était particulièrement touchée de voir les enfants soutenir leurs mères, et les pères battre des mains à tout rompre. Elle se demanda de nouveau comment ce serait d'être une mère, ici, dans la vraie vie, pas seulement dans un festival.

Elle et Mitch déambulèrent ensuite le long de galeries d'art, de musées et de restaurants.

— L'activité culturelle de cette ville me rappelle un peu Taos, au Nouveau-Mexique, dit-elle. Je ne me serais jamais attendue à trouver des musées et des galeries. Juste des boutiques de souvenirs.

— Il y a également de très bons restaurants qui ne sont pas des gargotes, comme on pourrait le penser. A propos, le premier prix du concours des Mères, c'est un voyage en Europe. Tu vois, nous ne sommes pas des brutes primitives, ici !

Elle se tourna pour lui sourire. Au milieu de la foule et du brouhaha, leurs regards se rivèrent l'un à l'autre.

— Sauf au lit, évidemment, ajouta-t-il en riant et en se remettant en marche avant qu'elle n'ait le temps de répondre.

Ils gagnèrent enfin l'emplacement du jeter de bouse, près du bâtiment des vétérans.

— Même cette manifestation sert à la culture, expliqua Mitch. Elle permet de lever des fonds pour la Société d'histoire de Talkeetna et rapporte beaucoup. C'est en fait une loterie : les gens achètent des morceaux de bouse peinte, numérotés, qui sont jetés depuis ce grand sac accroché tout en haut. Tu vois cette planche en forme d'élan, par terre ? Le gagnant est celui dont le numéro tombe le plus près de l'œil.

— C'est unique, effectivement, dit-elle avec un petit rire. Je dois dire que je préfère ma version du jeu de l'élan : faire semblant d'avoir peur quand il sort du lac pour pouvoir me précipiter dans tes bras.

— Si c'était vrai ! soupira-t-il.

Ils s'étaient mis à flirter, comme aux premiers temps de leur rencontre. C'était étrange de se retrouver ainsi, en compagnie d'un homme qu'elle avait pensé ne jamais revoir. Ces retrouvailles menaient à une impasse, bien sûr, mais elle y prenait un immense plaisir. Peut-être l'aimait-elle toujours, en réalité.

En revenant vers les allées des stands, ils virent un peu plus loin Jonas, Graham et Ellie plongés en pleine conversation. Ils hochèrent la tête, comme s'ils étaient soulagés, puis Jonas s'éloigna en parlant dans son portable, avec lequel il prenait des photos.

— Ça me rappelle que Graham a décidé de recevoir ses trois candidats l'un après l'autre, ce soir, dit Mitch. Il parle d'entretiens, mais si tu veux mon avis, c'est plutôt un debriefing. Demain, j'ai suggéré d'organiser une petite cérémonie à la mémoire de Ginger. L'idée plaît à Spike. Il m'a demandé de choisir le site d'accrobranche, vu qu'elle adorait ça. Mais j'avoue que je suis réticent à l'idée de vous laisser grimper. Nous avons eu bien trop de pseudo-accidents, ces temps derniers.

— Mais si Spike aime bien l'idée…

— Je sais. Nous pourrions faire la cérémonie sous la plate-forme de départ, puis réserver l'accrobranche aux volontaires. Je revois encore Ginger dévaler entre les arbres, avec ses cheveux roux, en poussant des cris d'enthousiasme… Son frère adore l'avion, mais ce que préférait Ginger par-dessus tout, c'était l'accrobranche.

— Quand Spike nous a amenés à la résidence, le premier jour, il plaisantait en disant que nous allions avoir des épreuves dignes de *Survivors*, mais Ellie a protesté en disant qu'il s'agissait surtout de renforcer l'esprit d'équipe. Sur le moment, j'ai pensé que ce stage était autant son idée que celle de Graham. Elle a toujours eu une sorte de pouvoir occulte sur lui, même s'il est maintenant fragilisé.

— Au moins, en Alaska, les shérifs s'interdisent tout pouvoir occulte, marmonna Mitch, l'air sombre.

Elle le regarda, surprise. Il était resté si calme, si imperturbable, durant le chaos des derniers jours, qu'elle ne s'était pas rendu compte à quel point il était, lui aussi, perturbé par la trahison d'un homme qu'il avait apprécié et estimé.

Ils arrivèrent en vue de leur stand de gâteaux et aperçurent Gus qui venait vers eux. Il mordait dans un muffin aux canneberges qui venait sûrement du stand. S'il s'obstinait à montrer qu'il ne fuyait pas, n'était-ce pas signe qu'il n'était pas coupable ? Elle n'avait jamais rencontré personne qu'on puisse moins que lui soupçonner de duplicité.

— Bonjour, Gus, lui dit Mitch.

Gus leur fit signe qu'il voulait leur parler à l'écart, et ils se déplacèrent vers un endroit moins bruyant. Gus regardait furtivement autour de lui. L'instinct professionnel de Lisa se mit aussitôt en alerte. Ce grand costaud semblait troublé, et elle devina que non seulement on lui avait raconté la mort suspecte de Ginger, mais aussi qu'on l'avait sûrement interrogé. Le shérif avait d'ailleurs fait comprendre que c'était son intention.

— Le shérif Moran est venu me voir à Bear Bones, dit Gus, puis il m'a conduit ici pour qu'on relève mes empreintes digitales. Il m'a posé tout un tas de questions, sur moi et Ginger. J'aurais été incapable de lui faire du mal, tu le sais, Mitch, n'est-ce pas ? Nous nous disputions, nous nous chamaillions en permanence, mais c'est tout. Elle refusait de venir vivre en ville si on se mariait, elle voulait que j'aille habiter dans la cambrousse. Il n'en était pas question.

Mitch lui posa la main sur l'épaule.

— Nous avons tous été interrogés et ils ont pris les empreintes de plusieurs d'entre nous, y compris celles de Lisa, dit-il. Le shérif est obligé de tout envisager.

— Je n'aurais jamais cru en venir là un jour, mais je vais peut-être avoir besoin d'un avocat. Il paraît que tu t'es inscrit au barreau, ici ?

— Exact, et je suis à ton service, assura Mitch. Peux-tu nous laisser seuls une minute pour que je m'entretienne avec mon nouveau client, Lisa ?

Il savait qu'elle comprendrait. Elle hocha la tête, tapota l'épaule de Gus et partit déambuler entre les stands.

— Mettons tout de suite les choses au point, Gus, dit Mitch tandis qu'ils s'éloignaient loin de la foule. Tu me jures qu'au moment où tu as quitté Ginger, elle était vivante ?

— Assez vivante pour m'agonir d'injures en me disant qu'elle allait toucher le gros lot. Je ne sais pas ce qu'elle voulait dire par là, mais en tout cas, ça signifiait qu'elle n'avait pas besoin qu'un homme vienne lui dire comment mener sa barque. Sinon, elle m'a lancé le même type de fadaises qu'au café, en ville, devant tout le monde. Je suis sûr que certains se sont empressés de les répéter au shérif.

Mitch songea que le « gros lot » devait être une allusion à l'argent d'Ellie.

— Mme Bonner a donné du liquide à Ginger, dit-il

à voix haute, mais je ne pense pas qu'elle s'imaginait en toucher beaucoup plus.

— Ginger m'en a parlé, c'était pour payer une commande de gâteaux. La somme n'avait rien de faramineux.

— Le shérif ne t'a pas inculpé, n'est-ce pas ? reprit Mitch en regardant Gus droit dans les yeux.

— Non, mais il m'a interdit de quitter la région. Je n'ai pas aimé ses insinuations, c'est tout.

— Alors, jusqu'à nouvel ordre, fais profil bas et ne dis à personne que tu as pris un avocat.

— Est-ce que tu veux un acompte ? Je paye toujours ce que je dois.

— Tu n'auras qu'à affûter gratuitement mes outils, proposa Mitch. Il y a autre chose que je veux savoir : Ginger t'a-t-elle parlé d'ennemis ou de quelqu'un qui lui en aurait voulu ?

— Non. Par moments, elle se plaignait d'être fauchée, c'est tout.

— A-t-elle jamais évoqué le jour où Lisa est tombée dans le torrent ? Nous pensons qu'elle était dans le coin, et qu'elle a pu surprendre quelque chose ou quelqu'un.

— Entendre son cri quand elle a glissé, tu veux dire ? Qui aurait-elle vu ?

— Ecoute, Gus, Lisa et moi allons garder le secret sur le fait que je te défende, alors je te demande de garder le nôtre : Lisa n'a pas glissé. Elle a été poussée.

— Par qui ? s'écria Gus, les sourcils froncés, en secouant la tête. Pas par Ginger, en tout cas.

— Je n'ai pas dit ça. Nous essayons d'enquêter. Alors, Ginger t'aurait-elle dit quelque chose sur ce jour-là ? Tu lui as raconté que tu nous avais ramenés en camionnette, n'est-ce pas ?

— Oui, et elle était contente que je vous aie retrouvés,

mais elle ne m'a rien dit d'autre. Vous avez raconté ça au shérif ? Est-ce que ce serait un genre de tueur en série qui essaye de noyer les femmes ?

Tous les gens qui trouvaient Gus un peu simple d'esprit se trompaient, songea Mitch. Et lourdement.

TROISIÈME PARTIE

Face-à-face avec le monstre

Il y avait en contrebas un torrent déchaîné.

MARK TWAIN

17

— Entre, Lisa, viens t'asseoir, dit Graham quand la jeune femme entra dans la bibliothèque, ce soir-là, pour un entretien que les Bonner disaient « informel », et que Mitch qualifiait de « debriefing ».

Il avait déplacé les meubles et s'était assis devant la vitrine qui contenait les poupées de Christine. Lisa y jeta un bref coup d'œil et se rendit compte qu'on les avait réarrangées. Qui donc l'avait fait ? Graham ou Christine ? Allait-il manipuler de la même manière ses trois candidats ?

Elle prit place en face de lui sur une chaise en cuir plus petite et plus basse que la sienne : elle se retrouvait dans la même position que dans le bureau de Graham, en Floride. Près de lui, il avait posé sur une table une pile bien nette de magazines consacrés à l'Alaska. Son fauteuil avait des accoudoirs mais pas celui de Lisa ; elle se contenta donc de croiser les mains sur son giron. Graham n'avait pris ni carnet ni crayon, mais elle remarqua, sur la table, la présence d'un petit magnétophone. Allait-il donc enregistrer les entretiens ? Etait-ce une autre tactique pour désarçonner ses interlocuteurs, guetter leurs réactions ?

— J'ai emprunté le magnétophone d'Ellie pour enregistrer notre conversation, dit-il. Elle les écoutera avec moi. J'espère que cela ne t'ennuie pas.

— Ellie est en quelque sorte ton associée à titre privé, répondit-elle avec un sourire forcé.

En dépit de tout ce qu'ils avaient vécu ensemble, en dépit même de l'indéniable soutien qu'il lui avait apporté pendant des années, elle se sentait soudain mal à l'aise en sa présence. Elle soupçonnait que si elle échouait à cet entretien, elle pourrait dire adieu à tout espoir de promotion. En même temps, les événements des derniers jours avaient, curieusement, beaucoup douché son enthousiasme.

— Tout d'abord, Ellie et moi-même tenons à te redire à quel point nous sommes désolés de l'accident qui t'est arrivé. C'est une vraie chance que Mitch ait compris ce qui se passait et qu'il ait volé à ton secours. Cela m'amène à ma première question. Le fait pour toi de retrouver Mitch, de devoir te montrer courtoise alors qu'il t'a laissé tomber, cela constituait une épreuve supplémentaire que les deux autres candidats n'avaient pas à affronter. Apparemment, ça semble bien se passer. On dirait que vous avez enterré la hache de guerre, pour ainsi dire ?

— Sa décision de venir ici m'a blessée et rendue furieuse, et nous avons tous les deux réagi de manière émotive. Je n'ai compris les vraies raisons de son choix qu'en découvrant l'Alaska.

— T'es-tu contentée de comprendre, ou est-ce une vraie réconciliation ? insista-t-il, le visage indéchiffrable.

— Disons qu'il s'agit d'un cessez-le-feu, répondit-elle, préférant ne pas épiloguer.

Mieux valait se contenter de répondre aux questions, en tout cas dans un premier temps. De toute façon, elle ne savait pas exactement elle-même où en était sa relation avec Mitch. Ils avaient abordé bien des sujets — la survie en pleine nature, la tentative de meurtre à son encontre, la mort de Ginger et même leur passé commun —, mais ils n'avaient jamais parlé d'avenir. Sans doute parce qu'il n'y avait aucun espoir de ce côté-là.

— Est-ce que ces longues heures passées avec lui dans des circonstances extrêmes t'ont rappelé votre stress, quand vous étiez espionnés dans l'affaire des casinos ? Les menaces, le danger ?

En un sens, songea-t-elle, maintenant aussi, elle était espionnée : par les Bonner, par ses deux rivaux, et aussi par Mitch, pour des raisons différentes. Sans oublier Christine, à qui rien n'échappait. En plus, on enregistrait ses paroles… Elle se demanda soudain si la silhouette qu'elle avait aperçue depuis sa fenêtre, le soir où elle et Mitch avaient discuté dans le spa, n'était pas venue, en fait, récupérer un magnétophone. Elle n'y avait pas pensé auparavant, mais la mention de l'affaire des casinos lui rappelait soudain qu'on avait à l'époque placé des micros chez elle et dans leurs voitures, à Mitch et à elle.

— Pour être honnête, Graham, ma chute dans le torrent et notre périple m'ont davantage rappelé la terrible tragédie qui a frappé ma mère et ma sœur que cette affaire de casinos.

— Bien sûr… Désolé. Je comprends, dit-il en tapotant ses lèvres du bout des doigts. Cela dit, même si tu avais réussi à surmonter ton traumatisme, à l'époque comme cette fois, tu dois savoir que le poste d'associé senior représente un stress considérable. D'ailleurs, quelle a été ta première réaction, en découvrant cette malheureuse Ginger dans le lac ?

— Une réaction d'incrédulité, puis d'horreur et de choc, bien sûr. J'ai crié pour faire venir Vanessa afin qu'elle voie par elle-même.

— Tu as crié son nom ?

Elle soutint sans faiblir le regard perçant qu'il fixait sur elle. Vanessa avait sûrement raconté qu'elle avait appelé sa mère. Etait-ce vrai, ou était-ce une invention de celle-ci ?

— J'ai juste hurlé, je n'ai prononcé aucun nom, répliqua-t-elle. J'ai surtout récupéré suffisamment vite pour suggérer à Vanessa qu'il ne fallait pas sortir le corps de l'eau, comme elle voulait le faire. Qu'il se soit agi d'un accident, d'un suicide ou d'un meurtre, il fallait ne toucher à rien. Ensuite, je me suis rappelé les signaux que m'avait enseignés Mitch, et j'ai réussi à grimper sur l'hydravion de Spike pour attirer l'attention.

— C'est ce qu'on m'a dit. Ellie et moi étions alors dans le sauna et nous n'avons rien vu. Spike et Mitch ne nous ont même pas prévenus qu'ils partaient : ils ont sauté dans le bateau et filé. Je ne mets pas en doute tes aptitudes à raisonner et à garder ton calme dans des situations délicates. Tu les as déjà largement prouvées, à Fort Lauderdale comme ici. Je voulais juste entendre ce récit de ta bouche, tout comme je me suis fait raconter leur séjour par Vanessa et par Jonas. Jonas souffre encore du dos, mais il est résistant. Quant à Vanessa, sa dureté n'a d'égale que celle de son vernis à ongles ! As-tu des commentaires à faire sur leur attitude, à l'un ou à l'autre, pendant les épreuves ?

— Je ne me permettrai sûrement pas de les juger, car c'est un rôle qui vous revient, à toi et à Ellie. Je n'aurais jamais été candidate à ce poste s'il ne s'était pas agi de toi, Graham, de la sollicitude que tu m'as toujours montrée, de ton flair et de ton talent pour t'entourer, sans oublier tes incroyables capacités à attirer des clients célèbres et influents. Je sais que tu sauras choisir l'associé qui servira au mieux les intérêts de Carlisle, Bonner & Associés, qui sont non seulement les nôtres, mais aussi ceux de ta fille, quand elle nous rejoindra.

Il hocha la tête et tendit la main pour arrêter le magnétophone.

— Tu sais toujours aussi bien choisir tes mots, Lisa. Je déplore les épreuves que tu as traversées mais je vois qu'elles t'ont rendue plus forte. Que disait Nietzsche à ce sujet, déjà ?

Elle croisa de nouveau ses yeux bleus, enfoncés dans leurs orbites, et sentit un frisson lui parcourir l'échine. S'il connaissait cette citation, pourquoi lui posait-il la question ? Lui tendait-il un piège ? Etait-ce une sorte d'avertissement, de menace ? Ou bien était-elle de nouveau le jouet de son imagination ?

— La citation, répondit-elle, c'est : « Tout ce qui ne nous tue pas nous rend plus forts ».

Lorsque Mitch descendit l'escalier pour venir chercher Lisa, à la fin de son entretien, Jonas l'accosta et l'entraîna vers la fenêtre qui donnait sur la rivière. Mitch le suivit en songeant qu'il lui faudrait faire vite, car il avait prévu d'accompagner Lisa à l'endroit où elle avait été poussée dans le torrent. C'était elle qui, en dépit de ses réticences, avait insisté pour qu'ils y retournent, dans l'espoir que d'autres souvenirs lui reviendraient. Il était hors de question qu'il la laisse y aller seule.

Jonas se planta dans l'angle de la fenêtre, devant le mur où étaient suspendus les nombreux trophées de chasse de l'oncle de Mitch. Mitch lui-même n'était pas chasseur. Il y avait des têtes d'animaux empaillées, œuvres de Gus pour la plupart, un peu partout dans la résidence, et quand Mitch était enfant, celle qui se trouvait dans sa chambre lui donnait des cauchemars. Il se pencha vers Jonas, sous l'œil sourcilleux d'un caribou et d'une tête d'élan aux bois gigantesques.

— Je voulais te redire que malgré mon torticolis et mon mal de dos, après mon accident de traîneau, je n'entreprendrai aucune action en justice contre toi ou contre ce pauvre Spike, dit Jonas.

Mitch préféra ne pas demander pourquoi, dans ce cas, il abordait le sujet, et hocha la tête.

— Je te remercie.

Il s'apprêta à s'éloigner, mais Jonas le retint par le bras.

— J'avais pensé demander à Graham que nous fassions mon entretien dans le spa ou dans le sauna, parce que cela soulage mes douleurs, puis je me suis dit qu'il risquait de conclure que je voulais susciter sa compassion. Lisa y aurait davantage droit que moi, étant donné ce qu'elle a subi.

— Est-ce que tu l'accuses d'avoir voulu s'attirer les bonnes grâces de Graham ? riposta Mitch. Parle clair, mon vieux. Je t'ai suffisamment expliqué, quand tu as débuté au cabinet, qu'entre collègues les sous-entendus n'étaient pas de mise.

— O.K., O.K., répondit Jonas en tendant les mains. Je sais que Graham t'estime beaucoup et que tu lui es reconnaissant de ce qu'il t'a appris. C'est la même chose pour moi envers toi, et je te remercie infiniment de m'avoir toujours soutenu. Je te demande simplement de me soutenir encore un peu. J'espérais, comme je suis ton protégé, que si les Bonner te demandaient de recommander un candidat, tu glisserais un mot en ma faveur. Vanessa est d'humeur instable et Lisa est parfois fragile, tu le sais très bien.

— Fragile ?

— Oui, tu sais, son passé, ses déceptions dans la vie…

— Et tes efforts pour aider ton fils, Emerson, tes

craintes de le perdre un jour, l'angoisse des dépenses, ça ne te fragilise pas, par moments ?

Le visage de Jonas trahit sa contrariété et sa colère, même s'il s'efforçait de les dissimuler. Et il accusait Vanessa d'être soupe au lait ? Brusquement, Mitch fut certain que Jonas avait lui-même provoqué son accident de traîneau, même si on ne pourrait sans doute jamais le prouver. Cela signifiait-il que ce jeune collègue, qu'il avait apprécié, dont il s'était fait le mentor, ait pu être désespéré au point de pousser Lisa à l'eau ?

— Que penses-tu de ces trophées de chasse ? demanda Mitch à voix haute en montrant le mur du menton. Mon oncle en était très fier, mais tu vois, mes trophées à moi sont d'un autre ordre. En matière de chasse, je préfère — comme il le faisait aussi — aider le gens à découvrir un endroit superbe et à mieux se connaître eux-mêmes. Tes trophées à toi, Jonas, c'est ta famille, c'est la carrière pour laquelle tu t'es battu, c'est ton métier, qui est également d'aider les autres. Ils en valent la peine, et quoi qu'il arrive, tu as beaucoup d'atouts. Je n'appartiens plus au cabinet, et la décision concernant mon remplaçant appartient à Graham. Mieux vaut en rester là.

— Je vois, répondit Jonas d'un ton froid, je vois.

Il regarda les têtes empaillées en fronçant les sourcils. Il frottait machinalement ses grandes mains contre son jean, comme s'il avait voulu effacer certaines de ses paroles. Ou, peut-être, de ses gestes.

Lisa aurait voulu attendre Mitch, mais il n'était nulle part en vue, et elle n'avait pas envie que quelqu'un d'autre, la voyant debout dans le hall, vienne se joindre à elle. Elle voulait aussi se prouver à elle-même qu'elle n'avait pas peur du torrent, même si son fracas continu lui en rappelait tous les dangers. Certes, Mitch avait déjà passé au peigne fin l'endroit où on l'avait poussée et elle n'était pas réellement obligée d'y retourner, mais il le fallait.

Elle sortit de la résidence d'un pas tranquille et s'engagea dans le sentier qui sinuait entre le lac et le torrent. Mitch ne tarderait pas à la rejoindre. Elle regardait partout autour d'elle, y compris de part et d'autre du sentier, en contrebas. Le vacarme des rapides devenait si assourdissant qu'on n'entendait plus les oiseaux ni le souffle du vent dans les branches.

Le lac Dukhoe, qui semblait si paisible, avait pris la vie de Ginger, qu'elle ait succombé à un accident ou à un meurtre. Etait-ce une coïncidence que Ginger soit morte noyée, ou bien s'agissait-il de la deuxième tentative — hélas réussie — d'un criminel qui poussait ses victimes à l'eau ?

Lisa s'avança un peu plus sur le sentier et se retourna pour regarder l'endroit où Ginger amarrait son bateau quand elle venait à la résidence. Que ce soit depuis le ponton, ou même depuis le lac en venant de la cabane, on avait une très bonne vue sur le sentier. Ginger avait fort bien pu voir quelqu'un la pousser, ou même simplement rôder par ici et, en apprenant ensuite qu'elle était tombée, en tirer des conclusions. Lisa s'accroupit pour vérifier tous les angles de vue : oui, c'était parfaitement possible.

Elle se redressa et regarda ensuite vers les fenêtres de la cuisine. Christine, elle, pouvait-elle voir quelque chose sur le sentier ? Non. Elle aurait vu Ginger sur le lac, mais pas l'endroit précis où elle-même s'était arrêtée pour s'asperger d'antimoustique, et où quelqu'un l'avait précipitée à l'eau.

Lisa se força alors à baisser les yeux vers les remous bouillonnants. Ils continuaient à l'effrayer, comme le monstre d'un conte de fées. Elle s'appuya contre un arbre en entourant le tronc de ses bras pour se caler. Elle repensa à la chaîne de l'ancre qui avait coincé Ginger. S'y était-elle entortillée par hasard, ou bien quelqu'un l'y avait-il volontairement accrochée ?

Elle observa de nouveau de tous côtés puis, sans lâcher l'arbre, ramena son regard vers l'endroit, au bord du lac, où Mitch avait préparé le kayak rouge qu'ils devaient emprunter le jour de la chute. C'était incroyable de penser qu'il n'y avait que quatre jours de cela… Mitch avait dû abandonner le kayak dans les rapides. Elle lui proposerait de le rembourser. Elle lui était tellement redevable…

Dans le fracas étourdissant du torrent, elle fixa le point exact où on l'avait poussée. En s'en approchant, peut-être pourrait-elle reconstituer précisément ce qui s'était passé, se rappeler un détail… Mais pour cela, elle préférait que Mitch soit là. Elle ne voulait pas y aller seule.

Elle se rendait compte que le torrent la fascinait. Ses cascades mousseuses, agitées, le faisaient paraître plus large encore, plus profond qu'il n'était. Au fil des années, cette image allait probablement s'incruster en elle, revenir dans ses cauchemars avec toujours plus de violence et de fracas. Le flux précipité du courant, les tourbillons d'écume, semblaient soudain s'animer, prendre vie, comme si une gigantesque créature chuchotait, lui ouvrait les bras, l'invitait à la rejoindre…

— Lisa ! Tu m'avais dit que tu m'attendrais !

C'était Mitch, qui arrivait en courant. Au même instant, quelque chose s'éleva entre eux, un battement d'ailes blanches, le reflet fugace d'un plumage cuivré dans le soleil, et un cri perçant résonna.

Lisa comprit que c'était elle qui avait crié. Elle lutta pour chasser les images qui l'assaillaient, le souvenir de sa chute, le visage de Ginger entre deux eaux et, pire encore, celui de sa mère.

Un oiseau ! Mitch avait fait s'envoler un oiseau, c'était tout. Le monstre du torrent n'allait pas la dévorer. Pas cette fois, en tout cas.

— Je t'avais dit de m'attendre, chérie, répéta Mitch en la prenant par les épaules pour l'attirer à lui.

Ils s'étreignirent un instant.

— Je suis venue tout doucement, c'est tout, murmura-t-elle à son oreille d'une voix tremblante avant de s'écarter. Qu'est-ce que c'était que cet oiseau ?

— Un ptarmigan.

— Je n'en ai jamais entendu parler.

— C'est le fétiche de l'Alaska. Nous en sommes très fiers.

— Je comprends, même si son saut fait penser à une grosse grenouille !

— C'est un oiseau qui a les pattes plumées et ne migre pas. Ici, quand on dit de quelqu'un qu'il a « les pattes plumées », cela veut dire qu'il reste sur place, qu'il ne redescend pas dans les autres Etats. Qu'il est fidèle à l'Alaska comme cet oiseau, en quelque sorte. Tu es sûre que ça va ?

— Certaine. En tout cas, j'ai mieux réagi que quand j'ai vu ce gros élan sortir du lac. Je suis convaincue que c'est ici, juste devant nous, que je suis tombée, Mitch.

— Ça se devine aux herbes et aux lichens écrasés, là où j'ai poussé et traîné le kayak. Est-ce que d'autres souvenirs te reviennent ?

— Rien, mis à part ma fascination pour l'eau courante. Je pense que si on la contemple très longtemps, on finit par avoir l'impression de couler avec… de vouloir s'y fondre.

— C'est vrai, ça donne le vertige. Es-tu sûre que ce n'est

pas ce qui t'est arrivé ? Avance-toi un peu et concentre-toi pour essayer de te rappeler, dit-il en reculant légèrement.

Elle obéit à contrecœur et fixa les eaux tourbillonnantes, à la fois si belles et si redoutables. Avec Mitch juste derrière elle, même si c'était dans le dos qu'on l'avait poussée, elle n'avait pas peur.

— J'étais hypnotisée par l'eau et je n'aurais rien entendu, surtout avec ce bruit, dit-elle par-dessus son épaule, en haussant la voix. Je pensais à la noyade de ma mère et de Jani, mais je n'ai pas sauté. Si j'avais voulu le faire, je serais descendue plus bas, plus près de la rive…

Elle se tourna de nouveau vers lui pour ajouter :

— J'ai longtemps hésité, Mitch, comme toi, d'ailleurs, mais maintenant j'en suis certaine : si je me suis cogné la tête en entrant dans l'eau, c'est bel et bien qu'on m'a poussée. Et je saurai qui a fait ça.

— Je suis à tes côtés. Depuis le début.

— Merci, j'en aurai besoin, car même si le shérif nous demande de rester quelques jours de plus en attendant les résultats de l'autopsie, ça nous laisse peu de temps. Il faut trouver un moyen d'amener le coupable à commettre un faux pas.

— Quelle est ton idée ?

— Je pourrais dire à Vanessa que je soupçonne Jonas, par exemple, en lui demandant de garder le secret. Ou l'inverse. Diviser pour régner, en quelque sorte. Le danger, c'est qu'ils risquent de dire à Graham que j'essaye de les monter l'un contre l'autre, ce qui serait d'ailleurs exact. Attendons peut-être les conclusions du coroner et du shérif à propos de Ginger. S'ils parlent d'un meurtre, nous leur raconterons ce qui m'est arrivé et passerons la main aux autorités, même si cela doit mettre fin à ma carrière chez Bonner & Carlisle. Résoudre ce problème est devenu ma priorité, alors qu'avant, je mettais ma promotion avant toute autre préoccupation. La découverte de l'Alaska, et ton amour pour ce territoire, m'ont amenée à mettre les choses en perspective.

— Tu n'imagines pas quel effet cela me fait de t'entendre dire ça. J'aimerais tant croire que tu me pardonneras un jour de t'avoir abandonnée comme je l'ai fait ! Tu vois, quand on a les « pattes plumées », il ne faut pas les mouiller dans l'océan.

18

— J'ai enfin réussi à dormir, dit Lisa à Christine le lendemain matin, pendant que cette dernière mettait la table du petit déjeuner.

Elle se servit un jus d'orange et ajouta :

— Jusqu'à hier, je n'ai eu que des insomnies. Le fait de… d'être tombée à l'eau m'a rendue très nerveuse, en dépit de l'épuisement.

— Ce genre de situation, c'est affreux : on est mort de fatigue, mais l'esprit bat la campagne. Si vous voulez reprendre des forces, j'ai rapporté des muffins et des brioches de Talkeetna, répondit Christine en disposant le tout sur une assiette. Evidemment, elles ne valent pas celles de Ginger. Ginger était unique.

— J'imagine. Après la mort de ma grand-mère, qui était fine pâtissière, je n'ai plus réussi à cuisiner pendant très longtemps, alors qu'elle m'avait tout appris et que j'adorais ça. Quant au fait que Ginger soit unique, j'en dirais autant de tous les habitants de l'Alaska.

Christine hocha la tête, les yeux brillants.

— Vous avez encore des hématomes, remarqua-t-elle. Vous devriez faire un peu de sauna, comme l'a fait Jonas pour soulager ses douleurs.

— C'est mon intention. Je n'en ai pas pris le temps

jusqu'à maintenant, mais je vais y aller dans la journée. Après la cérémonie, nous allons faire de l'accrobranche, si j'ai bien compris. Vous avez déjà essayé ? Moi, jamais.

— J'en fais souvent. Dévaler sur la tyrolienne, entre les arbres, ça aère la tête et chasse les idées noires ! En l'honneur de Ginger, je viendrai, aujourd'hui, si Mitch est d'accord.

— Vous faites une bonne équipe, ici, à la résidence, remarqua Lisa.

— Avec Spike, oui, nous sommes un bon trio. A propos, Lisa, je dois vous faire un aveu. Mitch me l'a conseillé.

Lisa posa son verre et, voyant Christine s'asseoir après avoir posé son plateau, elle s'assit en face d'elle. Que voulait dire Christine ? Etait-ce une confession ? L'atmosphère s'était soudain un peu tendue.

— Je ne crois pas aux vieilles légendes, dit Christine à voix basse, mais je voudrais vous parler de celle que mon peuple appelle « suktus ». Il s'agit d'un cycle de récits autour d'un corbeau mythique, le « chulyen », qui aime jouer de mauvais tours.

— Un héros méchant ?

Christine opina et enchaîna :

— Dans ces histoires, le corbeau commet des méfaits et s'en tire toujours. Il ment, il triche, il vole, il tue, même… Nous les racontons aux enfants pour leur apprendre à se méfier des gens à deux visages. Elles se terminent toujours par le même dicton : « Le corbeau était à la fois très retors et très habile ».

— Je ne vois pas…

— Vous et Mitch, vous observez tout le monde. Je l'ai remarqué, ce qui veut dire que d'autres ont pu le remarquer aussi. Vous guettez les expressions, surveillez les faits et gestes… On voit que vous essayez de deviner qui a commis un acte malveillant. Seulement, n'oubliez pas que s'il est habile, le corbeau est également très retors. Vous devriez faire attention.

Lisa regarda autour d'elle pour vérifier qu'elles étaient seules. Christine, de toute évidence, était sincère. Elle la mettait en garde parce qu'elle avait de l'affection pour eux deux, pas seulement pour Mitch. Loin de vouloir nuire, elle ne cherchait au contraire qu'à les aider, Lisa en était totalement convaincue, à présent. Mitch, qui connaissait bien Christine et lui faisait confiance, l'avait compris depuis longtemps.

Impulsivement, sans même se demander jusqu'à quel point elle pouvait se confier, Lisa répondit à voix basse :

— Je ne suis pas tombée dans le torrent… On m'a poussée.

Christine ouvrit de grands yeux, puis hocha la tête.

— Mais alors, chuchota-t-elle, est-ce qu'on n'aurait pas poussé Ginger aussi ? Spike n'arrive pas à croire à un accident.

— Pour Ginger, je ne sais pas, mais je vous demande de ne pas souffler mot de ce que je viens de vous dire. Pas même à Spike. Et gardez les yeux ouverts… Je sais que vous êtes vigilante.

— Je peux déjà vous dire une chose : j'ai entendu Vanessa raconter à Mme Bonner qu'au moment où vous avez retrouvé le corps de Ginger, vous avez crié : « Maman ! ».

— Elle a osé ! C'est faux ! Je ne…

— Désolé de vous interrompre, fit une voix d'homme à la porte de la cuisine.

Spike entra.

— Je me doutais que je te trouverais ici, Christine. Bonjour, Lisa. Tout le monde vient à la cérémonie ?

Christine se leva pour aller prendre Spike par la main et l'amener vers la table.

— Oui, sur le site de l'accrobranche, comme tu l'as suggéré. Ils vont tous venir rendre hommage à Ginger, car ils risquent d'avoir quitté l'Alaska au moment de l'enterrement religieux, à Bear Bones.

— Bonjour à tous ! fit la voix d'Ellie Bonner, qui descendait l'escalier. Spike ! Je ne savais pas que vous étiez arrivé. Nous compatissons tous à votre deuil.

En prononçant ces derniers mots, elle semblait prête à fondre en larmes.

— Je sais que vous me comprenez, madame Bonner, répondit-il tandis que Christine lui mettait une tasse de café dans les mains et en remplissait une autre pour Ellie. Je me rappelle qu'au moment où nous sommes allés en avion à Wasilla, vous m'avez dit à quel point vous étiez proche de votre frère, et combien ça vous aurait consternée qu'il soit attaqué par la presse comme l'est notre gouverneur. Le frère de Mme Bonner est un homme politique connu en Floride, Christine. Il deviendra probablement secrétaire d'Etat à Washington un jour ou l'autre.

— Je suis très fière de Merritt, acquiesça Ellie. Rien ne semble arrêter son ascension, alors qu'il a commencé comme simple avocat dans notre cabinet. Vous avez raison, Spike : c'est parce que je suis très proche de mon jeune frère que je comprends votre douleur d'avoir perdu votre sœur. La cérémonie que vous avez imaginée est une bonne idée. Graham et moi-même serons honorés d'y assister.

Les autres arrivèrent les uns après les autres : Jonas, qui boitillait encore, Vanessa, entièrement vêtue de noir, bijoux compris, comme si elle était en grand deuil, puis Graham et Mitch, qui descendirent l'escalier en bavardant. Tout le monde prit place à la table de la salle à manger.

Christine venait d'apporter de la cuisine des assiettes chargées de saucisses, de bacon et d'œufs Bénédicte, quand on frappa à la porte d'entrée. Celle-ci s'ouvrit avant que quelqu'un ne se lève, et le silence se fit dans la pièce. Debout dans son uniforme, un papier à la main, sombre comme un oiseau de mauvais augure, le shérif Moran fit son apparition.

Mitch bondit sur ses pieds pour aller l'accueillir.

— Désolé d'arriver à cette heure-ci, dit le shérif en serrant la main de Mitch.

Il regarda par-dessus son épaule. Tout le monde retenait son souffle.

— J'ai demandé à Sam Collister d'envoyer les prélèvements de Ginger Jackson à l'analyse et je viens de recevoir les résultats.

— Voulez-vous vous installer à l'étage dans mon bureau, pour parler à Spike en premier ? proposa Mitch.

Derrière eux, les autres tendaient l'oreille. On n'entendait pas le moindre murmure, pas le moindre bruit d'assiette.

— Inutile, ce sera bientôt rendu public, de toute façon. Le journal local nous a déjà posé des questions, et un reporter venu de Fairbanks pour le Festival compte en parler. Quand j'ai interrogé Gus Majors de nouveau…

— Une deuxième fois ? Depuis hier ? s'étonna Mitch.

— Oui, très tôt ce matin. J'espérais qu'il craquerait, mais ce n'a pas été le cas. Il ne m'a avoué qu'il vous avait pris comme avocat que tout à la fin.

Spike se leva et fit le tour de la table.

— Est-ce que ça concerne ma sœur ? demanda-t-il au shérif en montrant le papier que ce dernier tenait.

— Oui, monsieur Jackson. C'est le rapport du coroner et il s'affirme incapable de décider s'il y a eu agression ou non.

— Agression ? Le mot est faible ! jeta Spike en serrant les poings. Il s'agit d'un meurtre de sang-froid !

Graham, Jonas et Ellie vinrent les rejoindre à leur tour, suivis par Lisa, Vanessa et Christine.

— Les faits sont là, monsieur Jackson, dit le shérif. Il n'y a pas eu meurtre à proprement parler.

— Voulez-vous que Spike ou moi lisions les conclusions à voix haute, shérif ? Ou préférez-vous le faire vous-même ? demanda Mitch.

Le shérif s'éclaircit la gorge, baissa les yeux vers le papier et déclara :

— D'après le Dr Samuel Collister, coroner, Ginger Jackson est morte asphyxiée et non pas noyée.

— Mais elle était dans l'eau ! protesta Spike. Que voulez-vous dire ? Qu'on l'a étranglée ?

— Non, pas du tout, répondit le shérif. En fait, le Dr Collister appelle ça une « noyade sèche ». C'est un spasme laryngé qui empêche l'eau de pénétrer. D'après lui, ça concerne environ quinze pour cent des noyades. Cela explique qu'elle ait continué à flotter près de la surface : elle avait de l'air plein les poumons.

Mitch hocha la tête en se rappelant le corps de Ginger, doucement ballotté entre deux eaux, dont l'image le hantait. Pas étonnant que cette vision rappelle à Lisa la mort de sa mère et de sa sœur, et qu'elle en fasse des cauchemars.

— Il y a par ailleurs une plaie sur la nuque, poursuivit le shérif, mais elle a pu se cogner contre le bateau ou le ponton en tombant. Le choc a dû être assez violent pour l'étourdir.

— Pourtant, nous n'avons vu aucune trace de sang, intervint Lisa. Je suis restée assise là un bon moment et je n'ai rien vu.

— Certes, reconnut le shérif en fronçant les sourcils, l'air contrarié. J'imagine qu'elle a pu ne commencer à saigner qu'une fois dans l'eau. Ensuite, le sang a dû se disperser. En outre, une fois que le cœur s'arrête, la circulation sanguine s'arrête également. Nous avons retrouvé des hémorragies dans les sinus et dans les voies aériennes, cela dit.

Il s'interrompit pour demander :

— Vous êtes sûr que vous voulez tout entendre, monsieur Jackson ?

— Oui, continuez. Je ne comprends rien à la notion de « noyade sèche », mais je me fie aux juristes présents.

— La présence d'hémorragies indique qu'elle était encore consciente quand elle a plongé et qu'elle s'est débattue pour reprendre son souffle, répondit le shérif, l'air un peu plus nerveux depuis qu'on avait mentionné les juristes.

Il parlait lentement, en détachant ses mots, comme s'il voulait clarifier ses explications.

— Quand elle a avalé de l'eau, le larynx a fait un spasme. C'est donc bien l'eau qui, indirectement, a causé le décès, si l'on admet que le coup reçu à la tête l'avait trop affaiblie pour qu'elle remonte respirer à la surface. On a retrouvé sous les ongles des débris de plantes lacustres, mais rien d'autre. Rien, en tout cas, qui indiquerait qu'il y ait eu lutte.

— Sauf que, si elle a séjourné un certain temps dans l'eau, ce qu'il pouvait y avoir d'autre sous les ongles a pu être emporté comme le sang, souligna Lisa sans prêter attention à Ellie, qui lui posait la main sur le bras pour la retenir. Le coroner a-t-il estimé l'heure de la mort ?

— Seulement dans une fourchette très large, qui inclut l'après-midi où elle a reçu des visites. En termes légaux, il a retenu comme heure officielle du décès celle où il l'a examinée. Enfin, je pense qu'en se débattant pour tenter de remonter, elle s'est pris la jambe dans la chaîne de l'ancre et que cela lui a été fatal. Je suis profondément désolé pour vous, monsieur Jackson, pour Mitch, pour tout le monde, mais nous devons conclure à une mort accidentelle et fermer le dossier. L'enquête s'arrête ici.

Donc, fin de l'histoire pour Ginger, songea Mitch. Et pour Lisa ? Si jamais ils arrivaient à prouver qu'on l'avait poussée, il demanderait la réouverture de l'enquête sur la mort de Ginger, mais il restait bien peu de temps : ses hôtes partaient dans deux jours. Serait-ce, cette fois, la fin de son histoire avec Lisa ? Et s'il ne restait que deux jours, l'assassin ne risquait-il pas de frapper de nouveau, pour agir en Alaska plutôt qu'en Floride, où la police et les autorités judiciaires étaient infiniment plus nombreuses et plus aguerries ?

Pour aller rendre hommage à Ginger, dans la nature, ils s'engagèrent dans un sentier de ski de randonnée qui traversait une forêt de pins embaumée. Mitch avait expliqué avant de partir que la tyrolienne, le câble d'acier sur lequel ils allaient glisser, était accrochée haut dans un arbre, au-dessus d'une solide plate-forme en épicéa, et se terminait trois cents mètres plus loin. Elle traversait les frondaisons de la forêt, passait en surplomb d'une prairie alpine et d'une cascade, puis déposait les glisseurs à une centaine de mètres du torrent. Le trajet était spectaculaire, mais pas fatigant, avait-il assuré, et ils pourraient contrôler leur vitesse à l'aide de gants épais qui, en outre, évitaient de se râper la peau des mains.

— Vous verrez, ça donne un incroyable sentiment de liberté, avait déclaré Spike quand ils s'étaient mis en route. Cela dit, même pour rendre hommage à Ginger, personne n'est obligé de se lancer, il n'y a pas de problème.

Pas de problème ? « Quelle ironie ! » songea Lisa, elle qui n'avait que des problèmes, depuis son arrivée ! Pour autant, elle comprenait très bien que Spike les incite à ne pas prendre de risques inutiles.

Christine, silencieuse mais attentive, marchait à côté de Spike. Comme le sentier n'était assez large que pour deux, Ellie et Graham les suivaient. Venaient ensuite Vanessa et Jonas — qui, parfois, oubliait de boitiller, nota Lisa —, et Mitch fermait la marche avec Lisa elle-même.

— Ça y est, je vois le câble, dit-elle en levant la tête. La dernière fois que j'en ai dévalé un, il passait au-dessus du torrent lui-même !

— Tu t'en es d'ailleurs très bien sortie. Cependant, comme l'a dit Spike, ne te sens pas obligée, si tu n'as pas envie. Je suis venu vérifier que tout allait bien, ce matin, et j'ai même fait la descente, mais si tu as la moindre appréhension, dispense-toi de l'épreuve. Quant à toi, Jonas, avec ton tour de rein et ton torticolis, je te déconseille fortement de te lancer.

Lisa vit Mitch dissimuler un sourire. En fait, il taquinait Jonas… Soupçonnait-il, lui aussi, que le jeune avocat n'avait rien du tout ? Et que si Jonas mentait à ce sujet, il mentait peut-être aussi pour autre chose ?

Ils se disposèrent en cercle au-dessous de la plateforme et gardèrent un moment le silence. Puis Spike, plus disert qu'à l'ordinaire, évoqua la vie et les passions de sa sœur défunte : sa maison, ses pâtisseries, l'accrobranche et ses rêves de passer un jour commande « de choses de luxe »… Il rappela aussi qu'elle avait le pied très sûr, même si, précisa-t-il en jetant un coup d'œil à Christine, tout le monde dans la vie pouvait trébucher un jour ou l'autre.

Christine, son tour venu, évoqua la force de caractère de Ginger.

— Elle s'est retrouvée handicapée très jeune, mais n'en est pas moins restée la femme la plus indépendante que j'aie jamais connue.

Mitch raconta ensuite qu'il avait dû littéralement forcer Ginger à accepter un salaire pour s'occuper de la tyrolienne et l'aider à accueillir les amateurs d'accrobranche, alors qu'elle s'estimait largement dédommagée par « l'amusement et la sensation de liberté que cela lui procurait ».

Vanessa expliqua à quel point Ginger avait été fière de sa cabane et de ses talents de cuisinière.

Lisa prit ensuite la parole, les larmes aux yeux, la voix étranglée.

— Même si cela a été un choc terrible de la retrouver dans l'eau, elle avait l'air apaisé, dit-elle. Le lac qu'elle avait tant aimé la berçait, comme si elle ne faisait plus qu'une avec la nature.

— C'est exactement cela, renchérit Ellie. Je ne l'ai pas vue mais, d'après la façon dont vous l'avez décrite, c'est ainsi que je l'imaginais : plongée dans un sommeil serein et éternel, au sein d'une nature qu'elle aimait.

— Merci du fond du cœur, répondit Spike en se tournant vers Ellie. Merci de lui avoir donné de l'argent et d'avoir promis de lui en renvoyer. Je me permets en outre de trahir votre secret et j'espère que vous ne m'en voudrez pas : M. et Mme Bonner m'ont proposé de payer pour l'enterrement de Ginger. Je vais lui choisir un très beau cercueil.

Cet acte généreux ne surprit pas ceux qui travaillaient pour les Bonner. Graham hocha la tête et Ellie reprit, les larmes aux yeux :

— Je voudrais vous parler de mon tableau favori, dont j'ai imprimé une copie hier sur l'imprimante de Mitch. L'original se trouve à la Tate Gallery, à Londres. Il s'agit d'un très beau portrait, très paisible, d'Ophélie, un personnage de la tragédie de Shakespeare, *Hamlet*. Ophélie est morte noyée, mais le tableau la montre en train de flotter, le regard calme, entourée de rameaux, de feuillages et de fleurs. Je pense que ce serait une belle idée de jeter des fleurs dans le lac, en souvenir de Ginger. Pardonnez-moi si je me suis laissé emporter : c'est ainsi que je voudrais me rappeler Ginger, calme, tranquille, en paix.

Lisa ne connaissait pas ce tableau mais en imaginait aisément la beauté étrange, presque monstrueuse, comme un défi à la mort. Ce devait être très proche des visions qui la hantaient depuis des années.

— Tu es sûre de vouloir te lancer ? demanda Mitch à Lisa, après avoir envoyé Spike à l'autre bout de la tyrolienne pour accueillir les glisseurs.

— Tu affirmes que je ne risque rien, et je te crois. Oui, je laisserai passer les autres d'abord, mais ensuite, j'irai aussi. J'essaierai de faire preuve du même cran que Ginger.

A tour de rôle, ils s'élancèrent pour la descente en câble, à l'exception de Jonas qui se retrouva obligé de faire le trajet à pied. Il ne resta finalement sur la plate-forme, en haut de l'arbre, au milieu des branches secouées par la brise, que Mitch et Lisa.

— As-tu repensé à ton idée de monter Vanessa et Jonas l'un contre l'autre ? demanda-t-il en aidant la jeune femme à enfiler un harnais.

— Non, car je pense qu'ils iraient aussitôt en parler à Graham, même si je reste convaincue que Ginger a été frappée à la tête puis maintenue sous l'eau. En fait, maintenant, c'est à propos de Graham que je m'interroge. D'ailleurs, en parlant d'*Hamlet*…

— Nous avons parlé d'*Hamlet* ?

— Ellie y a fait allusion, à propos de ce tableau. La reine dit à Hamlet : « La dame fait trop de serments, me semble-t-il ». Eh bien, cela me fait penser à Graham : Graham fait trop de serments, à mon avis.

— Que veux-tu dire ?

— Je pense à l'affaire des casinos. Il nous l'a retirée en alléguant, la main sur le cœur, qu'il ne voulait pas nous mettre en danger. Et puis, du fait de notre rupture et de ton départ, nous n'en avons plus reparlé. Seulement, maintenant, il n'arrête pas de demander si nous en avons discuté entre nous depuis que nous nous sommes revus. Il a enregistré mon entretien avec lui, aujourd'hui, et m'a dit qu'il avait fait pareil pour les autres, mais j'ai entendu Jonas dire à Vanessa que, dans son cas, Graham s'était contenté de prendre des notes. Je parie qu'il n'a enregistré que moi. Qu'est-ce que ça peut bien vouloir dire ?

— Peut-être est-ce lié au fait qu'on nous avait mis sur écoutes et menacés pour nous obliger à renoncer, même si je ne sais pas encore comment. Depuis le début, j'ai la curieuse impression que l'agression que tu as subie m'était aussi destinée. On s'en est simplement pris à toi parce que c'est plus facile. Mieux vaut en reparler plus tard, car si nous nous éternisons, les autres vont croire que nous sommes en train de faire l'amour dans les arbres. Ce qui ne serait d'ailleurs pas une mauvaise idée, conclut-il en lui caressant la joue, puis en lui donnant une petite tape sur le derrière.

Il vit Lisa s'empourprer en dépit de la brise. Il aurait tout donné pour lui faire l'amour sur-le-champ, sur le sol dur de la plate-forme.

— Pour te répondre sur les casinos, reprit-il d'une voix rauque, je trouve aussi que ça ne rime à rien.

Cette histoire le troublait. Lisa avait probablement mis

le doigt sur quelque chose qu'il avait inconsciemment choisi d'ignorer, à cause de tout ce qu'il devait à Graham.

— Il est vrai, cela dit, que Graham semble obsédé par cette affaire, ajouta-t-il. Peut-être se sent-il coupable d'avoir cédé trop facilement aux pressions, de nous avoir arrêtés trop vite. Il y avait encore toute une enquête à mener pour découvrir qui se trouvait derrière ce blanchiment d'argent, et pourquoi. Nous avons peut-être intérêt à tenter de nous rappeler tous les détails de l'épisode, mis à part les menaces reçues. Retrouve-moi à la cave avant l'heure de l'apéritif, si tu peux, conclut-il en fixant le harnais au câble, puis en aidant Lisa à enfiler une paire de gants épais. Prête, chérie ?

— Alors, tu as déjà fait l'amour dans les arbres ? riposta-t-elle, une lueur narquoise dans ses yeux verts.

— Ce serait une première, mais les autres nous attendent.

Il lui posa les mains sur les fesses et la souleva pour la mettre à califourchon sur lui. Le casque qu'elle portait cogna le front de Mitch, mais il l'embrassa tout de même. Elle noua les jambes autour de lui et le prit par le cou pour lui rendre son baiser. Il éprouvait maintenant un désir si fiévreux qu'il faillit perdre l'équilibre. Leurs langues se mêlaient… mais le harnais qu'elle portait lui écrasait les seins et l'entre-jambes, formant entre eux comme une barrière.

Quand ils s'écartèrent, haletants, il reprit d'un ton rauque :

— Prête ?

— Plus prête que jamais, murmura-t-elle, d'une voix si basse qu'il dut presque lire sur ses lèvres.

Avec un soupir, il se détourna, lui donna une dernière tape sur le postérieur et l'envoya filer sur le câble.

Elle avait l'impression de voler, presque comme si elle était un oiseau, un ptarmigan aux pattes plumées, par exemple. Elle se sentait des ailes. Ellie et Vanessa, en démarrant, avaient poussé des cris perçants, mais Lisa garda le silence. Après tout ce qu'elle avait vécu ces derniers jours — après, surtout, ce qui venait de se passer avec Mitch —, cette nouvelle expérience lui semblait merveilleuse et excitante, mais dépourvue de tout caractère effrayant.

Confiante dans la solidité du harnais, elle virevolta le long du câble, filant comme une flèche au-dessus des arbres puis de la prairie parsemée de fleurs sauvages. Elle n'avait aucune envie de ralentir. La vitesse, d'après Mitch, atteignait presque cinquante kilomètres/heure. Elle survola les eaux scintillantes de la cascade qui dévalait du mont Talkeetna. Le vent lui ébouriffait les cheveux et rafraîchissait ses joues, encore brûlantes du baiser de Mitch.

Tout à coup, le torrent surgit en contrebas, sinueux comme un énorme serpent, à la fois magnifique et monstrueux. En dépit de la présence rassurante de ses camarades, qu'elle apercevait en train de l'attendre, elle éprouva, en regardant les rapides, un sentiment d'oppression, presque une menace, comme si les remous bouillonnants allaient l'aspirer et l'engloutir. Heureusement, sa première course en câble au-dessus de l'eau avait décuplé sa détermination et son courage.

Sa course ralentit alors que la tyrolienne se redressait à l'horizontale, et elle atterrit avec douceur dans les bras de Spike.

— Vous avez mis un bon moment à vous décider, hein ? remarqua-t-il, ce qui amena Lisa à se demander pendant combien de temps Mitch et elle s'étaient embrassés.

Avec lui, les baisers et les caresses avaient beau voltiger, s'envoler, leur souvenir s'imprimait durablement dans son esprit et dans sa chair.

— Ça s'est bien passé, dit-elle à Spike. Je tenais à rendre cet hommage à Ginger. Je comprends pourquoi elle adorait ça, maintenant ! Si je devais rester ici, je me proposerais pour la remplacer ! Y compris pour ce qui est de la pâtisserie, d'ailleurs, même si je ne lui arrive pas à la cheville.

Quand Spike l'eut détachée, Graham vint la prendre par le coude, l'écarta de la tyrolienne que Mitch était en train de dévaler, regarda autour de lui et déclara à voix haute :

— Lisa, Vanessa, et toi, Jonas, je sais que vous vous demandez tous si vous allez être jugés dignes de Bonner & Carlisle. Nous allons bientôt rentrer : je vous annonce que je prendrai ma décision sur le poste d'associé senior avant notre départ. J'ai demandé à Mitch que nous fassions une descente en radeau cet après-midi, dans une portion assez calme du torrent, mais ce sera votre dernière épreuve, et vous en aurez fini.

« Vous en aurez fini », se répéta mentalement Lisa. Pourquoi tous les propos de Graham semblaient-ils si menaçants, ces temps derniers ?

19

Au seul fait de se trouver au bord du torrent, avant même d'être sur l'eau, Lisa sentait les battements de son cœur s'accélérer. Dieu merci, à cet endroit où Mitch les avait amenés avec son 4x4, par une route de graviers, le flot était moins agité, le vacarme moins assourdissant. Spike et Christine n'étaient pas là : il n'y avait sur place que Mitch et ses hôtes de Bonner & Carlisle.

« Cette partie du torrent est la plus sûre pour faire du radeau collectif », se répétait Lisa en boucle, reprenant ce que Mitch leur avait dit. C'était d'ailleurs ce qu'avaient décrété les autorités locales, et Mitch disposait d'un permis. En outre, elle avait un gilet de sauvetage, le même que celui qui lui avait permis de rester à flot dans le torrent. Tout le monde allait prendre place dans le grand radeau, et Mitch serait là, avec eux. Si jamais elle craquait, quoi que puisse penser Graham, elle pourrait demander à arrêter : on la déposerait sur la rive, et elle pourrait retourner à pied en direction du 4x4. Ils ne devaient traverser aucun canyon, heureusement, et Mitch avait assuré qu'il y avait beaucoup d'endroits où débarquer.

— Mettez vos casques, ordonna-t-il. Jonas, es-tu sûr de vouloir te join…

— Oui, je l'ai déjà dit, répondit Jonas avec un regard

de biais à Graham. Je suis très résistant à la douleur et à la fatigue. J'ai été à bonne école, avec le football, les études, mon travail au cabinet… Je ferai face.

Lisa songea qu'il aurait aussi bien pu s'accrocher une pancarte autour du cou proclamant : « Embauche-moi, Graham ! J'accepte tout, la promotion, le torrent, tout ce que la vie me réserve ! » Elle vit Vanessa lever les yeux au ciel. Peut-être n'était-elle pas de connivence avec Jonas, en définitive. Il lui semblait entendre les paroles de Christine : « S'il est habile, le corbeau est également très retors ».

L'endroit qu'ils allaient descendre en radeau était vraiment joli, se dit-elle pour se donner du courage tandis que Mitch leur montrait comment pagayer. Deux cascades jaillissaient du haut d'une falaise en retombant sur un massif d'épicéas comme des gouttes de cristal. Tout le monde avait observé en riant quelques canards arlequins venus se goberger de coquillages. Avec fascination, elle regarda tourner la roue à poissons inuit que Mitch leur avait montrée et qui, de temps à autre, gardait emprisonné un saumon royal arraché à l'eau. C'étaient sans doute les mêmes poissons que ceux qu'elle avait vus près des rapides, luttant pour remonter vers les zones de frai… Si les saumons parvenaient à vaincre la force du courant, elle n'avait aucune raison d'échouer. Oui, cette portion du torrent était une vraie source d'inspiration, sans rien d'inquiétant.

— O.K., vous avez compris le principe, dit Mitch quand tout le monde se fut essayé au maniement des pagaies. Il faut la plonger droit dans l'eau, pas effleurer la surface. Je vous donnerai des ordres pour pagayer à babord ou à tribord, ou pour arrêter. L'essentiel, c'est de former une équipe : si vous perdez le rythme ou cognez la rame d'un voisin, c'est le torrent qui prendra le dessus.

— Bingo ! chuchota Vanessa à l'oreille de Lisa. Autrement

dit, voilà ce que nous devrons faire au cabinet : obéir aux ordres de Graham et faire de notre mieux en toute circonstance. Sans oublier de répondre : « Oui, monsieur ! »

— Une question, Vanessa ? Un commentaire ? demanda Mitch.

— Non, je suis impatiente de commencer. J'imagine que le fait de savoir qui prend place à l'avant ou à l'arrière joue un rôle ?

— Graham et moi-même serons en poupe. Ellie se mettra au milieu avec Lisa, et toi et Jonas vous assiérez face à la proue. Au bout d'un moment, nous pourrons faire une halte pour changer de position. Enfin et surtout, amusez-vous. Le fait de monter et descendre sur les remous est aussi divertissant que de dévaler un grand huit ou des toboggans à la piscine.

— Lisa, êtes-vous sûre de vouloir venir ? demanda soudain Ellie en se tournant vers elle. Vous n'avez pas besoin de prouver que vous êtes capable de nouveau d'affronter le torrent pour décrocher le poste, je vous le promets.

Lisa sentit ses yeux s'embuer derrière ses lunettes de soleil.

— Merci, Ellie, mais ça ira. Cette partie de rivière est beaucoup plus calme, et il est bien plus stimulant de ramer en équipe que de flotter toute seule et sans radeau !

Une fois de plus, songea-t-elle tandis qu'ils prenaient les places assignées et que Mitch et Graham mettaient l'embarcation à l'eau, elle avait la preuve qu'Ellen Carlisle Bonner pesait sur des décisions qui auraient dû dépendre seulement de son mari.

— Merci d'être venue avec moi nourrir les chiens, dit Spike à Christine.

Ils venaient de quitter le chenil et retournaient vers la maison de Spike.

— C'est très important pour moi d'apprendre à connaître des chiens bien traités. Mon mari était très dur avec les siens et ils étaient si agressifs qu'ils me terrifiaient.

— Toi aussi, il te maltraitait. Et c'est pour ça que…

Tout en parlant, Spike avait ouvert sa porte, mais Christine hésitait à entrer avant d'avoir eu avec lui une discussion qui n'avait que trop tardé. Etait-ce parce qu'il venait de perdre un proche qu'il voulait, à présent, en savoir davantage sur la mort du mari de Christine ? Jusque-là, il avait fui le sujet comme la peste, et même évité la jeune femme, alors qu'elle n'avait qu'une envie : se décharger de son fardeau en lui en parlant. Sans doute l'attitude de Mitch, qui accordait toute sa confiance à Christine, avait-elle fini par vaincre les dernières résistances de Spike.

— Asseyons-nous dehors un moment, répondit-elle en montrant le banc de bois installé sous le porche.

Spike hocha la tête, referma la porte et vint se glisser à côté d'elle. Elle prit une profonde inspiration et se lança.

— Oui, Clay me battait, c'est vrai. Il buvait beaucoup et je n'aurais pas dû rester avec lui. Seulement, c'était le fils d'un aîné du clan, ce qu'on appelle un bon parti. Mes parents étaient morts, et mon frère était flatté d'être lié à une famille importante. Je gagnais un peu d'argent avec mes poupées, mais pas suffisamment pour être indépendante, alors je suis restée. Dans un sens, ce qui est arrivé est aussi de ma faute.

— Je ne suis pas d'accord, dit Spike en se tournant vers elle. Tu ne méritais pas un tel traitement, même si tu n'avais pas été une bonne épouse, et je suis sûr que ce n'était pas le cas.

— Non, bien sûr. Seulement je… j'avais perdu un bébé

dans une fausse couche, un garçon. Clay m'en rendait responsable. Il m'en voulait énormément.

— Tu n'avais pas fait exprès de le perdre, n'est-ce pas ?

Elle haussa les épaules en étouffant un sanglot.

— J'étais tombée du lit en essayant d'échapper à Clay, qui avait trop bu…

— C'était un bel imbécile.

— Tu es la première personne, à part Clay et mon frère, qui a fait dignement enterrer le bébé, à qui j'en parle. Même mon avocat n'était pas au courant, alors que cela l'aurait sans doute aidé. La mort de mon petit garçon, c'est pour moi un secret inviolable, mais je suis contente de t'en avoir parlé, même si ta tristesse est sûrement pire que la mienne.

— Moi aussi, j'en suis content, et même honoré, vu que tu ne l'as même pas dit à Mitch.

— Tu sais, reprit-elle en serrant les mains dans son giron, j'ai vraiment haï Clay, surtout quand il m'a accusée d'avoir fait mourir le fœtus. Alors, peut-être qu'inconsciemment j'ai eu envie qu'il meure, j'ai souhaité l'achever… je ne sais pas. En tout cas, je ne l'aurais jamais tué de sang-froid. J'ai réagi parce qu'il menaçait lui-même de me tuer, ce jour-là. Il ne l'aurait peut-être pas fait, mais il m'aurait sûrement battue comme plâtre. J'ai dit au tribunal que j'avais paniqué, mais ça m'avait aussi mise dans une rage noire, et j'ai tiré sous le coup de la colère. Maintenant, même si je suis rejetée par mon clan, je me dis qu'au moins, j'ai rétabli une certaine justice en étant acquittée et en faisant connaître ce dont Clay était capable. Dieu me pardonne !

Elle eut un hoquet étouffé, comme si elle laissait enfin passer les sanglots qu'elle retenait depuis des années. Elle qui avait versé tant de larmes à la mort de son bébé, elle n'avait pas pu en verser une seule pour Clay.

Spike mit sa grande main sur la sienne. Elle secoua la tête, sans bien savoir pourquoi. Parce qu'elle regrettait ce qu'elle avait fait ? Parce qu'elle avait enfin ouvert son cœur à quelqu'un ? Ou alors, pour faire comprendre à Spike qu'il ne devait pas aller trop loin avec elle, tant qu'il était encore envahi par la douleur d'avoir perdu Ginger ?

Elle se sentait stupéfaite d'avoir avoué à quelqu'un ce qu'elle avait gardé si soigneusement enfoui : à savoir que si elle avait tué Clay, c'était autant sous le coup de la colère que sous celui de la panique. Si la chose s'était sue, cela aurait pu lui valoir quinze ans de prison ferme. On aurait plaidé le mobile, la préméditation… Elle n'en avait jamais parlé à Mitch. Quinze ans ! Des années à passer loin de la résidence, de son travail, de son patron si gentil… loin de l'homme qui était maintenant à côté d'elle…

— Excuse-moi, balbutia-t-elle, les larmes ruisselant sur la main de Spike qui s'était refermée sur la sienne. Ça ne me ressemble pas, de pleurer. Je m'en veux de t'avoir parlé de tout ça alors que tu souffres toi-même.

— Ne t'excuse pas, répondit-il en lâchant sa main pour glisser un bras sur ses épaules et la serrer contre lui. Nous trouverons le moyen de nous remettre sur pied.

Elle ne savait pas très bien ce qu'il voulait dire, mais elle s'aperçut avec stupeur que ce grand costaud tremblait de tous ses membres, lui aussi.

Mitch regardait Lisa du coin de l'œil, mais elle s'en sortait très bien. Chaque fois que le radeau piquait du nez, ou tournoyait dans un remous, tout le monde poussait des cris et des exclamations. A plusieurs reprises, ils avaient dû peser avec leurs pagaies sur un rocher pour pouvoir continuer.

Christine leur avait conseillé, à lui et Lisa, de surveiller les autres avec discrétion, et il prenait mentalement des notes. Jonas appuyait sur sa pagaie comme s'il s'entraînait pour un championnat de football. Vanessa s'était entièrement aspergée d'eau de la tête aux pieds. Ellie, quoique bien plus petite que les autres femmes, déployait une énergie remarquable.

Graham et Mitch avaient tous deux la main sur la barre du gouvernail, mais Mitch faisait l'essentiel des manœuvres, car Graham observait les autres avec une attention soutenue. Il les avait tous prévenus, avant de partir, qu'il voulait un vrai travail d'équipe et qu'il repérerait les tire-au-flanc. Depuis plusieurs jours, Mitch s'efforçait de deviner à qui allait sa préférence, mais Graham restait indéchiffrable.

Une fois qu'il aurait fait son choix, il inviterait l'heureux élu — ou élue — à passer une semaine dans la résidence de week-end que lui et Ellie possédaient à West Palm Beach. Leur précieuse fille serait-elle conviée, comme cela avait été le cas quand Mitch lui-même y était venu ? Ou ne s'agissait-il que d'une manœuvre d'Ellie, dans l'espoir secret de les rapprocher ? Mitch se rappelait encore le désarroi d'Ellie quand il leur avait annoncé qu'il sortait avec Lisa et comptait l'épouser. Exactement comme si elle avait espéré le marier à sa fille Claire, en dépit de leur différence d'âge.

Au début, il s'était dit que c'était pour cette raison que Graham leur avait retiré l'importante affaire des casinos : pour les punir, en quelque sorte. Maintenant, il soupçonnait qu'il devait y avoir d'autres motifs, comme le pensait Lisa. Ils allaient devoir réfléchir sérieusement à la question. Ce qui compliquait la chose, c'est qu'il mourait d'envie de sentir son corps contre le sien… Ils avaient rendez-vous, plus tard dans la soirée, et il espérait bien que ce rendez-vous se terminerait de façon passionnée. D'abord, dans la cave, ils discuteraient affaires. Ensuite, s'il y parvenait, il emmènerait Lisa dans sa chambre.

Ils étaient presque arrivés à l'endroit où ils pourraient aborder pour rentrer à la résidence, mais à un moment donné, le torrent se rétrécit et la vitesse du courant s'accrut. Un saumon bondit par-dessus un rocher et atterrit dans le radeau, entre Lisa et Vanessa.

Vanessa hurla et s'arrêta de pagayer, ce qui fit tanguer l'embarcation. Mitch était certain, cependant, que Graham ne lui en tiendrait pas rigueur : l'activité d'un florissant cabinet d'avocats du Sud avait finalement peu à voir avec la vie en pleine nature, au cœur de l'Alaska. En outre, Graham lui-même avait affirmé qu'il voyait à Vanessa deux atouts : son sexe et ses origines ethniques.

Jonas parut sur le point d'assommer le poisson, ou de le remettre à l'eau d'un coup de pagaie, mais Lisa fut plus rapide. Tout comme elle avait spontanément volé au secours de Jonas tombé du traîneau, elle s'apitoya et prit en mains l'animal qui se débattait.

— Regardez, dit-elle, il commence déjà à perdre ses couleurs, dès qu'il est hors de son élément.

— Bien observé, commenta Graham. S'il t'arrivait de pêcher, tu saurais que c'est signe qu'il est en train de mourir.

— Moi, je le savais, intervint Jonas. Laisse-le au fond du bateau et reprends ta pagaie, Lisa. Christine le fera cuire.

— Non ! répliqua Lisa. Ce saumon est presque arrivé au but et il mérite de vivre.

Elle souleva le poisson, le jeta dans le courant et se remit à pagayer.

— En plus, c'était une femelle pleine d'œufs, dit-elle. J'espère qu'elle donnera mon prénom à l'un d'eux, en souvenir de moi.

Mitch ne put s'empêcher de rire. Graham ne cilla pas et ne changea pas d'expression. Vanessa eut un hoquet méprisant, Ellie secoua la tête et Jonas fronça les sourcils, manifestement froissé d'avoir été contredit.

— Pourtant, ces poissons viennent ici pour mourir, déclara Vanessa. Nous aurions pu en profiter, après tous les efforts que nous avons fournis.

Au même instant, ils traversèrent un nuage d'écume et en ressortirent totalement trempés, les pieds dans l'eau.

— La vie est vraiment injuste ! s'écria Ellie tandis qu'ils frissonnaient, transis.

Mitch attendait Lisa dans la cave. Ayant réussi à éviter Vanessa et Jonas, elle dévala en hâte l'escalier. Elle vit qu'il avait étalé une grande feuille de papier sur la caisse et qu'il y avait posé deux verres de vin blanc, en équilibre précaire. Il avait aussi apporté un siège supplémentaire.

— Il n'y a pas beaucoup de lumière, ici, dit-il, mais j'ai pensé que ceci pourrait nous aider à réfléchir à l'affaire des casinos.

Elle vit qu'il avait dessiné une sorte de diagramme. Elle prit son verre et le porta à ses lèvres, mais Mitch tendit le sien en disant :

— A nous… en souvenir.

Ils trinquèrent et elle but une gorgée.

Elle contempla sa main, qui serrait le pied du verre, en songeant au soir où il lui avait annoncé qu'il quittait la Floride, abandonnait son poste au cabinet et lui demandait de le suivre. De colère, elle en avait brisé le pied de son verre. Elle s'était coupée, mais la blessure morale qu'il lui avait infligée était bien plus douloureuse. A présent, après avoir vécu tant d'épreuves avec lui ces derniers jours, elle se rendait compte à quel point elle tenait à lui. Il ne leur restait plus que vingt-quatre heures… C'était bien peu pour redresser la barre, et résoudre tous les problèmes en suspens.

— J'ai préféré commencer en parlant « business », continua Mitch en se penchant sur le diagramme, parce que j'ai tendance à avoir tout autre chose à l'esprit en ta présence, surtout quand nous sommes seuls. Enfin, non… en permanence.

Il s'éclaircit la gorge sans relever la tête.

— J'ai donc tracé cette sorte de diagramme de Venn pour essayer de voir qui était qui, qui connaissait qui, etc., dans cette histoire.

Elle résista à la tentation de le toucher et fixa les cercles qu'il avait dessinés en y inscrivant le nom de toutes les personnes concernées : clients, témoins à charge et à décharge, témoins de personnalité, informateurs… Elle était stupéfaite de voir tout ce dont il se souvenait, plus d'un an après avoir totalement rompu avec cet univers. Elle n'avait jamais mesuré à quel point il était brillant dans son métier. Et pourtant, il l'avait quitté… Non que ses activités présentes soient sans intérêt, bien sûr, mais le fait de s'être lancé résolument dans une vie pleine d'incertitudes emplissait Lisa d'admiration.

Elle l'aida à compléter ses croquis avec les noms et les connexions qui lui revenaient.

— Tu sais, dit-elle en buvant une longue gorgée de vin, comme pour se donner du courage, ce reporter du *Herald de Miami*, Manuel Markus, il a été condamné peu de temps après ton départ pour outrage à magistrat. Il avait refusé de répondre à un juge fédéral à propos de ses entretiens avec Frank Cummings.

— Ah oui, Cummings… Celui qui assurait le transfert

des fonds sans qu'on sache très bien où, sauf qu'il ne s'agissait sans doute pas, à notre avis, de financer des terroristes. Markus est toujours en prison ? Il a une famille à charge.

— Il n'a pas vendu la mèche, en tout cas. Je parie que quelqu'un l'a menacé pour le faire taire, le même, peut-être, que celui qui s'en était pris à nous. Sans doute veille-t-on aux intérêts de sa famille en son absence.

— Est-ce que tout ça ne te rappelle pas un peu le scandale du Watergate ? demanda Mitch en dessinant une flèche entre deux cercles et en griffonnant « en prison » à côté du nom de Markus. Je veux dire qu'on a l'impression d'un écran de fumée pour dissimuler qui, réellement, utilisait les casinos de Floride pour blanchir des fortunes.

— C'est une vraie toile d'araignée, effectivement. Seulement, qui est l'araignée ?

20

C'était leur dernier dîner à la résidence et la nourriture était délicieuse, mais Lisa n'en trouvait pas moins qu'il n'en finissait pas. Elle et Mitch avaient décidé de se retrouver sur la terrasse, à minuit, pour aller discuter en se promenant de l'affaire des casinos et, aussi, de leur avenir. Elle se demandait s'il accepterait de venir la voir en Floride de temps à autre, et s'il leur serait possible de reconstruire une relation. Déjà, il espérait qu'elle ferait un saut en Alaska à l'automne ou pendant l'hiver. Sans la pression professionnelle, ils pourraient peut-être remettre les compteurs à zéro et renouer des liens. Cela ne s'accomplirait sans doute pas à une vitesse accélérée, comme l'eau du torrent, mais petit à petit, car le problème de savoir lequel des deux accepterait d'abandonner sa ville et sa carrière restait entier. Elle ne savait comment l'aborder.

Après le dîner, tout le monde se dispersa. Jonas regagna sa chambre, Vanessa partit marcher. Mitch chuchotait près de la cheminée avec les Bonner, ce qui contrariait Lisa parce qu'elle aurait voulu lui souffler un autre nom qui lui était revenu dans l'affaire du casino.

Elle s'était en effet subitement rappelé, pendant le dîner, avoir entendu dire que Manuel Markus avait à une époque écrit les discours de plusieurs hommes politiques.

Cela voulait dire qu'il avait pu croiser les Bonner lors des soirées organisées par Merritt Carlisle, le frère d'Ellie, pour lever des fonds de campagne. Elle décida, si la voie était libre, de descendre à la cave ajouter ce détail sur le diagramme de Mitch, afin de voir si cet élément pouvait se relier à d'autres noms de personnes haut placées. Elle connaissait le dicton selon lequel « le pouvoir absolu corrompt absolument » et se disait que s'il y avait quelqu'un au centre de la toile d'araignée, c'était forcément quelqu'un d'extrêmement puissant.

Elle traversa la bibliothèque, déserte, et ouvrit la porte de la cave. Le sous-sol était plongé dans l'obscurité. Elle appuya sur l'interrupteur, ferma la porte derrière elle et descendit précipitamment. La grande feuille de Mitch était toujours là, enroulée sur l'une des caisses et coincée sous la bouteille de chardonnay. Dans leur hâte, ils avaient laissé les verres sur place. Elle s'assit sur une chaise, déroula la feuille et la lissa sur ses genoux. La tête penchée pour pouvoir lire dans la pénombre, elle prit le crayon laissé par Mitch et ajouta le nom de Markus.

Au même instant, une ombre passa devant elle. Elle leva les yeux, puis bondit sur ses pieds et recula précipitamment vers la rangée de bouteilles. Deux yeux se mirent à scintiller, puis disparurent. Devenait-elle folle ? Elle refusait d'y croire. Elle n'avait pu imaginer ces yeux, pas plus qu'elle n'avait crié le nom de sa mère en découvrant le corps de Ginger.

Elle se saisit d'une bouteille et, la tenant par le col, la brandit comme une arme. Puis elle se dirigea vers l'escalier, dos au mur, la bouteille à la main, en jetant au passage un coup d'œil derrière l'autre rangée de casiers.

Vanessa s'était faufilée entre le mur et les bouteilles. Elle tenait à la main une lampe torche, éteinte.

— Mais qu'est-ce que tu fiches là ? s'exclama Lisa, d'une voix suffisamment forte pour que Mitch, s'il était tout près, puisse l'entendre.

— Et toi ? riposta Vanessa. Qui me dit que tu n'essayes pas de séduire Mitch et, à force de vin et de baisers, si ce n'est autre chose, de le convaincre de glisser un mot en ta faveur ?

— Certainement pas ! Tu es déjà venue dans cette cave et tu en profites pour nous espionner, n'est-ce pas ? Figure-toi que nous nous retrouvons simplement, avec Mitch, pour réfléchir et…

— Pour réfléchir, c'est ça ! Eh bien, je vais parler à Graham de votre petit nid d'amour.

Il était impératif qu'elle n'en fasse rien, songea Lisa. Mais pour ne pas trahir la moindre faiblesse, elle contre-attaqua.

— Vas-y, bonne idée ! Il sera ravi d'apprendre que tu nous épies. Il pourra se demander si tu ne les épies pas aussi, lui et Ellie.

— De la même façon que Mitch écoute à leur porte, tu veux dire ? Tu vois, je sais de quoi vous êtes capables. Moi, je ne suis descendue qu'une seule fois dans cette cave, mais je parie que vous y avez passé toutes vos nuits. Il n'y a pas de lit, évidemment, mais j'imagine que cela ne vous dérange pas de dormir par terre.

— Soit tu ne sais pas ce que tu dis, soit tu projettes ce dont tu serais capable toi-même.

— Ah oui ? lança Vanessa en agitant la torche comme si elle allait frapper, même coincée entre les casiers et le mur. J'ai entendu Mitch dire qu'il jouait les détectives pour toi, mais je suis sûre que tu cherches simplement à attirer son attention. « Oh, Mitch, quelqu'un m'a poussée dans le torrent, j'en suis sûre ! » Seulement, tu as peut-être halluciné, Lisa. Tu es instable. Je compatis à ton triste passé, mais il t'amène à imaginer des choses, et c'est le pire défaut qui soit pour prétendre à un poste d'associé.

— Ça m'étonnerait que Graham confie ce poste à quelqu'un qui espionne et qui ment.

— Vraiment ? rétorqua Vanessa en croisant les bras, la torche posée toute droite sur sa poitrine. Si tu crois que Graham ne trempe jamais dans certaines combines, tu seras surprise.

— Que veux-tu dire ?

— N'essaye pas de changer de sujet. Je vais aller lui parler, un point c'est tout.

— Je t'accompagne. Cela me permettra de lui expliquer que non seulement tu as tout inventé en disant que j'avais appelé ma mère, mais aussi que c'est toi qui t'es arrangée pour que je me retrouve nez à nez avec son cadavre.

— Je t'ai déjà entendu raconter cette histoire à Mitch, ici même. Tu es folle ! Comment aurais-je pu faire ça ? Ginger était vivante et bien vivante, quand je suis partie de chez elle. Pourquoi ne t'aurais-je pas demandé d'aller attacher les bateaux, avec toutes les vagues qu'il y avait ? Si tu racontes ça à Graham, je te fais poursuivre pour dénonciation calomnieuse. Mitch et toi feriez mieux de garder ce genre de sornettes pour vous. Décidément, tu as dû te cogner le crâne contre un rocher, dans le torrent !

— Désolée de te décevoir. D'ailleurs, nous allons aussi dire à Graham, si tu ne l'as pas déjà fait, que j'ai réellement été poussée dans l'eau par quelqu'un, et que le suspect le plus plausible est ma rivale au poste d'associé !

— C'est ridicule. Jonas a bien raison de dire que le fait d'avoir vu ta mère et ta sœur se noyer t'a fait perdre les pédales, c'est tout.

— « C'est tout » ?

— Je ne cherche pas à minimiser le traumatisme, Lisa.

J'essaye juste de t'expliquer que personne ne t'a poussée, tout comme ce n'était pas ta mère qui se trouvait dans l'eau, mais Ginger. Je suis désolée. Calmons-nous, d'accord ? Excuse-moi de vous avoir épiés, toi et Mitch, mais j'ai vraiment l'impression que tu essayes de l'influencer pour te rallier les Bonner. C'est une sorte de subornation de témoin et ça fait mauvais effet, tu ne peux pas dire le contraire. Je te propose de faire une trêve et de garder mutuellement nos petits secrets. Laissons venir. Nous verrons bien qui Graham désigne demain.

Lisa réfléchis à tout allure. Pourquoi ne pas laisser venir, effectivement ? De toute évidence, Vanessa savait qu'on l'avait poussée, mais préférait pour l'instant ne pas s'en prendre ouvertement à sa rivale. Parce qu'elle était coupable et voulait pouvoir recommencer, le cas échéant ? En tout cas, il était sans doute plus raisonnable de ne pas effrayer Graham avant d'avoir eu le temps d'avancer avec Mitch sur cette affaire de casinos, qui semblait tant troubler le mari d'Ellie.

— Bien. Faisons une trêve, alors, répondit-elle sèchement. Tout sera fini demain, de toute façon, d'une manière ou d'une autre.

— D'une manière ou d'une autre, exactement, reconnut Vanessa d'un ton amer, en abaissant sa torche et en se plaçant de biais pour sortir.

Toujours méfiante, Lisa fonça vers le diagramme, l'attrapa et se précipita en haut de l'escalier avant que Vanessa ait eu le temps de la rejoindre. Il fallait qu'elle raconte tout cela à Mitch le soir même. Elle craignait fort que cette trêve ne soit qu'un bref cessez-le-feu.

Elle monta directement dans sa chambre, ferma à clé et s'appuya contre la porte, haletante comme si elle venait de courir un marathon. Oui, elle soupçonnait bel et bien

Vanessa de l'avoir poussée, mais que se passerait-il si elle et Mitch n'arrivaient pas à prouver sa culpabilité ?

Elle s'ébroua pour se ressaisir : la tension de la scène qui venait de se dérouler lui laissait les muscles endoloris, à moins qu'il ne s'agisse du contrecoup de son périple dans l'eau glacée, réveillé par sa descente en tyrolienne et en radeau. Elle n'avait pas encore fait sa valise pour partir le lendemain, et se rendait compte qu'elle répugnait à quitter l'Alaska. Pour se détendre, elle décida de faire un tour au sauna, comme Christine le lui avait conseillé. Ainsi, elle serait plus calme pour son rendez-vous avec Mitch.

En s'avançant dans la pièce, elle mit par inadvertance le pied sur une feuille de papier qu'on avait glissée sous sa porte, comme une facture d'hôtel. Un message de Mitch, peut-être ? Elle la ramassa dans la pénombre envahie par le ronronnement du torrent tout proche, s'approcha de la fenêtre pour mieux voir et étouffa un cri.

C'était une photocopie du tableau d'Ophélie qu'Ellie avait mentionné plus tôt. Au dos, une main avait écrit :

« Comme cela a semblé t'intéresser lors de la cérémonie, j'ai pensé que tu aimerais avoir cette image de sérénité dans la mort, Ellie. »

Le tableau était à la fois beau et envoûtant. Le bas de la page portait la mention :

« John Everett Millais, 1851-1852,
Tate Gallery, London »

Lisa détourna les yeux, mais c'était trop tard. Tout comme Ginger flottant dans le lac, comme sa mère dans ses visions nocturnes, la noyée Ophélie la contemplait, les mains tendues, suppliante…

Elle jeta la feuille dans la corbeille à papier, puis la retira, mais en ayant soin de la poser à l'envers sur la coiffeuse, et passa dans la salle de bains enfiler son maillot.

Le geste d'Ellie partait sans doute d'un bon sentiment, d'un désir de la réconforter. Mais il lui semblait particulièrement malvenu.

Soudain glacée, frissonnante, Lisa serra contre elle les pans de l'épais peignoir en éponge. Le sauna lui ferait sans doute du bien. Il y aurait de l'eau, certes, mais dans un agréable nuage de vapeur bien chaude.

Elle sortit, referma et descendit pour se diriger vers la terrasse. C'était sans doute à cause de sa confrontation avec Vanessa ou à cause du choc provoqué par le tableau qu'elle avait froid, car la température extérieure était plutôt clémente.

Elle jeta un coup d'œil vers le ciel qui s'assombrissait. Elle aurait aimé voir les couleurs changeantes de l'aurore boréale qui, d'après Mitch, était permanente, mais visible seulement quand il faisait bien noir. C'était un peu comme ses tentatives pour découvrir celui ou celle qui avait tenté de lui nuire. Le danger était là, bien réel, mais masqué par un écran de mensonges. Si la situation s'assombrissait, comme le ciel, finirait-elle par entrevoir le visage du sinistre criminel ?

Chassant résolument ses inquiétudes, elle alla voir si le sauna était libre et constata avec soulagement que c'était le cas. C'était une petite cabane en rondins, assortie à la terrasse et au reste de la résidence. La chaudière à bois se trouvait à l'extérieur. Elle en fit le tour et trouva, sur le côté, comme Mitch le lui avait indiqué, un cadran pour régler la durée et la température. Le cadran pouvait monter très haut, mais elle choisit une température de cinquante degrés pendant six minutes. Elle appuya ensuite sur le bouton d'allumage, à côté du réservoir d'eau en acier qui envoyait la vapeur à l'intérieur. Le premier jour, Mitch leur avait montré comment ils pouvaient aussi verser de l'eau sur les pierres chauffées pour obtenir davantage de vapeur.

Elle avait hâte de s'installer dans la chaleur humide et bienfaisante pour dénouer toutes ses tensions.

Mitch prit un appel téléphonique, dans son bureau, au moment où les Bonner sortaient de la pièce. Ils avaient réglé ce qu'ils lui devaient en y ajoutant un bonus confortable. Comme Spike partait pour Talkeetna chercher un cercueil pour Ginger, il leur avait trouvé un autre pilote pour les ramener le lendemain à l'aéroport d'Anchorage.

— Ici, Mitch Braxton, dit-il.

— Bonjour, Mitch, c'est moi, Lucky, au bar de Bear Bones. Gus est ici, soûl comme une grive, en train de parler à tort et à travers et de perdre les pédales. Il raconte que tu es son avocat, mais qu'il n'aura pas besoin de toi parce qu'il n'a rien fait de mal. Et il pleure sur Ginger, le nez dans sa bière. Aucun de nous n'arrive à le calmer. S'il commence à faire du grabuge, je serai obligé d'appeler le shérif, ce qui n'est pas forcément une bonne idée…

Mitch consulta sa montre : 21 h 30. Il avait le temps d'y aller, de déposer Gus chez lui et d'être rentré avant son rendez-vous avec Lisa.

— Merci, Lucky. Dis à Gus de se contrôler. J'arrive tout de suite.

Il griffonna des messages à l'intention de Graham et de Lisa. D'ordinaire, dans des cas de ce genre, il envoyait Spike, mais il ne pouvait décemment pas obliger son employé à affronter un Gus totalement ivre.

Il glissa le message des Bonner sous leur porte, pour gagner du temps, puis fonça vers la chambre de Lisa. Il écouta quelques instants sans rien entendre : elle avait dû s'allonger. Pour ne pas la déranger, il glissa également le mot sous la porte, et dévala l'escalier pour prévenir Christine qu'il partait.

Lisa entra dans le sauna et ferma la porte. L'intérieur, de bois de cèdre, embaumait. La cabane faisait environ deux mètres sur trois. Un banc courait en L sur deux parois ; elle s'y laissa tomber avec soulagement, avant de se rappeler qu'elle avait intérêt à laisser son peignoir dehors, si elle ne voulait pas le retrouver complètement trempé. Elle se releva, rouvrit, l'accrocha à l'extérieur et referma. Ainsi, les gens sauraient qu'il y avait quelqu'un et frapperaient avant d'entrer. Elle connaissait beaucoup de gens qui restaient nus pour le sauna, mais elle préférait garder son maillot de bain. Evidemment, si un jour Mitch venait avec elle…

La vapeur chaude commençait à envahir le petit espace en sifflant dans les conduits. Elle allait attendre un peu avant de verser de l'eau sur les pierres qui, d'ailleurs, provenaient du torrent dont elle était sortie vivante. Rien de tel qu'une bonne dérive dans une rivière glacée de l'Alaska, songea-t-elle avec humour, en s'efforçant de chasser les visions d'Ophélie et de Ginger qui l'assaillaient.

Désormais, elle ne les laisserait plus la hanter, se dit-elle résolument. Même si son psychiatre lui avait toujours répété que réprimer les souvenirs était pire que de les laisser remonter à la surface, elle allait enfouir une fois pour toutes les cauchemars du passé. Elle allait se tourner vers l'avenir, vers ses projets, qui incluraient peut-être le retour de Mitch dans sa vie…

Il commençait à faire extrêmement chaud. Elle se mit à transpirer. « Transpirons donc, pensa-t-elle, débarrassons-nous de tous les poisons, spirituels ou physiques. Qu'ils s'évacuent. » Mieux valait que son hypophyse secrète une bonne dose d'endorphines qui soulageraient sa tension, même si ces endorphines grimpaient toutes seules en présence de Mitch. En outre, comme cette étuve accélérait les battements du cœur, c'était comme si elle faisait de l'exercice en restant assise. C'était parfait. Pendant un moment, appuyée contre la paroi de bois, elle avait même somnolé.

Elle se réveilla en sursaut. Les six minutes n'étaient visiblement pas encore écoulées, mais la chaleur continuait à monter et la vapeur s'épaississait. Elle avait pourtant choisi une température qu'elle supportait bien, d'ordinaire, non ? S'il devait faire encore plus chaud, elle sortirait plus tôt que prévu, prendrait une bouffée d'air frais et remonterait dans sa chambre prendre une douche froide.

Mitch leur avait raconté que certains de ses clients, l'hiver, allaient se rouler dans la neige en sortant du sauna. Peut-être ces couples japonais qui venaient ici pour voir l'aurore boréale et concevoir leur enfant ?

A quoi pouvait donc ressembler le paysage alentour, une fois couvert de neige, sous les majestueuses lueurs polaires ? Et le torrent, figé par les glaces et soudain silencieux, à moins qu'en profondeur les eaux ne continuent à murmurer leurs sombres menaces ? Elle n'avait jamais fait de ski de randonnée, mais les sentiers qu'ils avaient empruntés étaient vraiment très beaux. L'hiver, on devait aussi faire des courses en traîneau, derrière les chiens, en filant comme le vent sur les étendues floconneuses, avant de rentrer se pelotonner devant un bon feu…

La vapeur sifflait de plus belle, la température ne baissait pas. Elle n'allait sûrement pas verser de l'eau sur les pierres. Elle avait si soif qu'elle aurait pu boire tout le torrent.

Saisie de vertige, elle se mit debout. Il ne faudrait pas qu'elle s'endorme en remontant faire sa valise dans sa chambre, car elle devait retrouver Mitch à minuit. Au moins, maintenant, elle se sentait détendue. Trop, même. Ses jambes flageolaient.

Il y avait de tels nuages de vapeur qu'elle dut trouver la porte à tâtons. La poignée ne bougea pas. Serait-elle tombée sur un placard, désorientée par la chaleur ? Ou la porte s'était-elle coincée ? Elle n'avait pas remarqué de verrou, pourtant. Peut-être y en avait-il un qui s'était refermé ?

Elle appuya de nouveau sur la poignée, puis tira de toutes ses forces. Rien ne bougea.

Lisa se mit à tambouriner et à crier, en inspirant à petits coups l'air brûlant qui lui déchirait les poumons.

— Au secours ! Je suis enfermée ! La porte est bloquée ! Au secours, c'est moi, Lisa !

Paniquée, elle coinça son pied contre le mur pour tirer avec l'énergie du désespoir. La poignée de bois s'arracha et Lisa, déséquilibrée, retomba durement sur le dos en se cognant le crâne contre le banc.

Elle secoua la tête pour tenter de reprendre ses esprits. Elle avait la nausée. Une brume opaque avait envahi le local, mais elle distingua un rai de lumière près de la poignée arrachée et se précipita pour tenter d'écarter la porte, les doigts crispés, haletante, à bout de forces.

Renonçant, elle s'allongea sur le sol, les yeux fixés sur les volutes de vapeur blanche qui tournoyaient au-dessus d'elle comme les remous du torrent. Elle allait mourir noyée dans ces eaux brûlantes… Où était Mitch ? A côté d'elle surgit Ginger, dans la reproduction du tableau qu'Ellie lui avait offerte, puis les yeux verts de sa mère se mirent à scintiller dans le brouillard.

— Viens, Lisa, rejoins-moi, chérie. Prends ma main. Je suis avec Jani, viens…

Le cœur de Lisa battait à tout allure, martelait sa poitrine comme les moteurs d'un monstrueux transatlantique.

— Non ! Non ! hurla-t-elle en se sentant aspirée dans le sillage de l'immense bateau de croisière.

Il fallait chasser ce souvenir, garder le contact avec la réalité. Il n'y avait ici ni bateau, ni moteurs, ni torrent.

Elle était prise au piège, comme enfermée dans un cercueil brûlant.

21

Mitch avait réussi à calmer Gus, à le ramener chez lui et à le laisser en train de ronfler dans son lit en un temps record. Gus n'allait pas l'empêcher de retrouver Lisa pour le dernier soir où elle se trouvait là. Il reprit la route en roulant comme un fou, sortit en trombe de Bear Bones et fonça en direction de la résidence.

En fait, il voulait convaincre Lisa de ne pas partir le lendemain. Qu'elle ait ou non des engagements, elle serait bien obligée de convenir qu'elle serait plus en sécurité en Alaska qu'en Floride, où elle allait retrouver tous ses collègues. Si Vanessa ou Jonas l'avaient poussée dans le torrent, rien ne les empêcherait de recommencer une fois rentrés.

A moins — et ce scénario du pire le hantait — que Graham ne soit d'une manière ou d'une autre impliqué dans le scandale du blanchiment d'argent. Cela pouvait-il menacer Lisa ? Mais par quel biais ? De quelle révélation Graham pouvait-il avoir peur, si les deux avocats qui avaient travaillé sur l'affaire en renouaient les fils ? Même si, ce soir, Mitch comptait surtout parler de leur avenir avec Lisa, il serait bien obligé d'évoquer avec elle cette affaire des casinos.

En arrivant, il bondit hors de son 4x4 et se précipita

vers la résidence. En entrant, il se rendit compte qu'il devrait passer devant ses hôtes pour rejoindre Lisa, tout à l'heure, car Graham, Ellie, Vanessa et Jonas étaient assis autour d'une petite table devant la cheminée et faisaient une partie d'un jeu quelconque. Christine leur servait des bières et des sandwichs. Au moins, Lisa n'était pas avec eux. Elle avait réussi à les éviter et devait l'attendre dans sa chambre, ou peut-être sur la terrasse, où ils avaient prévu de se retrouver. L'idée qu'elle puisse patienter seule dehors ne lui plaisait pas.

Graham leva les yeux.

— Bonsoir, Mitch, content que tu sois rentré. Comment va Gus ?

— Il dort pour oublier ses excès et la mort de Ginger.

— Je trouve cet homme très instable, Mitchell, intervint Ellie. Je persiste à penser qu'il a pu s'en prendre à Ginger, même si c'était sous le coup de la passion.

De la passion, c'était ce que Mitch ressentait pour Lisa. Une passion dévorante. Il devait filer sans s'attarder.

— Gus est quelqu'un qui étale ses sentiments, répondit-il. Cela prouve qu'il n'a rien à cacher.

Les quatre joueurs le regardèrent se diriger vers l'escalier. Il y eut un moment de silence où l'on n'entendit plus que le craquement des bûches, comme si un brasier infernal allait se déclencher. Lequel d'entre eux, se demanda-t-il, cherchait à s'en prendre à Lisa ?

Christine s'éclaircit la gorge.

— Tu n'as pas faim, Mitch ? J'ai préparé trois sortes de sandwichs.

— Non, merci. J'ai une affaire à régler. Je vous reverrai tous demain matin pour vous dire au revoir.

— J'en profiterai pour annoncer qui j'ai choisi, dit Graham. J'ai besoin d'une dernière nuit de réflexion. Lisa doit subir le contrecoup des événements, parce qu'elle n'est pas sortie de sa chambre depuis la fin du dîner.

Mitch hocha la tête et entreprit de gravir les marches.

— Tu ne veux pas savoir qui est en train de gagner ? lui demanda Jonas. Nous jouons au Monopoly de l'Alaska et je viens d'acheter un hôtel dans les monts Talkeetna.

— Ce sont des cases où j'aime bien tomber aussi, répondit Mitch sans s'arrêter.

Lisa étant certainement dans sa chambre, il la ferait passer par l'escalier de service, pour qu'on ne les voie pas sortir ensemble. Ensuite, ils pourraient remonter dans sa propre chambre par le même chemin, si elle était d'accord.

Si elle était d'accord ? Il fallait qu'elle le soit, se répéta-t-il en fonçant dans le couloir pour frapper à sa porte.

— Lisa ? Lisa !

Il frappa plus fort en priant le ciel pour que cette commère de Vanessa ne monte pas voir ce qui se passait. Lisa serait-elle en train de dormir à poings fermés ? Il se sentit froissé. Il attendait avec impatience cette soirée avec elle. Comment avait-elle pu s'endormir ? Lui aussi se sentait épuisé, mais l'adrénaline le tenait éveillé, à moins que ce ne soit sa libido, trop longtemps refrénée.

Il hésita, puis sortit son passe pour ouvrir. Le message qu'il avait glissé sous sa porte était resté par terre. Il le déplia pour s'assurer que Lisa n'avait rien ajouté.

Puis il regarda frénétiquement autour de lui. La salle de bains était ouverte et on n'entendait pas d'eau couler. Le lit était fait. Sur les couvertures bien tirées s'entassaient en vrac un pantalon, un pull et des sous-vêtements. Cela lui rappela qu'il avait dû la déshabiller, près du torrent, tellement elle était glacée, et qu'il l'avait réchauffée de son propre corps. Il se mit à transpirer. Etait-ce dû à ce souvenir, ou au sombre pressentiment qui l'assaillait soudain ? Il aperçut un morceau de papier sur la coiffeuse. Un message pour lui, peut-être ?

Il retourna le feuillet : c'était une reproduction en couleur du tableau d'Ophélie mentionné par Ellie, et cette dernière avait ajouté quelques lignes. Mitch sentit son estomac se contracter. Le tableau lui rappelait la noyade de Ginger, mais n'avait-il pas réveillé chez Lisa des visions cauchemardesques de sa mère et de sa sœur ? Et si c'était le cas, où était-elle passée ?

Une peur instinctive l'étreignit. Le torrent ? Le lac ?

Il sortit, referma derrière lui et descendit par l'escalier de service. Une fois sur la terrasse, il appela à voix basse :

— Lisa ? Lisa, tu es là ?

Il n'y avait aucun bruit, à part le souffle du vent dans les branches et l'éternel vrombissement du torrent tout proche. L'hydravion de Spike était amarré au ponton, et Spike avait également ramené le bateau de sa sœur, hissé sur la rive.

— Lisa ! cria Mitch. Lisa !

La terrasse dallée de pierre était déserte, le spa était vide. Il fonça à l'intérieur et alla trouver Christine, qui était en train de remonter à sa chambre.

— As-tu vu Lisa ? demanda-t-il en l'attrapant par le coude. Elle n'est ni dehors ni dans sa chambre.

— Non, je ne l'ai pas vue. J'allais me coucher. Mme Bonner doit éteindre les lumières. Que se passe-t-il ? Veux-tu que je t'aide à la chercher ?

— Non, je te remercie. Nous devions faire une promenade, je vais voir… je te verrai demain matin.

Il se détourna pour ressortir mais Christine le rappela.

— Mitch ? Ça me revient. Il me semble qu'elle m'a parlé d'aller au sauna.

Il exhala profondément. C'était donc ça ! Voilà pourquoi

elle avait laissé ses vêtements sur son lit. Il aurait dû regarder dans la salle de bains si le peignoir y était accroché.

Il ressortit par la porte de service pour ne pas se faire voir. Maintenant, il percevait le ronronnement de la chaudière et il vit la tache blanche du peignoir de Lisa accroché devant le sauna.

Il poussa un soupir de soulagement et songea un moment à se déshabiller pour lui faire la surprise d'aller la rejoindre. Un puissant désir l'envahissait de nouveau. Peut-être aurait-elle mis un maillot de bain, au cas où quelqu'un viendrait, mais si elle n'en avait pas ? Si…

Il vérifia le cadran. La température restait raisonnable et il restait cinq minutes. Il fallait espérer qu'elle ne s'était pas endormie à l'intérieur, tant elle s'écroulait de fatigue.

Il posa la main sur la poignée et poussa. Un jet de vapeur jaillit de l'embrasure, lui brouillant la vue.

— Lisa ! dit-il. Allons, chérie, c'est fini. Pense à moi, maintenant.

Il n'y eut pas de réponse. La vapeur commença à se dissiper, et il vit sur le sol un bras inerte.

Lisa entendit une voix d'homme crier son nom, comme de très loin, à travers une brume opaque. Quelqu'un la toucha, tâta sa nuque et son pouls.

— Lisa, réveille-toi ! Lisa !

C'était l'heure. Allait-elle être en retard pour l'école ? Avait-elle rendez-vous au tribunal ? Elle se rappelait vaguement qu'un test l'attendait, mais ne se souvenait absolument pas sur quoi il portait.

Elle tenta d'ouvrir les yeux mais ses paupières étaient trop lourdes. Mitch ! C'était Mitch. Il l'avait sortie du torrent. Elle avait froid. Non, elle n'avait pas froid, mais chaud, très chaud, et très soif… Elle se sentait bizarre, comme si elle flottait.

Puis elle se souvint. Elle était noyée, morte, et regardait le visage de Mitch à travers un flot d'eau courante, mais c'était un rêve.

Il lui tapota les joues sans cesser de répéter son nom, mais elle continua à dériver, emportée par un irrésistible courant.

Mitch sortit comme un fou sur la terrasse et frappa à coups redoublés à la vitre de la chambre de Christine. Christine écarta les rideaux et entrebâilla la fenêtre.

— Appelle les secours à Talkeetna et dis-leur de venir tout de suite. Lisa est tombée inconsciente dans le sauna. Je ne sais pas depuis combien de temps elle est là-dedans. J'ai l'impression qu'elle a la fièvre… Dis-leur qu'elle a la peau sèche et qu'elle est déshydratée. Je vais tenter de faire descendre sa température en la mettant dans le lac, mais si quelqu'un a une autre idée, viens me le dire. Demande aux secours quelqu'un qui sache ce qu'il faut faire…

Christine ne se perdit pas en exclamations ou en questions oiseuses. Elle hocha simplement la tête et disparut en lâchant les rideaux. Mitch courut au sauna et prit Lisa dans ses bras. Comment pouvait-on survivre à toutes ces épreuves — tomber dans les eaux glacées d'un torrent puis mourir de chaud dans un sauna ? Il en avait le cœur serré. Lisa s'était-elle tout bonnement endormie dans la cabine ? Ou bien quelqu'un avait-il manœuvré dans l'ombre, pour tenter de nouveau de la supprimer ?

Il fonça vers le lac en la serrant contre lui. C'était le meilleur moyen d'abaisser sa température. Elle avait la peau sèche et flasque, l'air d'un spectre, alors qu'elle aurait dû suer à grosses gouttes. L'eau du lac, fraîche et cristalline, pouvait seule la sauver. Il s'interrogerait plus tard sur sa pureté.

Il s'avança dans l'eau jusqu'aux genoux, sans aller très loin car le sol s'inclinait très vite. C'était moins froid que les eaux du torrent, tout droit descendues des glaciers. Il s'accroupit et plongea Lisa avec précaution, lui maintenant la tête hors de l'eau.

Elle remua entre ses bras. Oui, peut-être le choc allait-il la réveiller… A sa surprise, il sentit qu'elle commençait à se débattre.

— Tout va bien, ma chérie. Je suis là. Il faut faire baisser ta température. Tiens, bois un peu, dit-il en faisant couler de l'eau sur ses lèvres.

Elle essaya d'avaler mais recracha presque tout.

— Je n'arrive pas à y croire ! s'écria Vanessa qui arrivait en courant. C'est affreux ! Christine te fait dire que les secouristes arrivent. Le réceptionniste lui a passé un urgentiste. Le risque, c'est que Lisa fasse une fibrillation auriculaire, ou quelque chose comme ça, et qu'elle reste inconsciente. Ce serait mauvais signe. Comment est-elle ?

— Va me chercher un verre d'eau, rétorqua Mitch.

— Pourquoi est-ce qu'elle a passé tant de temps dans…

— Vanessa, de l'eau !

Vanessa s'exécuta, pataugeant dans le lac pour apporter le verre, et Mitch fit boire une gorgée à Lisa. Il avait l'impression de revivre le cauchemar du sauvetage dans le torrent. Lisa aurait-elle des instincts suicidaires ? Non. C'était impossible. Il la connaissait bien. Quelqu'un avait donc tenté de la tuer une nouvelle fois, en faisant croire à un accident qu'elle aurait elle-même causé.

Tout le monde était maintenant réuni sur la rive, sauf Christine qui restait au téléphone et faisait effectuer des allers-retours à Vanessa.

— Quelqu'un peut aller accueillir les secours, et quelqu'un d'autre m'apporter le peignoir de Lisa ? demanda Mitch. Il est accroché près du sauna.

En levant la tête pour parler à ses hôtes, il vit que la lune s'était levée au-dessus des sapins. Sa lueur, mêlée à celle du crépuscule, baignait Lisa d'une lueur mordorée, et il se prit soudain à souhaiter habiter dans un désert, sans torrent, sans lac, sans sauna. S'il la perdait de nouveau, plus rien ne serait comme avant.

Jonas sortit en courant de la résidence.

— Ils sont là ! cria-t-il. Les secouristes sont là !

Mitch avait l'impression de les avoir attendus pendant des siècles. Graham escorta vers la rive deux secouristes qui poussaient en courant un brancard à roulettes. Mitch sortit Lisa de l'eau et ils l'aidèrent à l'allonger. Il était hanté par des visions du cadavre trempé de Ginger, lorsqu'on l'avait hissé sur le ponton. Pendant que les deux infirmiers se penchaient sur Lisa, il laissa son regard errer sur ses hôtes. Ils semblaient tous sincèrement anxieux, et même effrayés. Christine rejoignit le petit groupe en se tordant les mains.

— Thermomètre tympanique, ordonna l'un des secouristes.

L'autre exhiba le thermomètre et le glissa dans l'oreille de Lisa, tandis que son collègue pressait un stéthoscope sur sa poitrine.

— Tachycardie, annonça-t-il. Il faut la perfuser et l'emmener. Allons-y.

— Je peux venir aussi ? demanda Mitch. Vous l'emmenez à Talkeetna ?

— Non, monsieur, répondit l'un des deux. Il faut la transporter à l'hôpital régional Columbia d'Anchorage.

— C'est à cent kilomètres !

— Voulez-vous nous suivre en voiture, si vous êtes un parent ?

Il ne l'était pas, mais avait failli être son mari. Il les aida à installer Lisa sur le brancard, puis ils regagnèrent la terrasse. Les roues faisaient un bruit strident sur le dallage. Mitch sortit ses clés de voiture de sa poche.

— Mitchell, tu es trempé ! protesta Ellie.

Il se contenta de secouer la tête en suivant les secouristes.

— Je t'accompagne, dit Graham en le rejoignant. Lisa est aussi sous ma responsabilité.

— Il se peut que je doive y passer la nuit, et toi, tu pars demain, objecta Mitch sans ralentir.

— Nous reculerons la date de notre départ. Je paierai les frais et l'assurance qui couvre Lisa. Tu as besoin d'être secondé par quelqu'un de confiance.

Mitch ne protesta pas, mais il se demandait, au vu de ce que lui et Lisa avaient découvert, si Graham n'était pas la dernière personne à laquelle il puisse faire confiance. Cette seule idée, comme tant de choses depuis quelque temps, lui brisait le cœur.

Mitch agrippa son volant pour rester derrière l'ambulance, dont la sirène lui perçait les oreilles et dont le gyrophare lui donnait la nausée. Il était impossible que Lisa se soit endormie dans le sauna, tout épuisée qu'elle était. Elle se serait réveillée quand il avait commencé à faire trop chaud. Personne ne supportait une chaleur telle qu'elle empêchait même la transpiration Pourtant, le cadran de température était normal… à moins que quelqu'un ne soit venu l'ajuster. Il aurait dû vérifier comment la porte du sauna avait pu se coincer.

Lisa aurait-elle pu développer des instincts suicidaires avec tout ce qu'elle avait vécu ici ? Le fait de le revoir, de lutter pour le poste d'associé, de revivre la noyade de sa mère et de sa sœur en voyant les remous du torrent ? Cette accumulation avait-elle pu lui faire perdre la tête ? Sa mère s'était suicidée, après tout. Ce genre d'impulsion se transmettait, dans certaines familles.

En même temps, il était convaincu qu'elle avait été poussée dans la rivière, et Spike était convaincu que Ginger n'avait pu perdre l'équilibre. Et maintenant, cette histoire de sauna… Rien ne collait. Quel pouvait être le mobile du meurtrier ?

— Mitch, tu claques des dents, dit Graham, l'interrompant dans ses pensées. Je vais monter le chauffage, et, en arrivant à Anchorage, j'enverrai quelqu'un t'acheter des vêtements secs.

— Je n'ai pas voulu prendre le temps de me changer, je voulais suivre l'ambulance. Je veux être avec Lisa quand elle arrivera aux urgences.

— Je comprends. Je sais aussi que Lisa est parfois instable.

— C'est ce que Jonas insinue.

— Je pense qu'il craint que tu ne prennes son parti. Quant à Vanessa, elle ne se montre jamais plus séductrice que lorsqu'elle veut arriver à ses fins.

— Y compris avec toi ?

— Non, dans la mesure où Ellie est présente et fait maintenant partie du jury de sélection.

— Je ne savais pas.

— J'aurais dû te le dire. Avec tous ces événements, cela m'est sorti de l'esprit. Cette incroyable succession d'incidents…

— D'incidents ?

— Disons d'« accidents »… Des gens qui perdent l'équilibre, qui trébuchent. Ne me dis pas que tu penses à autre chose ? D'après le shérif, tout ce qui s'est passé est accidentel.

Mitch garda le silence en empruntant l'autoroute qui menait à la capitale. « Seigneur, songeait-il dans le tourbillon de ses pensées, ne permettez pas qu'elle meure. Même si elle a tenté de mettre fin à ses jours, ne la laissez pas mourir. »

En arrivant à l'hôpital, il pila juste derrière l'ambulance.

— Je vais garer la voiture, proposa Graham. Vas-y. Dis-leur que je m'occupe de l'assurance dès que possible.

— Merci, Graham. Merci pour tout.

« Pour tout ? » se répéta-t-il intérieurement. Graham avait été pour lui comme un frère aîné, presque même comme le père que Mitch n'avait pas vraiment eu. Or, il le soupçonnait de meurtre… La vie réservait de tristes surprises, et plus encore maintenant que Lisa était de nouveau en péril.

Il suivit les infirmiers qui faisaient franchir les portes automatiques au brancard. Ils avaient mis Lisa sous perfusion : un sac transparent se balançait sur un support métallique. Que lui avaient-ils fait d'autre, pendant le trajet ? Vanessa avait dit que ce serait mauvais signe qu'elle reste inconsciente, mais elle avait l'air plus sonnée qu'évanouie. Il reprit espoir. Quand ils arrivèrent à l'accueil, il se pencha sur elle et lui prit la main.

— Lisa ? Je suis avec toi, à l'hôpital d'Anchorage. Tu vas devoir de nouveau lutter pour garder conscience. Fais bien tout ce qu'on te dira.

— La porte…, chuchota-t-elle.

Il se pencha plus près.

— Tout va bien. Nous sommes aux urgences. Ils ont fermé.

— La porte du sauna… bloquée.

— Non, je l'ai ouverte pour venir te chercher. Tu étais tombée par terre.

— Elle était… verrouillée.

— Il n'y a pas de verrou, pour qu'on ne puisse pas s'enfermer à l'intérieur, répliqua Mitch, avant de se dire que Lisa devait être en train de délirer.

Seulement, il avait cru aussi qu'elle délirait, quand elle lui avait dit qu'on l'avait poussée dans le torrent. Quelqu'un aurait-il donc bloqué la porte ? Il faudrait qu'il appelle Christine pour lui demander de vérifier si on avait trafiqué la poignée ou les cadrans. Les empreintes ne donneraient rien, car tout le monde avait dû y toucher… Mais d'abord, il fallait s'occuper de Lisa.

Graham se précipita et tapota l'épaule de Lisa.

— Ça va aller, Lisa. Mitch et moi prenons soin de tout.

— Frappée à la tête… comme Ginger.

Une peur subite fit frissonner Mitch. Graham l'attira à l'écart pour murmurer :

— Cela explique l'accident, comme quand elle a glissé dans le torrent. Elle s'est heurté le crâne et elle est restée bien trop longtemps dans le sauna. Demande qu'on lui fasse un scanner. Elle est peut-être sujette aux évanouissements à cause du stress, d'une hypoglycémie, qui sait ?

Une infirmière vint chercher Graham pour régler les papiers d'assurance et, avant que Mitch ne puisse reparler à Lisa, deux infirmières emmenèrent le brancard. Il resta seul, désemparé, saisi de panique, mais fermement résolu à tirer toute l'histoire au clair.

22

— Christine ? C'est Mitch.

— Comment va-t-elle ?

— Je ne sais pas encore. Ils viennent de l'emmener. J'espère voir bientôt le médecin. Elle dit que…

— Elle est consciente, alors ? Elle parle ?

— Oui, mais cela n'a ni queue ni tête, du moins je crois. Elle dit qu'elle s'est cogné la tête et que la porte était bloquée.

— C'est possible, parce qu'à l'intérieur du sauna la poignée est cassée, comme si elle avait essayé de sortir. Il y a même des éraflures sur le bois, en bas du panneau. On dirait qu'elle a tiré avec les ongles.

Mitch était stupéfait, mais il devait se résoudre à cette idée : il y avait vraiment quelqu'un qui souhaitait la mort de Lisa.

— Mitch ?

— Je suis là… Si quelqu'un a voulu agresser Lisa, aurait-il pris le risque de s'appuyer contre la porte au vu et au su de tout le monde, pour l'empêcher de s'ouvrir ?

— Je peux retourner voir si on a bloqué la poignée avec un bâton, ou mis une cale sous la porte. Si ça se trouve, quelqu'un a monté la température et le minuteur…

— C'est possible, répondit-il en s'appuyant contre le mur, le coude raide, les yeux fixés au sol.

— Je prends une torche et je vais voir. Ne quitte pas.

— Non, attends ! C'est trop dangereux. On pourrait te voir.

— Je n'ai pas peur.

— D'accord, vas-y, mais alors, demande à Spike de venir avec toi. Ça lui fera du bien de s'occuper, et peut-être qu'aussi, ça nous donnera des indices sur la mort de Ginger.

— Qui aurait pu s'en prendre à elles deux ?

— C'est toute la question. Dès que je serai rassuré sur le sort de Lisa, je vais me mettre en quête, mais il faut d'abord que j'assure sa sécurité. Je vais peut-être demander au shérif… Autre chose : nos invités ont joué au Monopoly, ce soir. Aurais-tu vu l'un d'eux quitter le jeu un moment, pendant que Lisa était dans le sauna ?

— Le problème, c'est que je ne sais pas exactement quand elle y était. Je n'ai pas cessé d'aller et venir entre la cuisine et le salon. En tout cas, je suis sûre qu'ils sont tous sortis à un moment ou à un autre, pour aller aux toilettes ou ailleurs. Surtout Vanessa. Elle s'est absentée deux fois un bon moment.

— Donc, si ça se trouve, la première fois pour bloquer la porte avec une cale, et la deuxième fois pour la retirer, afin qu'on croie que Lisa s'était enfermée par mégarde. Promets-moi de te faire accompagner par Spike et de ne parler de tout ça à personne pour l'instant, sauf à lui.

— Promis, surtout que si l'histoire éclate, par exemple si nous faisons venir le shérif et qu'il interroge de nouveau les Bonner, ces derniers nous retireront tout soutien. Or, tout à l'heure encore, Ellie Bonner disait qu'ils aimeraient bien revenir avec leur fille, pour la récompenser de son diplôme de droit, et aussi qu'ils nous enverraient des gens.

A propos, elle a téléphoné pour annuler le départ prévu demain. Heureusement que nous n'avons pas d'autre groupe prévu avant la semaine prochaine.

— Bon… En attendant, ma priorité, c'est Lisa. Je vois Graham en train de me chercher. Je te rappellerai quand j'aurai des nouvelles. Merci pour tout.

— Tu m'as sauvé la vie, Mitch. Je ferai tout ce que je peux pour toi.

Le médecin, comme l'indiquait son badge, s'appelait Jason Kurtz. Il frôlait la quarantaine, avec les cheveux noirs et un regard bleu perçant. Mitch, simplement vêtu d'une blouse verte qu'on lui avait donnée pour remplacer ses habits trempés, lui serra la main en se rendant compte qu'il tremblait. Graham, à côté de lui, le frôlait de l'épaule. Autrefois, ce contact l'aurait réconforté ; à présent, il le déstabilisait encore plus.

— Vous êtes des amis de Mlle Vaughn, pas sa famille, c'est exact ? demanda le médecin en serrant aussi la main de Graham.

— C'est cela, répondit Mitch. Je suis Mitch Braxton et voici Graham Bonner, l'employeur de Lisa en Floride.

— L'état de mademoiselle Vaughn est stabilisé, dit le Dr Kurtz. La température du corps est en train de baisser graduellement avec de la glace et une couverture réfrigérante. Nous allons maintenant nous occuper des fibrillations atriales — des palpitations — dont elle souffre. Elle a également perdu beaucoup de sels minéraux en transpirant, mais nous allons compenser cela après quelques tests.

— Dieu merci, vous semblez dire qu'elle va totalement récupérer, intervint Graham.

— Il est encore un peu tôt pour se prononcer. Après l'électrocardiogramme, nous allons la mettre sous surveillance cardiaque pour la nuit, et nous referons un contrôle demain matin. Elle a également une forte contusion sur la tempe gauche, juste au-dessous des cheveux, sans écoulement de sang mais avec œdème. Nous avons par ailleurs noté quelques meurtrissures sur le corps. J'en conclus qu'elle s'est cognée la tête en tombant. Savez-vous si elle est sujette aux évanouissements, aux pertes de conscience ?

Graham s'éclaircit la gorge, mais Mitch le devança :

— Pas que nous sachions. C'est quelqu'un de très sportif. Les ecchymoses dont vous parlez remontent à la semaine dernière. Elle est tombée dans l'eau glacée et est restée un moment en état d'hypothermie, exactement l'inverse d'aujourd'hui.

— Je vois… Cela a dû être un choc considérable. A-t-elle été à l'hôpital, pour cette hypothermie ?

— Non. Je l'ai sortie de l'eau et nous avons dû faire un long trajet à pied, mais à part ces marques et une grande fatigue, elle a entièrement récupéré.

Le médecin fronça les sourcils. Etait-il contrarié qu'on n'ait pas soigné Lisa, la première fois, ou bien son état lui inspirait-il plus d'inquiétudes qu'il ne voulait l'avouer ?

— La nuit sera longue, dit-il en montrant d'un geste la salle d'attente. Il peut y avoir d'autres séquelles, à part les palpitations, comme des problèmes circulatoires ou rénaux. Nous vous en dirons plus quand nous aurons le résultat des premières analyses. Elle affirme qu'elle était seule dans le sauna et s'est cogné la tête, mais il se peut que le coup, associé à une température excessive, ait entraîné un état de confusion mentale.

En tout cas, pas au point de confier au médecin qu'elle soupçonnait quelqu'un d'avoir bloqué la porte, songea Mitch. Elle aussi, en somme, jugeait préférable pour l'instant de ne pas attirer l'attention sur cette histoire, pas plus que sur la mort de Ginger. Elle avait beau avoir échappé une deuxième fois à son meurtrier, elle gardait de solides réflexes professionnels.

Même si elle avait failli désobéir à Mitch et aller vérifier toute seule la porte du sauna, Christine se félicita d'avoir une excuse pour téléphoner à Spike.

Ils examinèrent avec une torche les traces de griffures, au bas de la porte du sauna, et elle déclara :

— Je vais dire à Mitch de regarder si elle a des traces de bois sous les ongles. Elle s'est visiblement acharnée, ce qui veut dire que la porte, au moins à ce moment-là, était coincée.

— Ça veut dire aussi autre chose, répondit Spike en observant la poignée cassée : si quelqu'un a tenté par deux fois de tuer Lisa, c'est la même personne qui a tué Ginger.

— C'est tirer des conclusions un peu rapides, Spike.

— Je me fiche de ce qu'on peut dire. J'en suis certain. Ginger aussi s'est sûrement débattue. Rappelle-toi le rapport du coroner : elle avait de la boue et des débris sous les ongles, signe qu'elle a lutté. Si ça se trouve, Ginger est morte parce qu'elle en savait trop long sur Lisa. Sans Lisa, elle serait encore en vie.

Christine se planta face à lui, au milieu du sauna. Ils n'avaient malheureusement pas trouvé trace d'une quelconque cale ayant bloqué la porte, mais elle déclara :

— On a l'impression que tu accuses Lisa, alors qu'elle est une victime ! Qui vas-tu blâmer ensuite, Mitch ou moi ?

— Tu prends toujours son parti, mais je ne l'accuse pas. Mitch est un type bien. Si les Bonner n'avaient pas payé pour l'enterrement, il l'aurait fait lui-même, il me l'a dit. Seulement, ne va pas me reprocher de dire que Lisa a une part de responsabilité. D'abord, elle a rompu avec

Mitch et n'a pas voulu le suivre en Alaska ; ensuite, elle est venue jusqu'ici lui troubler les idées. Il voudrait qu'elle reste, mais je parie qu'elle a l'intention de le ramener en Floride. Elle ne nous a causé que des ennuis, sans parler de la mort Ginger.

— Je sais que tu es effondré, et que tu as toutes les raisons de l'être, mais…

— Hé, que se passe-t-il ici ? fit soudain une voix de femme, à l'extérieur.

Vanessa se montra par la porte entrebâillée. Il y avait vraiment, chez elle, quelque chose de malsain, songea Christine.

— Je faisais quelques pas sur la terrasse et j'ai entendu des voix, dit-elle. Avez-vous des nouvelles de Lisa ?

— Ils font des analyses. On n'en sait pas plus pour l'instant, répondit Christine.

— Allez-vous condamner le sauna en attendant qu'il soit réparé ? demanda Vanessa. Dites donc, comment la poignée a-t-elle pu se casser ?

— Elle était branlante depuis longtemps, mentit Spike avant que Christine ait pu répondre. Mitch a dû la faire tomber en venant secourir Lisa.

— Eh bien, si vous avez des nouvelles, dites-le-moi. Nous commençons à penser que cet endroit est maudit, si vous voyez ce que je veux dire. Et nous avons tous des rendez-vous professionnels qui nous attendent. Nous allons devoir reprendre pied avec la réalité, à l'autre bout du pays. En plus, avec ce dernier accident, je parie que Graham va différer la nomination du nouvel associé. Evidemment, avec tout ce que Lisa a vécu, sans oublier son passé tragique, il ne devrait plus y avoir que deux candidats en lice, mais Graham Bonner est toujours capable de nous surprendre. A demain matin. Prévenez-moi avant s'il y a du nouveau.

Spike et Christine gardèrent le silence en écoutant décroître les pas de Vanessa. La porte-fenêtre s'ouvrit et se referma. Spike déclara enfin :

— Elle ne m'a pas cru, pour la poignée. Sois je mens mal, à cause de l'émotion, soit elle sait très bien que Lisa a été enfermée. En tout cas, n'oublions pas qu'elle est la dernière à avoir vu Ginger vivante.

La nuit avait semblé interminable. Non seulement Mitch avait passé son temps à ruminer les événements de la semaine écoulée, mais il ne cessait aussi de se demander si Graham ne l'avait pas trahi. Pendant le petit déjeuner, à la cafétéria de l'hôpital, ce dernier avait éludé ses questions sur les derniers développements de l'affaire des casinos. Il n'en avait pas moins révélé un détail intéressant à propos de Vanessa.

— Quand je vous ai retiré cette affaire, pour ne pas vous mettre en danger, Vanessa a beaucoup insisté pour la reprendre, dit-il. J'avais bien compris qu'elle comptait se faire de la publicité, si jamais cela sortait dans la presse. Je lui ai répondu qu'il revenait au directeur de décider, et qu'il était hors de question que je fasse prendre des risques à mes employés. Cela reste d'ailleurs ma doctrine.

— Tu as toujours protégé tes avocats comme s'ils faisaient partie de la famille.

— Toi, en tout cas, tu avais un statut à part, et ton départ m'a… nous a consternés. Je me sens aussi particulièrement responsable de Lisa, d'autant que c'est nous qui l'avons fait venir ici. Je tiens à la ramener dans son environnement familier, où il ne pourra rien lui arriver. Soit dit sans offense, Mitch.

— Ne t'excuse pas. La semaine a été épouvantable. Je

sais que vous avez tous des engagements et qu'il n'a pas été facile de dégager du temps pour le stage.

— En fait, je vais renvoyer Lisa en avion et la pousser à consulter un psychiatre. Je sais qu'elle en a déjà vu un il y a des années, mais je pense qu'elle devrait de nouveau consulter.

Mitch avait tenu le même raisonnement, au début, mais ce n'était plus le cas. Quelqu'un voulait réellement éliminer Lisa, pas seulement l'écarter de la promotion. Et qui sait si ce n'était pas l'homme avec qui il était en train de manger des saucisses et des pancakes ?

— J'imagine, dit-il en s'efforçant de contrôler sa voix, que tu ne vas plus retenir la candidature de Lisa, maintenant ?

— Ça reste à voir.

Graham se pencha au-dessus de la table en Formica, comme si on risquait de les entendre.

— En fait, mon intention était de la nommer associée, ce matin. L'adversité l'a rendue plus forte, plus empathique, peut-être même plus motivée, toutes qualités bienvenues pour un poste à responsabilités. Elle a aussi des défauts, naturellement, comme les deux autres. Tu connais aussi bien que moi leurs handicaps. Malgré tout, c'est encore à elle que je songe.

Mitch resta sans voix. Si Lisa acceptait l'offre de Graham, elle s'éloignerait de nouveau ! Elle avait voulu ce poste, ils s'étaient même disputés à ce sujet, mais qu'en pensait-elle à présent, après toutes ces péripéties ? Et si Graham dissimulait quelque chose, s'il était par exemple le cerveau dans l'affaire de blanchiment d'argent, essayait-il, par le biais de cette promotion, d'acheter le silence de Lisa, en espérant réussir là où les tentatives d'élimination avaient échoué ? A moins qu'il ne pense qu'avec de nouvelles responsabilités elle n'ait accès à des informations, des contacts, des archives qui pourraient la mettre davantage en danger, à des milliers de kilomètres de l'homme qui pouvait la protéger ?

— Tu ne réagis pas ? demanda Graham tandis qu'ils se levaient pour retourner voir les infirmières à l'étage. Tu pensais que je choisirais Jonas ? Ellie et moi admirons Lisa, tu le sais.

Mitch hocha la tête en réfléchissant à toute allure à ce qu'il savait, y compris aux propos de Lisa sur le fait que Graham « faisait trop de serments », dans l'affaire des casinos. Il donnait maintenant l'impression d'encenser un peu trop Lisa.

— Ecoute, reprit Graham, je sais que ça t'a coûté, d'abandonner Fort Lauderdale. Tu n'as jamais songé à reprendre un poste chez nous, en mettant la résidence en gérance pour pouvoir y revenir de temps à autre ? Tu n'aurais que des avantages. Spike et Christine pourraient s'en occuper, et tu pourrais même travailler à mi-temps, faire du consulting, ce qui te permettrait de séjourner souvent en Alaska.

Mitch ne put dissimuler sa surprise. Il n'avait jamais envisagé l'hypothèse, et c'était hors de question. Mais il ne le dit pas, conscient d'être manipulé, circonvenu par un maître en la matière. Comme Graham manipulait probablement Lisa, d'ailleurs. Il fallait trouver le moyen de l'éloigner pour pouvoir parler tranquillement avec celle-ci, en espérant qu'elle ne serait pas trop assommée par les médicaments.

L'infirmière les avait vus arriver.

— Cette fois, l'un de vous peut aller la voir, dit-elle. Un seul à la fois, a dit le médecin. Il ne faut pas d'excitation.

Mitch faillit éclater de rire. Pas d'excitation ? Mais Lisa n'avait rien connu d'autre, depuis qu'elle avait mis le pied en

Alaska ! Il aurait pu néanmoins embrasser l'infirmière, qui lui fournissait l'excuse idéale pour voir Lisa avant Graham.

— Je vais y aller en premier, déclara Graham, pour lui expliquer que nous ne rentrerons pas sans elle, et la rassurer sur le fait qu'elle est toujours en lice. Je vais aussi lui conseiller de consulter un psychologue.

— Non, intervint Mitch, nous sommes sur mon terrain, je vais donc y aller le premier. C'est moi qui suis chargé de sa sécurité, ici, et peut-être même de son problème dans le sauna, si les cadrans ont mal fonctionné. Tu connais le proverbe chinois selon lequel, quand on sauve la vie d'une personne, on est ensuite responsable d'elle ?

— Mais, Mitch, je...

— Je lui ai peut-être même sauvé la vie deux fois, coupa Mitch. Quand je l'aurai vue, je te dirai si elle est en état de te recevoir également.

Sans attendre la réponse de Graham, il fila dans le couloir.

Lisa se sentait dans un état second, étrange, différent de ce qu'elle avait éprouvé après sa chute dans le torrent. Elle avait l'impression de flotter, alors même qu'elle était bardée de tubes et de fils électriques, et coincée sous une couverture réfrigérante qui l'immobilisait sur le lit. On lui avait donné un anticoagulant et elle avait subi un grand nombre d'analyses — bilans sanguins, hépatiques, rénaux, électrolytes — dont elle attendait les résultats. Un cathéter lui instillait les liquides qu'elle avait perdus, mais la vraie souffrance, c'était d'avoir été trahie par quelqu'un en qui elle avait confiance et qui avait voulu l'assassiner.

En dépit de ce qu'elle subissait, elle appréciait beaucoup le Dr Kurtz et les infirmières, car ils expliquaient pas à pas tout ce qu'ils faisaient. A moins que ce ne fût simplement pour la maintenir éveillée, pour voir si elle réagissait ? En tout cas, ils étaient tous très attentionnés. Elle se sentait protégée, à l'abri. Ils avaient même déclaré qu'elle pouvait recevoir une visite avant de dormir de nouveau.

Dieu merci, ce fut Mitch et pas Graham ! Elle reconnut son pas avant même de le voir. Dans sa blouse froissée, il avait une mine épouvantable, avec des cernes sombres sous les yeux et une barbe de trois jours, mais elle ne l'avait jamais trouvé plus séduisant.

— Bonjour, ma chérie, lui dit-il, l'air incroyablement soulagé.

— Tu fais partie du personnel, maintenant ?

— J'en ai presque l'impression, depuis le temps que je suis ici, répondit-il avec un sourire contraint.

Ses yeux, cependant, brillaient de larmes retenues.

— On m'a fait l'honneur de me prêter une blouse pour avoir amené Wonder Woman ici, plaisanta-t-il.

Il jeta un coup d'œil aux écrans de contrôle, puis prit une chaise et se pencha sur elle en lui effleurant l'épaule, car elle avait la main piquée d'aiguilles à perfusion.

— Quand tout sera fini, chuchota-t-il, toi et moi allons nous glisser dans un lit et dormir pendant des siècles.

— Dormir, c'est tout ?

Puis elle baissa la voix pour ajouter :

— C'était une nouvelle tentative de meurtre, Mitch, je te jure. Je m'y serais plutôt attendue pendant la descente en câble ou en radeau, mais le meurtrier ou la meurtrière a préféré une meilleure occasion. La porte du sauna n'était peut-être pas verrouillée, mais elle était bloquée. Si Christine ne m'avait pas encouragée à y aller, ça ne serait jamais arrivé…

— Je sais. Elle m'a dit au téléphone que tu avais cassé la poignée et laissé des griffures en essayant d'ouvrir.

— Je me suis même cassé un ongle, mais ça n'a pas brisé ma résistance ! Tu m'as de nouveau sauvé la vie, Mitch.

— Tu pourras me témoigner largement ta gratitude plus tard. Le problème, c'est qu'au moment où je t'ai trouvée, la température était normale, il restait cinq minutes, et la porte était ouverte. Tu t'es cogné la tête en perdant l'équilibre ? Ou bien quelqu'un t'a assommée ?

— Je ne pense pas avoir été assommée. Je me suis endormie un moment, je me suis réveillée dans un état très confus et j'ai dû tomber. Cela dit, je suis convaincue qu'on a frappé Ginger à la tête avant de la jeter dans le lac. Mais si nous alertons le shérif, il conclura que l'accident était de ma faute, comme pour le torrent, et que je ne suis qu'une hystérique dont le témoignage n'est absolument pas fiable.

Mitch jeta un coup d'œil vers la porte, se leva même pour aller vérifier le couloir, à droite et à gauche, puis repoussa le battant en le laissant à peine entrouvert.

— Je laisse un peu ouvert pour ne pas te rappeler de mauvais souvenirs, mais tu commences à éveiller mes soupçons sur Graham. Tu te rappelles qu'il est ici avec moi, n'est-ce pas ? demanda-t-il en revenant vers le lit.

— Oui. C'est par bonté d'âme, ou bien parce qu'il espère pouvoir refaire une tentative ?

— Sûrement pas ici. Et je ne le laisserai pas faire ! s'écria Mitch en fronçant les sourcils.

Penché sur elle, il lui caressa la joue du dos de la main.

— Christine dit que le corbeau est retors, mais aussi très habile, objecta-t-elle.

— Récapitulons la liste des suspects. N'oublions pas que Vanessa arrive aussi en première ligne. Certes, Jonas a besoin d'argent et de reconnaissance, mais elle est prête à tout pour arriver…

— Je vois que tu répugnes de nouveau à inclure

Graham, fit remarquer Lisa d'une voix rauque, tant elle avait la gorge desséchée.

Mitch l'aida à boire un peu d'eau, et elle reprit :

— Et si le cabinet avait été choisi dans l'affaire des casinos justement parce que Graham était impliqué dans le blanchiment ? Le commanditaire a pu se dire qu'ainsi Graham dissimulerait ou manipulerait certaines preuves, pour ne pas sombrer avec ses complices. Après tout, on a exercé des pressions sur le journaliste qui a préféré aller en prison plutôt que parler. On a pu aussi faire pression sur Graham… si, bien sûr, ce n'est pas directement lui qui est derrière tout ça.

— Je ne sais pas. En tout cas, je vais lui dire que tu es trop fatiguée pour le voir. Ensuite, je vais appeler Christine pour lui demander de venir ici en voiture te tenir compagnie. Moi, je vais ramener Graham à la résidence et appeler le shérif.

— Attends un peu… Une fois que nous aurons mis Moran au courant, nous ne pourrons plus revenir en arrière. Tout le monde sera interrogé et le coupable restera muet comme une huître, alors que nous n'avons encore aucune preuve. Tu as bien vu comment Gus a réagi à son interrogatoire.

— De manière très personnelle, certes ! J'ai dû aller le chercher à Bear Bones, hier soir, avant qu'il n'ait démoli le bar ! Tu vas arriver à dormir ? Je vais appeler Christine de ta chambre et je ne sortirai pas avant son arrivée. Après ta sortie, que ce soit moi, elle ou Spike, il y aura toujours quelqu'un avec toi, vingt-quatre heures sur vingt-quatre, jusqu'à ce que nous ayons tiré tout cela au clair. Je vais attendre un peu pour appeler le shérif, effectivement.

— Merci, Mitch. Si affreuse que soit la situation, elle nous a au moins permis de surmonter nos différends.

— Assez pour affronter le présent. Reste la question de l'avenir…

Il lui lâcha l'épaule pour lui caresser de nouveau la joue.

— Tu sais, Graham m'a dit que tu étais toujours en lice pour le poste. Il veut te ramener en avion à Fort Lauderdale pour prendre soin de toi.

— Lisa doit se reposer, maintenant, dit une infirmière en entrant dans la chambre, l'air affairé. J'ai dit à l'autre monsieur, dans le couloir, qu'une visite suffirait pour aujourd'hui.

— Dans le couloir ? chuchota Lisa. Est-ce qu'il essayait de nous écouter ? Mitch, je…

Il posa deux doigts sur ses lèvres.

— Merci d'être revenue dans ma vie, Lisa, murmura-t-il. De m'avoir fait comprendre ce que j'ai risqué de perdre, de gâcher… En dépit de ma conduite l'an dernier, je t'aime toujours.

Elle retint son souffle. Des larmes lui brouillèrent les yeux, et elle vit Mitch et l'infirmière en double. C'était la première fois depuis des jours, depuis des années, même, qu'elle éprouvait une sensation de bonheur et non d'angoisse en sentant sa vue se troubler.

Il lui embrassa la joue, puis la bouche, et se redressa.

— Sa température a l'air d'être redevenue presque normale, dit-il à l'infirmière, qui s'efforçait de regarder ailleurs.

— Alors, répondit cette dernière avec un petit sourire, c'est la meilleure garantie que nous puissions avoir qu'elle va s'en tirer. Si son cœur bat plus vite, maintenant, je pourrai dire pourquoi au docteur.

Lisa émergea d'un sommeil lourd en battant des paupières. Avant même d'avoir ouvert les yeux, elle s'était rappelée où elle était, avec clarté, sans devoir lutter contre des cauchemars d'eau tourbillonnante, de noyade…

Au-dessus d'elle, aucune vague ne déferlait, et elle fixait les yeux sur un simple plafond blanc, avec quelques fissures. Oui, elle savait très bien où elle se trouvait et ce qu'elle avait à faire : se remettre, rentrer à la résidence, et tirer de la cachette où il se terrait l'individu monstrueux à qui elle avait indûment fait confiance.

Elle tressaillit en voyant soudain Christine penchée sur elle.

— Vous êtes réveillée, tant mieux, dit cette dernière en lui tapotant le bras. Mitch ne va pas tarder à revenir, et apparemment, vous devriez pouvoir sortir demain pour rentrer chez vous… Suivant ce que vous appelez « chez vous », bien sûr.

— Merci de m'avoir veillée, Christine. Comment va Spike ?

— Plus que jamais convaincu qu'on a volontairement éliminé Ginger.

— J'espère vraiment qu'on ne l'a pas tuée à cause de ce qu'elle a pu voir le jour où on m'a poussée dans le torrent.

— Si elle a vu commettre un meurtre et n'en a parlé à personne, c'est qu'elle devait avoir une raison, remarqua Christine en se rasseyant. Je vous ai apporté quelque chose, Lisa. Pour vous montrer que je sais maintenant qu'aucun des accidents n'a été de votre faute, et pour vous porter bonheur, à vous et Mitch, car je comprends à quel point il a besoin de vous… de la même façon que j'ai désormais besoin de Spike.

Lisa hocha la tête. Elle vouait désormais une grande admiration à cette femme forte dont elle s'était tout d'abord méfiée. En fait, c'était envers ses collègues qu'elle éprouvait de la méfiance, à présent.

Christine se pencha pour ramasser quelque chose. On entendit un bruit de papier froissé, puis elle tendit l'une des poupées Yu'pik exposées dans la bibliothèque, la plus ancienne, celle qui représentait une jeune femme avec un panier à demi tressé. Celle que sa mère avait donnée à Christine pour remplacer une petite sœur perdue.

— C'est pour vous, dit-elle en posant la poupée, avec son manteau de fourrure et sa tête de bois sculptée, dans la main de Lisa. Pour vous aider à n'avoir que de bons souvenirs des disparues.

— Je ne m'en séparerai jamais, murmura Lisa d'une voix étranglée.

Elle souleva la poupée et se rendit compte qu'on avait retiré la perfusion de sa main. Au premier abord, elle avait failli répondre qu'elle ne pouvait accepter un don aussi intime, aussi précieux, mais elle avait tout de suite senti qu'un refus aurait peiné Christine, et l'aurait même froissée.

— En plus, ce petit panier qui n'est pas terminé symbolise beaucoup de choses pour moi, reprit-elle. Il me dit que j'ai encore beaucoup de choses à vivre, beaucoup de fils à tresser pour construire quelque chose.

— Et d'abord, assembler les pièces du puzzle pour savoir qui s'en est pris à vous et à Ginger. Ensuite, vous pourrez penser à l'endroit où vous aimeriez vivre, et avec qui…

Christine se leva et embrassa Lisa sur la joue.

— Il faut que je précise une chose, ajouta-t-elle avec un demi-sourire. Cette poupée est bien plus heureuse quand sa propriétaire habite en Alaska.

23

Lisa mesura plus encore la chance qu'elle avait d'être en vie le jour de l'enterrement de Ginger, au cimetière des pionniers de Bear Bones. Elle était sortie de l'hôpital la veille. C'était une belle matinée, avec un ciel bleu et une brise légère. Au lieu d'être rentrés comme prévu reprendre le travail au cabinet Carlisle, Bonner & Associés, en Floride, elle et ses collègues se trouvaient tous là, avec les gens du coin, autour de la tombe de cette jeune femme fauchée dans la fleur de l'âge.

Le cercueil de chêne vernis que Spike avait choisi pour sa sœur, et payé avec l'argent donné à Ginger par les Bonner, brillait sous le soleil en attendant d'être descendu dans la fosse. Plusieurs bouquets de petites fleurs des champs reposaient sur le couvercle. Le pasteur méthodiste termina sa prière et la petite foule entonna l'hymne *Amazing Grace.*

« Grâce confondante, doux murmure,
Qui sauva le misérable que j'étais… »

Lisa songea de nouveau qu'elle devait quasiment à un miracle de ne pas avoir connu la fin tragique de Ginger, noyée comme sa mère et sa sœur. Elle se devait de faire justice, pour elle et pour Ginger, de comprendre les mobiles du meurtrier. Il s'agissait certainement d'autre chose que d'une simple rivalité pour le poste d'associé.

Placée entre Mitch et les Bonner, elle laissa ses yeux errer vers Spike, debout devant le cercueil, Christine à ses côtés. Il était le seul à ne pas avoir eu l'air ravi de la voir rentrer de l'hôpital. Il lui avait jeté un regard noir, et elle avait vu Christine secouer la tête en lui parlant à l'oreille, comme pour l'apaiser. Elle demanderait à sa nouvelle amie d'intercéder en sa faveur auprès de Spike, surtout s'il lui reprochait d'avoir involontairement causé la mort de Ginger.

« J'étais perdu, mais je suis retrouvé… »

Lisa s'était rendu compte qu'elle aimait encore Mitch et voulait vivre avec lui, mais elle éprouvait des sentiments contradictoires en songeant à sa carrière et à sa ville natale. Elle ne se sentait pas capable de couper aussi nettement les ponts que Mitch l'avait fait, de venir s'installer en Alaska pour devenir un ptarmigan « aux pattes plumées », même si elle mesurait à leur juste valeur l'amitié et le soutien de gens qu'elle ne connaissait pas quelques jours plus tôt.

Surtout, le présent lui semblait aussi confus que l'avenir. Elle et Mitch avaient cru pouvoir confondre facilement leur ennemi, mais, comme le disait Christine, il s'avérait aussi habile que retors. Qui était-ce ? Graham ? Vanessa ? Jonas ? Ou fallait-il maintenant inclure Spike, assoiffé de vengeance ? Dieu merci, au moins, elle ne soupçonnait plus du tout Christine. Une simple poupée, en fait, avait suffi à cimenter l'amitié entre elles. Christine aidait même Lisa à surmonter un deuil très ancien.

« J'étais aveugle, et maintenant je vois ».

Elle comprenait, à présent qu'elle avait les idées bien

plus claires qu'à l'hôpital, que Mitch avait raison : ils avaient eu tort de ne pas tenir le shérif au courant. Seuls, ils n'avaient pas réussi à acculer le coupable. Or, il fallait que le mystère soit résolu ici même, et pas en Floride, où elle se retrouverait isolée et sans la protection de Mitch.

En tournant légèrement la tête, elle voyait le shérif Moran en uniforme. Il attendait près de sa voiture, garée à l'entrée du cimetière. Il était venu à l'enterrement par égard pour Mitch et pour Spike, et avait suivi la procession de l'église au cimetière, mais elle savait qu'il devait incessamment prendre la route pour Talkeetna. Il leur restait vraiment très peu de temps. Spike devait les emmener en avion à l'aéroport d'Anchorage, mais elle se demandait s'il accepterait de l'emmener, elle, où elle souhaitait aller.

La cérémonie s'acheva. En tournant de nouveau la tête, elle vit la voiture du shérif s'éloigner. Certains voisins entouraient Spike pour échanger quelques mots avec lui ; d'autres se dirigeaient d'un pas lent vers la grille. Ceux qui étaient invités au buffet, à la résidence, regagnaient leurs véhicules. Les 4x4 de la résidence étaient garés tout près, et Lisa aperçut Vanessa et Jonas qui s'apprêtaient à y monter, tête baissée, plongés dans une conversation qu'elle ne pouvait entendre.

Au même instant, elle vit aussi Gus surgir du fond de cimetière et s'approcher de la tombe de Ginger. Elle saisit le bras de Mitch pour l'alerter.

— Il a dû attendre le départ du shérif, grommela Mitch. Il a le droit d'être ici, bien sûr, mais Spike n'est pas à prendre avec des pincettes, aujourd'hui.

Avant qu'elle ait pu le retenir, il s'éloigna pour rejoindre Gus, que Spike venait d'apercevoir à son tour.

— Mon Dieu, dit Ellie à Graham, ça va mal tourner !

— Mitch saura gérer la situation, répondit Graham.

Il se tourna vers Lisa pour ajouter :

— Comme tu le sais, j'ai retardé l'annonce de ma décision en attendant ta sortie de l'hôpital, Lisa.

Il lui avait pris le poignet, comme pour la retenir, et ses doigts appuyèrent sur le bracelet orné de mouettes que Mitch lui avait offert. Elle l'avait mis ce jour-là pour la première fois depuis un an, mais il était caché par sa manche et Mitch ne l'avait pas encore vu.

Graham, sans lâcher ni Lisa, ni Ellie qu'il tenait par la main, poursuivit :

— J'aimerais te parler seul à seule, aujourd'hui, avant de faire mon annonce.

— N'oublie pas les voisins invités à déjeuner. La résidence sera pleine de monde, objecta-t-elle.

— Nous trouverons un moment.

Ils tournèrent leurs regards vers Mitch qui se tenait entre Gus et Spike, tel un arbitre entre deux adversaires.

— En ce moment et en ce lieu, notre seul devoir est d'honorer la mémoire de Ginger, disait Mitch d'une voix sonore. C'est pour cette seule raison que Gus est venu, Spike. N'est-ce pas, Gus ?

Ce dernier, tout en foudroyant du regard Spike, qui était plus grand que lui mais nettement moins costaud, hocha la tête.

— Tu peux comprendre ça, Spike, n'est-ce pas ? insista Mitch.

Spike, tout comme Gus, hocha la tête sans répondre. Le pasteur, qui avait observé la scène, vint prendre Gus par le bras pour l'entraîner vers la tombe.

Lisa avait entendu Jonas, un peu plus tôt, s'étonner que les fosses soient aussi peu profondes, en Alaska, sans doute à cause des difficultés à creuser dans le permafrost. En fait, en Floride aussi, on enterrait les morts en surface, car la mer n'était jamais très loin. Curieusement, elle se rendit compte qu'à tout prendre, elle préférerait être enterrée ici, dans le Grand Nord, plutôt que dans le Sud. La seule idée que l'eau puisse lécher son cercueil la faisait frémir. C'était étrange, cette façon qu'avaient tant de détails de lui faire préférer la vie en Alaska.

— Viens, Lisa, dit Ellie en montrant du doigt le 4x4 de Mitch. Tu n'es sortie de l'hôpital qu'hier, et il ne faut pas te fatiguer. En outre, je veux aider Christine à préparer le buffet. Je suis soulagée que Mitch n'ait pas convié Gus, je dois dire…

Lisa jeta un dernier coup d'œil à la tombe de Ginger, couverte de fleurs dont les nuances lui rappelaient les splendides crépuscules qu'elle avait vus pendant son périple avec Mitch, et qui ressemblaient peut-être aux aurores boréales qu'elle souhaitait tant contempler. Elle s'éloigna en se jurant de nouveau de rendre justice à Ginger et à elle-même.

Une vingtaine d'habitants de Bear Bones qui avaient connu Ginger ou étaient amis de Spike se mêlaient aux hôtes de la résidence, dans la grande salle. Spike vint enfin les rejoindre, après être resté un moment en arrière. Son absence avait rendu Mitch nerveux, mais Spike avait assuré qu'il voulait simplement être certain que « la fosse était dignement comblée ».

Ce mot de dignité fit songer à Lisa, tristement, qu'il n'y avait rien eu de digne à la mort de Ginger, ni d'ailleurs aux agressions qu'elle avait subies.

Sans qu'elle sache pourquoi, Vanessa et Jonas ne cessaient de rôder autour d'elle. Cela finissait par la mettre mal à l'aise. Avaient-ils entendu Graham dire qu'il souhaitait s'entretenir un moment avec elle, ou bien s'étaient-ils ligués pour tenter de nouveau de lui nuire ? Elle se sentait tendue, et se surprit à surveiller du coin de l'œil son verre et son assiette.

Peut-être aussi avaient-ils appris qu'elle avait demandé à Mitch d'appeler le shérif Moran pour le faire venir, quand il serait rentré de Talkeetna. Le shérif avait promis de faire vite, mais venait d'être appelé sur les lieux d'un accident de circulation.

Des « accidents », elle en avait déjà connu deux, se répéta-t-elle, et elle ne voulait pas d'un troisième.

Elle serait bien montée dans sa chambre s'allonger un moment, mais elle avait promis à Mitch de ne pas s'éloigner de sa vue, sauf lorsqu'elle irait parler avec Graham, entretien pour lequel ils s'installeraient dans un lieu de passage, comme la terrasse.

Quand les invités furent partis, Graham lui proposa de le rejoindre. Impulsivement, elle suggéra qu'ils bavardent en descendant vers le ponton. S'il avait trempé dans l'épisode du torrent, ou dans celui du sauna, la proximité de l'eau pourrait peut-être le déstabiliser.

Sur le palier de l'étage, elle prévint Mitch de l'endroit où elle allait retrouver Graham.

— Bonne idée, dit-il. Je surveillerai par la fenêtre. Comme ça, je serai sur place si le shérif téléphone, ou même s'il arrive, bien que je ne l'attende pas tout de suite.

— Comme nous avons tardé à le prévenir, un peu plus tôt ou un peu plus tard ne changera rien.

— Il y a tellement de choses à faire que nous ne verrons pas le temps passer, de toute façon. L'essentiel, c'est que tu ne te fatigues pas. Christine a proposé, pour occuper Spike et lui changer les idées, que nous l'aidions à transporter ici tout ce qu'il souhaite enlever du chalet de

Ginger. Il triera ensuite ce qu'il veut emmener chez lui et ce qu'il nous laissera. Ellie va organiser tout ça. Dès que tu en auras fini avec Graham, reviens me raconter ce qu'il t'aura dit, et je te dirai de mon côté s'il y a du nouveau. D'ailleurs, ne t'émeus pas de ce que pourra dire Graham.

— Il n'a pas l'intention de m'offrir le poste, n'est-ce pas ? dit-elle avec un haussement d'épaules et une petite grimace.

Puis, voyant l'expression de Mitch, elle se planta les poings sur les hanches et reprit :

— Si, il va me le proposer ? C'est ce que tu penses, n'est-ce pas ?

— Si tu te mets à lire dans mes pensées, c'est inquiétant. Continue, et tu auras envie de me gifler…

— Tu exagères et je t'adore. Tu sais, quand tu as dit à l'hôpital que tu m'aimais encore… Eh bien, j'éprouve la même chose. Comme avant. Regarde, ajouta-t-elle en tendant le bras, je porte de nouveau ton bracelet.

Il lui prit la main et fit lentement tourner le bracelet sur son poignet, avec un geste sensuel, tout en murmurant :

— J'aimerais que nous puissions y faire ciseler aussi deux ptarmigans, deux oiseaux aux pattes plumées.

— Je… je ne pensais pas à ça. Je ne sais pas comment les choses vont tourner, mais si Graham me propose cette promotion, si prestigieuse et si convoitée, après tout ce qui s'est passé cette semaine, c'est peut-être pour essayer de m'acheter. Visiblement, il n'a pas peur que ma malchance déteigne sur le cabinet.

— Ecoute ce qu'il aura à dire. Si ça se trouve, il balayera d'un revers de main…

— Lisa, tu es prête ? lança Graham, quittant le petit groupe qui s'était rassemblé autour de Spike et Christine pour préparer le déménagement des affaires de Ginger.

Lisa songea qu'elle profiterait de l'occasion, avant l'arrivée du shérif, pour tenter de rentrer dans les bonnes grâces de Spike. Car une fois que le shérif aurait commencé ses interrogatoires, elle risquait fort de ne plus être dans celles de ses collègues.

— Tu veux rester debout ou t'asseoir sur le ponton ? demanda Graham quand ils arrivèrent près du lac. Tu dois être lasse…

— Non, ça va, mentit-elle. Je me porte à merveille, après ce petit séjour à l'hôpital.

— Tu as l'air sarcastique. Je me serais attendu à te trouver triste pour Ginger, désemparée de quitter Mitch…

— Je suis extrêmement triste pour Ginger et pour Spike, et aussi pour Mitch et Christine, qui ont perdu une amie. Pour le reste, je suis plutôt furieuse de tout ce qui m'est arrivé cette semaine.

— En dépit de… disons, tes maladresses, j'ai l'impression que tu as admirablement fait face. Moi qui pensais que le fait de revoir Mitch, après votre séparation, serait la pire épreuve que tu allais affronter…

Il se planta en face d'elle avant de poursuivre :

— En fait, Lisa, la détermination, le courage, les capacités de résistance dont tu as fait preuve sont exactement les qualités que recherche Carlisle & Bonner pour ses associés.

Elle le dévisagea. Il soutint son regard sans faiblir, sans changer d'expression, en dépit d'un léger tressaillement au coin des lèvres.

— Nous ferions mieux de nous asseoir, dit-il en allant se poser sur le bord du ponton.

Elle l'imita. L'hydravion de Spike, amarré juste à côté, les dominait de toute sa masse.

— Bref, reprit Graham, cette semaine mouvementée

m'a convaincu que c'est toi qu'il faut choisir, et Ellie est d'accord avec moi.

Elle ouvrit de grands yeux et faillit rester bouche bée de stupéfaction. Elle avait longtemps rêvé de ce poste, peut-être en partie parce qu'il avait été celui de Mitch. Pourtant, maintenant qu'on le lui offrait, sans doute du fait de tout ce qui s'était passé, elle avait l'impression d'un choc.

En outre, même présentée de manière aussi flatteuse, la proposition semblait ambiguë. Essayait-on de l'acheter ? De la manipuler ? Ou bien toutes ces épreuves avaient-elles constitué une sorte de test de survie dont elle était sortie victorieuse ?

— Je m'étonne de te voir muette, reprit Graham. Cela ne te ressemble pas.

— J'ai changé, cette semaine.

— Tu as changé en mieux, sinon j'aurais choisi Vanessa ou Jonas. Ils seraient prêts à tuer pour avoir ce poste.

Elle fronça les sourcils. Se rendait-il compte de ce qu'il disait ? Jouait-il au chat et à la souris, en faisant allusion à la chute dans le torrent, ou bien ne voyait-il pas malice à ses paroles ?

— Ecoute, Graham, je sais que tu vas avoir du mal à le croire, mais…

— Si tu refuses, coupa-t-il avec une nuance de dureté dans sa voix d'ordinaire mélodieuse, tu le regretteras.

— Tu feras ce que tu jugeras bon. Mais si honorée que je sois de la confiance que tu m'accordes, je ne peux pas te donner de réponse tout de suite. J'espère que tu peux comprendre que cela n'enlève rien à l'estime que je te porte et que je porte au cabinet. Simplement, étant donné les épreuves que j'ai traversées, je te demande de me laisser un peu de temps. Je ne suis même pas certaine de rentrer avec vous demain. J'ai encore des choses à régler.

— Tu as des clients, Lisa, des clients importants, dont les rendez-vous ont déjà été repoussés. De quoi parles-tu ? De régler les choses avec Mitch ?

— Oui.

— Bon, écoute… Je lui ai proposé de devenir consultant pour le cabinet, et je crois qu'il y réfléchit. Reviens demain avec nous, vois tes clients, étudie pendant quelques jours ma proposition et donne-moi ta réponse quand tu auras repris ta routine de travail. Mitch reçoit un groupe la semaine prochaine, mais ensuite, il viendra en Floride pour discuter avec moi. Cela vous donnera l'occasion de mettre les choses au point. Cet après-midi, nous aiderons ce pauvre Spike, et nous dirons à Jonas et à Vanessa que la décision a été remise à plus tard et qu'ils sont toujours en lice, puisque c'est le cas. Mais je le répète, nous aimerions beaucoup que tu prennes le poste. C'est parce que j'y compte bien que j'accepte ce délai.

Elle hocha la tête, le remercia de son offre et de sa compréhension, puis retourna vers la résidence en le laissant assis sur le ponton, raide comme un piquet. Elle se rendait compte qu'elle avait voulu, un peu lâchement, gagner du temps. D'abord parce qu'en réalité, elle n'avait plus très envie de cette promotion, mais aussi, et surtout, parce qu'elle savait que sa situation se compliquerait dès que le shérif aurait entendu ce que Mitch et elle-même allaient lui raconter.

Car si Moran décidait d'interroger de nouveau Graham, Ellie, et leurs employés, c'était la fin de sa carrière chez Carlisle, Bonner & Associés.

— Promets-moi de ne pas laisser Lisa s'approcher de moi, dit Spike à Christine.

Ils étaient debout à côté de son camion, devant la résidence.

— Je me fiche qu'elle m'aide à amener les affaires de Ginger, ajouta-t-il.

— Ecoute, Spike…, dit-elle en posant la main sur sa poitrine.

Surprise, elle sentit le cœur de Spike battre de manière désordonnée. Maintenant que les médecins avaient stabilisé le rythme cardiaque de Lisa, Christine s'inquiétait pour celui de Spike.

— Tu as failli en venir aux mains avec Gus, enchaîna-t-elle, et maintenant, tu t'en prends à Lisa. Tu ne devrais pas reprocher la mort de Ginger à des gens qui…

— Le shérif n'a pas mené correctement ses recherches, et je suis prêt à le lui dire.

— Mitch lui a demandé de venir. C'est Lisa qui a décidé de l'alerter de nouveau. L'enquête va probablement être rouverte.… En attendant, il faut te calmer.

— Ça m'est bien égal qu'elle en ait bavé. Elle aurait dû tout de suite expliquer au shérif qu'on l'avait poussée dans le torrent. Ça leur aurait permis d'examiner d'un peu plus près la mort de Ginger. Il paraît qu'on obtient de bien meilleurs résultats dans les premières vingt-quatre heures, après un meurtre.

— Je crois que cette règle de vingt-quatre heures concerne les kidnappings, pas les meurtres.

— C'est vrai, tu est bien placée pour le savoir.

Christine eut l'impression qu'il l'avait giflée. Elle retira sa main, et ses yeux s'emplirent de larmes. Spike battit des paupières et détourna la tête.

— Excuse-moi…, murmura-t-il. Je ne supporte pas l'idée que Ginger soit morte de cette façon. Lisa aurait dû dire immédiatement qu'elle soupçonnait un meurtre, et ton admirable patron aurait dû, lui aussi, me mettre au parfum sans attendre.

— Peut-être, sauf que Lisa et Mitch ont cru que s'ils divulguaient ce qu'ils savaient, au lieu d'enquêter discrètement, ils n'auraient plus aucune chance de trouver le coupable.

— Si ça se trouve, ils m'ont moi-même soupçonné d'avoir poussé Lisa, pour l'éloigner de Mitch, dont je remarque que tu prends de nouveau la défense, en plus de celle de Lisa. Pourtant, ils ont fait le malheur de Ginger et le mien... Mais je suis désolé de t'avoir fait de la peine. Maintenant, j'y vais. J'ai beaucoup à faire. A plus tard.

24

Aider Spike à débarrasser les affaires de Ginger était finalement une bonne façon d'attendre le shérif, se dit Lisa, même si la tâche était lugubre, tant elle rappelait la disparue. A force de guetter l'arrivée du shérif, elle avait l'estomac noué. Peut-être leur demanderait-il à tous de prolonger leur séjour pour de nouveaux interrogatoires, ou même en aurait-il appris assez pour procéder à une arrestation… Elle ne cessait de faire tourner nerveusement son bracelet orné de mouettes autour de son poignet.

Avec Christine et Mitch, elle avait entrepris d'entreposer dans la résidence les affaires que Jonas, Vanessa, Ellie et Graham rapportaient en voiture du chalet, de l'autre côté du lac, où Spike faisait le tri. Lisa et Christine rangèrent dans la cuisine les plats à pâtisserie de Ginger. Elles entassèrent sous le porche ce qui devait aller ensuite chez Spike lui-même. Avec toutes ces allées et venues, songeait Lisa, c'étaient autant de suspects qui étaient éparpillés de part et d'autre du lac et le long de la sinueuse route forestière.

Mitch restait à portée du téléphone, au cas où le shérif appellerait, tout en espérant qu'il viendrait directement. Si quelqu'un demandait pourquoi Mitch n'aidait pas à décharger, Lisa ou Christine avaient ordre de dire que, comme ses hôtes de Floride restaient plus longtemps, il devait téléphoner ou envoyer des e-mails au groupe suivant pour ajuster les dates.

— Où est-ce que tout ça doit-il aller ? demanda Lisa quand, avec Christine, elles sortirent accueillir Jonas et Vanessa qui revenaient d'une nouvelle tournée.

Jonas ouvrit le coffre, chargé de pots en terre et d'outils de jardinage.

— Spike dit que ça doit rester ici, pas aller chez lui, répondit Jonas. Je n'en sais pas plus. Le jardinage et moi, ça fait deux.

— Je vais demander à Mitch, dit Lisa.

Elle rentra et vit qu'il avait le visage tourné vers les fenêtres donnant sur le perron. Il avait ordonné à Lisa et Christine de ne pas se quitter d'une semelle, et même de monter la garde si l'une allait aux toilettes.

— Comme nous sommes sur le point de tout raconter au shérif, je ne veux pas qu'il t'arrive quoi que ce soit, avait-il martelé.

Un peu plus tôt, juste après l'entretien de Lisa avec Graham, ils avaient eu un bref échange à mi-voix, dans le couloir, près de la bibliothèque.

— Il m'a effectivement proposé le poste, et j'ai demandé quelques jours de réflexion, avait-elle chuchoté.

— Tu lui as dit que tu rentrais avec eux demain ?

— Non, mais il a insisté. Il m'a dit que tu allais bientôt venir en Floride parler du poste de consultant qu'il t'a offert.

Mitch se frappa le front de la main.

— C'est vrai, j'avais complètement oublié ! C'est hors de question, bien sûr.

— Tu crois qu'il veut t'acheter ? Ça me confirme dans l'idée que c'est ce qu'il tente avec moi. Si nous ne nous trompons pas, c'est vraiment un manipulateur habile et un grand hypocrite. Cela le place au premier rang pour être le cerveau qui tire les fils de l'histoire des casinos. Qui sait s'il n'a pas voulu bâtir lui-même sa propre fortune, plutôt que de continuer à vivre aux crochets d'une femme richissime ? Il a peut-être vu là l'occasion de faire beaucoup d'argent, puis il a eu peur de se faire prendre, et a préféré faire machine arrière et brouiller les pistes quand on lui a confié l'affaire. Nous n'avons jamais su comment ceux qui nous suivaient et nous espionnaient en savaient si long sur nous, par exemple. Graham a dû passer un pacte avec des gens dangereux et se brûler les ailes.

— Ecoute, ma chérie, dit Mitch en la saisissant par les épaules, je te jure que je vais garder l'œil sur toi jusqu'à l'arrivée du shérif. Et d'ailleurs, je l'espère, bien longtemps après. Si jamais je dois m'éloigner pour parler au shérif, j'ai demandé à Christine de rester en permanence avec toi. Promets-moi de ne pas la quitter.

Lisa avait promis, tout en songeant qu'elle lui avait autrefois fait une autre promesse, celle de l'épouser, et qu'elle n'avait pu la tenir. En ce qui la concernait, la façon dont leur relation avait volé en éclats n'était pas encore réglée. Ils avaient cependant un problème plus urgent à affronter.

Le rejoignant devant la fenêtre d'où il observait Jonas, Vanessa et Christine en train de décharger la voiture, elle demanda :

— Toujours pas de nouvelles du shérif ?

— S'il n'arrive pas dans l'heure, je rappellerai son bureau. Ils transféreront l'appel à l'endroit où il se trouve en ce moment. Je crois que c'est un accident grave, avec des blessés ou pire.

Leurs regards se croisèrent. « Des blessés ou pire… » Lisa eut soudain envie de fondre en larmes, mais elle parvint à se contrôler.

— J'étais venue te demander où il faut ranger les pots

de fleurs et les outils de jardin, dit-elle. Je les avais vus dans l'appentis de Ginger, quand nous étions allés la voir.

— Mettez-les pour l'instant dans le hangar à bateaux, il sert de débarras. Dis à Christine de tout entasser sur le côté, pour laisser la place de rentrer les bateaux et les radeaux. Je ferai le tri plus tard.

— A vos ordres, capitaine, répondit-elle en mimant un salut guilleret, alors qu'elle aurait tant voulu se jeter dans ses bras.

Puis elle sortit en hâte.

Le matériel de jardinage était entassé sous le porche. Jonas et Vanessa s'éloignaient, tandis que Christine rentrait, manquant de se cogner dans Lisa.

— J'allais vous rejoindre, dit Christine. Je me doutais bien que vous étiez avec Mitch, mais je tiens à jouer les anges gardiens, comme il me l'a ordonné.

— Vous serez soulagée quand je m'en irai !

— Pas du tout, au contraire, répondit Christine en se penchant pour ramasser des pots, pendant que Lisa s'emparait de pelles, de plantoirs et de râteaux. Au début, je pensais que vous aviez une mauvaise influence sur lui, mais j'ai compris que vous l'aimiez, vous aussi. Je veux dire, d'une façon différente de moi, bien sûr…

— Quand je reviendrai ici, une fois que tout sera fini, si je reviens, ce sera pour voir Mitch, mais aussi pour vous voir, Christine. Je vous souhaite beaucoup de bonheur avec Spike, quand il aura surmonté sa tristesse d'avoir perdu Ginger. J'espère qu'en informant le shérif que j'ai été agressée deux fois, nous allons l'inciter à rouvrir l'enquête sur la noyade et rasséréner Spike. A propos, Mitch dit que nous pouvons ranger tout cela dans le hangar à bateaux.

— Alors, allons-y.

Elles s'avancèrent pour tourner au coin de la bâtisse, ce

qui rappela à Lisa que c'était au même endroit qu'elle avait surpris Ginger en train de les observer, le jour où Gus les avait ramenés en camionnette, Mitch et elle.

Mitch surgit au même instant sur le perron.

— Le shérif est en route, mais il a crevé à cinq cents mètres, dit-il en tendant le bras dans l'autre direction. Je l'ai rapidement mis au parfum et il m'a écouté avec attention. Je vais aller l'aider au pas de course, sans attendre que les voitures reviennent. Si nous n'arrivons pas à changer le pneu, je le ramènerai ici en attendant. Restez bien ensemble, toutes les deux. Je serai de retour avec lui dans une demi-heure environ.

Les choses se précipitaient, songea Lisa en sentant son estomac se contracter. Elle était cependant un peu rassurée, car, même si les juristes de chez Bonner esquivaient habilement les questions, personne n'oserait l'attaquer en présence des forces de l'ordre. Un peu comme si elle avait pris une assurance. Ensuite, si toute l'équipe se retournait contre elle en lui reprochant d'avoir fait venir la police, elle n'aurait plus qu'à trouver un autre emploi, et un autre logement. Ici, en Alaska, peut-être ?

Le hangar à bateaux n'était pas fermé. Lisa n'y était jamais entrée et Christine n'y était visiblement pas venue souvent.

— Empilons tout sur la gauche, dit Lisa. Mitch a dit de bien laisser la place pour ranger les embarcations.

— Les bateaux, les kayaks, les radeaux... il y en a pas mal, fit remarquer Christine en posant la caisse de pots de fleurs qu'elle portait et en la poussant du pied dans un coin.

Le hangar plaisait beaucoup à Lisa. Il embaumait le bois de cèdre, et de lourdes solives soutenaient la toiture. En outre, il n'y faisait pas sombre du tout, contrairement au sauna, Dieu merci ! L'air et la lumière y circulaient grâce à une rangée d'ouvertures percées en hauteur du côté du lac. Elle posa les outils près de la caisse en déclarant :

— L'oncle de Mitch devait être très grand, ou alors il a construit ce hangar en songeant à Spike ! Je suis obligée de me mettre sur la pointe des pieds pour regarder dehors.

— Je pense qu'il voulait de la lumière et ne s'est pas soucié de la vue. Je propose que nous apportions le reste, cela doit faire encore deux voyages et les Bonner ne vont pas tarder à rapporter d'autres choses. Mieux vaut ne pas leur demander d'aller chercher Mitch et le shérif Moran sur la route, n'est-ce pas ?

— Certainement pas, acquiesça fermement Lisa.

Au moment où elles sortaient, un rai de lumière, dans un coin, attira son regard : quelque chose brillait. Elle crut d'abord à une toile d'araignée, car il y en avait plusieurs à côté des outils.

— Qu'y a-t-il ? demanda Christine en la voyant se figer.

— J'aperçois quelque chose sur cette pelle… pas la tache de peinture, autre chose…

Elle s'approcha, masquant le rayon de soleil, et souleva la pelle avec précaution. Puis, revenant à la lumière, elle vit, collés d'un côté du manche par un liquide rougeâtre, des cheveux roux emmêlés.

Christine se pencha pour regarder. Lisa réfléchissait à toute allure. Cette tache, ce n'était sûrement pas de la peinture, mais du sang.

— Peut-être que Ginger s'est blessée en jardinant, et que des cheveux seront restés sur le manche…

— Il n'y avait pas de sang sur le ponton, chuchota Lisa, soudain saisie de nausée. Pourtant, on l'a violemment frappée à la nuque. Vanessa savait qu'elle jardinait et avait même visité son potager. Mais elle m'a envoyée chercher Ginger dans l'appentis… Si la pelle y était déjà, ça n'a pas de sens. Ou alors, elle a pu… frapper Ginger, puis s'arranger pour que je trouve le corps…

— Vous pensez que Vanessa est derrière tout ça ?

— Mitch la soupçonne, mais nous ne sommes sûrs de rien. Il faut cacher cette pelle avant l'arrivée du shérif.

— Il faut surtout que nous allions chercher Spike, Lisa, pour qu'il soit là quand le shérif viendra. Spike doit savoir que nous avons trouvé un indice plus que probant pour faire rouvrir l'enquête sur Ginger.

— A moins que les Bonner ne soient revenus, nous sommes sans voiture. De toute façon, je n'ai pas envie qu'ils sachent que nous allons chercher Spike. Or, lui et Ellie ont prévu de se relayer toute la journée.

— Ecoutez, dit Christine en baissant la voix, le bateau de Ginger est ici, amarré au ponton, de l'autre côté de l'hydravion. Je sais que Spike vous en veut de ce qui est arrivé à Ginger, mais je pense vraiment qu'il vaudrait mieux qu'il soit là. Nous pouvons prendre le bateau à moteur, filer chez Ginger et revenir en dix minutes à peine. Nous n'aurons même pas besoin de débarquer : il suffira de lui crier qu'il doit revenir à la résidence. Il prendra sa voiture.

— Si Mitch s'aperçoit que nous sommes parties, il sera fou de rage.

— Nous lui laisserons un message disant que nous apportons des sandwichs à Spike. Spike vous sera très reconnaissant d'avoir trouvé cet indice. Cela le rendra sans doute moins amer. Ça ne lui ressemble pas, vous savez. Je donnerais n'importe quoi pour qu'il redevienne lui-même. J'ai tellement peur qu'il ne finisse par faire une crise cardiaque !

Les yeux de Christine s'étaient emplis de larmes. Lisa savait ce qu'il en coûtait de s'inquiéter pour un proche, surtout dans le cas de Christine qui, après son tragique mariage, devait avoir bien du mal à faire confiance à un homme, surtout s'il semblait perdre son sang-froid. Or, Lisa ne souhaitait rien tant que de voir Christine et Spike heureux ensemble.

— Vous savez piloter un bateau ? lui demanda-t-elle en la suivant dehors, après avoir caché la pelle derrière deux tonneaux.

— Oui, ce n'est pas difficile. Venez, puisque nous ne devons pas nous séparer. Laissons ce message sur la porte d'entrée, et nous dirons la vérité à Mitch et au shérif plus tard.

Elles entrèrent dans la maison. Christine griffonna rapidement un mot. Lisa était très excitée d'avoir découvert ce qui ressemblait fort à l'arme du crime. Et penser que c'étaient Jonas et Vanessa qui l'avaient apportée ! Finalement, il fallait peut-être en conclure que ce n'était pas Vanessa qui avait frappé Ginger, sans quoi elle aurait probablement vu la pelle et l'aurait cachée. En descendant vers le ponton avec Christine, elle se félicita que les Bonner ne soient pas encore revenus avec un nouveau chargement.

Lisa s'assit à la proue et Christine fit démarrer le vieux moteur de l'embarcation.

— Il ne fait que vingt-cinq chevaux, expliqua-t-elle. C'est une antiquité qu'on fait partir en tirant sur une corde, mais il n'est jamais tombé en panne. Disons qu'il est plus proche du cheval de trait que d'une pouliche de course !

C'était effectivement l'impression qu'il donnait, songea Lisa tandis qu'elles progressaient à petite vitesse dans les courtes vagues, vers l'autre côté du lac. Elle se rappelait le jour où elle et Vanessa avaient fait le même trajet à la rame pour tomber, à l'arrivée, sur le cadavre de Ginger. Puis ses pensées remontèrent jusqu'au jour où tout avait commencé, quand Mitch et elle avaient prévu d'emprunter le kayak rouge pour aller pique-niquer, non loin du chalet de Ginger… C'était avec ce kayak que Mitch l'avait sauvée. Il était bien dommage d'avoir dû l'abandonner. Ce jour-là, ils avaient emporté des canettes de limonade et des sandwichs préparés par Christine. Ils devaient célébrer leurs retrouvailles et tenter de recoller les morceaux… Et puis, au lieu de sandwichs, ils avaient mangé des myrtilles sauvages et du saumon.

Par moments, le moteur crachotait, mais son ronronnement dominait à peine le rugissement des eaux du torrent tout proche. Lisa, cependant, n'avait pas peur : le torrent évoquait de mauvais souvenirs, mais aussi des images agréables. Une fois qu'elle saurait enfin qui avait voulu la tuer, et pourquoi, elle pourrait reprendre le fil de son existence en se tournant vers l'avenir, sans plus être hantée par les fantômes du passé.

Elle entendit un bruit retentissant et se retourna pour voir de quoi il s'agissait. Christine se tourna aussi.

— Oh ! s'écria cette dernière, on dirait le moteur de l'hydravion de Spike. Est-ce que vous voyez l'hélice tourner ?

— Oui, répondit Lisa en s'abritant les yeux, on dirait bien.

— Il a dû revenir en voiture, voir où nous nous rendions et essayer d'attirer notre attention pour nous faire revenir. Mieux vaut faire demi-tour. Ce n'est pas une manœuvre périlleuse, mais accrochez-vous.

Elles entamèrent un demi-cercle, mais l'avion avait désormais quitté le ponton en vrombissant et avançait comme pour décoller. Lisa vit avec une certaine inquiétude qu'il pointait exactement dans leur direction.

25

D'abord, en voyant l'appareil se diriger vers elles, Lisa se dit que Spike devait avoir quelque chose à leur dire. Peut-être avait-il trouvé dans les affaires de Ginger quelque chose qui constituait une preuve encore plus probante que la pelle.

En s'abritant les yeux à son tour, Christine cria pour se faire entendre dans le vacarme :

— Peut-être que Mitch est revenu et que cela ne lui plaît pas du tout que nous ayons embarqué. Si Spike est revenu lui-même apporter un chargement, il sera tombé sur Mitch, qui lui aura suggéré de prendre l'avion pour nous faire rentrer.

— Pourquoi Mitch n'aurait-il pas utilisé son propre bateau ?

Christine avait baissé le moteur, et elles étaient presque arrêtées, mais l'embarcation tanguait, comme en écho aux battements de cœur de Lisa.

— Parce que Spike aura décidé de ramener l'hydravion à son endroit habituel, même s'il a dit le contraire, répondit Christine. Ou alors, Mitch veut nous donner une leçon.

— Une leçon ? En fonçant sur nous ? Ça paraît exagéré. Je ne pense pas qu'il ait le soleil dans les yeux au point de ne pas nous voir, mais mieux vaut nous écarter.

Christine s'exécuta, mais l'appareil ajusta sa trajectoire. Il n'accélérait pas comme s'il allait décoller et passer au-dessus de leurs têtes mais fonçait maintenant droit sur elles.

— La plaisanterie a assez duré, marmonna Christine en manœuvrant pour s'écarter de nouveau.

L'hydravion était maintenant si près que son vrombissement noyait complètement le bruit du torrent et de leur propre moteur.

— Accrochez-vous ! lança Christine en virant brutalement de bord.

Déstabilisée par les jets d'écume qui jaillissaient sous les flotteurs de l'hydravion, à trois mètres d'elles, leur embarcation faillit chavirer. Elle gîta brutalement, et Christine s'arc-bouta pour remettre la proue d'aplomb au milieu des vagues.

— Mais qu'est-ce qui lui prend ? s'exclama-t-elle en agitant le poing en direction de Spike, tandis que l'hydravion tournait pour revenir vers elles.

Pendant un court instant, Lisa fixa du regard les remous bleu-vert et mousseux qui s'abattaient en ruisselant contre leur coque. Elle lutta contre la crainte de voir apparaître dans l'eau trouble les visages des disparues, d'être entraînée dans les profondeurs avec Christine…

— Ce n'est pas Spike. Ça ne peut pas être lui, répétait cette dernière comme une litanie. Tenez-vous bien, car nous ne sommes pas assez rapides pour lui échapper… Lui, l'hydravion, je veux dire. Nous allons être obligées de tirer des bords.

Lisa comprit qu'elles avaient commis une grave erreur, et même plusieurs. Non seulement elles avaient pris le bateau, mais il ne contenait pas de gilets de sauvetage. Elles étaient si pressées de partir qu'elles n'avaient pas vérifié, alors que Mitch affirmait sans cesse que c'était indispensable. Surtout, elles avaient eu l'une et l'autre l'immense tort de faire confiance à Spike.

Mitch essuya ses mains couvertes de cambouis avec le chiffon que lui tendait le shérif.

— Où donc avez-vous appris à changer un pneu aussi vite ? demanda ce dernier.

— Je ne l'avais jamais fait avant, mais je deviens très habile de mes mains, depuis que j'ai les pattes plumées. Nécessité est mère de l'invention, comme on dit.

— Un proverbe favori des Alaskiens ! Cela dit, vous êtes surtout très doué pour expliquer une situation tout en travaillant. Merci de m'avoir enfin raconté ces agressions contre Lisa. Des coups bien montés, faits pour laisser penser qu'elle s'était blessée elle-même... Ce qui laisse penser que la mort de Ginger a été, elle aussi, camouflée en accident. Dépêchons-nous d'y aller, j'ai hâte de secouer quelques cocotiers.

— Je sais que vous n'appréciez pas beaucoup les juristes, mais...

— La loi, c'est la loi, et je n'apprécie pas que deux des juristes en question aient mené une enquête à la place de la police. Vous me voyez plaider devant un tribunal à votre place ? Je pourrais vous poursuivre pour dissimulation de preuve et pour obstruction à la justice, vous et Lisa, vous savez. Au moins dans le cas de Ginger Jackson. Et la seule idée qu'un fringant avocat venu de Floride puisse commettre des délits en douce sous le nez d'un shérif de l'Alaska me met en rogne.

Il jeta le cric et le pneu crevé dans le coffre, où Mitch aperçut tout un véritable arsenal, y compris un fusil d'assaut qui le fit frémir. Le shérif claqua le coffre et ils montèrent à l'avant du camion. Mitch n'arrivait pas à imaginer l'un ou l'autre des avocats de Carlisle, Bonner & Associés menotté et embarqué à l'arrière, derrière les vitres grillagées. « J'ai hâte de secouer quelques cocotiers », avait dit Moran. Au moins, cela soulagerait Spike que l'on rouvre l'enquête sur la mort de Ginger, et ils auraient enfin des réponses sur le criminel qui voulait mettre fin aux jours de Lisa.

Lisa et Christine devaient maintenant s'époumoner pour se parler. L'hydravion passa si près que l'un des flotteurs faillit heurter leur coque. Une gerbe d'écume les inonda ; l'eau, au fond du bateau, leur baignait les chevilles. Elles auraient sans doute chaviré si Christine n'avait brutalement viré de bord au dernier moment.

— Je vais essayer de m'approcher de la rive ! hurla-t-elle. Spike a perdu les pédales. Quand il a vu que nous avions pris le bateau de Ginger, peut-être...

— Vous savez nager ? cria Lisa tandis que l'appareil, tel un gigantesque monstre marin sorti des profondeurs, fonçait de nouveau vers elles.

— Oui, et je crois que ça va servir ! répondit Christine à tue-tête.

Le soleil, en scintillant sur les vitres du cockpit, les éblouissait. Christine refit demi-tour en épingle et poussa le moteur pour filer vers la rive. Agrippée d'une main à la rambarde, écopant frénétiquement de l'autre, Lisa jeta un bref coup d'œil derrière elle. L'avion revenait. Elle ne voyait pas le pilote. Spike était grand, pourtant, et elle aurait dû apercevoir au moins sa tête. Peut-être s'était-il penché.

L'hydravion les pourchassait de nouveau. Elles étaient

trop loin de la rive pour pouvoir nager et, cette fois, leur poursuivant allait les frapper de plein fouet. Il bondissait sur les vagues dans un vacarme assourdissant, au milieu d'un nuage d'écume.

— Christine, sautez ! hurla Lisa.

Elles se jetèrent toutes deux à l'eau, une fraction de seconde avant que l'hydravion ne percute violemment la poupe du bateau qui, fracassé, fut basculé sur le côté. Lisa plongea en se débattant frénétiquement, ballottée comme un bouchon, luttant pour échapper à la partie immergée des flotteurs.

Les sons lui parvenaient assourdis, lointains. Elle se sentait comme submergée de nouveau par le torrent, par les remous écumants qui avaient englouti sa mère et Jani, puis elle vit Ginger, les bras en croix, flottant doucement sur le dos…

Non ! Non et non ! Elle ne se laisserait pas engloutir, ni par l'eau ni par les cauchemars. Elle refusait de voir leurs visages, d'entendre la voix suppliante de sa mère murmurer « Viens, Lisa… Rejoins-moi… »

Après ce qui lui parut une éternité, elle émergea enfin à la surface et reprit son souffle en hoquetant. Christine, plus loin, nageait vers la rive. Epuisée, hors d'haleine, songeant qu'elle avait promis au médecin de ne pas fournir d'efforts excessifs, Lisa resta un moment sur place pour reprendre des forces et réfléchir. Maintenant, en observant les mouvements de l'hydravion qui faisait de nouveau demi-tour pour revenir, elle allait savoir si Spike avait l'intention de les tuer toutes les deux, ou si elle seule était visée.

Elle fut, hélas, rapidement fixée. L'hydravion avait fini de tourner et il fonçait droit sur elle.

— Et m… ! s'exclama Mitch en arrachant le papier accroché à la porte.

— Qu'y a-t-il ? demanda le shérif.

— Un message de Lisa et Christine. Spike a eu besoin de se changer les idées, il est venu ici faire un peu d'entretien sur son hydravion, et il va s'entraîner à amerrir et décoller sur le lac. Elles sont allées avec lui. « Un tour du lac autrement qu'en bateau », a écrit l'une ou l'autre. Je suis sidéré qu'elles fassent ça alors que c'est peut-être le dernier jour de Lisa ici.

— Pas si je rouvre une enquête pour meurtre et tentative d'homicide. Allons voir si nous les apercevons, et nous leur ferons signe de revenir.

Ils traversèrent la résidence pour aller se planter devant la baie vitrée de la grande salle qui surplombait le lac. A l'opposé, près de l'autre rive, l'hydravion rouge faisait toutes sortes de manœuvres.

— De vraies acrobaties aériennes, commenta le shérif. Tiens, j'entends une voiture arriver. Tant pis, je vais commencer par ceux-là.

Ils entendirent la porte claquer et se précipitèrent vers le porche. Mitch fronça les sourcils. Tout cela ne lui disait rien qui vaille. Quelque chose n'allait pas.

Deux véhicules se garaient devant la maison : Jonas et Vanessa sortirent de la première et, de la seconde, Spike lui-même.

Lisa était à bout de forces, mais il lui fallait nager : elle n'avait pas le choix. C'était d'autant plus difficile que, pour éviter de nouveau l'hydravion, elle allait devoir guetter sa trajectoire et replonger au dernier moment. Il aurait fallu pouvoir s'agripper à l'un des flotteurs pour grimper sur l'avion, comme elle l'avait fait pour donner l'alerte quand elles avaient retrouvé le corps de Ginger.

— Nage, Lisa, avance ! Lisa ! hurla Christine d'une voix suraiguë, loin devant elle.

Les geysers d'écume que faisait jaillir l'hydravion lui rappelaient les rapides du torrent, mais cette fois, Mitch n'était pas là pour voler à son secours en kayak.

Elle prit une profonde inspiration et replongea avec un saut de carpe, luttant contre les remous pour ne pas être propulsée à la surface. Elle avait envie de fermer les yeux, de tout lâcher, mais se força à ouvrir les paupières. Bizarrement, l'hydravion ralentit, s'arrêta en tanguant, et, à travers une myriade de bulles, elle vit surgir juste au-dessus de sa tête l'un des flotteurs, énorme, bloquant sa vue. Le tueur allait-il rester là et attendre qu'elle ressorte pour tenter de nouveau de la faucher ?

Elle faillit remonter, malgré tout, pour respirer et tenter de repartir à la nage. Elle avait désespérément besoin d'air. Seulement, c'était trop risqué. Peut-être valait-il mieux faire croire qu'elle avait coulé et s'accrocher discrètement à un flotteur, dans l'espoir que l'hydravion la ramènerait vers la rive et qu'elle pourrait sauter. Du cockpit, on ne pouvait pas la voir. C'était la seule solution, et sans doute la dernière.

Elle remonta à la surface, sous l'hydravion, entre les deux flotteurs, et prit une longue goulée d'air. Celui qui pilotait l'avion à cet instant était-il aussi celui qui avait assommé Ginger avec la pelle, avant de la jeter à l'eau ? Et, aussi, celui qui l'avait elle-même poussée dans le torrent, puis avait bloqué la porte du sauna ?

Or, Spike n'avait certainement pas tué Ginger. Qui restait-il ? Graham et Ellie ? Ellie savait piloter : elle avait même emprunté l'hydravion plusieurs fois. En outre, elle était petite, trop petite pour que Lisa ait pu l'apercevoir quand elle avait regardé le cockpit. Graham aurait-il convaincu Ellie, par la force ou non, de se mettre aux commandes pour les éliminer, elle et Christine ? A priori, ils ne pouvaient savoir que le shérif allait venir, pourtant. A moins que Graham, s'il les avait mis sur écoutes en Floride, Mitch et elle, n'ait fait de même ici… C'était un fanatique d'enregistrements, après tout.

Tout comme elle avait réussi à prendre appui sur les flotteurs pour grimper sur le toit de l'hydravion, le jour où elle avait donné l'alerte, elle parvint à s'agripper cette fois encore. Son bracelet orné de mouettes cogna contre le métal et elle pria le ciel pour que le pilote n'ait rien entendu. Elle noua ses deux mains sur le montant arrière du flotteur de droite, puis se reposa un instant, la tête hors de l'eau. Elle n'avait même pas besoin d'agiter les jambes et se laissa porter par l'appareil, qui tournait lentement en cercle. Si le pilote finissait par se convaincre qu'elle s'était noyée, peut-être pourrait-elle regagner discrètement la rive à la nage ? Elle ne voyait plus Christine, mais même si elle avait réussi à atteindre le bord, elle devait être épuisée, et il lui faudrait des heures de marche à travers la forêt avant de pouvoir regagner la résidence et demander des secours.

— Bon, déclara le shérif, asseyez-vous tous. C'est moi qui pose les questions.

Au moins, songea Mitch, Vanessa et Jonas s'assirent sans piper mot ni poser de questions, comme ils l'avaient fait la fois précédente, au grand agacement du shérif.

Spike avait lu le message laissé sur la porte avec consternation, en affirmant que ce n'était pas l'écriture de

Christine. Il se percha sur le bord du canapé, puis bondit de nouveau sur ses pieds.

— Quelqu'un a volé mon hydravion ! Le voilà sur le lac ! cria-t-il en montrant l'appareil qui tournait en rond.

— Lisa ou Christine savent-elles piloter ? demanda le shérif.

— Pas que je sache, répondit Spike. J'y vais tout de suite avec le bateau de Mitch, shérif, que ça vous plaise ou...

— Attendez un peu ! tonna le shérif. Pourquoi Christine et Lisa ont-elles laissé un message disant qu'elles vous rejoignaient, si ce n'est pas le cas ?

Mitch réfléchissait à toute allure. Spike avait raison : il fallait aller voir ce qui se passait sur le lac. Quelque chose ne tournait pas rond. Une menace planait de nouveau, comme lorsque Ginger s'était noyée, comme lorsqu'on avait attenté à la vie de Lisa...

— Lisa a perdu les pédales, et je suis prêt à parier que Graham lui donnera quand même le poste, grommela Jonas, amer, à l'intention de Vanessa.

Comme s'il avait senti qu'on parlait de lui, Graham apparut au même instant, arrivant de l'extérieur.

— Pourquoi y a-t-il une voiture de police ? demanda-t-il à Mitch, ignorant royalement le shérif. Que se passe-t-il encore ?

— Nous savons où tout le monde se trouve en ce moment, sauf Ellie, répondit Mitch à l'intention de Spike, sans prêter attention ni à Graham ni au shérif, qui bouillonnait. Tu as raison, Spike, il faut aller voir. Je t'accompagne.

— Mais enfin, à quoi jouez-vous ? insista Graham. Ellie est là-haut, elle a la migraine. Je l'ai obligée à s'allonger il y a vingt minutes, après avoir apporté notre dernier chargement chez Spike.

— Exact, confirma Spike en se dirigeant vers la porte

arrière. Mitch, regarde ! Le bateau de Ginger n'est plus au ponton. Peut-être qu'elles l'ont pris, en fait !

— Monsieur Bonner, intervint le shérif, je vais vous demander de monter voir si votre femme est en état de descendre.

Mitch comprit que Moran avait perdu le contrôle de la situation. Lui aussi, d'ailleurs, avait l'impression que les choses lui échappaient. Il était mort d'inquiétude pour Lisa. Il fonça derrière Spike, et ils coururent en direction de son bateau.

26

Au bout d'un moment, au-delà du rugissement des vagues, du vrombissement du moteur et des cliquètements de son bracelet contre le métal, Lisa entendit soudain des cris perçants. Christine ? Oui, c'était bien la voix de Christine. Etait-elle donc parvenue à atteindre la rive ? Lisa elle-même, quoique très bonne nageuse, savait qu'elle n'y serait pas arrivée. Le contrecoup de sa chute dans le torrent, puis de l'épisode du sauna, l'avait beaucoup affaiblie. Et maintenant, on tentait de la tuer avec un hydravion… Qui donc était ce « on » aux commandes ?

Le bruit du moteur se fit plus aigu. En se penchant, elle vit que l'hélice tournait de plus en plus vite, et l'hydravion se mit en branle en accélérant. Aurait-elle réussi à convaincre le pilote qu'elle s'était noyée ?

Elle étouffa un cri de joie en se rendant compte que l'appareil prenait la direction de la résidence, de l'autre côté. Si elle tenait le coup assez longtemps, si les remous ne lui faisaient pas perdre l'équilibre, elle avait peut-être une chance de gagner le ponton.

L'appareil filait en bondissant sur les vagues. Il ne fallait surtout pas lâcher prise avant le moment venu. Pour respirer, elle fut obligée de se hisser à demi hors de l'eau, les mains crispées sur le support transversal des flotteurs.

Encore un moment et elle pourrait lâcher… Mitch et le shérif n'allaient sûrement pas tarder. Ils la verraient en train de flotter et viendraient la chercher.

L'appareil prenait de la vitesse, dans un grondement assourdissant. Bon sang, il n'allait tout de même pas décoller ? Si c'était le cas, même si elle se trouvait au beau milieu du lac, mieux valait lâcher prise. Elle prit une profonde inspiration, détacha ses mains… mais ne retomba pas dans l'eau, car son bracelet s'était accroché au support, menaçant de lui briser le poignet. En hâte, elle dut s'agripper de son autre main, les jambes battant la surface de l'eau.

L'hydravion, après une nouvelle accélération, décolla. Lisa maudit ce fichu bracelet, dont le fermoir n'avait jamais bien fonctionné, même le soir où elle avait voulu le défaire pour le jeter à la figure de Mitch.

L'appareil prit de la hauteur, puis s'inclina. Elle tenta de dégager sa main, qui était devenue toute blanche, sans y parvenir.

C'était trop tard. Elle n'avait plus d'autre possibilité que de s'accrocher de toutes ses forces.

— Ellie n'est pas là-haut ! cria Graham en se précipitant sur la terrasse.

Mitch n'avait jamais vu son ancien patron aussi paniqué. Il n'avait pas encore fait démarrer le bateau, car il venait de voir l'hydravion décoller. Il plissa les yeux et, avec horreur, s'aperçut que Lisa était accrochée à l'un des flotteurs.

— Où est Ellie ? J'exige que le shérif m'aide à chercher Ellie ! hurla Graham.

Puis il leva la tête, vit l'hydravion dans le ciel et resta bouche bée.

— Shérif, tonna Mitch, faites venir les secours, le plus vite possible. Des renforts, des hélicoptères !

— Je ne peux pas y croire, balbutiait Graham. Je ne peux pas y croire !

— Spike, poursuivit Mitch en attrapant deux gilets de sauvetage avant de descendre de l'embarcation, prends le bateau et va voir si tu peux trouver Christine !

Il fit un geste en direction du lac, puis courut à toute allure vers la crête qui surplombait le lac d'un côté et le torrent de l'autre.

L'hydravion, auquel Lisa était toujours accrochée par son bracelet, fonçait au-dessus des épicéas, en direction de la crête. Lisa n'osait pas lâcher sa main libre pour tenter d'ouvrir le fermoir. Un moment, elle crut entendre Christine crier, mais ce n'était que le sifflement du vent et du moteur, qui noyaient le rugissement du torrent.

Le pilote se doutait-il que quelqu'un était agrippé à ses flotteurs ? Allait-il raser la cime des arbres pour tenter de la faire tomber, ou bien la croyait-il noyée et voulait-il simplement prendre la fuite ? Maintenant, il s'approchait dangereusement du défilé et des rapides… Pourvu qu'il n'aille pas perdre de l'altitude, au risque de s'écraser contre les falaises ! Hélas, l'appareil redescendit bel et bien, puis se mit à louvoyer de droite et de gauche, presque comme s'il s'amusait. Allait-il remonter, oui ou non ? Que voulait-il, se suicider ?

En tout cas, cela voulait dire que le pilote n'était pas Spike. Spike connaissait à fond la région et les dangers du canyon et de ses rapides. A moins qu'il n'ait totalement perdu les pédales du fait de la mort de sa sœur, comme le pensait Christine ? Non, impossible. Une seule personne, en fait, pouvait être aux commandes : celle qui contrôlait le cabinet d'avocats, qui contrôlait Graham, qui était même, peut-être, le cerveau dans l'affaire des casinos... Ellie Carlisle Bonner. Mais pourquoi ? Elle était richissime et n'avait pas besoin d'argent. Elle avait un mari et une fille qu'elle adorait...

Un mari et une fille qu'elle adorait... Ces mots tournaient sans répit dans l'esprit hébété de Lisa, qui savait qu'elle allait mourir, soit en cognant brutalement les falaises, soit en tombant dans le torrent. C'était étrange, cette lucidité que donnait la proximité de la mort. *Un mari et une fille qu'elle adorait...* La mère de Lisa avait dû être détruite, quand son mari l'avait quittée. C'était pour cette raison qu'elle avait développé des tendances suicidaires et avait cru rendre service à Jani en l'entraînant dans la mort. Sans oublier qu'elle avait voulu tuer Lisa, et que la rescapée avait été tiraillée pendant des années entre le chagrin du deuil et le soulagement d'avoir survécu. Elle se sentait terriblement coupable d'avoir résisté, quand sa mère l'entraînait, mais elle savait à présent que ce n'était pas cela qui avait causé leur perte. De toute façon, il était trop tard pour continuer à se tourmenter, trop tard pour se détacher de l'hydravion... Bientôt, tout cela n'aurait plus d'importance, car elle ne pourrait plus tenir le coup bien longtemps...

Le bracelet, qui coinçait sa main gauche contre le montant d'un flotteur, lui rappela Mitch. Un jour, dans un magasin d'antiquités un peu kitsch de Fort Lauderdale, boulevard Las Olas, elle était tombé en extase devant la grâce des mouettes ciselées, et Mitch avait acheté le bracelet. Il le lui avait offert lors d'une promenade sur la plage, près de l'avenue Sunrise. Mitch... Dire qu'ils avaient perdu tout ce temps, alors qu'ils auraient pu être ensemble… Et maintenant…

Elle retint un cri en voyant l'hydravion pénétrer dans la première partie du défilé, qui s'achevait par un brusque tournant. C'était à l'opposé d'Anchorage, de la route vers la liberté. Soit Ellie voulait la faire tomber à l'endroit même où elle avait failli mourir la première fois, soit elle voulait tout simplement s'écraser avec l'hydravion. C'était plausible : Ellie Carlisle Bonner ne supporterait pas les interrogatoires, les accusations, le scandale. Il suffisait de se rappeler son trouble, quand le shérif l'avait interrogée sur la mort de Ginger.

Mais alors, était-ce Ellie aussi qui avait assommé Ginger avec une pelle pour la jeter ensuite dans le lac ? Cela paraissait complètement et totalement fou…

L'appareil plongea et tangua ; le bracelet de Lisa se brisa, puis tomba. Le dessin des mouettes s'était profondément incrusté dans la chair, et elle avait très mal au poignet. Si seulement elle était restée avec Mitch, sans le quitter d'une semelle ! Elle lutta pour rester accrochée tandis que l'hydravion continuait à descendre, fonçant vers les tourbillons d'écume, dangereusement proches des falaises, dans la gorge étroite. A présent, cela ne faisait plus aucun doute : Ellie avait décidé de s'écraser avec l'appareil.

Tout en courant comme un fou vers le torrent, Mitch entendit Spike foncer en contrebas avec le hors-bord. Les eaux gonflées par la fonte des glaciers bouillonnaient. Il plissa les yeux pour regarder vers le ciel, puis vers le torrent, mais ne vit rien — aucune trace de l'hydravion rouge. De rage, il aurait pu se jeter à terre pour frapper des poings contre le sol.

Vanessa et Jonas arrivaient derrière lui en transportant un kayak vert.

— Si tu veux aller récupérer Lisa, dit Jonas, nous avons mis une pagaie et deux gilets de sauvetage.

Mitch avait la gorge trop nouée pour articuler, mais il hocha la tête, puis détourna ses yeux qui s'embuaient. Lisa avait échappé deux fois à la mort, mais y parviendrait-elle une troisième fois ?

Graham arriva à son tour.

— Tu crois vraiment que c'est Ellie, dans l'hydravion ? demanda-t-il, l'air incrédule, plus sonné encore que consterné. Je ne voulais même pas qu'elle y remonte avec Spike… Alors que s'est-il passé ?

S'il n'avait pas eu envie de pleurer, Mitch aurait éclaté de rire. Le regard toujours fixé à l'horizon, dans la direction qu'avait pris l'appareil, il répliqua :

— Tu ne comprends vraiment pas ? J'ai du mal à croire que tu ignores complètement ce qu'elle faisait !

— Elle peut utiliser son propre avion chez elle, si elle veut. Et pourquoi Lisa était-elle accro…

— C'est sûrement Ellie qui l'a poussée à l'eau, la semaine dernière, grommela Mitch pendant que le shérif surgissait en faisant signe qu'il avait appelé les secours. Ensuite, elle a essayé de l'étouffer dans le sauna, en essayant de faire croire qu'elle avait des tendances suicidaires, comme sa mère.

— Mais qu'est-ce que tu racontes ? Pourquoi ferait-elle ça ? cria Graham en forçant Mitch à lui faire face.

— A mon avis, pour éviter que Lisa et moi n'additionnions deux et deux, et ne comprenions que tu es derrière l'affaire du blanchiment d'argent.

— Moi ! s'écria Graham en secouant Mitch. Mais ce n'est pas moi ! Qu'est-ce que…

Sans pouvoir s'en empêcher, sous les yeux même du shérif, Mitch détendit le poing, frappa violemment Graham à la mâchoire et l'envoya rouler sur l'herbe.

L'hydravion descendait encore en zigzaguant, par à-coups mal maîtrisés.

L'appareil n'était plus qu'à quelques mètres au-dessus de l'eau, et Lisa songea fugitivement qu'elle avait le choix entre sombrer avec lui ou se jeter d'abord dans l'eau. Seulement, elle redoutait ces tourbillons glacés qu'elle avait déjà affrontés.

L'hydravion frôlait presque l'écume, à présent. Le pire était à venir avec les tournants à angle droit de la gorge, cette succession de virages qui débouchait sur le bras de rivière où les ours venaient manger les saumons. Ellie ne parviendrait jamais à les négocier. Lisa éprouvait une étrange fierté à reconnaître le paysage, à savoir quels étaient les secrets de cet austère territoire. Elle en aurait bientôt fini. Dans un instant, elle coulerait avec l'appareil ou se retrouverait en train de flotter dans les remous, sans gilet de sauvetage, sans Mitch…

A un moment où l'appareil s'inclinait sur le côté pour aborder un premier tournant, Lisa ouvrit les mains et se laissa tomber. Après un vol plané qui sembla durer une éternité, elle fut précipitée dans les eaux glacées dont elle redoutait tellement le choc. Comme les saumons, elle allait se battre avec le torrent et lutter pour sa vie…

Submergée, elle coula à pic, mais ses pieds heurtèrent le fond rocheux. Elle avait des chaussures, cette fois, et elle refit surface sans se débattre, économisant ses forces. Mieux valait se laissait porter par le courant, dans l'espoir qu'elle pourrait s'accrocher quelque part avant les rapides.

Elle leva la tête pour guetter l'hydravion, et alors, elle vit tout : comme un jouet dérisoire, l'appareil heurta la falaise, tourna sur lui-même, puis tomba comme une pierre et s'écrasa dans un immense jet d'écume.

Lisa se força à ne pas imaginer Ellie prise au piège de l'eau, comme sa mère et Jani, comme Ginger. Comme elle aussi, d'ailleurs, si elle ne sortait pas très vite de cette glacière.

Malgré son immense fatigue, elle plia légèrement les genoux en essayant d'inspirer profondément de temps à autre. Déjà, elle ne sentait plus ses mains. Sa seule chance, c'était qu'elle connaissait mieux le torrent qu'avant. Elle savait à quel type de rocher s'agripper, près de la rive, s'il s'en trouvait le long des falaises à pic.

Juste avant le tournant suivant, près de l'endroit où Mitch l'avait repêchée, un gros tronc d'arbre posé en travers surgit devant elle. Non ! Ce n'était pas un tronc d'arbre : c'était l'hydravion, dont une aile à demi arrachée tanguait sur les eaux rugissantes.

— Il faut des recherches intensives. Je paierai, affirma Graham au shérif, quand le premier véhicule des secours, venu de Talkeetna, pila devant la résidence avec un crissement de pneus.

Il appuyait, sur sa joue meurtrie par le coup de poing de Mitch, un pack de glace que lui avait apporté Vanessa, mais cela ne l'empêchait pas de continuer à donner des ordres.

— Jonas, ici présent, sera mon avocat, ajouta-t-il, et Vanessa celui de ma femme.

Jonas secoua la tête en fronçant les sourcils.

— Je ne suis pas sûr de vouloir, Graham. Si toi ou Ellie avez quelque chose à voir avec ce qui est arrivé à Lisa…

— Je peux me charger d'Ellie et toi, si vous voulez, glissa Vanessa à Graham.

« Les rats quittent le navire, songea Mitch, et Vanessa espère se placer. » Mais il s'en moquait bien. Plus rien ne lui importait, à présent, s'il perdait Lisa. Il sortit sans rien dire pour foncer vers le véhicule de police, le shérif sur les talons.

— Combien de temps vous faut-il pour avoir un hélicoptère ? demanda-t-il.

— Ils arrivent, lui répondit le policier, mais ils ne pourront survoler que l'aval du torrent, à partir d'ici.

— Ça ira, surtout s'ils peuvent faire descendre une corde ou une nacelle de secours. Je suis volontaire, si nécessaire.

— En espérant que l'hydravion n'aura pas quitté la région et que nous arriverons à temps, déclara le shérif.

Lisa savait qu'elle ne devait pas rater le moment où elle pourrait attraper l'aile de l'appareil. Elle sentait l'odeur du carburant qui s'échappait et le voyait se répandre dans l'eau. L'hydravion pouvait-il exploser, avec autant d'eau ?

En rassemblant le peu d'énergie qui lui restait, elle agrippa le support inférieur de l'aile, comme elle l'avait fait le jour de la mort de Ginger, et s'immobilisa un instant avant de se hisser pour rejoindre le fuselage fracassé. Les vagues passaient par-dessus, par-dessous, sans relâche. La carcasse de l'avion était devenue une véritable passoire, tout comme l'arbre sur lequel Mitch l'avait recueillie, non loin de là.

L'eau lui battait le dos, mais quand elle prit appui sur ses mains, le courant la poussa vers le haut, comme si une main géante la tirait. Pantelante, elle rampa sur le ventre jusqu'au siège du copilote et s'y accrocha de toutes ses forces.

L'appareil se mit à vibrer, comme s'il allait glisser et être entraîné vers les rapides d'un moment à l'autre. Ne ferait-elle pas mieux de s'éloigner, d'abandonner cette tragique épave ?

A cet instant, elle vit le corps disloqué, pantelant, de la femme qui avait planifié toutes les agressions, de cette monstrueuse criminelle qu'était Ellie.

Retenue par sa ceinture de sécurité, elle gisait à moitié hors du siège, le torse coincé entre le dossier et la vitre brisée du cockpit, où clapotaient des flots d'eau grisâtre.

En s'armant de courage, Lisa se pencha pour dégrafer la ceinture et tirer Ellie en arrière comme une poupée de chiffon. Si elle était morte, elle pouvait rester sur place, mais si elle était encore en vie, elle avait beaucoup de comptes à rendre. Sa peau était glacée. Elles étaient toutes deux frigorifiées et meurtries.

Lisa songea à Christine, si profondément meurtrie aussi, mais qui avait lutté pour se libérer.

Elle tenta encore de redresser Ellie, mais la jambe gauche de cette dernière était bloquée entre le siège et ce qui restait de paroi du cockpit, qui offrait une protection temporaire contre l'eau. Sans doute très temporaire, car l'appareil se remit à vibrer et osciller davantage encore.

Que fallait-il faire ? Sortir Ellie à n'importe quel prix ? Prendre des risques insensés dans le seul espoir qu'elle parlerait ? Lisa savait qu'elle aurait sans doute dû abandonner l'avion, mais la curiosité la retenait. Ellie avait-elle agi par jalousie, furieuse que Mitch n'ait pas succombé aux charmes de sa fille et ne soit pas devenu le digne héritier de la société ? Ou bien avait-elle craint que Mitch et elle, en se revoyant, ne finissent par démasquer Graham, s'il était derrière l'affaire des casinos ?

— Ellie ! cria-t-elle en la secouant doucement par l'épaule, de sa main frigorifiée.

Ellie ouvrit les yeux et poussa un gémissement.

— Ellie, c'est Lisa. Dites-moi pourquoi vous avez voulu me tuer. Dites-le-moi, et je vous tirerai de là.

— Trop tard… Peux pas dire… Claire ne doit pas savoir.

— Alors, je vais vous laisser ici et aller révéler la vérité à tout le monde. Claire saura que Graham a manipulé l'escroquerie des casinos pour éviter de se faire prendre. Elle sera détruite par le scandale, hantée par le fait que sa mère a tué une innocente avant de se suicider. Je sais de quoi je parle, croyez-moi.

— … triste pour Ginger, mais elle me… faisait chanter. Voulait de l'argent… A vu quelque chose…

— Elle vous a vue me pousser dans le torrent ?

Ellie hocha très légèrement la tête.

— Graham n'a rien à voir avec tout ça…, murmura-t-elle.

— Vous voulez dire que c'est *vous* qui étiez derrière le blanchiment d'argent ? Et que vous avez été démasquée et harcelée par les malfrats chargés de sa mise en œuvre ?

Sous l'effet du froid, Lisa claquait des dents et avait du mal à articuler. Elles tremblaient toutes les deux. Le visage d'Ellie devenait bleuâtre. Du sang coulait entre ses lèvres et sur sa poitrine, entaillée par le manche à balai. Lisa voulait tout de même lui soutirer la vérité. Si ce n'était pas Graham qui était le cerveau, mais elle-même, comment la faire avouer ?

En comprenant qu'elle ne pourrait pas dégager les jambes prisonnières d'Ellie, et que l'appareil ne tarderait pas à être emporté par le courant pour se fracasser dans les rapides, une idée lui vint.

— Ellie, avez-vous décidé de mourir ?

— Pas le choix… Ça a mal tourné. J'ai poussé… désolée. J'avais la migraine. Graham m'a laissée. J'ai remplacé votre message par un autre, suis partie vous chercher… Voulais faire croire que Spike vous noyait.

— Et Christine aussi ?

— Trop curieuse… Comme Ginger.

— Quand vous avez décollé, est-ce que vous me croyiez déjà noyée ?

Ellie, de nouveau, eut un hochement de tête imperceptible.

— Seulement, en passant au-dessus du toit de la résidence, j'ai vu votre ombre…, murmura-t-elle. Tout le monde a vu… le shérif… je n'avais plus qu'à mourir.

Lisa l'aurait volontiers cognée contre la paroi qui vibrait, mais elle joua sa dernière carte.

— Nous allons être emportées par les rapides et nous allons mourir toutes les deux, Ellie. Dites-moi qui était réellement derrière l'affaire des casinos.

Ellie cracha du sang, puis balbutia :

— Merritt.

— Mérite quoi ? songea Lisa, interloquée, avant de comprendre en un éclair.

— Merritt ? Votre frère, le sénateur Carlisle ? C'est lui qui a monté tout ça ? s'écria-t-elle.

— Si fière de lui… Il allait loin… Avait besoin d'argent… pour financer ses campagnes. Graham ne savait rien. Vous et Mitch, l'an dernier… vous ai fait suivre… mis sur écoute. Fière de Merritt, mon frère… sa carrière…

Ellie frémit et Lisa aussi. L'hydravion tanguait de plus en plus et commençait à basculer. Lisa tenta encore une fois d'extirper Ellie des débris, mais elle la sentit devenir flasque.

Lisa bondit hors du cockpit avec une énergie qu'elle ne

se serait pas soupçonnée. Comme le jour de la mort de Ginger, elle s'accrocha sur le toit de l'appareil, au ras de l'eau, puis se mit debout avec précaution pour attraper la saillie rocheuse qui avait fracassé l'avion.

Elle s'y agrippa de toutes ses forces en pensant follement à Mitch. Sous ses yeux, l'hydravion oscilla, glissa et fut entraîné vers les rapides dans un vacarme assourdissant.

27

Debout sur la rive, Christine avait regardé l'hydravion décoller, horrifiée. Elle s'était d'abord réjouie que Lisa ait réussi à s'accrocher à l'un des flotteurs sans se noyer, mais quand elle vit son amie s'élever sous l'appareil en battant des jambes, elle poussa un hurlement de terreur.

Elle se laissa tomber à genoux sur la rive, secouée de sanglots. Pourtant, elle n'avait pas pleuré quand elle avait tué Clay, ni quand on l'avait arrêtée. Ni même quand sa propre famille et tous ceux de sa tribu l'avaient rejetée.

Les premières minutes, elle se sentit dévastée à l'idée que Spike ait pu essayer de les tuer, elle et Lisa. Puis elle comprit que ce n'était pas possible. Celui qu'elle avait fini par aimer, celui que Mitch avait aidé, était incapable d'une telle action. Même sous le coup de la mort de sa sœur. Non : c'était forcément Mme Bonner qui pilotait l'avion. Mme Bonner, qui aurait voulu Mitch pour sa fille et qui haïssait Lisa. C'était forcément ça. Le corbeau aussi retors qu'habile de cette histoire était une femme qui, jusque-là, n'avait semblé que grâce et générosité.

Christine, toujours agenouillée, le visage dans les mains, voyait ses larmes tomber dans l'eau du lac. Puis elle entendit un bruit de moteur et leva la tête. Etait-ce l'hydravion qui revenait ? Mme Bonner s'était-elle aperçue qu'elle transportait Lisa, et venait-elle la déposer en douceur ?

Christine essuya ses joues, furieuse de sangloter comme une faible femme, et s'avança dans l'eau en pataugeant, les yeux vers le ciel. Aucun appareil n'était en vue. Le moteur était celui d'un bateau, piloté par un homme à la chevelure d'un roux flamboyant.

Spike ! C'était Spike, parti à sa recherche ! Elle cria, agita les bras, revint sur la terre ferme et se mit à courir en faisant fuir un groupe de ptarmigans qui protestèrent avec des cris rauques.

Il fonçait droit vers elle. Comment avait-elle pu croire un seul instant qu'il était aux commandes de l'hydravion ?

Le bateau arrêta sa course sur le rivage avec un crissement. En deux enjambées, Spike fut à terre et Christine se jeta dans ses bras. Il l'étreignit avec force.

— Tu as vu Lisa ? demanda-t-elle d'une voix assourdie par l'émotion. Accrochée aux flotteurs ?

— Oui. Ça peut mal se terminer, répondit-il, la gorge nouée.

Il la souleva, toute dégoulinante, et monta dans l'embarcation. Il s'assit, la mit sur ses genoux et la serra si fort qu'elle pouvait à peine respirer.

— Il faut qu'elle s'en sorte, après tout ce qu'ils ont traversé ! chuchota-t-elle dans le cou de Spike, tout contre sa peau chaude.

— Comme nous. Je m'en veux de m'être mis en colère contre Lisa.

— C'est bien Mme Bonner qui a pris ton hydravion ?

— Oui, et c'est sûrement elle qui a tué Ginger. Je peux te dire que personne ne t'enlèvera à moi.

— Il faut que nous allions aider Mitch, dit-elle en

redressant la tête. Il a beaucoup fait pour nous, et si jamais Lisa disparaît…

— Je sais. Allons-y.

Il l'embrassa avec passion, l'installa puis redescendit sur la rive pour pousser le bateau à l'eau.

Lisa eut l'impression de rester cramponnée à son rocher pendant une éternité. Elle savait qui avait voulu la tuer et pourquoi, à présent. Parce qu'elle était l'un des deux membres du tandem qui avait travaillé sur l'affaire des casinos, avant que quelqu'un — sans doute Ellie elle-même, et pas Graham — ne mette un terme à leur enquête. Ensuite, Mitch était parti loin, en Alaska, mais en apprenant que son mari pensait à Lisa comme future associée et qu'il l'emmenait en stage, Ellie avait dû paniquer, et échafauder son projet d'assassinat camouflé en accident. Lisa se rappelait même l'avoir entendue dire qu'il y avait très peu de policiers dans la région. En outre, Ellie n'ignorait rien de son passé tragique, et elle en avait joué.

Elle avait dû craindre qu'en se retrouvant, Mitch et son ancienne compagne ne finissent par découvrir le pot aux roses et ne dénoncent les malversations de son frère. Peut-être, aussi, n'avait-elle pas renoncé à marier Mitch et sa fille. Alors, elle avait demandé à Graham de faire revenir Mitch en Floride de temps à autre, comme consultant. Sans doute s'était-elle dit qu'après deux disparitions tragiques, celle de Ginger puis celle de Lisa, leur ancien associé ne demanderait pas mieux que de fuir l'Alaska. Lisa ne savait pas très bien quel rôle Graham avait joué dans toute cette affaire. En tout cas, il n'avait cessé de leur parler de l'affaire des casinos. Sans doute à l'instigation d'Ellie, soucieuse de savoir si les relations entre Mitch et Lisa restaient harmonieuses…

Le temps passait, mais Lisa restait sûre que Mitch allait venir à sa rescousse. Elle ne cessait de tourner la tête vers l'amont, guettant l'arrivée du kayak, tout en se demandant comment il allait bien pouvoir passer dans cette gorge. Elle avait beau trembler de tous ses membres, sous l'effet du choc et du froid, elle se sentait pourtant curieusement en sécurité, et même plus sereine qu'elle ne l'avait jamais été.

C'était comme si l'eau courante avait lavé toute culpabilité, emporté sa douleur d'avoir perdu sa mère et sa sœur, en une sorte de baptême, de renaissance. Pauvre Claire Bonner ! Pauvre Graham, quand tout serait étalé au grand jour, même s'il était au courant des manœuvres de sa femme !

Seulement, Lisa, elle, avait survécu, et comptait bien continuer. Elle était résolue à dénoncer Merritt Carlisle, le cerveau de l'affaire. Encore une fois, un homme politique s'avérait véreux, menteur, il avait eu d'énormes besoins d'argent… et avait blanchi de l'argent sale.

Elle avait une autre raison de tenir bon : quand toute cette histoire serait terminée, elle aurait enfin le temps de mettre les choses à plat avec l'homme qu'elle n'avait jamais cessé d'aimer et qu'elle désirait encore passionnément.

Lorsque les rayons du soleil commencèrent à baisser sur l'horizon, et qu'elle sentait ses muscles si crispés qu'elle craignait de devoir de nouveau sauter à l'eau, elle entendit enfin un bruit réconfortant, mêlé au vrombissement des remous : le clac, clac, clac, de pales d'hélicoptère. Hélas, frigorifiée et coincée contre la falaise comme elle l'était, elle ne pouvait tendre le cou, ni lever les bras en V pour signaler sa présence.

Cependant, l'hélicoptère bourdonna au-dessus d'elle et

une nacelle commença à descendre en cognant les parois rugueuses. Elle tourna le cou avec précaution. C'était Mitch ! Mitch, qui souriait à travers ses larmes, les bras tendus, et qui, dès qu'il fut assez près, l'attrapa pour la hisser à côté de lui… Elle l'agrippa avec plus de force encore qu'elle ne s'était cramponnée à son rocher.

— Nous avons aperçu l'avion dans la gorge, un peu plus bas, cria-t-il pour se faire entendre en dépit du fracas des pales et du torrent. Je leur ai demandé de remonter vers l'amont. Je savais que tu n'avais pas pu traverser toutes ces épreuves sans t'en sortir encore une fois, surtout maintenant que je t'ai retrouvée !

Elle hocha la tête, la gorge nouée, tandis qu'ils s'envolaient au-dessus de ce torrent et de ce territoire sauvage qu'elle avait appris à aimer.

Epilogue

Quand Mitch et Lisa sortirent du tribunal de Broward County, à Fort Lauderdale, les flashes crépitèrent. C'en était enfin fini des cinq longues journées du procès où ils avaient témoigné contre le sénateur déchu Merritt Carlisle. L'affaire avait également terni la réputation de Graham Bonner, qui avait interdit à sa fille d'y assister pour éviter que le scandale ne retombe sur elle. Lisa avait bien songé envoyer un message à la jeune femme, pour l'encourager à ne pas laisser les crimes et le suicide de sa mère lui gâcher la vie, mais elle avait renoncé. Claire Bonner n'avait sans doute aucune envie d'entrer en contact avec celle qui avait causé la ruine de sa famille.

Mitch entraîna Lisa à travers la horde des reporters jusqu'à la voiture mise à sa disposition.

— Prenez l'autoroute de la plage et déposez-nous près de l'avenue Sunrise, s'il vous plaît, dit-il au chauffeur.

— Vous êtes sûr ? Il fait gris et il y a du vent, monsieur Braxton. Il n'y aura personne.

— C'est parfait. En outre, répondit Mitch en souriant à Lisa, cette jeune dame a besoin de s'habituer au mauvais temps. Moi aussi, d'ailleurs, après ce procès interminable. Car nous rentrons bientôt en Alaska.

Il défit sa cravate. Il avait dû acheter un nouveau costume

pour l'occasion, car il s'était débarrassé des siens, et il l'avait également mis pour son mariage.

S'il s'attendait à ce que Lisa allègue qu'ils n'étaient pas habillés pour la plage, par cette froide journée de février, il n'en fut rien. Elle lui rendit son sourire, retira ses escarpins noirs et les fourra dans son sac.

— Quand une montagnarde de Talkeetna fait des longueurs dans un torrent pour s'entraîner, ce n'est pas une petite promenade sur une plage de Floride qui va l'arrêter, même s'il fait frais ! fit-elle remarquer en riant.

— Dieu merci, c'est fini, dit Mitch en tapotant son attaché-case. J'ai hâte d'être rentré pour voir les aurores boréales.

— Je crois que je vais imiter les touristes japonais qui viennent à la résidence, répliqua Lisa avec malice. Ceux qui pensent qu'un enfant conçu sous les lumières du Nord aura de la chance dans la vie.

Ils étaient mariés depuis trois mois. L'événement avait été largement commenté par les médias, comme si les deux témoins-vedettes du procès contre l'honorable ex-sénateur de l'Etat s'étaient ligués pour l'abattre Alors qu'à vrai dire, les deux Carlisle — Merritt et Ellie — s'en étaient largement chargés eux-mêmes.

— A propos, dit Mitch, j'ai reçu une quatrième proposition d'un cabinet d'avocats local.

— Ce qui veut dire que j'en ai deux de plus que toi, répliqua-t-elle en lui donnant une petite bourrade dans les côtes. Seulement, j'ai répondu à une offre plus intéressante : aider Christine à préparer les repas des hôtes et surveiller l'accrobranche du printemps. Quand j'ouvrirai mon propre cabinet, à Talkeetna, il faudra trouver une autre organisation, mais la famille et les amis sont mes priorités.

— Sans oublier qu'il faudra gérer la résidence, quand Christine se sera installée avec Spike.

Ils échangèrent un sourire complice, comme ils l'avaient fait si souvent depuis sept mois. Maintenant qu'ils étaient réunis, ils avaient affronté d'un cœur léger les témoignages au tribunal, qu'il s'agisse de la Floride ou, à Anchorage, de la mort de Ginger. Même Christine avait trouvé le courage de venir au tribunal avec Spike. Ils devaient se marier au printemps.

Le frère de Mitch était par ailleurs venu au mariage de Mitch et de Lisa, à Fort Lauderdale, avec sa femme et ses enfants. Il avait promis de leur rendre visite en Alaska l'été suivant. Il y avait finalement des miracles !

Ils sortirent de la voiture et se mirent à cheminer sur la vaste plage déserte, dans la bourrasque. Le sable crissait sous leurs pieds nus. Lisa sentait sur ses lèvres le goût salé des vagues écumeuses. Elle se sentait si euphorique qu'elle aurait pu marcher dans les remous. Ils avancèrent, main dans la main, le long de cette baie, à des milliers de kilomètres de l'endroit où ils voulaient vivre.

— J'ai fait faire quelque chose qui a pris un peu de temps, déclara enfin Mitch en la lâchant pour fouiller dans son attaché-case, qu'il gardait dans sa main libre. Je voulais te le donner ici, à l'endroit où je t'avais offert l'autre.

— A l'endroit où tu m'as dévorée des yeux pendant que je jouais au volley ? Où nous avons échangé notre premier baiser ?

Une vague froide vint leur lécher les pieds, mouilla le revers de pantalon de Mitch et le bas de la jupe de Lisa, mais ils ne bougèrent pas.

— Voilà, madame Braxton, répondit-il en exhibant un lourd bracelet d'or. La dernière fois, tu avais eu le bracelet avant la bague. Cette fois, c'est le contraire.

Il ficha son attaché-case sous son bras pour ajuster le fermoir sur le poignet de Lisa.

Elle crut d'abord qu'il avait fait reproduire le bracelet avec les mouettes, qu'elle avait perdu dans le torrent le jour où l'hydravion s'était écrasé, car celui-ci s'ornait de deux oiseaux aux ailes étendues, mais elle découvrit qu'il s'agissait de ptarmigans aux pattes plumées.

Elle refoula des larmes d'émotion. Maintenant que leurs tourments étaient derrière eux, elle allait mener une vie heureuse et comblée, avec Mitch et leurs futurs enfants, dans leur magnifique résidence d'Alaska.

NOTE DE L'AUTEUR

Ce roman m'a été inspiré par un voyage de deux semaines que j'ai fait avec mon mari en Alaska, au mois d'août, il y a plusieurs années. J'ai été impressionnée par ce territoire et par ses habitants, si indépendants. Plus d'une fois, en parlant avec eux, je les ai entendus dire à quel point ils aimaient l'Alaska et seraient incapables de vivre ailleurs. J'ai été stupéfaite de voir tous les petits métiers qu'ils étaient prêts à accomplir pour pouvoir survivre dans les zones les plus reculées.

Nous avons séjourné dans une résidence rustique, près du parc Denali, qui a un peu servi de modèle à celle de Mitch. La ville de Bear Bones n'existe pas, mais je l'ai décrite en songeant à plusieurs petites bourgades. Mon mari et moi avons fait du radeau dans le Colorado, bien plus qu'en Alaska, mais même si je n'ai jamais fait de kayak dans les rapides, cela m'a permis d'imaginer le torrent Wild de cette histoire.

Je me suis documentée grâce à la série télévisée *Tougher in Alaska*, de Geo Beach, et ai lu de nombreux ouvrages. Je remercie particulièrement Jonathan Krakauer pour ses renseignements sur la station hydrologique qui permet à Mitch et à Lisa de traverser le torrent. Je me suis également inspirée de *Through Yup'ik Eyes*, de Colin Chisholm, qui m'a tellement passionnée que j'en ai reproduit des passages dans le discours d'un de mes personnages, Christine Tanaka.

Je tiens à remercier aussi le Dr Julianne Moledor et le Dr Roy Manning pour leurs explications sur la scène du sauna, ainsi que ma collègue Carolyn Melvin, avocate, pour ses précieuses informations juridiques. Talkeetna est une ville qui vaut le déplacement, mais si vous voulez la visiter virtuellement, vous pourrez tout savoir sur le Festival des Mères et sur le lancer de bouse d'élan en allant sur le site www.talkeetnachamber.org. Les dates de ces événements sont variables, mais ils se tiennent plutôt en juillet qu'au mois d'août, comme c'est le cas dans le roman.

Enfin, si vous voulez voir des ours bruns se régaler de saumons, il existe un site remarquable, avec des photos et des videos : celui de Bob Arnebeck,

www.geocities.com/bobarnebeck.dams.

Le motif récurrent d'une femme noyée flottant sur l'eau, qui apparaît à plusieurs reprises, m'a été inspiré par le tableau que décrit Ellie Bonner, le superbe et mystérieux *Ophélie* de John Everett Millais. Vous pourrez l'admirer sur www.tate.org.uk/ophelia.

BestSellers

A paraître le 1er janvier

Best-Sellers n°494 • roman

Un nouveau jour - Joan Johnston

Kristin Lassiter est bouleversée : Bella Benedict, la mère de Max, son grand amour de jeunesse, lui demande de venir lui rendre visite en Angleterre, dans son château de famille. Bella, que Kristin n'a jamais revue depuis le jour où Max lui a brisé le cœur, dix ans auparavant. Pourquoi son ex-belle-mère cherche-t-elle soudain à la contacter ? Et quelle est cette fameuse mission qu'elle dit vouloir lui confier ? Une mission qui, apparemment, est susceptible de lui rapporter beaucoup d'argent. Kristin hésite. Elle élève seule sa petite Félicity et elle a vraiment du mal à s'en sortir financièrement. La proposition de Bella pourrait certes être un moyen de remédier à ce problème, mais elle craint de rouvrir d'anciennes blessures en croisant Max... Et ce qu'elle redoute encore plus, c'est que son secret - celui que le chagrin l'a conduite à préserver toutes ces années - n'éclate au grand jour.

Best-Sellers n°495 • suspense

L'inconnu de Shadow Falls - Maggie Shayne

Depuis des années, Olivia Dupree, professeur de littérature, voue une admiration sans bornes à Aaron Westhaven, un célèbre romancier qui vit caché. Aussi est-elle très surprise lorsque ce dernier accepte de venir parler au cours de la conférence qu'elle organise pour ses étudiants. Mais le jour prévu, quelle n'est pas la stupeur d'Olivia lorsqu'elle est convoquée par la police à l'hôpital, au chevet d'un inconnu victime d'une tentative de meurtre... Une stupeur qui ne fait que s'accroître quand elle apprend que sa carte de visite se trouvait dans la poche de cet homme qui a perdu la mémoire... Qui peut bien être cet étranger séduisant et mystérieux ? Est-il l'écrivain qu'elle avait fini par considérer comme son âme sœur ? Et si ce n'est pas le cas, que faisait-il à Shadow Falls avec sa carte de visite dans la poche ? Soudain, prise de panique, Olivia craint de voir ressurgir le secret d'un passé qu'elle fuit depuis seize ans.

Best-Sellers n°496 • suspense

Noir Secret - Brenda Novak

Brillante substitut du procureur, Grace Montgomery ne s'attendait pas à voir un jour ressurgir les terribles démons de son passé. A l'âge de neuf ans, Grace a en effet été victime des désirs pervers de son beau-père, le révérend Barker, un homme pourtant respecté de tous dans la petite ville de Stillwater. Et même après la mystérieuse disparition du révérend, ce n'est que dans la fuite et le silence qu'elle a trouvé refuge. Un refuge, hélas, bien fragile. Car aujourd'hui, alors que les souvenirs viennent forcer les portes de sa conscience, d'importantes zones d'ombres persistent, assorties d'un obscur malaise qui l'invite à penser qu'elle a joué un rôle dans la disparition de son bourreau. Sinon pourquoi, après toutes ces années, se sentirait-elle toujours coupable ? Résolue à clore ce chapitre douloureux de son existence, Grace n'a plus le choix : elle doit retourner à Stillwater pour exhumer le passé...

Best-Sellers n°497 • thriller

Frayeur - Michelle Gagnon

Appelée sur une nouvelle scène de crime à Phoenix, Kelly Jones, agent spécial du FBI, découvre une mise en scène macabre : le corps de la victime a été minutieusement découpé, et ses différents membres, artistement répartis aux extrémités d'un socle en forme d'étoile. Pire encore, Kelly comprend bientôt que ce qu'elle a vu n'est que l'un des rouages d'un projet macabre plus vaste encore, et que le meurtrier séquestre Madison, une jeune adolescente de seize ans. Un kidnapping sur lequel enquête son fiancé, Jake Riley, un ancien flic brillant et charismatique reconverti dans la libération d'otages. Perturbée par la tournure des événements mais épaulée par Jake, Kelly est prête à tout pour déjouer le complot derrière lequel, elle en est persuadée, se cache un adversaire plus redoutable que jamais. Un adversaire qui exige une rançon aussi inédite qu'effroyable.

Best-Sellers n°498 • roman

L'héritière australienne - Lynne Wilding

A la mort de son père, Carla Stenmark hérite d'un domaine viticole dans la Barossa Valley, en Australie. Une propriété dont son père ne lui a jamais parlé. Pas plus que de son passé secret, qu'elle découvre à la lecture de son journal intime : accusé à tort d'avoir séduit la fiancée de son frère, Rolfe a été renié et banni par son propre père. En s'installant à Sundown Crossing avec son fils, c'est donc un double défi que Carla s'apprête à relever : remettre en état un vignoble en friche depuis des années, et renouer avec le clan Stenmark, bien qu'héritière d'un fils maudit…

Best-Sellers n°499 • historique

La malédiction des Carlyle - Shannon Drake

Angleterre, 1892.

A l'idée d'affronter le comte de Carlyle, dont la réputation suffit à la faire frissonner, Camille est terrifiée. Hélas, elle n'a pas le choix : son tuteur, l'homme qui l'a recueillie alors qu'elle n'était encore qu'une enfant, et qu'elle aime par-dessus tout, a été injustement emprisonné au manoir des Carlyle. Alors peu importent les rumeurs qui prétendent que le comte est l'héritier d'une redoutable malédiction qui touche quiconque essaie de l'approcher, Camille est déterminée à rencontrer cet homme et à obtenir la libération de son protecteur. Mais sa détermination vacille dès son arrivée au manoir. Car derrière le masque terrifiant que le comte porte en public, elle découvre un regard profondément troublant, celui d'un homme blessé qui détient la clé d'un terrible secret…

Best-Sellers n°500 • thriller

Tabous - Nora Roberts

A près de soixante-dix ans, Eve Benedict est de ces stars qui ont bâti leur carrière par un travail acharné, mais aussi par le talent et la beauté. Un oscar et deux Tony Awards ont consacré ce parcours sans défaut. Quatre maris, des amants et de multiples liaisons lui ont construit une image sulfureuse. En faisant appel à la journaliste Julia Summers pour rédiger ses mémoires, Eve a décidé de se mettre à nu, sans tabou, quitte à dévoiler ses zones d'ombre, déclencher des scandales ou détruire des réputations. Mais à peine Julia a-t-elle emménagé avec son fils dans la propriété de Beverly Hills qu'un climat de menace s'installe : lettres anonymes, cambriolages… Pour l'une comme pour l'autre, écrire ce livre va désormais devenir une question de vie ou de mort. Car de ce face-à-face entre Eve et Julia, aussi subtil que cruel, un secret inavouable va émerger. Un secret mortel pour qui se risquerait à le divulguer.

Best-Sellers n°501 • historique

Sur ordre du roi - Margaret Moore

Pays de Galles, 1205

Promise par le roi au ténébreux Madoc de LLanpowell, lady Roslynn de Werre redoute de rencontrer son fiancé, que tous surnomment « l'ours de Brecon ». Hélas, après la trahison dont s'est rendu coupable son époux disparu, elle est désormais à la merci du roi et doit se plier à ses ordres. Et puis, même si cette alliance ne lui apportera jamais l'amour auquel elle aspire, elle représente sa seule chance de s'éloigner de la cour, où elle subit les pires humiliations depuis la mort de son mari. Aussi accepte-t-elle de se rendre au manoir de LLanpowell pour s'offrir au sombre Madoc en dépit de ses réticences. Mais alors qu'elle pensait que le guerrier accepterait sa main - et sa fortune – sans hésiter, Roslynn a la surprise de découvrir que ce mariage lui déplaît au moins autant qu'à elle. Pis encore ! Madoc refuse catégoriquement de prendre pour épouse une femme choisie par un autre… Désespérée à l'idée de retourner auprès du roi, Roslynn décide alors de tout faire pour séduire l'ombrageux guerrier…